Nordgier

W0349167

Hannes Nygaard ist das Pseudonym von Rainer Dissars-Nygaard. 1949 in Hamburg geboren, hat er sein halbes Leben in Schleswig-Holstein verbracht. Er studierte Betriebswirtschaft und war viele Jahre als Unternehmensberater tätig. Hannes Nygaard lebt auf der Insel Nordstrand.
www.hannes-nygaard.de

Dieses Buch ist ein Roman. Handlungen und Personen sind frei erfunden. Ähnlichkeiten mit lebenden oder toten Personen sind nicht gewollt und rein zufällig.

HANNES NYGAARD

Nordgier

HINTERM DEICH KRIMI

emons:

Bibliografische Information der Deutschen Nationalbibliothek
Die Deutsche Nationalbibliothek verzeichnet diese Publikation in der Deutschen Nationalbibliografie; detaillierte bibliografische Daten sind im Internet über http://dnb.d-nb.de abrufbar.

MIX
Papier aus verantwortungsvollen Quellen
FSC® C083411
FSC
www.fsc.org

© Emons Verlag GmbH
Alle Rechte vorbehalten
Umschlagmotiv: photocase.com/joexx
Umschlaggestaltung: Tobias Doetsch
Gestaltung Innenteil: César Satz & Grafik GmbH, Köln
Lektorat: Dr. Marion Heister
Druck und Bindung: CPI – Clausen & Bosse, Leck
Printed in Germany 2015
ISBN 978-3-95451-689-6
Hinterm Deich Krimi
Originalausgabe

Unser Newsletter informiert Sie
regelmäßig über Neues von emons:
Kostenlos bestellen unter
www.emons-verlag.de

Dieser Roman wurde vermittelt durch die Agentur EDITIO DIALOG, Dr. Michael Wenzel, Lille, Frankreich (www.editio-dialog.com).

Ariane und Leif

Gesegnet soll der Trunk uns sein,
das Wasser euch und mir der Wein.

Heinrich Hoffmann,
Frankfurter Nervenarzt,
Verfasser des »Struwwelpeter«

EINS

»Seid vorsichtig«, hatte ihm seine Frau hinterhergerufen. Dirk Grützmacher lächelte. Die achtzig PS des alten Ford Focus ließen keine Experimente zu. Außerdem schienen viele andere Autofahrer das gleiche Ziel zu haben wie er.

»Wie lange dauert es noch?«, meldete sich Alexander von der Rückbank.

»Du wirst dich noch eine Weile gedulden müssen«, gab Grützmacher zurück.

»Autofahren ist doof«, erwiderte der Neunjährige. »Oder?« Die Frage galt dem gleichaltrigen Kojadin, den Grützmacher mitgenommen hatte. Dessen alleinerziehende Mutter hatte sich zunächst reserviert gezeigt und das Angebot, dass Kojadin mitfahren sollte, abgelehnt. Grützmacher hatte geahnt, dass die Frau das Geld nicht aufbringen konnte. »Kojadin ist eingeladen«, hatte er versichert. Erst auf Drängen ihres Sohnes hatte die Frau eingewilligt. Auch Alexander hatte sich begeistert gezeigt, dieses Abenteuer mit seinem Spielkameraden gemeinsam zu bestreiten. Seine sechsjährige Schwester hingegen hatte ihren ganzen Unmut herausgebrüllt, weil sie bei der Mutter bleiben musste. Auch sein »Das ist nichts für Frauen« hatte das Mädchen nicht beruhigt.

Grützmacher schwamm in der Kolonne auf der Bundesstraße mit. Auch für ihn war es ein kleiner Ausbruch aus dem Alltag in der himmelblauen Hochhaussiedlung am Thesdorfer Bahnhof. Als Malergeselle in Pinneberg musste man mit dem auskommen, was einem zur Verfügung stand. Er war froh, seit zwei Jahren bei Murat Aikem einen Job in seinem Beruf gefunden zu haben.

Die beiden Jungs auf dem Rücksitz wurden unruhiger, als es vor Bad Segeberg nur noch schrittweise voranging. Grützmacher kannte *die* Kreuzung in Bad Segeberg. Von allen Seiten knubbelte es sich dort, wo sich die beiden stark befahrenen Bundesstraßen begegneten. Die Autobahn würde eine Lösung des Problems bedeuten, aber eine Fledermauseinflugschneise hatte den Bau der Schnellstraße gestoppt.

»Hast du schon mal gehört, dass eine Fledermaus mit ihrem Ultraschallortungssystem irgendwo gegengeflogen ist?«, hatte ein Nachbar in einer Diskussion eingeworfen. Heute, in der Warteschlange vor der Ampel, musste Grützmacher ihm recht geben.

»Ich muss mal«, schlug Alexander ein neues Thema an. Kojadin stimmte sofort ein.

»Es dauert nicht mehr lange.«

Die beiden Kinder schafften es, seine Gelassenheit zu strapazieren. Warum hatte er sich überhaupt darauf eingelassen? Weil er sich selbst auf das Ereignis freute?

Stoßstange an Stoßstange schoben sie sich weiter Richtung Lübeck, bis das Hinweisschild »Parkplatz 3« sie von der Bundesstraße führte. Von hier folgte Grützmacher den Anweisungen des Wachpersonals mit den orangefarbenen Leibchen. Er hatte keine andere Chance. Der Parkplatz wurde zugewiesen.

Die beiden Jungs murrten, als die drei in der Masse mitschwammen und zunächst über Trampelpfade und dann durch einen Segeberger Vorort bis zum Kalkberg marschieren mussten. Hier wimmelte es vor Menschen. Buden boten Getränke und Snacks, aber auch Krimskrams an. Die Toiletten waren stark frequentiert, und Grützmacher bedauerte die Frauen, die sich in einer sehr langen Schlange gedulden mussten.

Endlich wurden die Tore des Palisaden nachgebildeten Zauns geöffnet und gaben den Zutritt zum Theater frei. Viele verharrten einen Moment vor der Kulisse eines der schönsten Freilichttheater Europas. Der Kalkberg im Hintergrund und die phantasievollen Ergänzungen der Bühnenbildner schufen eine zauberhafte Illusion des Wilden Westens, zumindest so, wie es sich Karl May und seine Leser ausmalten.

Grützmacher schaffte es, den lauten Protest der beiden Kinder zu ersticken und sie an den auch im Inneren zahlreich vorhandenen Imbissständen und anderen Einrichtungen vorbeizulotsen, in denen für teures Geld Tand angeboten wurde, dem die jungen Besucher sich nur schwer entziehen konnten. Sie stapften die steile Treppe hinab, bis sie die Reihe mit ihren Sitzplätzen gefunden hatten, und zwängten sich an den bereits sitzenden anderen Besuchern zu ihren Plätzen vor.

Natürlich wollten die Jungs nebeneinandersitzen. Grützmacher ärgerte sich im Stillen, als er sah, dass erfahrene Karl-May-Fans sich Sitzkissen und Decken mitgebracht hatten. Die Kinder und er selbst mussten die nächsten Stunden auf den schmalen harten Holzbänken ausharren.

Seitlich versetzt hatte sich eine Truppe munterer Erwachsener eingefunden, die keine Alibikinder für den Besuch des Spektakels nötig hatten. Ein beleibter Mann mit einem breitkrempigen Cowboyhut schleppte eine große Kühltasche mit sich, aus der, nachdem seine Begleiter Platz gefunden hatten, die Mitglieder der Gruppe mit Getränken versorgt wurden. Die Männer rissen die Verschlüsse der Bierdosen auf, während die vier Frauen kleine »Wodka mit Feige« in den Händen hielten, die Flaschen gegeneinanderstießen und mit einem »Stößchen« auf den Lippen den Inhalt in sich hineinlaufen ließen.

Das Theater füllte sich zunehmend. Grützmacher fand Zeit, sich umsehen. Unter den siebeneinhalbtausend Besuchern waren Einzelne oder gar Gesichter nicht mehr auszumachen. Die Menschen verschwammen zu einer Masse bunter Farbtupfer. Das weite Rund war von einem Stimmengewirr erfüllt, bis sich schließlich auch die Gäste vor ihnen eingefunden hatten. Ein Vater – Grützmacher unterstellte es – nahm zwischen einem vielleicht neunjährigen Mädchen und einem gelangweilt aussehenden pubertierenden Jungen Platz. Während das Mädchen sich zum Vater beugte und auf die Kulisse zeigte, die bunte Westernstadt, die Wigwams der Indianer auf einer kleinen Anhöhe, die zerbrochene Kutsche und den Marterpfahl im Zentrum der Arena, stierte der Sohn starr auf seine Füße.

Grützmacher warf einen kurzen Blick auf das kahle Rund am Hinterkopf des Mannes, der direkt vor ihm saß. Die dunklen Haare waren an den Seiten mit Silberfäden durchzogen. Unter dem Kragen des Edelblousons lugte ein Hemd hervor. Was der im Freilichttheater trägt, überlegte Grützmacher, habe ich nicht einmal zu meiner Hochzeit angehabt. Wieso sitzt so ein feiner Pinkel auf diesen Plätzen? Der hätte sich doch eine teure Loge direkt unten an der Bühne leisten können. Aber hier, so befand er, hat man einfach mehr Übersicht. Er wollte nicht unzufrieden sein. Weder mit dem Platz noch mit seinem Leben.

Das Stimmengewirr ebbte langsam ab, als eine Lautsprecherstimme erscholl, die Besucher begrüßte und Sicherheitshinweise durchgab. Dann erfüllte die unvergessene »Winnetou«-Melodie Martin Böttchers die Arena. Gebannt warteten die Zuschauer auf den Star des Abends. Ein raunendes »Ahhh« und »Ohhh« ging durch die Menge, als der Häuptling der Apachen auf seinem Pferd oberhalb der Zuschauerränge erschien und über eine lange Rampe zur Bühne hinabritt.

Grützmacher beobachtete mit einer Spur Belustigung, wie die beiden Jungs sich vorbeugten und sich ganz dem Geschehen vor ihren Augen hingaben. Den Veranstaltern war es jedes Jahr gelungen, namhafte Darsteller für die Festspiele zu gewinnen. Nicht nur der unvergessene Pierre Brice, auch andere bekannte Größen des Showgeschäfts mischten hier in Bad Segeberg mit. Eine nur grob an Karl May angelehnte Handlung, gewürzt mit viel Humor und spaßigen Einlagen, atemberaubende Stunts und viel Pyrotechnik versprachen kurzweilige Stunden. Die selbst ernannten Westmänner mit der Getränketasche kühlten die heiße Atmosphäre mit kaltem Bier, während die sie begleitenden Frauen in immer kürzeren Abständen die kleinen Fläschchen ansetzten und das »Stößchen« zunehmend unklarer über die Lippen kam. Dafür wurden die Aktionen der Schauspieler mit lautem Gekicher kommentiert.

Alexander Grützmacher stieß seinen Vater an.

»Winnetou lässt sich nicht unterkriegen«, strahlte der Junge. »Geil, wie der eben den Verbrecher da … da …« Alexander war so gefesselt, dass er vergaß, den Satz zu vollenden. Erneut landete der Ellenbogen des Kindes in Grützmachers Rippen. »Guck mal, da, da drüben, da kommt einer aus dem Felsen.« Die Hand streckte sich vor. »Da. Gleich darüber. Da sitzt auch ein Indianer.«

»Da und da und da«, wies sein Freund Kojadin auf weitere

Stellen im Felsen, wo sich Indianer bewegten. »Pass auf«, ereiferte er sich. »Da gibt es gleich einen Überfall.«

Alexander sah seinen Vater an und tippte ihm dann auf die Brust. »Was ist das für ein roter Punkt?«

Grützmacher blickte an sich herab. Er sah einen roten Punkt, der an seinem Bauch abwärts wanderte, kurz verschwand und dann auf der kahlen Stelle des Mannes vor ihm wieder auftauchte. Langsam wanderte der Punkt über den Kopf des Mannes und entzog sich dann Grützmachers Blickfeld.

»Was war das?«, fragte Alexander.

»Weiß nicht«, erwiderte sein Vater.

In diesem Moment zuckten sie zusammen. Urplötzlich brach es aus dem Felsen heraus. Winnetou, Old Shatterhand und ihre Begleiter warfen sich in den Staub der Arena und ließen es aus ihren Gewehren zurückkrachen. Pulverdampf zog durch das Rund. Mündungsblitze, Rauchschwaden, ohrenbetäubender Lärm. All das erfüllte die Illusion, mitten in einem der heftigsten Gefechte zu sein, die je im Wilden Westen stattgefunden hatten.

Mit großem Aufschrei der Zuschauer wurde der Fall eines Indianers begleitet, der von einer höheren Felsnase theatralisch in die Tiefe stürzte und dabei ein markerschütterndes Geschrei vernehmen ließ, bevor er hinter einer Kulisse verschwand. Ob die Kinder wussten, dass der Stuntman durch hohe Kissen aufgefangen wurde?, überlegte Grützmacher und bemerkte, dass selbst der uninteressierte Jugendliche vor ihm den Indianeruberfall gebannt verfolgte.

Er knallte noch eine Weile weiter, bis ein lauter Indianerruf durch das Theater schallte und sich die Darsteller behände wie Bergziegen von Felsvorsprung zu Felsvorsprung zurückzogen und in die Kulissen untertauchten. Die passende Musik flammte auf und begleitete die erfolgreiche Abwehr des Überfalls. Die Aktionen der Darsteller, aber auch die Pyrotechnik wurden durch einen begeisternden Zwischenapplaus der Zuschauer honoriert.

Grützmacher nahm seinen Sohn kurz in den Arm. »Toll was? Gefällt es dir?«

Alexander nickte heftig. »Super. Kommen wir morgen wieder hierher?«

Grützmacher lächelte. Sein Sohn konnte sich noch begeistern für die Aufführung. Ob er sich auch irgendwann so desinteressiert zeigen würde wie der Jugendliche vor ihnen? Der zuckte heftig mit der Schulter, weil sein Vater den Kopf darauf abgelegt hatte. Nachdem der Senior sich dadurch aber nicht beeindrucken ließ, versuchte der junge Mann zur Seite auszuweichen. Viel Platz blieb ihm nicht bei den engen Sitzen. Der Vater folgte ihm mit dem Kopf.

»Was soll das?«, fragte der Jugendliche und drehte sich zur Seite.

Grützmacher sah, wie sich augenblicklich der Gesichtsausdruck veränderte. Die Mischung aus Desinteresse und Arroganz wich einem Ausdruck des Erstaunens, der Ungläubigkeit. Der junge Mann riss die Augen weit auf und starrte auf seinen Vater. Dann sprang er panisch auf und wäre fast über die Rückenlehne der Reihe vor ihm gestürzt. »Nein!«, schrie er und wiederholte es mehrfach.

Die Zuschauer aus der Umgebung sahen sich irritiert um und wurden von der Handlung auf der Bühne abgelenkt. Grützmacher sah, wie sich der Oberkörper des Mannes vor ihm weiter zur Seite neigte, gegen einen anderen Zuschauer rutschte und, als dieser auch aufsprang, auf der hölzernen Bank zum Liegen kam. Grützmacher beugte sich vor und bemerkte das rote Loch knapp über dem Auge des Mannes, aus dem ein roter Blutfaden austrat, der über die Augenbraue die Wange hinunterrann.

»Um Himmels willen«, rief eine Frauenstimme.

»Mein Gott, das gehört aber nicht zur Aufführung«, mischte sich ein Mann ein. Selbst die fröhlichen Zecher mit dem unendlich erscheinenden Biervorrat waren ernst geworden.

»Was hat das zu bedeuten?«, fragte ein anderer.

Grützmacher beugte sich vor. »Das sieht aus, als wäre er erschossen worden«, stammelte er entsetzt.

»Das war aber nicht Winnetou«, sagte Alexander erschrocken. »Papa. Das war doch einer der Indianer. Oder?«

»Blödsinn. Das sind doch nur Platzpatronen«, erklärte ein

korpulenter älterer Mann. »Toller Gag. Die lassen sich echt etwas einfallen.« Ein befreiendes Lachen begleitete diese Aussage. »Eh«, sagte der Mann. »Kannst aufstehen. Die Show geht weiter.«

Grützmacher hatte noch nie einen Toten gesehen. Er wusste nicht, woran man erkennen konnte, ob jemand das Leben verloren hatte.

»Das ist kein Schauspieler«, behauptete er trotzdem. »Der Mann ist tot.«

»Papi«, schrie die Tochter auf, die neben dem Opfer gesessen hatte. Der Entsetzensschrei hallte durch das Freilichttheater. Immer mehr Menschen sahen herüber, drängten neugierig in die enge Sitzreihe.

»Bleib, wo du bist!«, brüllte eine zornige Stimme hinter Grützmacher.

»Halt die Fresse, Alter«, erhielt er zur Antwort.

»Mann, Sie tun mir weh. Hier geht es nicht durch«, keifte eine Frauenstimme.

»Ist doch dein Problem, wenn du so dick bist«, erwiderte die »Fresse«.

Grützmacher konzentrierte sich wieder auf den Mann vor ihm. Er legte seine zwei Finger an die Halsschlagader, zumindest an die Stelle, an der er sie vermutete.

»Und?«, fragte der Sitznachbar.

»Weiß nicht«, antwortete Grützmacher.

»Wir müssen einen Arzt holen«, ergriff endlich jemand die Initiative, stellte sich auf die Sitzbank und fuchtelte wild mit den Armen in der Luft. »Sanitäter«, rief er aus Leibeskräften. »Wir brauchen einen Sanitäter. Einen Arzt«, verbesserte er sich.

Aus den hinteren Sitzreihen wurde die Forderung wie in einer Stafette weiter nach oben getragen. Immer mehr Menschen riefen: »Sanitäter!«

Inzwischen hatten auch die Schauspieler mitbekommen, dass sich etwas Ungewöhnliches ereignet haben musste, und unterbrachen ihr Spiel. Ein wenig ratlos sahen sie zur Zuschauerbühne empor.

»Meine Damen und Herren«, dröhnte die Stimme des Theatersprechers durch die Arena und brach sich am Felsen des Kalkbergs. »Bitte bewahren Sie Ruhe und bleiben Sie auf Ihren Plätzen. Wir unterbrechen die Vorstellung für eine kurze Zeit. Bitte bleiben Sie sitzen. Es geht gleich weiter. Vielen Dank.«

ZWEI

Es war ein schönes Wochenende gewesen. Das Wetter hatte zahlreiche Besucher und Einheimische an die Förde gelockt. Die Kiellinie war dicht bevölkert, in den Eiscafés kein freier Platz verfügbar, und aus den benachbarten Gärten waberte verführerisch der Duft von Gegrilltem herüber.

Auch in Lüder Lüders' Patchworkfamilie war am Sonntag der Grill in Betrieb gesetzt worden. Sein Freund Horst Schönberg hatte sich angekündigt und eine üppige Blondine im Schlepptau gehabt. Der erwiesene Feinschmecker hatte sein Versprechen eingelöst und das Grillgut mitgebracht. Lüder erschien es fast ein wenig frevelhaft, bestes Galloway-Rinderfilet auf den Grillrost zu legen. Horst hatte darauf gedrungen.

»Wenn es dir zu trocken ist«, hatte er lachend erklärt, »kannst du es hiermit herunterspülen.« Anschließend stellte er eine Flasche Champagner Pommery Noir und eine Flasche Tormore Single Malt auf den Tisch.

Von den vier Kindern war nur Sinje, die Jüngste, anwesend gewesen. Die hatte es aber vorgezogen, kleine Bratwürste zu essen.

Zu Lüders großer Freude hatten sich am Sonnabend auch die drei größeren Kinder eingefunden. Thorolf hatte seine Freundin im Schlepptau, und in großer Runde waren sie beim Lieblingsitaliener erschienen und hatten Tische zusammengestellt, um alle unterzubringen.

»Ich bringe auch meine Freundin mit«, hatte Jonas geknurrt.

»Welche?«, hatte ihn die kleine Schwester geneckt. »Paula? Kathrin? Meike?«

»Wie gut, dass du nicht mehr Namen genannt hast. Allein bei dem Gedanken daran müsste ich Insolvenz anmelden«, hatte Lüder lachend geantwortet.

Viveka hatte die Gabel ausgestreckt und auf Jonas gezeigt. »Müssen wir dich jetzt Ali bin-Jonas nennen?«

»Wie das denn?«, wollte Jonas wissen.

»Bei deinem Harem?«

»Halt du doch auf. Weshalb hast du dir für dein Smartphone den großen Speicher besorgt? Damit du die ganzen Adressen deiner Lover unterbringen kannst.«

Lüder hatte dem Geplänkel amüsiert gelauscht. Er lächelte und seufzte noch einmal, bevor er eine der Zeitungen aufschlug, die vor ihm auf dem Schreibtisch lagen. Der Alltag hatte ihn wieder.

Nach einer Weile griff er zum Kaffeebecher, stand auf und ging die wenigen Schritte bis zum Geschäftszimmer.

»Guten Morgen, Herr Dr. Lüders«, begrüßte ihn die Abteilungssekretärin, die zugleich den Zugang zum Büro des Abteilungsleiters Dr. Starke bewachte.

»Ist er da?«, fragte Lüder, nachdem er den Gruß erwidert hatte, und zeigte auf die geschlossene Bürotür.

Edith Beyer nickte. »Offensichtlich ist er der Einzige an der ganzen Förde gewesen, der am Wochenende nichts von der Sonne abbekommen hat. Wie kann man nur so verdrießlich sein?«

»Dann bin ich zufrieden«, erwiderte Lüder und lächelte. »Wir müssten uns alle umgewöhnen, wenn der Scheiß-Starke«, er benutzte eine Formulierung des Husumers Große Jäger, »irgendwann freundlich hier aufkreuzen würde. Und wie geht es Ihnen?«

Edith Beyer strahlte. »Danke. Alles okay. Wir hatten ein schönes Wochenende. Sie auch?«

Lüder nickte. »Wunderbar.« Er ging zum Sideboard, auf dem die Kaffeemaschine stand, und schenkte sich den Becher voll. »Ich glaube, ich muss mal wieder etwas in die Kaffeekasse einzahlen.«

Die Sekretärin nickte. »Ich komme nachher zum Kassieren vorbei.«

Sie wurden abgelenkt, als sich die Bürotür öffnete und der Kriminaldirektor erschien. Er trug einen elegant geschnittenen sandfarbenen Anzug und ein pastellgelbes Hemd. Wie immer war er gebräunt, als wäre er gerade einem Solarium entstiegen. Dr. Starke breitete die Arme aus und steuerte auf Lüder zu.

»Mein lieber Herr Lüders. Schön, dass ich Sie sehe. Ich wollte gerade zu Ihnen. Hatten Sie ein schönes Wochenende?«

»Mit vielen netten und sympathischen Menschen«, erwiderte Lüder.

Der Abteilungsleiter schien die Spitze nicht bemerkt zu haben. »Ich habe eben einen Anruf erhalten. Wir beide sollen ins Landeshaus kommen.«

»Landeshaus?«

Der Kriminaldirektor nickte und musterte Lüder. »Haben Sie Ihr Jackett im Büro?« Er zupfte sich am Schlips. »Eine Krawatte … Die ist sicher nicht griffbereit.«

Lüder sah auf seinen Kaffeebecher. »Sofort?«

»Es eilt.«

Gemessenen Schrittes ging Lüder zu seinem Büro zurück, legte die Zeitungen zusammen, sicherte seinen Rechner und trank den heißen Kaffee aus, obwohl das ein schwieriges Unterfangen war. Dann warf er sich den Pullover über die Schulter und kehrte zum Geschäftszimmer zurück. Dr. Starke erwartete ihn schon ungeduldig.

»Ich kann Ihnen nicht genau sagen, um was es geht«, berichtete der Abteilungsleiter unterwegs, nachdem sie in seinen Mercedes E-Klasse eingestiegen waren. »Der Innenminister möchte mit uns sprechen.«

»Im Landtag?«

»Er hat dort zu tun.«

Für die knapp fünf Kilometer benötigten sie nur wenige Minuten. Obwohl Lüder schon lange in Kiel lebte und die Landeshauptstadt kannte, faszinierte ihn immer wieder die historische Backsteinarchitektur der alten Arbeiterstadt. Auch wenn die Wohnungen oft schlicht geplant waren, hatten die Baumeister vergangener Tage es verstanden, den Fassaden eine Spur Ästhetik mitzugeben.

Dr. Starke steuerte das Parkhaus am Ende der Reventlouallee an.

Zu Fuß überquerten sie den Düsternbrooker Weg, dessen Name sich in der Adresse zahlreicher Ministerien wiederfand. Den Anfang machte das Finanzministerium direkt an der Reventloubrücke. Gleich daneben lag das Landeshaus, das Herzstück der schleswig-holsteinischen Demokratie.

Über die gepflasterte Einfahrt erreichten die beiden Beamten das Hauptportal der ehemaligen kaiserlichen Marineakademie. Hinter Panzerglas saßen die Mitarbeiter der Pförtnerei. Über eine Lautsprecheranlage wurden sie nach ihrem Besuchswunsch gefragt.

»Wir möchten den Innenminister sprechen«, erklärte Lüder, bevor sein Abteilungsleiter etwas sagen konnte.

»Da sind Sie hier falsch«, erklärte der Mitarbeiter und streckte den Arm aus. »Das Innenministerium ist –«

»Warte mal«, unterbrach ihn sein Kollege und beugte sich zum Mikrofon. »Sind Sie Dr. Lüders vom LKA?« Den Kriminaldirektor erwähnte er nicht.

Lüder nickte.

»Der ist angemeldet. Das geht in Ordnung«, bestätigte der zweite Mann. Daraufhin öffneten sich beide Automatiktüren, und die Beamten konnte die Schleuse passieren.

Eine Mitarbeiterin der Landtagsverwaltung erwartete sie bereits an der Pförtnerei.

»Der Herr Minister ist noch im Gespräch. Er bittet Sie, in der Kantine zu warten«, sagte sie und ging voran.

»Zeitgemäße Funktionalität und große Transparenz« war das Motto, nach dem das Landeshaus gestaltet worden war. Die Säulen aus der Gründerzeit waren erhalten geblieben und lenkten den Blick durch das großzügige Foyer. Der Plenarsaal war durch eine Glasfront abgegrenzt. Die gestattete die Sicht durch die Urzelle der Demokratie hindurch auf die Förde.

Die junge Frau führte die Polizisten zum Haupttreppenhaus ein paar Stufen abwärts und bat sie in eine Sicherheitsschleuse, die sie mit ihrem Ausweis öffnete. Zu dritt zwängten sie sich in den engen Raum. Erst dann öffnete sich die zweite Tür und gab den Zutritt zur Kantine frei. Neben der Tür waren auf einer Schiefertafel mit ungelenker Schrift vier Gerichte zur Auswahl aufgeführt.

Die Kantine, zu der es auch einen offenen Zugang von der Seitenfront gab und die für den allgemeinen Publikumsverkehr geöffnet war, hatten die Planer im Innenhof untergebracht, der mit einem Glasdach abgedeckt viel Licht und Platz bot.

Lüder steuerte einen Tisch an einer Trennwand an, die die sitzenden Gäste etwas abschirmte. Er lächelte angesichts des tintenblauen Schafs auf dem Raumteiler, das einen fröhlichen Blickfang ergab.

»Nehmen Sie bitte Platz«, bat die Landtagsmitarbeiterin und fragte nach dem Getränkewunsch. Die beiden Kaffees besorgte sie aus dem Getränkeautomaten.

Lüder bemerkte den Innenminister als Erster. Er war ihm noch nie persönlich begegnet, erkannte ihn aber vom Bild. Er hob seine Hand und gab ein Zeichen. Der Minister nickte und kam auf sie zu. Lüder stand auf, und sie reichten sich die Hände.

»Lüders«, stellte er sich vor. Der Minister war groß und kräftig gebaut. Lüder unterließ es, seinen Vorgesetzten vorzustellen.

»Dr. Starke, Kriminaldirektor«, erklärte der Abteilungsleiter.

»Schön«, sagte der Minister und deutete mit einer Handbewegung an, dass sie sich wieder setzen sollten.

»Ich bitte um Entschuldigung für den Ort und die Kurzfristigkeit, aber ich führe hier Gespräche mit Abgeordneten.« Er lächelte verschmitzt. »Die politische Willensbildung ist manchmal ein schwieriges Geschäft und bedarf gelegentlich subtiler Vorarbeit. Manche Menschen wollen in Einzelbehandlung gestreichelt werden.« Er seufzte gespielt. »Wenn's der Sache dienlich ist.« Sein Blick suchte Lüders. »Sie haben von dem spektakulären Mordanschlag gehört, der sich vor zwei Tagen während der Karl-May-Festspiele in Bad Segeberg ereignet hat?«

Während Dr. Starke eilfertig nickte, schwieg Lüder. Das Wochenende war Freunden und der Familie gewidmet gewesen. Die Nachrichten hatte er nur peripher aufgeschnappt. Details waren ihm schon gar nicht bekannt.

»Bisher ist es gelungen, den Namen des Opfers der Presse vorzuenthalten, obwohl die Medien natürlich ausgiebig über diesen außergewöhnlichen Mord berichtet haben. Nicht nur bundesweit, auch im Ausland hat er Aufsehen erregt. Während der Vorstellung, inmitten eines Indianerüberfalls auf der Bühne, wurde der Mordanschlag ausgeführt.«

»Was hat das Landeskriminalamt damit zu tun?«, fragte Lüder. »Bad Segeberg. Das fällt in die Zuständigkeit der Bezirkskriminalinspektion Kiel. Ich kenne den Leiter des dortigen K1. Hauptkommissar Vollmers ist einer unserer fähigsten Mordermittler.«

»Man erstattet mir fortlaufend Bericht«, erklärte der Innenminister. »Ich habe keine Zweifel, dass die Ermittlungen bei den Kielern in besten Händen sind. Wie alle Polizeibeamten des Landes leisten auch die Mitarbeiter der Kieler BKI hervorragende Arbeit. Es geht um das Opfer.«

»Was ist mit dem?«, mischte sich Dr. Starke ein.

Der Innenminister beugte sich vor. »Die Identität sollte möglichst lange der Öffentlichkeit vorenthalten bleiben. Ich weiß, das wird nur eine begrenzte Zeit möglich sein. Trotzdem.« Er rückte noch ein Stück näher. »Bei dem Toten handelt es sich um Rochus von Meyer zu Reichenberg.«

»Der Steuerbaron?«, fragte Lüder ungläubig.

Der Fall hatte lange die Öffentlichkeit beschäftigt. Von Meyer zu Reichenberg war der Vertraute eines der reichsten Deutschen gewesen, bis aufgedeckt wurde, dass seine vorgebliche Genialität in Sachen Steuervermeidung zum Teil darauf basierte, dass er dem Staat rechtmäßige und fällige Steuerzahlungen vorenthielt.

»Steuerhinterziehung im großen Stil«, bestätigte der Innenminister. »Richtig. Der ganze Fall ist sehr verwoben. Von Meyer hat nicht eigenes Geld hinterzogen, sondern das seines Auftraggebers. Die rechtliche Konstruktion des ganzen Geflechts ließ aber Letzteren zum Verantwortlichen im Sinne der Abgabenordnung werden, obwohl der wahre Nutznießer ein anderer ist.«

»Es ist wie bei Aktiengesellschaften. Wenn vom Steuerbetrug die Aktionäre durch eine hohe Dividende profitieren, müssen die Vorstände dafür strafrechtlich haften. Ein kompliziertes Geflecht.«

Der Innenminister warf Lüder einen überraschten Blick zu.

»Ich bin Jurist«, erklärte Lüder. »Genau wie Sie.«

»Ich auch«, warf Dr. Starke ein, aber die beiden anderen ignorierten ihn.

»Wie in allen großen Steuer- und Wirtschaftsprozessen ist es eine langwierige Angelegenheit. Das Verfahren kann sich über

Jahre hinziehen. Eine Heerschar von Anwälten stellt neue Anträge, versucht, die Beweise der Staatsanwaltschaft zu widerlegen, stellt Misstrauensanträge bei Gericht und vieles mehr. Es hätte noch Jahre dauern können, bis man von Meyer zu Reichenberg hätte verurteilen können.«

»Durch seinen Tod erübrigt sich das weitere Verfahren.«

»Die Finanzverwaltung wird bemüht sein, Steuernachforderungen geltend zu machen und deren Beitreibung durchzusetzen«, sagte der Innenminister.

»Aber strafrechtlich ist der Fall erledigt. Auch für die Hintermänner. Die profitieren vom Tod des Steuerbarons.«

»So sollten Sie nicht denken«, tadelte Dr. Starke Lüder. »Es gilt nur, was bewiesen ist.«

»Wir sind hier nicht vor Gericht«, mischte sich der Innenminister ein. »Ich habe das Gespräch mit Ihnen gesucht«, dabei sah er Lüder an, »weil in diesem Fall Querdenken durchaus erwünscht ist. Natürlich«, betonte er ausdrücklich, »muss alles im Rahmen unserer geltenden Rechtsordnung geschehen.«

»Was wollen Sie damit sagen?«, fragte Dr. Starke.

Der Innenminister sah auf seine Armbanduhr. »Herr Lüders ist in meinem Haus kein Unbekannter.« Er lächelte. »Vielleicht aber ein Unbequemer«, fügte er leise an. »In Abstimmung mit meiner Kollegin aus dem Finanzressort würde ich Sie bitten, sich in diesem Fall einmal umzusehen. Selbstverständlich sollen Sie dabei weder die Arbeit der Staatsanwaltschaft noch die Mordermittlungen behindern. Ich denke, Sie wissen, was ich damit sagen möchte.« Er stand auf und drückte Lüder eine Visitenkarte in die Hand. »Hierüber erreichen Sie mich zu jeder Zeit. Die Telefonnummer ist absolut vertraulich. Nur Sie dürfen sie verwenden.« Wie zufällig streifte sein Blick Dr. Starke. »Ich höre von Ihnen«, sagte er und verabschiedete sich von Lüder mit einem festen Händedruck, bevor er dem Kriminaldirektor die Hand reichte. Dann entfernte er sich mit federndem Schritt Richtung Ausgang.

»Ein merkwürdiger Mensch«, dachte Dr. Starke laut nach und sah dem Minister hinterher. Dann zuckte er mit den Schultern. »Immerhin ist er unser oberster Dienstherr.«

Im Auto lehnte sich Dr. Starke zufrieden in die Polster. »Ich sehe es als Anerkennung der Arbeit unserer Abteilung, dass man uns so weit ins Vertrauen zieht. Auch wenn es nicht jeder verstanden hat, zahlt sich das kontinuierliche Investment meiner Arbeit aus und trägt langsam Früchte. Sie dürfen froh sein, dass Sie daran partizipieren können. Ich mache kein Geheimnis daraus, dass ich lange Zeit nicht mit Ihrer Arbeit zufrieden war. Seitdem Sie Ihr Verhalten geändert haben, beginnen Sie, in die Waagschale der Aktivposten der Abteilung überzuwechseln. Lassen Sie nicht nach, wenn ich Ihnen den guten Rat geben darf. Nicht als Vorgesetzter, sondern als wohlmeinender Kollege.«

Lüder biss sich auf die Lippen. Du Arschloch, dachte er grimmig.

»Haben Sie schon Einblick in die Ermittlungen gehabt?«, fragte Lüder später auf der Rückfahrt zum Polizeizentrum Eichhof, in dem auch das Landeskriminalamt untergebracht war.

Der Kriminaldirektor knurrte etwas Unverständliches. Er wollte damit verschweigen, dass sein Wissensstand genauso gering war wie Lüders.

»Wie wollen Sie vorgehen?«, fragte Dr. Starke, nachdem sie den Mercedes geparkt hatten.

»Das kann ich erst entscheiden, wenn ich mich über die vorhandenen Fakten informiert habe«, sagte Luder einsilbig. Vor der Tür zum Büro des Abteilungsleiters trennten sie sich, und Lüder ging weiter zu seinem Arbeitsplatz.

Zunächst informierte er sich im Internet über Rochus von Meyer zu Reichenberg. Der studierte Diplomkaufmann hatte auch eine Zulassung als Steuerberater, war also in Wirtschafts- und Steuerfragen durchaus versiert. Von Meyer war knapp über fünfzig, wohnte mit Frau und zwei Kindern in Dersau und war seit acht Jahren Generalbevollmächtigter der Familie von Plön zu Boesendorff und Wagrien.

Den Presseberichten zufolge hatte er alleinverantwortlich die wirtschaftlichen Interessen der herzoglichen Familie wahrgenommen und dabei die Vorteile unterschiedlicher Besteuerungen in verschiedenen Ländern nach Meinung des deutschen Fiskus zu sehr ausgenutzt. Man warf ihm Steuerhinterziehung im großen Stil vor. Es ging um Millionen, die er dem Finanzamt vorenthalten haben sollte. Wohlgemerkt nicht sein eigenes Vermögen, sondern jenes, für das er als formeller Geschäftsführer verantwortlich zeichnete. Von Meyer hatte sich darauf berufen, dass er legal die abweichenden Gesetzeslagen ausgenutzt hatte. Darauf wollte sich das Finanzamt nicht einlassen. Nun lief ein Prozess gegen ihn, dessen Ende und Ausgang nicht absehbar waren.

Lüder rief Hauptkommissar Thomas Vollmers an.

»Tach«, meldete sich der Leiter des K1, das volkstümlich auch »Mordkommission« genannt wurde. »Ich vermute, Sie interessieren sich für den Mord im Kalkbergstadion in Bad Segeberg. Wir stehen noch ganz am Anfang. Aber warum interessiert sich das LKA dafür?«

»Das Opfer ist prominent.«

»Das ist noch lange kein Grund für Ihre Intervention.«

»Niemand seitens des LKA will sich in Ihre Arbeit einmischen. Wenn Profis wie Sie und Ihre Leute am Ball sind, bedarf es keiner klugen Ratschläge unsererseits.«

»Ich weiß«, spottete Vollmers. »LKA ist die Abkürzung für ›leider keine Ahnung‹, auch wenn manche Kollegen des LKA davon überzeugt sind, ihr Amt sei die Hochleistungszentrale zur Verbrechensbekämpfung.«

»Die Landesregierung möchte gern über diesen Fall und dessen Hintergründe informiert sein. Deshalb hat man mich gebeten, ein Statement zu verfassen, insbesondere hinsichtlich der Auswirkungen auf den laufenden Prozess und mögliche weitere Personen, die im Fokus der Öffentlichkeit stehen.«

»Das habe ich mir fast gedacht«, sagte Vollmers. »Glaubt jemand, da wird ein großes Rad gedreht? Warum sollte man es auf von Meyer zu Reichenberg abgesehen haben? Ich habe mich auch schon gefragt, ob er zu viel weiß. Wir treffen uns in zwanzig Minuten zu einer Besprechung. Wollen Sie dazukommen?«

»Ich bin schon unterwegs«, sagte Lüder.

Er fuhr zur »Blume«, dem ehemaligen Polizeipräsidium an der Blumenstraße, in dem neben verschiedenen anderen Dienststellen auch die Bezirkskriminalinspektion untergebracht war. Lüder brauchte mit seinem BMW nur wenige Minuten bis zum renovierten massigen Bau mit den für die damalige Zeit typischen Anklängen an die märkische Backsteinarchitektur der Gotik. Fenster und Türen waren erneuert worden, Feuchtschäden beseitigt und die technischen Gegebenheiten auf den neuesten Stand gebracht. Seit Kurzem war die »Blume« nach Jahren der Improvisation wieder die berufliche Heimat für rund einhundertfünfzig Kriminalbeamte.

Hauptkommissar Vollmers hatte sein Team bereits in einem Besprechungsraum versammelt.

»Dr. Lüders vom LKA«, stellte er Lüder vor. »Ich glaube, Sie kennen sich.«

Lüder nickte den Beamten zu und setzte sich ans Ende des Tisches. Er hatte alle Gesichter schon einmal gesehen.

»Am Sonnabend wurde während der Vorstellung der Karl-May-Festspiele im Bad Segeberger Kalkbergtheater Rochus von Meyer zu Reichenberg erschossen«, begann Vollmers und projizierte ein Bild des Opfers auf den großen Bildschirm. Dann nannte er die persönlichen Daten, erwähnte den laufenden Prozess und von Meyers Tätigkeit als Geschäftsführer der herzoglichen wirtschaftlichen Interessen. »Alle folgenden Informationen sind noch nicht abgesichert. Wir müssen uns aber als Arbeitsgrundlage darauf stützen. Das Opfer wurde aus einem Scharfschützengewehr mit einem Geschoss zwölf Komma sieben mal neunundneunzig Millimeter ermordet. Es handelt sich um Hartkernmunition. Die Techniker des LKA«, dabei fiel Vollmers' Blick auf Lüder, »vermuten, dass es sich bei der Waffe um ein Scharfschützengewehr G82 der Barrett Firearms Manufacturing aus den USA handelt. Das Gewehr wird auch bei der Bundeswehr eingesetzt und wird bei großen Reichweiten benutzt. Mit der von Zeiss zugerüsteten Optik können Ziele bis zu eintausendachthundert Metern bekämpft werden.« Vollmers stutzte. »Sorry«, sagte er. »›Bekämpft‹ ist natürlich ein militärischer Ausdruck und in unserem Fall nicht passend.«

Er ließ das nächste Bild auf dem Schirm erscheinen. Es war eine Satellitenaufnahme des Kalkbergs und des Theaters. Vollmers ließ einen Laserpointer aufblitzen.

»Hier oben hat der Schütze gestanden. Wenn Sie von unten, also von den Zuschauerrängen, zur Plattform hinaufsehen, ein wenig rechts versetzt. Die Spurensicherung hat die Geschosshülse sicherstellen können. Während der Aufführung ist dieser gesamte Bereich abgesperrt. So konnte sich der Mörder dort ungehindert bewegen. Niemand hat ihn bemerkt. Auch deshalb nicht, weil sich die Aufmerksamkeit der Besucher auf das Geschehen im Theater konzentriert hat. Keiner sucht mit seinen Augen während der Vorstellung den Kalkberg ab. Außerdem dürfte der Mörder mit ein wenig Tarnung kaum zu sehen gewesen sein. Vom Standort des Schützen bis zum Sitzplatz des Opfers sind es rund fünfzig Meter Luftlinie. Das ist für einen Präzisionsschützen mit dem G82 und einer guten Zieloptik kein Problem.«

Lüder hob artig den Finger, als würde er sich in der Schule zu Wort melden. Hauptkommissar Vollmers nickte ihm zu.

»Technisch klingt das plausibel. Der Täter sah sich aber siebeneinhalbtausend Besuchern gegenüber. Woher wusste er, wo sein Opfer sitzt? Er musste Kenntnis von dessen Platz gehabt haben, davon, dass von Meyer an diesem Tag zur Abendvorstellung ging. Außerdem muss man über gute Ortskenntnis des Kalkbergtheaters verfügen. Für den gelegentlichen Besucher ist es ein verwirrendes System von Blöcken, Reihen, Platznummern und vielem mehr.«

»Wir haben einen wichtigen Zeugen vernommen. Dirk Grützmacher aus Pinneberg. Der hat direkt hinter dem Opfer gesessen und bemerkt, wie ein roter Punkt erst bei sich über den Bauch, dann über den Kopf seines Vordermanns gewandert ist.«

»Die Zieloptik«, warf Lüder ein. »Damit konnte der Schütze sein Ziel exakt erfassen.«

Vollmers nickte. »Grützmacher hat sich nichts dabei gedacht. Das ist verständlich. Wer vermutet während eines Westernspektakels einen Mordanschlag?«

»Bei Karl May gab es noch keine lasergesteuerte Zielerfassung«, warf Oberkommissar Horstmann ein.

»Das ist uns allen klar«, antwortete Vollmers. »Aber der Zeuge Grützmacher ist Laie. Er kennt sich weder mit solchen Dingen aus, noch hat er darüber nachgedacht.«

»Gibt es weitere Zeugen?«, fragte Lüder.

»Es haben sich einige bei den Kollegen aus Segeberg zu Wort gemeldet. Es ist aber nichts Brauchbares darunter. Einer der Statisten, der in den Kulissen unterhalb des Berges einen Indianer mimte, will im Publikum einen Laserpointer gesehen haben. Nach seiner Beschreibung haben wir rekonstruiert, dass es die Stelle gewesen sein muss, an der das Opfer saß.«

»Konnten das weitere Ensemblemitglieder bestätigen?«, fragte Lüder.

»Nein. Nur einer. Er hat sich aber nichts dabei gedacht. Es kommt gelegentlich vor, dass irgendwelche Idioten mit solchen Dingern in der Öffentlichkeit hantieren. Wir haben es auch schon in Fußballstadien erlebt.«

»Das heißt, der Täter war nicht allein, sondern hatte Helfer«, stellte Lüder fest. »Die Tat war gut vorbereitet. Man wusste, dass von Meyer an diesem Tag ins Kalkbergtheater ging, man kannte seinen Sitzplatz, und ein Helfer hat ihn zusätzlich markiert. Es war ein professionell ausgeführter Mord.«

»So weit sind wir auch schon gewesen«, sagte Vollmers. Es klang ein wenig beleidigt.

»Das passt doch zu den Indianerspielen«, warf Horstmann ein. »Die haben sich in den Wildwestfilmen doch auch immer Zeichen mit Spiegeln gegeben.«

»Bevor Sie weiterfragen«, fuhr Vollmers fort und warf Lüder einen bösen Blick zu. »Wir haben natürlich auch die Anwohner der umliegenden Straßen befragt, ob ihnen jemand aufgefallen ist, der mit einem Gewehr oder einer Tasche, mit der die Ausrüstung transportiert werden kann, unterwegs war. Während der Festspiele herrscht rund um den Kalkberg ein Rummel, dass da niemand auf solche Dinge achtet. Der Täter hat nicht nur gute Ortskenntnisse besessen, wusste, wo sein Opfer sitzt, sondern auch die Nerven gehabt, inmitten dieses Gewimmels von Menschen eiskalt sein Opfer zu erschießen. Auch der Zeitpunkt, der gespielte Indianerüberfall, war perfekt gewählt.«

»Also kannte der Täter auch den Zeitplan der Aufführung«, stellte Lüder fest. »Es ist eine Sisyphusarbeit, aber man könnte versuchen herauszufinden, wer die Karte hinter Grützmacher bestellt hat. In Bad Segeberg werden die Karten im Vorverkauf erworben.«

»Da sind wir dran«, versicherte Vollmers. »Noch einmal zur Tat selbst. Der Schuss trat beim Opfer knapp unterhalb des linken Auges ein und trat wieder aus. Da der Schütze eine erhöhte Position hatte, verlief der Schusskanal leicht von oben nach unten. Der Zeuge Grützmacher hat ungemein viel Glück gehabt, dass ihn das Geschoss nicht getroffen hat. Es hat ihn an der Kleidung gestreift und ist hinter ihm in der darüberliegenden Sitzreihe ins Erdreich gefahren. Mit Sicherheit hätte Grützmacher eine schwere Verletzung davongetragen.« Vollmers sah sich um. »Hat noch jemand Fragen?« Niemand antwortete. »Gut. Dann werden wir jetzt die Aufgaben verteilen.«

Lüder stand auf und streckte Vollmers den Daumen entgegen. »Gute Arbeit«, sagte er und verabschiedete sich mit einem »Tschüss«, bevor er ins Landeskriminalamt zurückkehrte.

Es war ein ungewöhnlicher Mord. Die Prominenz des Opfers allein hätte ausgereicht, um große Aufmerksamkeit zu erregen. Warum hatten die professionellen Täter, daran zweifelte Lüder nicht, einen so spektakulären Ort wie das Segeberger Freilufttheater gewählt und siebeneinhalbtausend Menschen daran teilhaben lassen? Das Drehbuch zu diesem Mord war sorgfältig ausgearbeitet. Die Tat in diesem Rahmen folglich vorbereitet und geplant. Gab es Geheimnisse, um die der Mann wusste und die für jemanden gefährlich werden konnten? Sollte verhindert werden, dass er im Prozess aussagte?

Man hätte sicher auch versuchen können, von Meyers Schweigen zu erkaufen. Mit Geld? Durch Winkelzüge teurer Anwälte, die man ihm zur Seite stellte? Durch Zusagen für die Zeit nach Ableistung der fälligen Strafe?

Viele ahnten möglicherweise, dass von Meyer nur ein Bauernopfer war. Verbargen sich hinter ihm ganz andere Persönlichkeiten? Ein Mord wie dieser weckte ungemein viel Aufmerksamkeit in den Medien und veranlasste Journalisten, denen es nicht nur auf eine Schlagzeile ankam, die Hintergründe investigativ zu erforschen. Den Verantwortlichen in der Politik und der Staatsanwaltschaft war daran gelegen, kurzfristig vorzeigbare Erfolge vorzuweisen. In solchen Fällen war der Druck auf die ermittelnden Polizisten enorm.

Aber warum hatte der Innenminister das Gespräch mit Lüder gesucht? Er fand keine Antwort auf diese Frage.

Lüder beschloss, zunächst die Familie von Meyer zu Reichenberg aufzusuchen. Sein Weg führte ihn über die gut ausgebaute Bundesstraße. Nachdem er das Kieler Stadtgebiet verlassen hatte, kam er zügig bis Ascheberg voran und genoss die Fahrt durch eine landschaftlich reizvolle Landschaft bis zum Großen Plöner See. Von hier war es nur ein kurzer Weg bis nach Dersau.

Das Haus der Familie von Meyer zu Reichenberg lag etwas abseits des Ortskerns des Luftkurorts. Vor dem großen Walmdachbungalow standen ein Mercedes der S-Klasse, ein Dreier-BMW-Cabrio und ein VW Touran, Letzterer mit Kennzeichen des Kreises Ostholstein. Lüder stellte seinen Wagen hinter den Autos ab, durchschritt den gepflegten Vorgarten und drückte den Messingknopf. Auf ein Namensschild an der Tür hatten die Bewohner verzichtet.

Die schwere Holztür mit dem geriffelten Glas öffnete sich einen Spalt, und der Kopf einer grauhaarigen Frau erschien.

»Ja bitte?«, fragte sie mit schüchtern klingender Stimme.

»Lüders. Polizei Kiel. Frau von Meyer?«

Sie bewegte verneinend den Kopf. »Ich bin die Haushaltshilfe«, sagte sie leise.

»Ich hätte gern Frau von Meyer gesprochen.«

»Ich weiß nicht recht …«

»Es ist wichtig.«

»Gut. Ich werde nachfragen.«

Dann schloss sich die Tür wieder. Es dauerte ein paar Minuten, bis sie wieder geöffnet wurde und eine asketisch wirkende Frau erschien. Das Gesicht sah verlebt aus, auch wenn die Kleidung – eine Seidenhose und eine Art Poncho – mit Sicherheit aus einer Edelboutique stammte. Die blonden Haare waren im Nacken zu einem Pferdeschwanz zusammengebunden.

»Ja?«, fragte sie.

»Frau von Meyer?«, antwortete Lüder mit einer Gegenfrage.

»Ich bin die Schwester. Tackenberg-von Behrendorf«, stellte sie sich vor. »Und Sie?« Die Frau wirkte arrogant.

»Dr. Lüders vom Landeskriminalamt.«

»Können Sie sich ausweisen?«

Sie prüfte seinen Dienstausweis ausgiebig, dann öffnete sie die Tür. »Kommen Sie«, sagte sie und ging voran.

Sie durchquerten eine Diele, die fast einer Halle glich, und betraten durch eine doppelflügelige Ganzglastür ein ganz in Weiß gehaltenes Wohnzimmer. Auch die große Fensterfront mit dem Blick auf einen großzügig angelegten Garten ließ alles hell und freundlich erscheinen. In die Ecke einer Sitzlandschaft aus ebenfalls weißem Leder hatte sich eine Frau gekuschelt, die die Beine angezogen hatte. Die Hände hatte sie um die Knie geschlungen.

»Frau von Meyer?«, fragte Lüder, nachdem die Schwester es nicht für nötig befunden hatte, ihn vorzustellen.

»Frau von Meyer zu Reichenberg«, erklärte die blonde »Türöffnerin«.

Lüder unterließ es, seinen Namen erneut zu nennen. Niemand bot ihm einen Platz an. Er wählte einen allein stehenden Sessel, setzte sich und schlug die Beine übereinander. Er erwog kurz, mit einem Satz seine Anteilnahme am Tod des Ehemanns auszusprechen, unterließ es aber.

»Die Polizei war schon hier«, erklärte die Schwester und setzte sich auf die Lehne der Sitzlandschaft.

»Ich bin vom LKA.«

»Können Sie sich nicht untereinander abstimmen?«

Lüder ging nicht darauf ein. »Hat es in der Vergangenheit Drohungen gegen Ihren Mann oder die Familie gegeben?«

»Blödsinn«, übernahm die Schwester erneut das Antworten.

»Sie dürften nicht hinreichend informiert sein«, erwiderte Lüder barsch. »Ich würde gern mit Frau von Meyer sprechen.«

Die schüttelte nur den Kopf mit den kurz geschnittenen Haaren.

»Wir müssen die gegen Ihren Mann erhobenen Vorwürfe nicht im Detail erörtern. Hat sich in der jüngsten Zeit etwas ergeben, das Ihren Mann entlastet hätte, während andere Personen in den Blickwinkel der Steuerfahndung gekommen wären?«

»Die Vorwürfe gegen meinen Schwager sind haltlos. Er hat sich nichts zuschulden kommen lassen«, mischte sich die Schwester erneut ein.

»Sie dürften kaum informiert sein«, antwortete Lüder.

Frau Tackenberg erhob den Zeigefinger und schwenkte ihn hin und her. »Haben Sie nicht zugehört, als ich meinen Namen nannte? Tackenberg-von Behrendorf.«

Und ich bin Lüder Lüders »von« Kiel-Hassee, dachte Lüder. Laut sagte er: »Was wollen Sie damit sagen?«

»Sie kennen meinen Mann. Dr. Ferdinand Tackenberg von der gleichnamigen Wirtschaftsprüfersozietät. Tackenberg und Kollegen. Mein Mann ist der Seniorpartner.«

»Ist er in die Vorwürfe gegen Herrn von Meyer involviert?«

Frau Tackenberg reckte sich. »Führen Sie hier steuerliche Ermittlungen durch?«

»Wenn es Zusammenhänge mit dem Mord an Herrn von Meyer gibt – ja.«

»Die Kanzlei meines Mannes ist … war«, korrigierte Frau Tackenberg, »in die Verteidigung meines Schwagers eingebunden.«

»Schön.« Lüder wandte sich Frau von Meyer zu. »Sie haben meine Frage nach möglichen Drohungen noch nicht beantwortet.«

»Nein. Wer sollte so etwas tun?«, antwortete die Frau mit leiser Stimme. Sie wirkte nicht so forsch wie ihre Schwester.

»Ich spreche nicht von der Androhung offener Gewalt. Es gibt subtilere Methoden. In komplexen Fällen wie jenem, der Ihrem Mann vorgeworfen wird, kann man durch geschicktes Agieren, Verschieben von Fakten und Halbwahrheiten, jemanden in eine Ecke drängen, in die er sich nicht freiwillig begeben hätte.«

»Was wollen Sie damit sagen?«, fragte Frau von Meyer.

»Ihr Mann hat als Manager viele Dinge zu verantworten gehabt. Die Betonung liegt dabei auf ›Manager‹. Er hat nicht das eigene Vermögen verwaltet. Kann es sein, dass er bestimmte Handlungen in fremdem Auftrag vollzogen hat?«

»Sie meinen, man hätte –«, begann Frau von Meyer, wurde aber sofort von ihrer Schwester unterbrochen.

»Stopp, Christina, sage nichts mehr. Halte dich aus allem heraus. Die Materie ist so kompliziert, dass auch das Finanzamt sie nicht versteht. Woher sollen die Beamten in der Kieler Provinz auch internationale Wirtschaftsbeziehungen begreifen? Sie prüfen sonst Dorffriseure und Kleingewerbetreibende. Und der Polizist hier«, dabei nickte sie in Lüders Richtung, »versteht nicht einmal davon etwas.«

»Haben Sie etwas zu verbergen?«, wandte sich Lüder an Frau Tackenberg und bediente sich bewusst eines unfreundlichen Tons.

»Ich?« Sie öffnete den Mund und war überrascht. »Natürlich nicht. Ich habe nichts mit der ganzen Sache zu tun.«

»Aber Ihr Mann.«

»Der ist Wirtschaftsprüfer.«

»Und Steuerberater?«

»Was hat das damit zu tun?«

»Also ja«, beantwortete Lüder die Frage selbst und holte sein Smartphone hervor. »Ich könnte es googeln. Oder Sie beantworten meine Frage.«

»Ja«, bestätigte Frau Tackenberg.

Lüder drehte sich wieder zu Frau von Meyer um.

»Wer ist auf die Idee gekommen, die Karl-May-Festspiele zu besuchen?«

»Ich weiß nicht«, erwiderte Frau von Meyer.

»Hat Ihr Mann die Karten besorgt? Selbst?«

Sie schüttelte den Kopf. »Nein. Das ist nicht unsere Welt.« Die Frau fuhr sich mit gespreizten Fingern durch das kurze Haar. »Rochus wäre da nie hingefahren. Und die Kinder können sich für so ein … ein …« Sie suchte nach einem passenden Wort. Erneut half ihre Schwester aus.

»So eine profane Volksbelustigung.«

»So ein Event«, schwächte Frau von Meyer ab, »nicht erwärmen. Ich weiß auch nicht. Irgendwie waren die Karten da.«

»Hat Ihr Mann sie mitgebracht?«

»Sie sind mit der Post gekommen.«

»Anonym?«

»Vom Büro des Herzogs.«

»Dem ehemaligen Bundespräsidenten Herzog?« Lüder zog eine Augenbraue in die Höhe und lächelte.

»Solche Bemerkungen sind nicht unser Niveau«, mischte sich die Schwester ein. »Wenn man in diesem Hause vom Herzog spricht, ist damit das hochadelige Haus derer von Plön gemeint.«

»Und die haben Ihnen so etwas Primitives wie Karten für Karl May geschickt?«, zeigte sich Lüder erstaunt.

»Wir waren auch irritiert. Das ist nicht der Stil des herzoglichen Büros. Mein Mann wollte die Karten auch wegwerfen. Warum er sich anders besonnen hat und an dieser Volksbelustigung teilnahm, kann ich Ihnen nicht sagen.«

»Haben Sie den Brief noch, mit dem die Karten geschickt wurden?«

Frau von Meyer schüttelte den Kopf. »Das war meines Wissens nur ein Umschlag. Ohne Brief.«

»Wo ist der?«

»Weg. Papierkorb.«

»Wann war das?«

»Vor drei Wochen? Kann auch länger her sein.«

»War's das?« Frau Tackenberg erhob sich von der Lehne. »Möglicherweise sind Sie in der Anwendung gesellschaftlicher Formen nicht geübt«, erklärte sie hochnäsig. »Wenn Sie noch einmal mit meiner Schwester oder mit mir sprechen, dürfen Sie gern die Anrede ›Baronin‹ verwenden. Freifrau von Meyer zu Reichenberg.«

»Und Sie?«

»Ich bin eine geborene Freifrau von Behrendorf.«

»Und Ihr Mann?«

»Ich spreche von mir.«

Lüder stand auf.

»Einen schönen Garten haben Sie«, sagte er zu Frau von Meyer. »Mit einem wunderbaren alten Baumbestand.«

»Die Eichen und Buchen gehören uns nicht«, erklärte Frau von Meyer.

Lüder sah sie erstaunt an.

»Dersau liegt an der alten Postkutschenstraße, die das damals dänische Altona mit Kiel verband. Der Ort gehörte dem Gut Ascheberg. Seit damals gilt die Regelung, dass alle Eichen und Buchen in Dersau dem Eigentümer des Gutes gehören, gleich, ob sie im Wald oder in einem privaten Garten stehen.«

»Das ist Feudalismus pur«, merkte Lüder an.

»Das ist Geschichte«, erwiderte Frau Tackenberg in belehrendem Tonfall und zeigte mit ausgestrecktem Arm Richtung Tür. »Bitte.«

»Tschüss«, sagte Lüder und ließ es flapsig klingen. Wie erwartet erhielt er keine Antwort. Die Schwester geleitete ihn zur Haustür und ließ ihn hinaus. Stumm.

Er kehrte irritiert zu seinem BMW zurück und trat die Rückfahrt nach Kiel an. Eine merkwürdige Welt, die sich vor ihm aufgetan hatte.

Wer war der Herzog von Plön?, fragte sich Lüder. Der Name war in aller Munde. Jeder wusste, dass es sich um einen der reichsten Deutschen handelte. Ob die Regenbogenpresse mehr veröffentlichte, als in den allgemeinen Medien berichtet wurde? Man war seitens der Familie sehr diskret und scheute die Öffentlichkeit. Für Lüder hatte bisher keine Veranlassung bestanden, sich näher mit der Familie zu befassen.

Die von Plöns waren Standesherren. So hießen die Mitglieder hochadeliger Häuser im Heiligen Römischen Reich Deutscher Nation. Erst zwischen 1803 und 1815 verlor der Hochadel die reichsunmittelbaren Herrschaftsrechte, auch wenn ihnen die Ebenbürtigkeit mit den regierenden Dynastien zugestanden und erhebliche Sonderrechte eingeräumt wurden. Die Familie Herzog zu Plön gehörte zur *Deuxième Partie*, der zweiten Abteilung des Gothaer Almanachs, und damit zu den fürstlichen Häusern.

»Schön«, sagte Lüder zu sich selbst. »Wie gut, dass wir heute eine bürgerliche Demokratie sind.«

Bei seiner weiteren Recherche stieß er aber auch auf die profanen Interessen der Familie. Bereits zu Kaisers Zeiten verfügte man über ausgedehnten Grundbesitz, auch über überseeische Besitztümer in den deutschen Kolonien.

Hieraus erwuchs ein florierender Handelsbereich, und als der Kaiser Kanonen benötigte, wurden im größeren Stil Fabriken und Werften gebaut. Um das zu finanzieren, gründeten die Ahnherren auch eine herzogliche Bank, die bis heute im Familienbesitz war. Fabriken und Werften gingen nach den verlorenen Kriegen unter.

Dafür entdeckte man nach dem Zweiten Weltkrieg, als auf vier Einheimische drei Flüchtlinge kamen und Schleswig-Holstein auf einen Schlag eine Million mehr Menschen aufnehmen musste, dass Wohnraum benötigt wurde. Zunächst versorgte die Familie das Land zwischen den Meeren mit billigem Wohnraum. Dieser Geschäftszweig erwies sich als ausgesprochen lukrativ. Heute, so las Lüder, gehörten ihr mehrere hunderttausend Wohnungen in Deutschland. Die Herzöge von Plön waren eine bestimmende Größe im Wohnungsmarkt. Von überteuerten und verkommenen Billigwohnungen bis zu Luxusquartieren war alles vertreten.

»Und in diesem Geflecht hat sich Rochus von Meyer verstrickt«, murmelte Lüder halblaut.

»Wer hat etwas gestrickt?«, wurde er unterbrochen.

Lüder sah auf.

»Moin, Friedhof«, begrüßte er den mehrfach behinderten Mitarbeiter der Hausdienste, der Post und Akten verteilte. »Kannst du stricken?«

»Klar, Herr Kriminalitätsrad.«

Lüder hörte genau hin. »Hast du eben ›Kriminalrad‹ mit ›d‹ gesagt?«

Friedjof nickte. »Klaro, du drehst doch stets ein großes Rad. Außerdem sprach ich vom Kriminalitätsrad.«

»Ich glaube, du kannst nicht stricken, sondern spinnen«, erwiderte Lüder lachend. »Intrigen, Geschichten, was auch immer.«

»Ich habe mir Stahlwolle gekauft«, behauptete Friedjof, »und jetzt will ich mir ein Auto stricken.«

Lüder lachte. »Superidee. Sag mal, Friedhof. Wo wohnst du eigentlich?«

»Zu Hause.«

»Grandios. Und wo ist das?«

Friedjof bleckte die Zähne. »Bei mir.«

Lüder zeigte auf den Bildschirm. »Mal im Ernst.«

»Herzog-Friedrich-Straße.«

»Das sind Altbauten?«

»Ja. Hat den Vorteil, dass man schnell in der City ist.«

»Teuer?«

»Ziemlich«, gestand Friedjof ein. »Zu teuer, dafür, dass der Vermieter manches verkommen lässt. Die Wohnungen sind feucht, die Heizung ist marode. Die Fenster sind vergammelt, und im Treppenhaus platzt überall der Putz ab.«

»Habt ihr Mieter euch schon einmal beschwert?«

Friedjof lachte bitter auf. »Was nützt das? Uns hört niemand an.«

»Es muss doch eine Wohnungsverwaltung geben?«

»Die kümmert sich um nichts. Wer sich beschwert, wird drangsaliert.«

Lüder fragte vorsichtshalber nicht nach, wie sich das in der Praxis auswirkte.

Friedjof zog den Kopf ein, als er Richtung Tür ging. Dabei hob er seine Hände schützend in den Nacken. Im Türrahmen drehte er sich noch einmal um.

»Ist irgendetwas nicht in Ordnung?«

»Weshalb?«, fragte Lüder.

»Du hast mich heute nicht mit Büroklammern beworfen.« Dann zog Friedjof weiter.

Lüder versuchte, Vollmers zu erreichen. Es dauerte eine Weile, bis er den Hauptkommissar am Apparat hatte. Er berichtete von seinem Besuch bei der Ehefrau des Toten und den Eintrittskarten, die angeblich vom Büro des Herzogs zugeschickt worden waren.

»Woher wissen Sie das nun schon wieder?«, wollte Vollmers wissen. »Da sind wir noch nicht zu gekommen«, sagte der Hauptkommissar.

Lüder hörte die unterschwellige Verärgerung heraus. Er wusste, dass die Kieler Kripo gute Arbeit leistete. Wenn man – aus welchem Grund auch immer – beim ersten Gespräch an diese Möglichkeit nicht gedacht hatte, so wären der Hauptkommissar und sein Team später auf diese Frage gestoßen. Vorwürfe waren nicht angebracht.

»Haben Sie schon mit den Plönern gesprochen?«, fragte Lüder.

»Wir haben uns bemüht, einen Ansprechpartner zu finden, sind aber ins Leere gelaufen. Da wir derzeit viele andere Spuren verfolgen und meine Leute voll ausgelastet sind, habe ich diesen Punkt mit der Priorität eins b versehen. Spätestens morgen oder übermorgen hätten wir den Leuten die Pistole auf die Brust gesetzt.«

»Wenn es Ihnen recht ist, übernehme ich diesen Part. Nur um Sie zu entlasten«, schob Lüder hinterher.

»Von mir aus«, antwortete der Hauptkommissar. Begeisterung klang anders.

Anschließend versuchte Lüder, die Zentralverwaltung der »Herzoglichen Vermögensverwaltung zu Plön« zu erreichen. Es meldete sich eine geschäftsmäßig klingende Frauenstimme, die ihren Namen nannte.

»Was kann ich für Sie tun?«

»Ich hätte gern den Herzog von Plön gesprochen«, sagte Lüder. Für einen Moment herrschte verblüffte Stille in der Leitung.

»Sie meinen die Herzogliche Vermögensverwaltung?«, fragte die Stimme nach. »Mit der sind Sie verbunden.«

»Nein. Ich möchte gern Ihren Chef sprechen. Den Herzog selbst.«

»Den –?« Die Frau brach mitten im Satz ab. »Kleinen Augenblick, ich verbinde.«

Das geschah noch zwei Mal, bis sich eine souverän klingende Frau meldete. Der Stimme nach war sie schon älter.

»Sie möchten Seine Hoheit sprechen?«, fragte sie ungläubig. »Wer sind Sie überhaupt?«

»Lüders. Landeskriminalamt.«

»In welcher Angelegenheit?«

»Der Mord an Herrn von Meyer.«

»Da können wir Ihnen nicht weiterhelfen.«

»Doch«, versicherte Lüder und erklärte der Frau, dass die Polizei besser wisse, wen sie bei Tötungsdelikten befragen müsse.

»Aber doch nicht Seine Hoheit«, behauptete die Frau, die sich mit »Thormählen« vorgestellt hatte.

»Welche Funktion üben Sie im Hause aus?«, wollte Lüder wissen. »Ich glaube, Herr von Plön wird nicht begeistert sein, wenn ich Vertrauliches mit seinen Mitarbeitern bespreche.«

»Ich bin die persönliche Assistentin Seiner Hoheit und mit allem vertraut.«

»Können Sie mir sagen, ob im Rahmen der Ermittlungen wegen Steuerhinterziehung gegen Herrn von Meyer auch Verdachtsmomente gegen Herrn von Plön aufgetaucht sind?«, fragte Lüder und ließ es beiläufig klingen.

»Gegen Seine Hoheit?« Frau Thormählen war verunsichert. »Diese Dinge sollten Sie mit unserem Rechtsbeistand besprechen«, versuchte sie, ihn abzuwimmeln.

»Das ist das gute Recht des Herrn von Plön. Ich würde über die Staatsanwaltschaft veranlassen, dass ihm eine Ladung als Zeuge zugestellt wird.«

»Geben Sie mir Ihre Telefonnummer«, wich Frau Thormählen aus. »Wir melden uns bei Ihnen.«

Lüder nutzte die Zeit, um Dr. Diether von der Rechtsmedizin der Christian-Albrechts-Universität anzurufen. Er erreichte einen Mitarbeiter, der sich auf die Suche nach dem Oberarzt begab. Nach einer Weile hörte Lüder sich nähernde Schritte, die in den gefliesten Räumen widerhallten.

»Verwertungsanstalt für unfreiwillig Dahingeschiedene«, meldete sich Dr. Diether, der für seinen tiefschwarzen Humor berüchtigt war.

»Sind Sie die Warenannahme?«

»Wollen Sie selbst vorbeikommen? Oder werden Sie angeliefert?«

»Ich warte noch auf die Kiste Champagner. Schließlich gehöre ich zu denen, die ständig auf der Suche nach Arbeit für Sie sind.«

»Sie wollen sich nur einschmeicheln. Lassen Sie mich raten. Es geht um den Trapper, der bei einem Indianergefecht in Bad Segeberg im Kugelhagel stand.«

»Das waren die Komantschen. So weit sind wir in unseren Ermittlungen vorangekommen. Seien Sie froh, dass der Tote von uns mit einer Schussverletzung eingeliefert wurde. Beim Stichwort ›Indianer‹ hätten Ihnen die Husumer eine skalpierte Leiche geschickt.«

»Sie meinen Große Jäger?« Dr. Diether räusperte sich vernehmlich. »Merkwürdig, dass ausgerechnet jemand ermordet wird, der wegen eines Steuervergehens vor Gericht steht. Muss ich den eigentlich obduzieren? Wenn der wirklich Steuern hinterzogen hat, hat er sich nicht an den Gemeinschaftskosten des Staates beteiligt. Also auch nicht am Aufwand für die Rechtsmedizin. Und jetzt soll ich ihn aufschneiden? Für nichts? Das ist so, als würde jemand, der aus der Kirche ausgetreten ist, um die Kirchensteuer zu sparen, eine ehrenwerte christliche Beerdigung wünschen.«

»Haben Sie schon etwas Verwertbares feststellen können?«

»Ja. Das Opfer ist tot.«

»Dann bin ich froh. Sonst hätten wir den Fall womöglich an eine andere Abteilung abgeben müssen. Gibt es sonst noch etwas Bemerkenswertes? Tod durch Ertrinken?«

Für einen winzigen Moment stutzte Dr. Diether.

»Gut«, sagte er schließlich. »So viel Sachverstand hätte ich einem staubtrockenen Juristen nicht zugetraut.«

»Lieber staubtrocken als noch feucht hinter den Ohren«, konterte Lüder.

»Der Tote war feucht im Gehirn«, erklärte der Arzt. »Kein Wunder. Das Geschoss ist knapp über dem rechten Auge eingedrungen – schwupp –, einmal durch, hinten wieder raus. Da gewinnt der Begriff ›Schusskanal‹ gleich eine ganz andere Bedeutung. Das Opfer war kein –«

»Vorsicht«, rief Lüder dazwischen. »Der Jurist in mir weiß, wie man mit Beleidigungen umgeht.«

»Na ja. So einer war er nicht. Also gab es auch keinen Hohlraum im Kopf. Da ist ordentlich was kaputtgegangen. Soll ich Ihnen das im Einzelnen erklären?«

»Nein danke«, wehrte Lüder ab.

»Habe ich mir gedacht. Sie hätten es vermutlich doch nicht verstanden. Sie sollten auch einmal mit denen sprechen, die dem Mann vor seinem Tod zugesetzt haben. Der war bis oben hin mit Benzodiazepinen vollgepumpt. Diese Wundermittel wirken anxiolytisch, sedativ, euphorisierend –«

»Solche Mittel kann ich mir ersparen. Ich rufe einfach Sie an«, unterbrach Lüder den Arzt.

»Die Mittel sind ein Segen. Sie wirken angstlösend und entspannend. So voll, wie von Meyer damit abgefüllt war, muss dem entsetzlich mitgespielt worden sein. Der Mann war ein wandelndes Pharmapaket.«

»Ein bisschen –«

»Hören Sie mir nicht zu?«, fuhr Dr. Diether dazwischen. »Nix ›ein bisschen‹. Sein Apotheker kann sich von dem, was von Meyer für Medikamente ausgegeben hat, ein Weingut in der Toskana kaufen.«

Lüder bedankte sich für die Auskunft.

»Wir bleiben in Kontakt«, drohte Dr. Diether zum Abschied.

Es war aufschlussreich, was der Rechtsmediziner angemerkt hatte. Natürlich ließ auch einen kaltschnäuzigen Manager wie von Meyer ein solches Gerichtsverfahren nicht unberührt. Offenbar hatte es dem Mann aber mehr zugesetzt, als es in der Öffentlichkeit wahrgenommen wurde. Welche Hypothek hatte von Meyer mit sich herumgetragen? Wenn ihm alles über den Kopf gewachsen war, war er vielleicht versucht gewesen, ein paar Geheimnisse auszuplaudern. Ob ihn das innerlich befreit hätte? Hatte er tatsächlich andere in die Sache mit hineingezogen und deshalb sterben müssen? Aber warum auf diese spektakuläre Art?

Das Telefon riss Lüder aus seinen Gedanken. Frau Thormählen meldete sich.

»Seine Hoheit empfängt Sie heute Nachmittag um fünfzehn Uhr. Bereiten Sie sich bitte vor, da Ihnen nur begrenzte Zeit zur Verfügung steht.«

»Ich werde Ihrem Chef die Ehre erweisen«, erwiderte Lüder spöttisch.

Der Weg führte ihn über die Lübecker Bundesstraße in die reizvolle Kreisstadt des gleichnamigen Kreises. Keine neuntausend Einwohner lebten in der Idylle am Großen Plöner See. Die Stadt beherbergte in ihren Mauern die Marineunteroffizierschule und das Max-Planck-Institut für Evolutionsbiologie. Prägend für das Stadtbild war aber das mächtige Schloss, das direkt oberhalb des größten Binnensees des Landes lag.

Lüder bog auf Höhe der Polizeizentralstation von der Bundesstraße in die Straße »Schlossgebiet« ab, die bergan bis zum Schloss führte. Unterhalb der Rampe, die zum Vorplatz des Schlosses führte, fand er einen Parkplatz. Der Fußgängerdurchlass im schmiedeeisernen Gitter ließ sich öffnen. Der steile, kopfsteingepflasterte Anstieg gewährte Zugang zum Schlossvorplatz, der vom Haupt und von den beiden Seitenflügeln begrenzt wurde. Die offene vierte Seite bot einen atemberaubenden Blick auf den Großen Plöner See. Rechts zog sich die Prinzeninsel in das stille Wasser, links schmiegte sich auf einer Halbinsel ein Wohngebiet an das Ufer und verdeckte die »Fegetasche«, die heute ein Ausflugslokal war und die Anlegestelle für die Schiffe der Fünf-Seen-Fahrt beherbergte und ihren Namen durch eine Zollstation erhalten haben soll. Angeblich.

Die kleinen Inseln auf dem See spiegelten sich im stillen Wasser des Sees. Es war ein betörend schöner Ausblick.

Der Zugang zum Schloss befand sich rechts des Haupttrakts und war durch eine Schleuse versperrt, an der ein Mann in der grauen Uniform eines Sicherheitsdienstes saß.

»Sie wünschen?«, fragte er über eine Lautsprecheranlage.

»Ich habe einen Termin mit dem Chef.«

»Mit welchem?«

»Dem obersten.«

»Herrn Burghardt?«, riet der Uniformierte ungnädig. »Können Sie nicht konkreter werden?«

»Mit Herrn von Plön.«

»Kenne ich nicht.«

»Sie nennen ihn vermutlich den Herzog.«

Der Mann wirkte wie elektrisiert. »Mit dem …?«

»Genau. Und Sie bekommen viel Ärger, wenn wir hier Zeit verschwenden.«

Der Mann stand auf und telefonierte.

»Moment«, sagte er dann, setzte sich wieder und ließ Lüder nicht aus den Augen.

Wenig später summte es, und die Tür wurde geöffnet. Ein muskelbepackter Mann, ebenfalls in die Uniform des Sicherheitsdienstes gekleidet, stand Lüder gegenüber und forderte seinen Personalausweis.

»Ich zeige Ihnen meinen Dienstausweis.«

Irritiert las der Mann das Dokument. Dann griff er zum Mobiltelefon und sagte: »Hier ist ein gewisser Lüders von der Polizei und behauptet, einen Termin zu haben.« Die Antwort schien positiv auszufallen. »Haben Sie eine Waffe?«

»Wenn ich eine hätte, ginge es Sie nichts an.«

»Ich müsste Sie untersuchen. Körperlich.« Es klang unsicher.

»Nein«, sagte Lüder entschieden und tippte von außen auf die Waffe, die sich im Schulterholster des Mannes verbarg. »Eher untersuche ich Sie. Haben Sie überhaupt eine Waffenbesitzkarte?«

»Ja, schon …«

»Gut. Gehen wir.«

Im Inneren führte ein langer Gang, der in schlichtem Weiß gehalten und mit Antiquitäten bestückt war, durch den Hauptteil des Schlosses. Torbogen gaben den Blick auf einen Raum frei, der ebenfalls die ganze Breite des Mitteltraktes einnahm.

»Das ist der Gartensaal«, erklärte der Mann vom Sicherheitsdienst, als er Lüders Blick bemerkte.

Wandteppiche und Gemälde mit wichtig aussehenden Persönlichkeiten bedeckten die Wände, die Räume zwischen den Fensternischen nahmen ebenfalls Antiquitäten ein, während der Raum selbst von wuchtigen, im Stil dazu passenden, aber dennoch schlichten Sitzmöbeln bestimmt war.

An der Treppe im Übergang zwischen Haupthaus und linkem Seitenflügel erwartete sie ein Mann in einem mausgrauen Anzug.

»Homann«, stellte er sich vor. »Darf ich vorangehen?«

Sie erklommen die Treppe mit den breiten Stufen, die zudem niedriger waren als bei gewöhnlichen Treppen. Es war ein Entgegenkommen gegenüber den Damen der Gesellschaft gewesen, die auf diese Weise die Stufen mit ihren Reifröcken besser erklimmen konnten.

Lüder verstand nicht, weshalb sie erneut die ganze Breite des Hauptflügels durchquerten. Gepolsterte Stühle standen an den

Säulen, die Wände waren mit Bildern nahezu zugedeckt, und laternenähnliche Lampen ließen alles in einem warmen Licht erscheinen.

Sie bogen in den östlichen Seitenflügel ein. Auch hier setzte sich das Bild fort. Bilder. Antiquitäten.

Homann klopfte an eine der hohen und reichlich verzierten Türen. Er öffnete, trat zur Seite und gab den Zutritt frei. Eine ältere Frau in einem elegant geschnittenen Kostüm sah auf. Sie nahm die Brille ab und ließ sie an der Schnur, die sie um den Hals trug, auf den mächtigen Busen fallen.

»Frau Thormählen?«, riet Lüder und zeigte auf eine weitere Tür, die von dem Raum abzweigte. »Ich bin mit ihm verabredet.«

Die Worte mussten sie tief getroffen haben. »Warten Sie noch einen Moment«, sagte sie, nickte Homann zu und bedeutete dem Mann damit, dass er entlassen sei. Lautlos zog er sich zurück.

Der Raum war funktional eingerichtet. Eine große Schreibtischkombination, auf der modernste Bürotechnik Platz fand, Wandschränke und Sideboards bildeten die Einrichtung. Eine Vase mit Blumen schmückte den Schreibtisch. Daneben stand ein Foto, das ein kleines Kind zeigte. Das passte nicht zur Stuckdecke und zu den schweren Seidentapeten oder zu dem kunstvoll gestalteten Kachelofen in einer Nische. Wäre nicht die nüchterne Büroausstattung gewesen, hätte man sich in eine vergangene Zeit zurückversetzt fühlen können.

Antichambrieren nannte man es, erinnerte sich Lüder. Damit war das lange Warten oder mehrmalige Vorsprechen im Vorzimmer hochgestellter Persönlichkeiten gemeint. Die jeweiligen Wartezimmer wurden immer prächtiger, bis der Bittsteller die für ihn letzte Station erreicht hatte. Bis zum Herrscher drang allerdings kaum jemand vor. Daraus ergab sich auch die negative Bedeutung des Begriffs: in den Vorzimmern der Großen und Mächtigen zu verkehren und mit Buckeln und Kriechen die Gunst des Herrn zu erlangen.

Lüder hatte nicht vor, zu antichambrieren.

Frau Thormählen bot ihm keinen Platz an, setzte ihre Brille wieder auf und widmete sich einem Text, den sie auf der Tastatur bearbeitete. Es gab keinen Besucherstuhl. Lüder setzte sich auf die Schreibtischkante, und als sie ihn indigniert ansah, schenkte er ihr ein Lächeln. Demonstrativ zog er sein Smartphone hervor, prüfte seine Mails und schrieb eine kurze Nachricht an Margit. Es dauerte zehn Minuten, bis sich die Tür öffnete, Homann erschien und mit einer einladenden Handbewegung bat, ihm zu folgen.

Auch wenn man es nicht für möglich hielt, die Pracht in der Ausgestaltung des Raumes ließ sich noch steigern. Hätten die Anwesenden prunkvolle Gewänder und gepuderte Perücken getragen, hätten sie in diesem Raum nicht deplatziert gewirkt. Es sah unwirklich aus. Eine grüne, zart gemusterte Seidentapete, die reich mit Stuckornamenten verzierte Decke, gewaltige Kronleuchter, der kunstvoll bemalte Kachelofen in Fayencetechnik und die beeindruckenden Antiquitäten an den Wänden mochten viele Besucher irritieren.

»Seine Hoheit, der Herzog von Plön zu Boesendorff und Wagrien, Fürst zu Calw und Edler von Bosau«, erklärte Homann salbungsvoll und deutete eine Verbeugung an.

»Lüders, Landeskriminalamt«, stellte er sich selbst vor.

Der Herzog nickte. »Guten Tag. Ich habe meinen Bevollmächtigten, Graf Nyíregyháza, und meinen Anwalt, Professor Scherenberg, dazugebeten.« Er zeigte auf einen etwas abseits stehenden Stuhl.

Lüder nahm Platz und musterte den Generalbevollmächtigten. Nyíregyháza war gebürtiger Ungar, hatte er sich im Vorhinein informiert, Anfang sechzig und studierter Volkswirt. Der Mann trug einen dunklen Anzug. Die grauen Haare waren an den Geheimratsecken zurückgewichen. Der sorgfältig gestutzte Schnauzbart war dicht und verdeckte die wulstigen Lippen nur unzureichend. Die aufgeschwemmten Wangen, die Tränensäcke und dicken Ohrläppchen verliehen Nyíregyháza ein weiches Aussehen, das auch durch das Doppelkinn betont wurde. Lediglich die schwere schwarze Brille zeichnete Strenge in seine Erscheinung. Der Generalbevollmächtigte ließ seinen Blick an Lüder auf und ab gleiten. Er verzog keine Miene, als er die Musterung abgeschlossen hatte und Lüder entschlossen fixierte.

Professor Scherenberg lehrte an der Kieler Christian-Albrechts-Universität Wirtschaftsrecht. Lüder hatte seine Vorlesungen besucht. Der Mann galt als Kapazität auf seinem Gebiet, ohne dabei den Blick auf andere Rechtsbereiche zu verlieren. Als Anwalt war er von jedem Gericht gefürchtet. Lüder war nicht überrascht, dass der Herzog diesen Experten als Berater engagiert hatte.

Der Hausherr hob eine Hand, als würde er Lüder Sprecherlaubnis erteilen.

»Herr Herzog von Plön«, begann Lüder, wurde aber sofort von Nyíregyháza unterbrochen.

»Der Herzog begrüßt es, mit ›Hoheit‹ angesprochen zu werden.«

Lüder schüttelte sanft den Kopf. »Das mag ein gesellschaftlicher Wunsch sein. Ich halte mich an die korrekte bürgerliche Anrede.« Er sah den Herzog an. »Ihr korrekter Familienname ist doch Herzog von Plön, oder?«

Der Herzog verzog keine Miene.

»Wenn Sie gegen alle Gebote der Höflichkeit verstoßen möchten, so sei es«, sagte Nyíregyháza pikiert. »Dann verwenden Sie aber bitte die Anrede ›Doktor‹.«

»Das ist auch kein Namensbestandteil, sondern ein Namenszusatz«, sagte Lüder in belehrendem Tonfall. »Ich erkenne aber die wissenschaftliche Leistung an, sofern die Promotion nicht nach der Methode Guttenberg mit Strg + C und Strg + V durch Kopieren und Einfügen am Computer erfolgte.«

»Sie sind unverschämt«, erklärte Nyíregyháza. »Seine Hoheit hat in Harvard Ökonomie studiert und ist von mehreren Universitäten mit der Ehrendoktorwürde ausgezeichnet worden. Sie sprechen mit Herrn Dr. mult.«

»Gern«, erwiderte Lüder. »Und Ihr Gesprächspartner ist Dr. Lüders vom Landeskriminalamt Kiel.«

Graf Nyíregyháza wirkte für den Bruchteil einer Sekunde irritiert. »Ich denke, Sie sind Polizist«, sagte er überrascht.

Aus den Augenwinkeln sah Lüder, wie ein leichtes, kaum wahrnehmbares Lächeln um die Mundwinkel Professor Scherenbergs spielte. Der Anwalt hatte ein Gesicht wie eine Bulldogge. Es sah so aus, als würde er jeden Moment zubeißen wollen. Er neigte zu Übergewicht, das sich an der großen massigen Gestalt aber gut verteilte.

Professor Scherenberg hatte die Goldrandbrille abgenommen und ließ sie in der rechten Hand hin- und herpendeln. Im Unterschied zu Nyíregyháza verfügte er noch über volles, dichtes Haar, das an den Seiten in Wellen die Ohren halb verdeckte und sich zu einem dicken Wulst im Nacken sammelte.

»Unsere Zeit ist knapp bemessen«, mischte sich der Herzog ein. »Würden Sie bitte zum Thema kommen. Ich schätze es, wenn wir uns lange Erklärungen sparen.«

»Ihr Mitarbeiter Rochus von Meyer ist in Bad Segeberg ermordet worden.«

»Bedauernswert. Wir denken dabei auch an die Familie, der unser Mitgefühl gehört.«

Lüder versuchte vergeblich, einen Hauch Anteilnahme herauszuhören.

»Möglicherweise gibt es einen Zusammenhang mit den Vorwürfen, die derzeit vor Gericht verhandelt werden –«

»Das dürfte jetzt, wo Herr von Meyer tot ist, obsolet sein«, mischte sich Professor Scherenberg ein.

»Es ist offen, ob die Ermittlungen nicht auch auf andere Personen ausgedehnt werden«, erwiderte Lüder.

»Wenn Sie in Sachen Steuerermittlungen hier sind, brechen wir das Gespräch umgehend ab«, erklärte der Anwalt.

»Herr Kollege«, erwiderte Lüder und sorgte damit für eine Zornesfalte auf der Stirn des Professors, »Sie wissen, dass die Polizei neue Erkenntnisse, die sie vielleicht auch nur peripher gewinnt, durchaus verwenden kann.« Dann sah er wieder den Herzog an. »Dem Mord an Herrn von Meyer muss ein Motiv zugrunde liegen. Wir sollten uns nicht gegenseitig für dumm verkaufen und glauben, er sei ein Zufallsopfer.« Lüder sah reihum in unbewegte Gesichter. »Wir schließen nicht aus, dass es einen Zusammenhang mit dem Steuerstrafprozess gibt.«

»Geben könnte. *Könnte*«, schob Professor Scherenberg betont hinterher.

»Der Geschädigte«, benutzte Lüder einen Fachterminus, »ist aufgrund einer Einladung, die aus diesem Haus kam, an den Tatort gefahren. Daraus ergibt sich zunächst ein dringender Klärungsbedarf.«

»Es wird bestritten, dass die Einladung von hier versandt wurde. Haben Sie Beweise dafür?«

»Zeugen.«

»Denen wir hiermit widersprechen.«

Mit diesem juristischen Geplänkel kamen sie nicht weiter. »Ich möchte eine Liste mit allen Beschäftigten des Hauses«, forderte Lüder.

Der Herzog sah Professor Scherenberg fragend an.

»Es wird eine Weile dauern«, erklärte der Anwalt ausweichend.

»Wir werden sie befragen, um herauszufinden, wer die Karten an Rochus von Meyer geschickt hat.«

»Das wird niemand von hier gewesen sein«, mischte sich der Herzog ein. »Sie sagten: Karl-May-Festspiele? Solche Art von Volksbelustigung entspricht nicht dem Stil unseres Hauses.«

»Lächerlich«, ergänzte Graf Nyíregyháza. »Glauben Sie wirklich, dass jemand aus diesen Kreisen Cowboy und Indianer spielt? Das ist ein Vergnügen für Dorfkinder.«

»Herr von Meyer war sich nicht zu schade, nach Bad Segeberg zu fahren. Immerhin war er Ihr Generalbevollmächtigter.«

»Man kann nicht in Menschen hineinsehen. Der Baron hat auch auf anderen Gebieten enttäuscht. Ich muss mich auf Menschen verlassen können. Umso mehr trifft es mich, wenn ich einem Blender aufsitze.« Der Herzog verzog bei seinen Worten keine Miene.

»Der Mann war Ihr Vertrauter. Irgendjemand muss ihn doch beaufsichtigt haben? Es gibt schließlich das Vier-Augen-Prinzip.«

»Sie sagten es. Er war mein Vertrauter. Ich kann mich nicht um alles selbst kümmern. Meine Berater genießen mein volles Vertrauen. Deshalb wiegt die Enttäuschung umso schwerer. Ihnen ist nicht entgangen, dass wir von Baron von Meyer zu Reichenberg sprechen.«

»Den Zusammenhang verstehe ich nicht«, entgegnete Lüder.

»Es gibt die Integrität des Adels, die –«

Lüder winkte ab. »Die ist doch nicht an überkommene Strukturen gebunden.«

»Würden Sie die Freundlichkeit besitzen und Seine Hoheit,

den Herzog, aussprechen lassen?«, fuhr Graf Nyíregyháza dazwischen.

»Wir sind hier nicht im Kindergarten. Es ist weltfremd, wenn Sie heute noch von einer besonderen Gesellschaftsschicht sprechen. Herr Dr. von Plön ist Unternehmer. Und in seinem Umfeld wurden Straftaten begangen. Wir sprechen von einem kaltblütigen Mord.« Lüder streckte die Hand aus. »Welche Funktion nehmen Sie eigentlich wahr?«

Ein leichter Rotschimmer zeigte sich auf dem Gesicht des Grafen. Lüders Anmerkungen hatten ihn getroffen.

»Ihr Verhalten ist respektlos«, protestierte er.

»Graf Nyíregyháza ist mein Vertrauter«, erklärte der Herzog. »Es gilt, tagein, tagaus Entscheidungen zu treffen. Auch wenn die Verantwortung in letzter Konsequenz bei mir liegt, höre ich auf den Rat kluger Leute.«

Willfähriger Begleiter, dachte Lüder. Vielleicht sogar Speichellecker. Laut sagte er: »Wenn Sie die Spitze der Managementpyramide sind, müssten Sie auch etwas von den steuerlichen Verfehlungen Ihres Generalbevollmächtigten mitbekommen haben.«

»Das Thema steht hier nicht zur Diskussion«, schaltete sich Professor Scherenberg ein. »Konzentrieren Sie sich bitte auf Ihr eigentliches Anliegen, den Todesfall von Meyer.«

Herzog von Plön lehnte sich entspannt zurück. »Wissen Sie überhaupt, was ›Herzog‹ heißt? Das ist jener, der vor dem Heer herzog, der Schlachten gewann. Dazu war nicht nur persönlicher Mut erforderlich, sondern auch Klugheit, Wissen, die Fähigkeit, strategisch zu denken, und vieles mehr. Diese Talente fielen nicht vom Himmel, sondern wurden vererbt. Natürlich spielt auch die Bildung eine gewichtige Rolle. Die Männer an der Spitze des Staates, aber auch die Leiter der großen Unternehmen in Frankreich und in den angelsächsischen Ländern haben alle Eliteschulen und -universitäten besucht. Nennen Sie es elitär … Davon profitieren alle Menschen. Wir brauchen Autokraten. Menschen, die fähig sind, zu sagen, wo es langgeht. Die Orientierungslosigkeit, unter der wir leiden, muss ein Ende haben. Nehmen Sie eine Anleihe an der Geschichte.

Preußens Vormachtstellung und der Aufstieg des Deutschen Reiches basierten auf der intellektuellen Kraft des Adels. Nicht von ungefähr rekrutierte sich das preußische Offizierskorps aus dem Adel. Dieser Stand verfügt über jahrhundertealte Erfahrung. Außerdem hat man sorgfältig darauf geachtet, kein unreines Blut unterzumischen.«

»Ihre Ausführungen liegen hart an der Grenze zum Rassenwahn«, wagte Lüder einzuwenden. Er war zornig und unterdrückte den Impuls, sogar von »Inzucht« zu sprechen.

»Herr, äh …«, mischte sich Graf Nyíregyháza ein. »Sie haben eben eine Grenze überschritten.«

Der Herzog wirkte eher belustigt. Die Arroganz war ihm ins Gesicht gemeißelt. Braune Augen, so sagte man, strahlten Wärme aus. Sein Gegenüber schaffte es, eiskalt zu blicken. Das Gesicht wies scharf geschnittene Konturen auf, es wirkte, als wäre es aus Marmor gemeißelt, auch wenn die gesunde Farbe dem widersprach. Hohe Wangenknochen, ein energiegeladen wirkendes Kinn, die ebenmäßige Nase und ein zu schmaler Mund zogen automatisch die Blicke an. Der Herzog widerstand jedem Sichtkontakt und wich nicht aus. An den Geheimratsecken waren die schwarzen Haare, die straff nach hinten gekämmt waren, zurückgewichen. Der Anzug saß makellos und war zweifelsohne Maßarbeit. Für die Armbanduhr mit dem Lederband hätte Lüder sicher mehrere Monate seiner Dienstbezüge aufwenden müssen.

»Lassen Sie, Graf«, sagte der Herzog zu Nyíregyháza, bevor er sich wieder Lüder zuwandte. »Das Bürgertum hat eine anerkennenswerte Entwicklung genommen, auch wenn nicht jeder versteht oder gar akzeptiert, dass der Adel einen besonderen Menschenschlag hervorgebracht hat. Ich möchte nicht missverstanden werden, wenn ich Ihnen ein Beispiel aufzeige. Nicht jedes Lebewesen ist innerhalb seiner Art gleich. Einer ist der Rudelführer. So hat es die Natur eingerichtet. Denken Sie an die Kämpfe der Hirsche während der Brunft. Uns ist der Begriff des Platzhirsches geläufig. Jedem ist bewusst, dass ein Vollblut einen anderen Wert verkörpert als ein Ackergaul. Gut«, der Herzog hob leicht die Hand, »ich weiß, was Sie jetzt einwenden. Der Arbeit des Ackergauls verdankt die Menschheit, dass sie satt geworden ist. Ohne den Einsatz dieser Tiere wären die Leute verhungert. Sie finden trotzdem keine Protestbewegung auf den Straßen, die sich gegen die unterschiedliche Wertung wendet. Jeder akzeptiert es. Dabei sind Pferde auch Lebewesen. Warum sind solche Gedanken auf die Natur des Menschen nicht anwendbar? Es ist auch keine Ausgeburt *unserer* Gesellschaft. In Indien gibt es das Kastensystem, ein Bettelmönch wird nie Papst.«

»Sie wollen allen Ernstes behaupten, dass es natürliche Privilegien des Adels gibt?« Lüder lachte höhnisch.

Der Herzog antwortete nur, indem er leicht die Hand hob.

Graf Nyíregyháza sah demonstrativ auf die Armbanduhr. »Die Zeit Seiner Hoheit ist knapp bemessen und kostbar. Haben Sie noch Substanzielles vorzutragen?«

»Danke«, sagte Lüder. »Sie haben mir wertvolle Informationen geliefert, die mich bei meinen Ermittlungen weiterführen.«

Belustigt registrierte er, wie der Herzog und Graf Nyíregyháza gleichzeitig Professor Scherenberg ansahen. Trotz aller Erfahrung blitzte es bei dem Rechtswissenschaftler kurz auf. Für einen Moment zeigte auch er Ratlosigkeit, kaum wahrnehmbar und nur dem geübten Beobachter ersichtlich. Dann wandelte sich die Miene zu einem leicht spöttischen Ausdruck. Kaum merklich nickte der Professor in Lüders Richtung, schwieg aber.

Der alte Fuchs hatte Lüders Bluff erkannt und zollte ihm durch seine Mimik eine Spur Anerkennung. Lüder war überrascht. Ein harter, aber fairer Gegner.

Lüder stand auf. »Ich erwarte kurzfristig die Liste mit den Namen der Mitarbeiter. Gehen Sie davon aus, dass wir zunächst unsere Ermittlungen darauf konzentrieren, wer Herrn von Meyer die Eintrittskarten für die Karl-May-Festspiele geschickt hat.«

»Das ist absurd, zu vermuten, es sei jemand aus diesem Haus gewesen«, sagte Graf Nyíregyháza.

»Mord ist immer absurd«, erwiderte Lüder und hob den Zeigefinger. »Wir bleiben im Gespräch.«

Er ließ es wie eine Drohung klingen, bevor er sich umdrehte und grußlos den Raum verließ.

Frau Thormählen sah kurz auf, als er in das Vorzimmer trat. Sie schwieg, auch als er die Tür zum Arbeitszimmer des Herzogs weit geöffnet ließ. In der Nähe der Flurtür stand Homann. Kerzengrade. Er hatte die Hände hinter dem Rücken verschränkt.

»Ich darf Sie hinausführen?«, sagte er, als Frage verkleidet.

»Tschüss denn. Bis bald«, sagte Lüder in Richtung der Sekretärin und setzte ein Lächeln auf. Mit Genugtuung registrierte er, wie Frau Thormählen ihm entgeistert hinterhersah.

Der Mann im mausgrauen Anzug ging, nein schritt vor ihm her. Lüder beeilte sich und schloss auf. Als sie auf gleicher Höhe waren, sagte er:

»Herr Homann.«

»Ich heiße Homann.«

»Sagte ich doch.«

»Homann. Einfach Homann. Ohne ›Herr‹ davor.«

Lüder hielt ihn am Ärmel fest. »Hier ist es finsterer als im tiefsten Mittelalter, *Herr* Homann.«

»Schauspieler auf der Bühne sprechen auch fremde Texte und werden dafür bezahlt. Es gibt hier viele Mitarbeiter, die zwei Leben haben. Eines innerhalb der Schlossmauern, ein anderes außerhalb.«

»Warum macht man so etwas?«

Zum ersten Mal zeigte sich der Anflug eines Lächelns auf Homanns Gesicht. »Man nennt es Broterwerb.«

»Sie lassen sich für Geld demütigen? Ist das Einkommen so üppig, dass es lohnt?«

»Fragen Sie die Menschen, welche Alternativen sie haben«, erwiderte Homann ausweichend.

Lüder sah sich um. »Können Sie mir das erklären? Ich möchte es gern verstehen.«

»Kommen Sie«, forderte Homann ihn auf und führte ihn über Treppen und Gänge zu einem Raum, der einer Kantine ähnelte. »Hier essen die Mitarbeiter«, erklärte Homann und besorgte zwei Automatenkaffee, während Lüder sich in dem eher karg wirkenden Raum mit den Resopaltischen und Stahlrohrstühlen umsah.

Als Homann zurückkehrte, schob er Lüder eine Tasse über

den Tisch. »Früher traf sich das Personal in der Gesindeküche«, erklärte der Mann. »Heute trifft man sich hier und kann sicher sein, dass man unter sich ist.«

»Werden hier Revolutionspläne geschmiedet?«, fragte Lüder und grinste.

Homann nippte an seiner Kaffeetasse. »Jeder Versuch eines Aufstandes wäre zwecklos.« Erneut nippte er an der Tasse. »Meine Familie heißt Homann. Wir sind seit Generationen Bedienstete der Herzogsfamilie. Es hat sich so ergeben.«

»Haben Sie Kinder?«

Homann nickte. »Ja, zwei Töchter.«

»Dann ist deren Lebensweg auch vorgezeichnet?«

Der Mann wiegte bedächtig den Kopf. »Nein. Die Zeiten ändern sich. Die Große hat einen kaufmännischen Beruf erlernt und ist in den Süden der Republik gezogen. Leider.« Ein Hauch Wehmut schwang mit. »Die Kleine macht in zwei Jahren Abitur. Sie weiß noch nicht, was sie dann machen will. Auf keinen Fall wird sie hier arbeiten.«

»Sind alle Familienmitglieder so arrogant und abgehoben wie der Herzog?« Lüder schüttelte den Kopf. »Wer lässt sich heute noch mit ›Hoheit‹ anreden?«

Homann zuckte mit den Schultern. »Das ist sicher die Mischung aus Tradition und Reichtum. Mit Geld lässt sich viel kaufen.«

»Auch Sie?«

Erneut zuckte Lüders Gegenüber mit den Schultern. »Wenn Sie so wollen … Ich ernähre meine Familie von den Brosamen, die vom Tisch meines Herrn abfallen.«

»Das klingt nach Mittelalter.«

»I wo. Für jede Verbeugung bekomme ich einen Euro. So muss man das sehen.« Homann tippte sich an die Stirn. »Was hierhinter passiert – das ist unverkäuflich.«

»Vom englischen Hof hört man, dass Mitarbeiter mit ihrem Insiderwissen bei der Presse fürstlich honoriert werden.«

Homann lächelte. »Es gibt Verschwiegenheitsklauseln in den Arbeitsverträgen. Ich bin mir sicher, dass die Verträge insgesamt einer rechtlichen Überprüfung nicht standhalten würden. Aber was soll's. Ich bin dreiundfünfzig. Jeden Tag lesen Sie in der Zeitung, dass auch ältere Fachkräfte dringend gesucht werden. Und wie sieht die Realität aus? Welche Chancen auf einen Neubeginn hätte ich? Nein.« Er schüttelte heftig den Kopf. »Immerhin gibt es eine unausgesprochene Treuepflicht des Herzogs gegenüber meiner Familie. Wir haben ein Dach über dem Kopf, es reicht zum Leben, und unter den Mitarbeitern bin ich nicht der Niedrigste.«

»Gibt es das wirklich noch, das hierarchische Denken?«, fragte Lüder erstaunt.

»An einem *Hof* wie diesem ... Sie haben es selbst erlebt. Das war kein Schauspiel, sondern die Wirklichkeit, der Alltag.«

»Ich kann es nicht glauben.«

»Doch.« Homann streckte die Hand aus und zeigte auf einen dunkelhäutigen Mann, der die Kantine betrat. »Der da – der ist arm dran. Was kann er dafür, dass er in einer Gegend der Welt geboren wurde, die in jeder Hinsicht benachteiligt ist? Er stammt aus Äthiopien, aus einer bettelarmen Provinz. Nicht nur, dass die Leute dort nicht von den Erträgen ihrer Landwirtschaft leben können, dass es keine ausreichende medizinische Versorgung gibt – um das Nichts streiten sich auch noch Bürgerkriegsparteien. Und mittendrin Leute wie er. Hailemariam Mehretu hat das große Los gezogen. Hier muss er nicht um sein Leben fürchten, kann sich satt essen, hat ein sicheres Dach über dem Kopf. Glauben Sie, er beklagt sich, dass er ein Zimmer von zehn Quadratmetern hat und dass es auf dem Flur eine Gemeinschaftsdusche und eine Etagentoilette gibt? Immerhin wird die täglich gereinigt.«

»Was macht er hier?«

»Haile, wie wir sagen? Er hilft bei den Hausdiensten. Er unterstützt die Küche, macht Handreichungen bei der Reinigung und zeigt Geschick bei handwerklichen Tätigkeiten.«

»Wer hat ihm diesen Job verschafft?«

»Sie werden staunen. Ein Familienmitglied.«

»Der Herzog?«

»Nein.« Homann sah Lüder erstaunt an. »Der taucht nie in diese unteren Gefilde ab. So, wie das Personal bestimmte

Bereiche nicht betreten darf, meidet der Herzog andere. Da gibt es klare Grenzen. Haile ist von Graf Louis von Behrendorf mitgebracht worden.«

»Von Behrendorf«, wiederholte Lüder leise. »Den Namen habe ich neulich gehört. Das ist die Frau eines Wirtschaftsprüfers. Richtig. Die Schwägerin von Rochus von Meyer.«

Homann nickte. »Irgendwie sind die Adeligen alle miteinander verwandt. Graf von Behrendorf ist ein Cousin des Herzogs, Frau Tackenberg-von Behrendorf wiederum ist die Tochter eines Cousins vom Vater des Grafen von Behrendorf.«

»Eine weitverzweigte Verwandtschaft. Jeder scheint familiäre Beziehungen zu den anderen zu haben.«

»So ist es«, bestätigte Homann, »wenn man seit Jahrhunderten untereinandergeblieben ist.«

»Ist der Herzog ein Einzelkind?«, wollte Lüder wissen.

»Nein«, erwiderte Homann. »Es gibt noch vier Geschwister.«

»Und die mischen hier alle mit?«

»Dann wäre die Macht der Familie schon lange zerbrochen. Es gibt Familienstatuten. Nur der Erstgeborene, und zwar der männliche, tritt die Nachfolge an. Das Vermögen gestattet allen anderen, ein auskömmliches Leben zu genießen. Die Geschwister sind großzügig abgefunden. Eine Schwester hat einen englischen Lord geheiratet, eine weitere ist mit einem deutschen Spitzenmanager verheiratet, hat aber selbst Karriere als Musikerin gemacht. Die dritte Schwester lebt dort, wo gerade etwas los ist, wo es *in* ist. Mal in Buenos Aires, mal Cannes. Oder sonst wo.«

»Da fehlt noch einer«, merkte Lüder an.

Homann seufzte gekünstelt. »Wie in vielen Familien ist einer aus der Art geschlagen.«

»Alkohol? Drogen?«, riet Lüder.

Homann lächelte. »Letzteres, aber legal. Der Bruder hat Medizin studiert und sich als Arzt niedergelassen.«

»Vermutlich als Schönheitschirurg für das Establishment.«

»Irrtum. Als Landarzt in einem kleinen Dorf in Schleswig-Holstein.«

»Ist das wahr?«

»Ja. Deshalb ist er auch verstoßen.«

Lüder schüttelte erstaunt den Kopf. Das war eine Welt, die ihm fremd war.

»Herr Homann«, setzte er an. Beim »Herr« registrierte er, wie bei seinem Gegenüber der Mundwinkel kurz zuckte. »Sie kennen sich hier im Schloss gut aus. Wer könnte Eintrittskarten für die Karl-May-Festspiele in Bad Segeberg verschickt haben?«

Homann musterte ihn irritiert. »Wie meinen Sie das?«

»Es muss doch ein Sekretariat geben, das man beauftragt, solche Dinge zu verrichten.« Lüder zog eine Visitenkarte hervor und wedelte damit.

Lüders Gegenüber wurde ernst. Er sah auf die Uhr. »Ich glaube, ich muss mich wieder um meine Arbeit kümmern. Von den geschäftlichen Dingen verstehe ich nichts. Damit habe ich nichts zu tun.« Er griff sich Lüders Tasse, stapelte sie mit seiner, stand auf und trug sie zum Ständer mit dem schmutzigen Geschirr. Auf halbem Weg drehte er sich noch einmal um. »Sie finden allein hinaus?«

Homann ignorierte die Karte, die auf dem Tisch lag.

Ein Stück hinter Lüders BMW parkte ein Porsche Panamera. Professor Scherenberg wollte einsteigen, als er Lüder gewahrte.

»Sie sind recht forsch«, sagte der Anwalt und schmunzelte. »Ich staune immer wieder, wie die Menschen auf die Drohung mit der Zeugenvernehmung auf der Polizeidienststelle anspringen. Selbst erfahrene Weltbürger wie unser Gastgeber lassen sich davon irritieren.«

»Das ist keine Drohung«, erwiderte Lüder.

Professor Scherenberg legte ihm vertraulich die Hand auf den Unterarm. »Ich weiß«, sagte der Anwalt freundlich. »Ich bin Ihnen auch nicht gram.«

Lüder bewunderte den alten Fuchs. Genial, dachte er. Mit dieser Geste will er mir suggerieren, dass wir miteinander vertraut sind. Mancher würde darauf hereinfallen und den Professor unterschätzen. Nein, dachte Lüder im Stillen, der Bursche ist knallhart.

»Wie kommt es, dass Sie und Graf Nyíregyháza so schnell für unser Gespräch zur Verfügung standen?«

Professor Scherenberg wiegte den Kopf. »Sehen Sie, das ist die große Welt. Leute wie der Herzog ziehen an den Fäden. Und dann bewegt sich alles.«

»Auch Sie?«, wollte Lüder wissen.

Der Professor hatte sich umgedreht und kehrte zu seinem Porsche zurück. Als Antwort schwenkte er nur den Autoschlüssel über der Schulter.

Lüder fuhr zur Dienststelle zurück, suchte in den Polizeisystemen nach Einträgen über die Leute, die ihm heute begegnet waren, fand aber keine. Dann beschloss er, Feierabend zu machen. Er schlängelte sich mit seinem BMW durch den dichten Feierabendverkehr, schwamm in der Fahrzeugkolonne derer mit, die zum Einkaufszentrum Citti-Park wollten, und bog schließlich in die ruhigeren Seitenstraßen ab, die jenseits der Bahnlinie in das Wohngebiet führten, in dem Hedenholz lag. Inmitten der von Gärten umgebenen Siedlungshäuser lag das Haus der Familie Lüders.

Bevor er das Fahrzeug vor der Garage abstellen konnte, musste er aussteigen und die achtlos auf der Einfahrt hingeworfenen Fahrräder, Skateboards und anderen rollbaren Gegenstände der Kinder zur Seite räumen.

»Hallo«, begrüßte ihn Margit, die aus der Küche kam, als er das Haus betrat, und ihm einen Kuss aufdrückte. »Was führt den Herrn Kriminalrat zu dieser Stunde hierher?«

»Der Hunger, der Durst.«

»Sonst nichts?«, fragte sie mit neckischem Unterton.

»Ich bin nicht der Herr Kriminalrat. Mein Name ist Lüder von Hassee.«

Margit kniff die Augen zusammen. »Alles in Ordnung mit dir?«

»Oh ja. Mehr als in Ordnung. Ich habe heute nur mit ›Vons‹ zu tun gehabt. Wie schön, wieder unter normalen Menschen zu sein.«

Dann nahm er sie fest in die Arme.

DREI

Es ist eine besonders schöne Einrichtung, den neuen Tag im Kreise der Familie mit einem gemeinsamen Frühstück entspannt zu beginnen, sich die frischen Brötchen schmecken zu lassen, den Kaffeeduft mit allen Sinnen aufzunehmen und sich von den Kindern erzählen zu lassen, was sie im Laufe des Tages erwartet.

Alles ist harmonisch und friedlich. Ohne jede Hektik genießt man die Zeit im Badezimmer, absolviert in aller Ruhe die Morgentoilette und entspannt gefühlt stundenlang unter der heißen Dusche.

Leider traf in Lüders Fall nichts von dem zu. In der Küche regierte das Chaos. Es herrschte ein ständiges Kommen und Gehen. Jeder Schnellimbiss am Bahnhof hätte gestaunt, wie rasant die einzelnen »Kunden« bedient wurden. Um der Wahrheit zu ihrem Recht zu verhelfen – es herrschte Selbstbedienung.

Sinje, die Neunjährige, hatte sich gerade mühsam eine Brötchenhälfte mit Nutella beschmiert, als Jonas wie ein Schatten auftauchte, der Schwester einen freundschaftlichen Knuff verpasste, dass diese durch die halbe Küche torkelte, »Danke« rief und wie ein Blitz samt Brötchen wieder verschwand.

»Du bist ein Blödmann, alter Arsch«, rief sie ihm hinterher.

»Das sagt man nicht«, ermahnte Lüder die Kleine.

»Stimmt aber.«

»Du bist doch eine Dame.«

Jonas steckte den Kopf zur Tür herein. »Ist sie nicht, wetten? Eine Dame geht nicht auf die Jungentoilette in der Schule.«

Sinje stampfte mit dem Fuß auf. »Ronja, die blöde Kuh.«

»Was ist mit deiner Freundin?«, wollte Lüder wissen.

»Die ist nicht mehr meine Freundin.«

»Seit wann?«

»Seit eben.«

»Du warst auf der Jungentoilette?«

Sinje nickte kaum merklich.

»Warum?«

Sie murmelte etwas Unverständliches. Lüder riet es mehr, als dass er es gehört hatte. »Du wolltest wissen, wie es da aussieht?«

»Die Jungs gucken bei uns auch immer rein.«

Neunjährige, überlegte Lüder lächelnd. Da ist die Welt noch in Ordnung. Wenn das alle Probleme sind? Ronja musste von Sinjes Neugier zu Hause berichtet haben. Ihr Bruder hatte es aufgeschnappt und seinem Klassenkameraden Jonas erzählt. Hoffentlich grassierte jetzt nicht eine Story, die Sinje zum Gespött machte.

Lüder suchte Jonas und fand ihn, auf der Lehne eines Sessels sitzend, im Wohnzimmer, wie er mit der linken Hand durch das Fernsehangebot zappte, während er mit der anderen das gekaperte Brötchen aß.

»Das kannst du auch im Kreis der Familie in der Küche essen«, sagte Lüder.

Jonas schüttelte den Kopf. »Das ist lebensgefährlich. Da tobt der Racheengel Sinje.«

»Wer weiß noch von Sinjes Entdeckungsreise?«

»Niemand.« Jonas sah Lüder nicht einmal an.

»Ronjas Bruder«, vermutete Lüder.

»Richtig.«

»Und der hat es allen erzählt?«

»Wollte er, geht aber nicht. Mit einer dicken Lippe kann man nicht sprechen.«

»Du hast ihn … verprügelt?«

»Noch nicht. Aber wenn er ein schlechtes Wort über meine Schwester erzählt, dann …« Jonas ließ die geballte linke Faust in die rechte Handfläche klatschen. Bei dieser Aktion flog ihm die Fernbedienung im hohen Bogen aus der Hand. Blitzschnell sprang er auf, schlug einen gekonnten Haken um Lüder herum, wie es ein Hase auf der Flucht nicht besser gekonnt hätte, und ließ seinen Vater wissen: »Muss los. Komm sonst zu spät. Gibt dann Stress mit meinem Alten. Und der ist Bulle.«

Lüder sah seinem Sohn hinterher. Er fragte sich oft, ob es in anderen Familien auch üblich war, dass sich die Geschwister ständig lautstark stritten. Andererseits hielten sie gegenüber Dritten zusammen wie Pech und Schwefel.

Er suchte Margit und fand sie in der Waschküche. Sie sortierte einen großen Berg schmutziger Wäsche.

»Tschüss«, sagte er und gab ihr einen Kuss.

»Was machen die Hasseer Schanzen?«, fragte sie ihn.

Er sah sie fragend an.

»Vor einhundertfünfzig Jahren gab es die große Schlacht zwischen Dänemark und Österreich-Preußen an den Düppeler Schanzen. Die war gar nichts im Vergleich zu dem, was sich jeden Morgen bei uns abspielt.«

»Möchtest du es missen?«

Sie zog ihn fest an sich und umarmte ihn fest. »Nein«, sagte sie lachend. »Um keinen Preis.« Sie seufzte. »Jetzt muss ich erst einmal da oben nach dem Rechten sehen.«

Lüder kehrte ins Erdgeschoss zurück, griff sich seine Jacke von der Garderobe, trat vor die Tür und stutzte.

»Wo ist der BMW?«

»Der muss doch vor der Tür stehen. Dort hast du ihn gestern Abend geparkt«, meldete sich Margit aus der Küche, nachdem sie ihm aus dem Keller gefolgt war.

»Da ist er nicht.« Lüder war verunsichert. »Verdammt. Die haben unsern Wagen gestohlen«, fluchte er. »Wo gibt es so etwas. Einem Polizisten das Auto vor der Haustür klauen.«

»Schon deine Nerven«, meldete sich Jonas aus dem Hintergrund. »Thorolf ist damit unterwegs.«

»Thorolf ist … was?«

»Er hat den BMW genommen und ist damit zur Uni gefahren. Du kannst ja den Land Cruiser nehmen. Mama fährt da sowieso nicht mit.«

»Der kann doch nicht einfach …«, fluchte Lüder.

»Siehst du doch, dass es geht«, erwiderte Jonas kaum verständlich, weil er sein halbes Frühstück im Mund hatte.

»Der wird etwas zu hören bekommen«, drohte Lüder.

»Bis morgen ist dein Zorn verraucht.«

»Wieso bis morgen?«

»Der ist heute über Nacht mit seiner Tussi unterwegs. Dafür braucht er den BMW. Zum Angeben. Versteh ich. Hätt ich auch gemacht. Hoffentlich hast du vollgetankt.«

Lüder war sauer. Er fluchte leise vor sich hin, als er den Schlüssel des Toyota Land Cruiser J4 aus dem Jahre 1984 vom Haken nahm und sich auf den Weg zum LKA machte.

»Morg'n, Herr Dr. Lüders«, wurde er am Empfang begrüßt. Der Mitarbeiter an der Pforte scannte das Fahrzeug. »Ein neues Auto?« Er grinste. »Chic.«

»Du mich auch«, murmelte Lüder, parkte den Land Cruiser und beschloss insgeheim, den Nächsten, der ihn auf den Wagen ansprach, zu erschießen.

Bevor er zu seinem Arbeitsplatz ging, suchte er das Geschäftszimmer auf.

»Moin«, grüßte er Edith Beyer einsilbig.

»Guten Morgen.« Es klang erstaunt. »Ist irgendetwas?«

Lüder schenkte sich einen Becher Kaffee ein. »Haben Sie Kinder?«, fragte er.

Die Sekretärin antwortete nicht.

Lüders Frage war rhetorisch gewesen. Er wusste, dass sie kinderlos war.

»Haben die lieben Kleinen Ihnen ein wenig Freude geschenkt?«, fragte sie, ohne eine Antwort zu erwarten.

»Pahh!« Er winkte ab und ging zu seinem Büro, startete seinen Rechner und breitete die mitgebrachten Zeitungen auf seinem Schreibtisch aus.

Er wurde in der Lektüre der Zeitungen durch das Schrillen des Telefons unterbrochen. Auf dem Display sah er, dass der Abteilungsleiter ihn zu erreichen versuchte.

»Guten Morgen, Herr Lüders. Ich hoffe, Sie hatten einen schönen Feierabend im Kreise der Familie. Sind Sie gestern vorangekommen?«

»Ja«, antwortete Lüder einsilbig, ohne Dr. Starkes Gruß zu erwidern.

»Der Innenminister möchte einen ausführlichen Zwischenstand hören.«

»Gut. Ich rufe ihn an.«

»Das nehme ich Ihnen ab. Da müssen Sie sich nicht drum kümmern.«

»Das ist kein Problem.«

»Ich habe noch anderes mit ihm zu besprechen«, behauptete der Kriminaldirektor. Dr. Starke konnte schlecht lügen.

»Es würde ein unzusammenhängendes Bild ergeben«, sagte Lüder. »Deshalb sollte man den Minister nicht mit noch nicht ausgereiften Details langweilen.«

»Das sieht er sicher anders«, blieb Dr. Starke stur.

»Mag sein. Ich gebe aber noch nichts preis. Wenn ihm das nicht reicht, soll er mich anrufen. Ich muss heute noch ein paar auswärtige Gespräche führen.«

»Sie fahren wieder übers Land?«

Wenn mich der Scheiß-Starke jetzt auf den BMW anspricht, dachte Lüder, ist er das Opfer, das ich erschieße. Das hätte den Charme, dass ich gleich mehrere Gründe dafür hätte. Laut sagte er: »Ja.«

»Viel Erfolg.«

Lüder legte auf. »Du kannst mich mal … kreuzweise«, murmelte er.

Seine Stimmung wurde nicht besser, als er in den »Kieler Nachrichten« als nächsten Artikel einen Bericht über eine Bande professioneller Autodiebe entdeckte.

Lüder legte die Zeitung zur Seite und rief Vollmers an.

»Ich war gestern in Plön und habe mit dem Clanchef gesprochen«, sagte Lüder und berichtete von seinem Gespräch. »Leider war das nicht sehr erfolgreich«, schloss er und fügte an, dass er eine Liste mit den Namen aller im Schloss beschäftigten Mitarbeiter angefordert hatte. »Irgendjemand muss die Eintrittskarten bestellt und an die Familie von Meyer weitergeleitet haben.«

»Es könnte aber auch eine Schutzbehauptung der von Meyers sein«, gab der Hauptkommissar zu bedenken.

»Das macht keinen Sinn«, erwiderte Lüder. »Warum sollte die Ehefrau behaupten, die Karten seien von der herzoglichen Verwaltung zugeschickt worden? Wir können wohl ausschließen, dass eine betrogene Gattin auf diese Weise ihren Mann ins Jenseits befördert hat.«

»Und die Schwester, die sich sehr merkwürdig verhalten hat?«

»Wenn wir unsere Phantasie ganz weit schweifen lassen und unterstellen, dass die mit ihrem Schwager ein Verhältnis hatte und ihn als Liebhaber loswerden wollte, dann hätte sie sich nicht ein solches Verfahren ausgedacht. Hinter dem Mord steckt schließlich eine ausgefeilte Logistik.«

»Bliebe noch der Ehemann der Schwägerin, Dr. Ferdinand Tackenberg. Wenn der in die Machenschaften von Meyers involviert war, dürften seine Tage als renommierter Wirtschaftsprüfer mit einer ausgesuchten Klientel gezählt sein. In einem solchen Fall hätte er viel zu verlieren, nämlich alles.«

Lüder gab Vollmers recht. »Der Gedanke ist nicht von der Hand zu weisen.«

»Wir werden in einer unserer nächsten Aktionen das Plöner Schloss überfallen und das Personal verhören. Vielleicht finden wir jemanden, der sich an den Kartenversand erinnert.«

»Haben die Nachforschungen, wer die Karten bestellt hat, schon etwas ergeben?«

»Wir haben dort angefragt, aber noch keine Antwort erhalten.«

Während des Telefonats hatte Lüder registriert, dass ihn jemand auf seinem Diensthandy zu erreichen versuchte. Es war ein Anruf mit Rufnummernunterdrückung gewesen. Der Teilnehmer hatte aber eine Nachricht auf der Mailbox hinterlassen. Eine etwas atemlos klingende Frauenstimme sagte:

»Sie sollten sich für die Familie von Herzog Philipp Emanuel interessieren.«

Lüder hörte sich die Nachricht mehrfach an. Es war keine junge Frau mehr. Der Sprachfärbung nach stammte sie aus der Region. Die Frau hatte hastig gesprochen, ohne den Satz zu akzentuieren. Es klang, als würde sie die Nachricht ablesen. Dabei war sie unsicher.

Die Stimme war ihm unbekannt. Lüder überlegte, welche Frau aus dem Umfeld des Falles sich dahinter verbergen könnte. Das war weder Frau Thormählen, die Sekretärin, noch Christina von Meyer, die Frau des Mordopfers, oder deren Schwester. Er war sich sicher: Der Anruferin war er noch nicht begegnet.

Was wollte sie mit ihrer Nachricht bezwecken? Woher hatte sie seine Handynummer? Er hatte sie niemandem genannt. Doch, fiel ihm ein. Er hatte Homann seine Karte gegeben.

Nicht direkt, sondern sie auf den Tisch in der Schlosskantine gelegt, während Homann die benutzten Kaffeetassen weggetragen hatte. Vom Tisch konnte sie jeder mitgenommen haben. Allerdings musste die Anruferin zum Personal des Schlosses gehören.

Lüder suchte im Internet nach Familienmitgliedern der Familie. Er las kurz die Vita des Vaters, Herzog Friedrich-Gregorius. Der Senior war vor knapp zehn Jahren verstorben. Er hatte, ebenso wie sein Erstgeborener, ein offenbar außerhalb des Fokus der Öffentlichkeit liegendes Leben geführt, konzentriert auf den Erhalt und das Mehren des Familienbesitzes. Und das schien ihm gelungen zu sein. Homann hatte recht mit den Schwestern. Sie tauchten regelmäßig in der Regenbogenpresse auf. Lüder beschränkte sich auf das Überfliegen der Meldungen. Keine schien wirtschaftlich mit den Unternehmungen des amtierenden Herzogs verbunden zu sein. Die Frauen führten ihr eigenes Leben. Wenn man den Medien Glauben schenken durfte – ein recht schillerndes. Merkwürdig, dass er keine Informationen zum Bruder fand. Eine alte Eintragung in Wikipedia führte den Nachgeborenen als Alexander auf. Genau genommen: Prinz Alexander. Dann verlor sich die Spur, zumindest in der Öffentlichkeit.

Lüder beschloss, noch einmal nach Plön zu fahren – ohne Vorankündigung.

Er ließ die gleiche Prozedur der Anmeldung wie am Vortag über sich ergehen. Homann sah ihn erstaunt an, als er ihn am Empfang abholte.

»Haben Sie die Visitenkarte, die ich Ihnen gestern gab, weitergereicht?«, fragte Lüder.

»Mag sein, dass Sie eine Karte hingelegt haben. Ich habe sie nicht an mich genommen.«

»Wer denn?«

»Das vermag ich nicht zu sagen.« Homann führte ihn direkt zu Frau Thormählen.

»Seine Hoheit ist nicht im Hause«, erklärte die Sekretärin mit nasal klingender Stimme.

»Oh – das ist aber schade.« Lüder ließ es salbungsvoll klingen und deutete eine Verbeugung an. Er hatte Mühe, ein Lächeln zu unterdrücken, als er im Antlitz seines Gegenübers erkannte, dass die Frau sein ironisch überzogenes Verhalten registrierte. »Als Schreibdame des Bosses haben Sie sicher die Eintrittskarten für die Karl-May-Festspiele bestellt und Herrn von Meyer zugeschickt.«

»Ich weiß nicht, wovon Sie sprechen.«

»Gleich, ob der Bestellweg per Post oder Internet erfolgte – die Polizei wird es herausfinden. Außerdem mussten die Karten bezahlt werden. Überweisung, Kreditkarte, Bezahlsystem, auf Rechnung. Schließlich hat jemand die Karten entgegengenommen, eingetütet und den Umschlag angefasst. Darauf finden sich jede Menge Fingerabdrücke.«

Lüder sah die Frau an. Ihre Gesichtsmuskeln entspannten sich unmerklich. Die Nasenflügel bebten nicht. Kein Flattern der Augenlider verriet etwas. Er war sich sicher. Frau Thormählen war an dieser Aktion nicht beteiligt.

»Ihre abstrusen Verdächtigungen werden im Schloss Plön nicht erfolgreich befriedigt werden.«

Mein Gott, dachte Lüder, die Frau sprach schon wie der Herzog.

»Irgendjemand wird dafür die Verantwortung übernehmen.«

»Ich habe den Eindruck, dass ein verbohrter Beamter mit Gewalt nach irgendetwas sucht, das es nicht gibt. Was treibt Sie um? Neid? Irgendeine Ideologie?«

»Ja.« Lüder nickte bedächtig. »Der unabänderliche Glaube, dass alle Menschen gleich sind. Das steht übrigens in Artikel drei des Grundgesetzes. Und dass es eine Gerechtigkeit gibt. Auch das ist eine Ideologie, der ich folge.« Lüder legte eine Kunstpause ein. »Möglicherweise hat Frau von Plön die Karten versandt.«

»Die Herzogin?« Ein spöttischer Zug tauchte um die Mundwinkel Frau Thormählens auf. »Wohl kaum.«

»Trauen Sie es ihr nicht zu?«

»Sie ist nicht anwesend.«

»Es ist schon vor einiger Zeit erfolgt.«

»Trotzdem.«

Es machte keinen Sinn. Er würde keine weiteren Informationen bekommen.

»Sie werden noch formell einvernommen werden«, sagte er. »Ich möchte gern mit dem Bruder des Hausherrn sprechen.«

»Den finden Sie hier nicht.«

»Wo denn?«

»Das ist Ihre Sache.«

»Ist der Bevollmächtigte im Hause?«

»Welchen meinen Sie?«

»Den ungarischen Mitarbeiter.«

»Graf Nyíregyháza ist mit Seiner Durchlaucht auf Geschäftsreise.«

Lüder hörte, wie sich hinter ihm die Tür öffnete und Homann eintrat. Frau Thormählen musste ein Signal ausgelöst haben, das Homann hereinrief.

Lüder wandte sich ab. Weder er noch die Frau sagte etwas zum Abschied.

»Wissen Sie, wo Frau von Plön ist?«

Homann sah angestrengt geradeaus. Es wirkte, als hätte er die Frage nicht gehört. Seine Schritte führten ihn direkt in die Kantine, die sie schon gestern aufgesucht hatten. Lüder nahm an einem der Tische Platz, während Homann zwei Becher Kaffee besorgte und sich zu ihm setzte.

»Es ist nicht gut, wenn Sie hier auftauchen«, begann der Mann unaufgefordert.

»Es ist ein Mensch ermordet worden. Ich muss Ihnen nicht erklären, dass wir dieses Haus –«

»Sie sprechen vom Plöner Schloss«, warf Homann vorwurfsvoll ein.

»Jedem leuchtet ein, dass wir die Ermittlungen auf dieses Haus, die Bewohner und die hier beschäftigten Menschen zunächst konzentrieren. Ich gehe davon aus, dass Sie nicht in die finanziellen Transaktionen verstrickt sind und auch nicht zum Kreis der Eingeweihten gehören, auf die sich derzeit das Augenmerk der Steuerfahndung und der Staatsanwaltschaft ausrichtet. Steuerhinterziehung, namentlich im großen Stil, ist kein Kavaliersdelikt, sondern Betrug an der Allgemeinheit. Unsere

Infrastruktur, Bildungseinrichtungen, das Sozialsystem … All das muss finanziert werden. Von uns allen. Es geht nicht, dass sich jemand davor drückt.«

Homann nickte kaum merklich.

»Es gilt, mit rechtsstaatlichen Mitteln die Verantwortlichen zu finden und zur Rechenschaft zu ziehen. Herr von Meyer hätte dazu sicher beitragen können. Ist es nicht ein merkwürdiger Zufall, dass ausgerechnet er ermordet wurde?«

»Ich kann dazu nichts sagen«, wisperte Homann kaum vernehmbar.

Lüder beugte sich über den Tisch in seine Richtung. »Sie wollen mir nicht erzählen, dass man sich unter den Mitarbeitern des Hauses nicht darüber austauscht.«

Homann schüttelte den Kopf. »Sie werden es nicht glauben, aber es gibt Tabuthemen.«

»Wollen Sie damit sagen, dass es unter den Angestellten Misstrauen gibt, man sich fürchten muss, Denunzianten zu begegnen?«

»Es entspricht der Linie des Hauses, diskret zu sein und Stillschweigen über die Vorkommnisse im Schloss zu wahren. Der Arm der Familie des Herzogs reicht weit. Viele sind davon abhängig. Wer aus der Reihe tanzt, kommt nicht wieder auf die Beine.«

»Es gibt noch andere Arbeitsplätze.«

»Ja – schon. Aber irgendwie …« Homann zögerte. »Irgendwie ist der Einfluss allgegenwärtig. Er reicht in viele Lebensbereiche. Bis hin in die Politik.« Es wirkte, als hätte Homann sich über seine Worte selbst erschreckt. Er sah sich um. »Das Schloss macht einen gediegenen Eindruck. Sie müssen die Stellen kennen oder genau hinsehen, um die Überwachungskameras zu entdecken. Und keiner weiß, wo überall Mikrofone versteckt sind.« Homann hatte die Stimme so weit gesenkt, dass Lüder Probleme hatte, ihn zu verstehen. »Es ist gefährlich, seine Meinung frei zu äußern.«

»In einer solchen Umgebung kann man doch nicht leben.« Lüder war entsetzt.

Homann antwortete nur mit einem hilflosen Schulterzucken.

Sie wurden durch den dunkelhäutigen Mann abgelenkt, der im Hintergrund auftauchte und begann, die Tische abzuwischen.

»Haile …«, versuchte sich Lüder zu erinnern.

»Hailemariam Mehretu«, half Homann nach.

»Sie sagten, der Afrikaner sei von Louis von Behrendorf aus Afrika mitgebracht worden. Wer ist dieser von Behrendorf? Ich erinnere mich, dass Sie ihn einen Cousin des Herzogs nannten.«

Homann zog die Stirn kraus. »Nur um Ihnen ein Gefühl für die Stimmung auf Schloss Plön zu geben … Niemand würde von Louis von Behrendorf sprechen, ohne seinen Adelstitel ›Graf‹ davorzusetzen.«

»Welche Funktion übt Louis aus?«

Homann zuckte mit den Schultern. »Sie werden bemerkt haben, dass mir vieles von dem, was hier geschieht, vertraut ist, auch wenn ich bei Weitem nicht zum Kreis der Eingeweihten gehöre. Aber was Graf Louis genau macht …? Ich kann es nicht sagen. Er ist die graue Eminenz. Wären wir im Mittelalter, würde sich das Gesinde vor ihm fürchten. Man munkelt, dass er seine Aufgaben direkt vom Herzog zugewiesen bekommt.«

»Dann sollte ich einmal mit ihm sprechen«, sagte Lüder.

»Er ist nicht anwesend.«

»Woher wissen Sie das?«

»Graf Louis wohnt hier im Schloss. Ich weiß vom Reinigungspersonal, dass er nicht anwesend ist.«

»Auf Geschäftsreise?«

»Er ist wie ein Gespenst. Niemand, zumindest nicht von den Angestellten, weiß, wann er kommt oder geht. Ich habe ihn schon zwei Wochen nicht mehr gesehen.«

»Und er hat Haile mitgebracht?« Lüders Blick schweifte zu dem Dunkelhäutigen ab, der in stoischem Gleichmut die Tische abwischte und rasch zur Seite sah, als er gewahrte, dass Lüder ihn ansah. Lüder hatte den Eindruck, als würde Haile sich ertappt fühlen. Wobei?

»Ist Louis von Behrendorf aus persönlichen Gründen an dem Afrikaner interessiert?«

»Sie meinen …?« Homann verschluckte sich. »Sie meinen, ob er homosexuelle Neigungen hat?« Ein Lächeln huschte über

Homanns Gesicht. »Man kann der Familie, wenn Sie diesen Begriff weit fassen, vieles nachsagen, aber das ... Nein! Bestimmt nicht.«

»Dann war es ein humanitärer Akt.«

Homann hielt sich die Hand vor den Mund. »Graf Louis und humanitär? Nie im Leben.«

»Es soll nicht bösartig klingen, aber um 1900 haben die Hagenbecks Neger, wie man damals zu sagen pflegte, aus Afrika nach Hamburg geholt und in ihrem Tierpark als Sensation ausgestellt. Ich nehme diese unschöne Formulierung zurück, aber im Grunde war es nichts anderes.«

»Ich kann Ihnen in diesem Punkt nicht weiterhelfen.«

»Wo ist Frau von Plön?«

»Sie meinen die Prinzessin? Sie ist Italienerin und stammt aus dem Geschlecht der Trinci, uralter italienischer Adel. Prinzessin Sofia weilt auf dem Weingut ihrer Familie in der Toskana.«

»Vorübergehend?«

»Was soll ich jetzt antworten?«

»Sagen Sie einfach die Wahrheit«, schlug Lüder vor.

»Der Herzog und seine Frau haben drei Töchter. Sie sind alle in Schweizer Internaten untergebracht.«

»Und wie ist es mit der Nachfolge? Ich denke, nach den Statuten des Hauses kommen nur männliche Erben zum Zuge. Gibt es keinen Sohn?«

Homann wich Lüders Blick aus. »Niemand darf dieses Thema ansprechen.«

»Was ist daran so geheimnisvoll?«

»Es gibt einen Sohn. Nach zwei älteren Schwestern wurde Prinz Dankmar geboren.«

»Dann ist das familieninterne Problem doch gelöst.«

Homann zog die Stirn kraus. »Jein.«

»Was ist mit dem Jungen?«

»Prinz Dankmar ist jetzt elf Jahre alt. Er hat eine Behinderung.«

»Welcher Art?«

»Das Noonan-Syndrom.«

»Was ist das?«

»Da sollten Sie professionellen Rat einholen.«

»Warum erzählen Sie mir das alles?«, fragte Lüder.

Sein Gegenüber sah ihn ratlos an. »Ich weiß es auch nicht. Mit Sicherheit ist es keine Illoyalität gegenüber meinem Arbeitgeber.«

»Sie sprechen vom Arbeitgeber, nicht vom Herzog oder gar vom Herrn«, stellte Lüder fest.

»Ja.« Es klang wie ein Stoßseufzer.

»Und deshalb haben Sie Ihre Frau vorgeschickt. Sie hat mich auf meinem Handy angerufen.«

Homann nickte schwach. »Ich habe mehr gesagt, als gut ist«, erklärte er, stand auf und geleitete Lüder schweigend zum Ausgang.

Vom Auto aus rief Lüder in der Kieler Rechtsmedizin an. Er musste sich ein paar Minuten gedulden, bis Dr. Diether an den Apparat kam.

»Wie gut, dass wir kein Bildtelefon haben«, erklärte der Pathologe. »Sonst würden Sie sehen, dass ich bis zu den Ellenbogen in einem Kunden eingetaucht war.«

»Sie haben das Telefon zwischen Schulter und Backe eingeklemmt?«

»Ich bin kein Artist. Der Hörer hängt bei mir zwischen Schulter und *Wange*. Aber Sie wollten von mir keinen anatomischen Kurzvortrag hören, oder?«

»Was ist das Noonan-Syndrom?«

»Oh.« Dr. Diether holte hörbar Luft. »Wie kommen Sie darauf?«

Lüder erklärte es ihm.

»Es handelt sich um eine genetisch bedingte Fehlentwicklung.«

»Also vererbt?«

»Die Genveränderung am zwölften Chromosom kann zufällig auftreten oder vererbt werden. Die Ursachen des Noonan-Syndroms sind noch nicht vollständig geklärt. Äußerlich zeigt es sich häufig in Kleinwüchsigkeit, tiefem Haaransatz im Nacken und großen, tief sitzenden Ohren, verbunden mit Veränderungen der inneren Organe. Meistens ist das Herz betroffen. Junge oder Mädchen?«

»Junge.«

»Dann treten auch häufig Fehlbildungen der Hoden auf.«

»Das heißt, wenn es der letzte männliche Nachkomme ist …«

»… dürfte es mit hoher Wahrscheinlichkeit auch der letzte bleiben«, fuhr Dr. Diether fort. »Bei vielen Betroffenen gibt es zudem eine Verzögerung in der geistigen Entwicklung.«

»Wie äußert sich das?«

»Das kann man nicht generell beantworten. Jeder Fall muss einzeln betrachtet werden.«

»Könnte es sein, dass ein Mensch mit dieser Behinderung kein Leben führen kann, in dem er mit Führungsaufgaben in einem weltumspannenden Unternehmen betraut würde?«, fragte Lüder vorsichtig.

»Davon würde ich ausgehen.«

»Wann gibt es Frühstück?«, wechselte Lüder abrupt das Thema.

»Wir haben derzeit viel zu tun. Da bleibt nicht viel Zeit. Ich habe mein Brötchen am Arbeitsplatz …«

»Dem Seziertisch.«

»Genau. Da liegt mein Brötchen. Ich handhabe es wie Sie. Ich beiße zwischendurch immer wieder mal ab.«

»Ich wünsche Ihnen guten Appetit.«

»Danke. Und Ihnen Waidmannsheil bei Ihrer Jagd.«

Lüder wollte den Motor starten, besann sich aber anders und stieg noch einmal aus. Er suchte die Ausländerbehörde auf. Das Amt für Sicherheit und Ordnung in der Kreisverwaltung befand sich unweit in der Hamburger Straße. Das Kreiswappen zierte das Schild mit dem Hinweis auf die Verwaltung. Vor dem Gebäudekomplex gab es Parkmöglichkeiten, die er nicht benötigte. Die ganze Anlage sah aus, als hätten sich im Laufe der Zeit immer wieder andere Architekten daran versucht. Alle erfolglos. Es wirkte wie Stückwerk und passte nicht zum Ensemble der malerischen Innenstadt, zum nahen Schloss und zu dessen Nebengebäude oder zu den Villen auf der anderen Straßenseite.

Der Sachbearbeiter, Herr Herold, wirkte nervös, nachdem Lüder sich als Beamter des LKA ausgewiesen hatte.

»Landeskriminalamt?«, fragte er. »Üblicherweise haben wir es mit den örtlichen Polizeidienststellen zu tun.«

»Ich möchte etwas über Hailemariam Mehretu wissen.«

»Wie heißt der?«

Lüder buchstabierte den Nachnamen. »Der arbeitet im Schloss. Dort wohnt er auch, das heißt, er ist dort gemeldet.«

»Der Name sagt mir nichts.« Herold saß angespannt hinter seinem Schreibtisch.

»Dann sehen Sie bitte nach.«

»Liegt etwas gegen den Mann vor?«

»Ich möchte nähere Informationen über ihn. Das reicht.«

Herold holte tief Luft. »Wie schreibt er sich?«

»Sie besorgen jetzt die Informationen. Sofort.«

Plötzlich wusste der Sachbearbeiter, um wen es sich handelte. Er stand auf und kehrte mit einem grünen Aktendeckel zurück.

Lüder streckte die Hand aus, aber der Kreismitarbeiter presste den Aktendeckel fest an seinen Körper.

»Ich weiß nicht, ob ich das kann.«

»Dann nehmen Sie den Vorgang, und wir gehen zusammen zu Ihrem Fachbereichsleiter. Oder gleich zur Landrätin.«

Zögerlich legte Herold den Vorgang auf den Tisch und schlug die Akte auf.

»Hailemariam Mehretu«, las er vor. »Vierunddreißig, vermutlich ledig.«

»Was heißt ›vermutlich‹?«

»Er gab an, verheiratet zu sein und sechs Kinder zu haben. Für die wollte er Kindergeld haben, konnte aber keinerlei Nachweise für deren Existenz erbringen. Er stammt aus Itang in der äthiopischen Provinz Gambela, die liegt ganz im Westen an der Grenze zum Südsudan. Er gehört zur Ethnie der Anuak, die sowohl dort wie im benachbarten Südsudan als Ackerbauern ansässig sind. Durch den Bürgerkrieg im Südsudan sind zahlreiche Nuer in die Region eingewandert. Außerdem hat die Regierung viele andere Umsiedlungen in die Provinz Gambela vorgenommen, sodass die Anuak zu einer Minderheit in ihrem eigenen Land wurden. Da bleiben Spannungen nicht aus. Das ist auch der Grund, weshalb er bei uns eine Aufenthaltserlaubnis bekam.«

»Und arbeiten darf?«

»Wir sollten froh sein über jeden, der nicht unseren Sozialsystemen zur Last fällt.«

Lüder schüttelte den Kopf. »Das ist kein Argument, nach dem Sie entscheiden.« Er streckte die Hand aus. »Warum hat es bei Mehretu geklappt?«

»Ich sagte schon …«

Lüder wischte mit der Hand durch die Luft. »Sie haben *etwas* gesagt, aber es war die falsche Antwort. Man könnte vermuten, dass Mehretu einen einflussreichen Fürsprecher oben im Schloss hat.«

Ein leichter Rotschimmer zog über Herolds Gesicht. »Sie wollen doch nicht unterstellen, dass wir nicht nach Recht und Gesetz urteilen.«

»Wir werden sehen, wie weit Ihre Entscheidung einer Überprüfung standhält.«

Herold bog den Rand des Pappdeckels um. »Es ist ja nicht so, dass ich allein über alle Fälle entscheide …«, begann er vorsichtig ein Rückzugsgefecht.

Lüder lehnte sich zurück. »Da scheint sich etwas Hochinteressantes zu entwickeln.« Er zeigte auf die Akte. »Ich hoffe, dort sind alle Entscheidungsgrundlagen penibel aufgeführt.«

»Ich weiß nicht, was Sie meinen«, stammelte Herold.

»Wissen Sie, was man unter Vorteilsnahme im Amt versteht? Der Volksmund nennt es Beamtenbestechung, wir sprechen von Bestechung und Bestechlichkeit.«

Herold wurde blass. »Zu keiner Zeit habe ich irgendetwas angenommen. Nie!«, versicherte er. »Sie sind auch Beamter und wissen, dass es gerade in der öffentlichen Verwaltung das System von Anordnungen gibt.«

»Von wem haben Sie Anweisungen erhalten?«

Herold wischte sich mit dem Handrücken die feinen Schweißperlen von der Stirn. »Es ist alles rechtens gelaufen«, erklärte er und legte gleichzeitig seine Unterarme über die Akte, so als wolle er etwas verbergen.

»Daran zweifele ich. Hat Louis von Behrendorf interveniert? Oder gar Philipp Emanuel von Plön?«

»Louis von Behren…«, kam es gedehnt über Herolds Lippen.

»Sie wollen nicht behaupten, ihn nicht zu kennen«, sagte Lüder.

»Doch. Natürlich. Herr von Behrendorf ist ein einflussreicher Mann in dieser Gegend.«

Lüder zeigte mit ausgestrecktem Arm ungefähr in die Richtung, wo das Schloss lag. »Liegt die Kreisverwaltung im Schatten des Schlosses? Meine Frage dürfen Sie wörtlich nehmen.«

»Nein! Um Himmels willen. In keiner Beziehung. Wir alle tun hier unsere Pflicht. Objektiv und unbestechlich.«

»Wer hat hier wem einen Gefallen erwiesen?«

»Das ist alles ganz anders«, versicherte Herold. »Herr von Behrendorf ist für die herzogliche Familie weltweit unterwegs. Manchmal bringen Leute streunende Hunde aus ihren Urlaubsländern mit. Aus Gutherzigkeit und Tierliebe. Noch humanitärer ist es, wenn man sich notleidender Menschen annimmt. Herr von Behrendorf ist, so vermute ich, bei einer seiner Reisen auf Mehretu gestoßen und hat sich seiner angenommen.«

»Und wenn von Behrendorf hier vorstellig wird und ein Klagelied anstimmt, wird eine Aufenthaltserlaubnis erteilt, während auf der anderen Seite Familien mit kleinen Kindern gnadenlos abgeschoben werden.«

Herold breitete die Arme aus. »Ich mache nicht die Gesetze. Da müssen Sie die Abgeordneten befragen. Und einer von denen hat sich für Mehretu eingesetzt.«

»Bitte?« Lüder war überrascht.

»Vehement«, bekräftigte Herold.

»Wer?«

»Unser Landtagsabgeordneter.«

»Das ist?«

»Roderich Blaczyk.«

Lüder erhob sich und stützte sich auf der Schreibtischkante ab. »Blaczyk und von Behrendorf haben sich dafür starkgemacht, dass Mehretu vorbei an allen Regeln eine Aufenthaltsgenehmigung erhalten hat?«

Herold zuckte nur hilflos mit den Schultern. »Und nun?«, fragte er leise.

»Das wird sich zeigen«, erklärte Lüder und verließ mit einem »Tschüss« die Amtsstube.

Lüder genoss den kurzen Fußweg in die kleine Fußgängerzone, passierte die von einem der Vorgänger des Herzogs erbaute Johanniskirche und fand sich in der Langen Straße wieder. Inmitten der bunten und lebhaften Geschäfte steuerte er ein Café an, dessen Außengastronomie gut frequentiert wurde. An den voll besetzten Tischen saßen die Menschen und beobachteten das Geschehen auf der Straße. Auch Lüder wurde interessiert begutachtet.

Am Tresen zur Rechten fand er ein Stück Apfelschnitte, ließ es sich mit einer Portion Sahne verschönern und orderte dazu einen Cappuccino. Das Tablett balancierte er zu einem der Tische, die auf der anderen Seite standen. Sein »Darf ich?« in Richtung eines älteren Mannes wurde mit einem gnädigen Kopfnicken beantwortet.

Das Café war urig eingerichtet. Das Geländer zur Empore, auf der sich weitere Tische befanden, war ebenso mit Nudelhölzern bestückt wie die Lampen. Das war eine originelle Gestaltungsidee.

Lüder nahm einen Bissen zu sich, trank einen Schluck und sprach zwischendurch den Mann an. »Schön haben Sie es hier in Plön.« Er streckte den Daumen aus und zeigte über die Schulter. »Und dann das Schloss. Sie können richtig stolz darauf sein.«

»Ach.« Der Mann winkte ab. »Mit denen da oben – da haben wir nichts am Hut. Die haben ihr Leben, wir unseres.«

»Nicht jede Stadt hat so prominente Mitbürger.«

»Kein Plöner empfindet die Spinner da oben als Mitbürger. Das ist eine andere Welt. Mit denen haben wir nichts zu tun. Sie glauben doch nicht, dass sich einer von denen hier unten blicken lässt. Wir würden viel dafür geben, wenn statt des abgehobenen Volkes da oben normale Menschen verkehren würden. Eine Bildungsstätte, eine Akademie oder so was. Ja – das würde uns gefallen. Aber der komische Gnom und sein Pack. Nee.« Der

Mann schüttelte heftig den Kopf. »Die sollen dahin gehen, wo der Pfeffer wächst.«

»Eine Stadt profitiert doch von ihrem Schloss und dem Hochadel«, wandte Lüder ein.

»Nix da. Sie glauben doch nicht, dass das Volk da oben Steuern zahlt? Es stand doch in der Zeitung, dass einer von denen den Staat behumst hat. Die haben doch alle Dreck am Stecken. Nee, mir kann man nichts erzählen. Der Fisch stinkt doch immer vom Kopf.« Er sah Lüder kritisch an. »Sind Sie auch einer vom Schloss?«

Erst als Lüder versicherte, nicht dazuzugehören, entspannte sich die Miene des alten Mannes wieder.

»Ist man gut, wie es ist. Ich bin mit meinem Leben zufrieden, auch wenn ich meinen Kaffee«, dabei hob er seinen leeren Becher an, »nicht aus goldenen Bechern schlürfe. Schmeckt mir besser in Gesellschaft normaler Menschen.«

Er stand auf und nahm sein Tablett hoch. »Morgen sitze ich wieder hier. Und? Wissen Sie was?« Er beugte sich zu Lüder hinab. »Ich freu mich schon heute drauf. Denn man. Schönen Tag auch«, verabschiedete er sich.

Lüder fingerte sein Handy hervor und rief Vollmers an, der versucht hatte, ihn zu erreichen.

»Wir sind in Sachen Kartenkauf weitergekommen«, berichtete der Hauptkommissar. »Leider führt die Spur ins Nichts. Die Eintrittskarten wurden in einer Buchhandlung in Schleswig gekauft und bar bezahlt. Niemand konnte sich an den Käufer erinnern, weder daran, ob es eine Frau oder ein Mann war, geschweige denn, wie der Käufer aussah. Nur das Datum und die Uhrzeit konnten festgestellt werden. Das ist im Reservierungssystem gespeichert. Wir müssen nur noch alle in Frage kommenden Personen überprüfen und nach ihren Alibis fragen. Und wer keines hat, ist verdächtig.« Es klang sarkastisch.

»Das führt uns auch nicht weiter«, stieg Lüder auf die Anmerkung ein. »Der so Ermittelte wird behaupten, dass ihm die Karten bei einem nächtlichen Raubüberfall vom Weißen Riesen gestohlen wurden.«

Sonst, so berichtete Vollmers weiter, gebe es keine Neuigkeiten. »Die Liste mit den Namen der Mitarbeiter und Bewohner des Plöner Schlosses liegt uns auch noch nicht vor.«

Lüder trank die Neige seines Cappuccinos aus und löffelte den Schaum in den Mund. Ich muss unbedingt mit Louis von Behrendorf sprechen, beschloss er beim Gang durch die Fußgängerzone bis zum Marktplatz. Auch hier saßen die Menschen im Freien und genossen das Wetter. Lüder warf einen Blick auf die aus Backsteinen errichtete Nikolaikirche.

Nachdenklich kehrte er zu seinem Wagen zurück und fuhr nach Kiel. Warum begann Homann, Vertrauliches auszuplaudern, nachdem er zunächst den Eindruck erweckt hatte, verschwiegen wie ein englischer Butler zu sein? Der Mann war weit davon entfernt, eine solche Stellung auf dem Schloss innezuhaben. Der Butler war ein Vertrauter, der die Geheimnisse seines Dienstherrn zu wahren wusste. Homann war eher ein Getretener, der sich seiner misslichen Lage bewusst wurde, aber keine Möglichkeit sah, ihr zu entfliehen. Waren seine Berichte kleine Nadelstiche gegen den Herzog? Welche Rolle spielte Louis von Behrendorf? Vielleicht konnte ihm der Bruder des Herzogs behilflich sein. Lüder wählte über die Freisprechanlage die Kieler Bezirkskriminalinspektion an.

»Moin, Herr Vollmers. Ich bin im Auto unterwegs. Können Sie mir einen kleinen Dienst erweisen und herausfinden, was aus dem Bruder des Herzogs von Plön geworden ist?«

»Wir sind eine unterbesetzte Dienststelle. Im Gegensatz zum LKA verfügen wir über keine großen personellen Ressourcen«, beklagte sich der Hauptkommissar.

»Sie haben mich in der Vergangenheit immer perfekt unterstützt. Außerdem ist der Mord von Bad Segeberg Ihr Fall«, schmeichelte ihm Lüder.

»Ich weiß«, stöhnte Vollmers. »LKA – leider keine Ahnung.«

Lüder lächelte still vergnügt vor sich hin.

Er war bereits in Kiel, als Vollmers zurückrief.

»Meinen Sie Alexander Gehrke?«

»Mist«, fluchte Lüder.

»Wieso?« Der Hauptkommissar war irritiert. »Was ist mit dem?«

»Blöder Kerl!«

Für einen Moment war es still in der Leitung.

»Sorry, ich meine nicht Sie. Entschuldigung. Mein Fluchen galt einem Müllkutscher, der von der Einfädelungsspur ganz nach links hinüberdrängelte, ohne Blinken und ohne Rücksicht. Ich bin gerade auf der Sechsundsiebzig unterwegs, da, wo die Gaardener über die Sörensenstraße dazustoßen.«

»*Catch as catch can*«, bestätigte Vollmers seine Ortskenntnis. »Mich wundert, dass auf diesem blöden Stück nicht mehr passiert.«

»Es sind ja nicht immer Müllwagen unterwegs. So. Noch einmal bitte.«

»Sie sprechen von Alexander Gehrke.«

»Wer soll das sein? Ich wollte etwas über den Bruder des Herzogs wissen. Der muss irgendwie von Plön und so 'n Krimskrams heißen.«

»Dann meinen wir denselben. Dr. med. Alexander Gehrke.«

»Verstehe ich nicht«, erwiderte Lüder. »Ist das ein Halbbruder? Eine aristokratische Fehlfarbe?«

»Nein. Dr. med. Alexander von Plön und so weiter hat geheiratet und den Namen seiner Frau angenommen.«

»Wie bitte?« Lüder war überrascht. »Das ist nicht wahr.«

»Doch«, bestätigte Vollmers. »Er praktiziert als Allgemeinmediziner in Norderstapel.«

»Das kenne ich. Das ist irgendwo da oben.«

»Klingt nicht sehr ortskundig«, lästerte Vollmers.

Lüder bedankte sich und beschloss, direkt weiterzufahren. Er wollte den Kieler Hauptkommissar nicht weiter behelligen und wählte deshalb eine andere Rufnummer.

»Große Jäger.«

»Moin, Wilderich. Hier Lüder. Ich bin gerade unter lauter Irren.«

»Am Schreibtisch im LKA?«, riet der Husumer.

»Falsch. Auf der B76. Um es kurz zu machen: Alle sind gesund. Viveka ist wieder einmal unsterblich verliebt. Sinje macht sich prächtig. Jonas hat Stress in der Schule. Aber nicht nur dort. Und Thorolf klaut Autos.«

»Was?« Große Jägers Erstaunen sprang ihm förmlich aus dem Lautsprecher entgegen.

»Keine Sorge. Nur meinen BMW. Ich bin heute mit dem Scheiß–«

»… Starke?«, unterbrach ihn Große Jäger.

»Nein. Ich bin mit dem verflixten Toyota Land Cruiser unterwegs. Ich brauche deine Hilfe. Warum – das erklär ich dir später. Dr. Alexander Gehrke. Norderstapel. Anschrift, Sprechstunde, eben alles inklusive der Parkvergehen der letzten Jahre. Noch etwas. Wie komme ich nach Norderstapel?«

Lüder hörte das scheppernde Lachen des Husumers. »Gut. Zumindest mit dem Auto.«

»Ich habe kein Navi in der Kiste.«

»Gehobene Dienste lernen noch Geografie, der höhere Dienst offenbar nicht«, lästerte Große Jäger. »Fahren Sie über das Rendsburger Kreuz hinaus bis zur B 77, dann Richtung Norden. Etwas später links ab die B 202.«

»Okay«, unterbrach Lüder. »Kenne ich. Durch Stapelholm. Tolle Landschaft zwischen Eider, Treene und Sorge.«

»Ich melde mich«, versprach Große Jäger.

Lüder bog auf die Hamburger Autobahn ab, um sie kurz darauf wieder zu verlassen und auf die Eckverbindung nach Rendsburg zu fahren. Ungeduldig trommelte er mit den Handflächen auf das Lenkrad. Der Wagen zog einfach nicht. Seine Stimmung besserte sich auch nicht, als ihn zwischen Achterwehr und Bredenbek ein dänischer Lkw samt Anhänger überholte. Seine eigene Tachonadel zitterte um die einhundertzwanzig Stundenkilometer. Fluchen hätte auch nichts genutzt. Der Wagen war so laut, dass er seine eigenen Worte kaum verstanden hätte.

Als der Husumer zurückrief, wusste er zu berichten, dass Dr. Alexander Gehrke einundvierzig Jahre alt, seit neun Jahren mit Vibeke Gehrke verheiratet und Vater von zwei Kindern war. Bei der Eheschließung hatten sie den Geburtsnamen der Frau als gemeinsamen Familiennamen gewählt. Vor vier Jahren hatte er eine Landarztpraxis in Norderstapel übernommen. Lüder müsste zur Sprechstunde dort eintreffen.

Lüder genoss die Fahrt durch den stillen Landstrich. Merkwürdig, überlegte er. Wer vom nördlichen Landesteil Schleswig-Holsteins sprach, dachte an die Nord- oder Ostseeküste. Kaum jemand kannte diese Region, die durch die drei Flüsse geprägt wurde. Fast parallel zur Straße, aber für ihn unsichtbar, schlängelte sich die Eider von Ost nach West. Wer sie jemals mit einem Boot oder Schiff befahren hat, dem wird dieses Erlebnis unvergesslich bleiben. Natur pur. Damit hatten allerdings auch die Straßenbauer zu kämpfen, als sie den schwierigen Damm durch das Moor zwischen Erfde und Norderstapel bauen mussten. Die Fahrbahn versackte regelmäßig in dem nachgebenden Untergrund.

Das beschauliche Norderstapel war landwirtschaftlich geprägt. Obwohl es im äußersten Zipfel des Kreises Schleswig-Flensburg lag, war der Baustil der Häuser friesisch.

Dr. Gehrke war der einzige Arzt im Dorf. Seine Praxis befand sich im Jönshaus, dem im Herzen des Ortes gelegenen kulturellen Mittelpunkt. Den Eingang fand Lüder auf der Rückseite des prachtvollen historischen Gebäudes.

Eine blonde junge Frau mit einem Pferdeschwanz, der weit bis zwischen die Schulterblätter reichte, sah ihm entgegen und begrüßte ihn freundlich.

»Mein Name ist Lüders.«

»Sie sind neu bei uns?«

»Ich möchte gern Herrn Dr. Gehrke sprechen.«

»Gern. Haben Sie Ihre Krankenversicherungskarte dabei?«

»Nein«, sagte Lüder und irritierte die freundliche Arzthelferin, indem er ergänzte: »Ich habe auch keine Paybackkarte.« An jeder Super- oder Drogeriemarktkasse wurde man mittlerweile danach gefragt. »Ich komme von der Polizei und würde den Herrn Doktor gern um ein paar allgemeine Auskünfte bitten.«

Sie sah ihn überrascht an, stellte aber keine weiteren Fragen, sondern bat ihn, im Wartezimmer Platz zu nehmen. Die dort verweilenden Patienten sahen kurz auf, beantworteten seinen Gruß und vertieften sich wieder in die Zeitschriften, beschäftigten sich mit ihren Smartphones oder setzten ihre Unterhaltung fort. Er erfuhr, dass Lodders auch nicht mehr so richtig auf die Beine kommt.

»Das wird nichts mehr mit ihm. Genauso hat es bei meinem Wilhelm auch angefangen. Drei Monate später … Bauz.«

Wenn man hier eine Weile ausharrt, ersetzt das ein halbes Medizinstudium, dachte er amüsiert.

Die anderen Patienten sahen überrascht auf, als er als Nächster aufgerufen wurde.

»Wo das denn?«, beklagte sich die Witwe von »Wilhelm«.

»Is wohl ein Privater. Macht nix, Ella. Wir ham Zeit. Könn' wir noch 'nen büschen klön'. Sag mal, hast du das von Schiefelbeins gehört? Den ham sie neulichst sein' Führerschein kassiert. Voll wie der Storchenvater is er von Drage rüber. Da hat's ihn erwischt.«

Der Arzt stand auf, als Lüder das Behandlungszimmer betrat, und reichte ihm die Hand. »Gehrke«, stellte er sich vor und zeigte auf den Platz vor seinem Schreibtisch.

Dr. Gehrke war größer als sein Bruder, auch wenn die Ähnlichkeit frappierend war. Er trug die Haare nicht streng nach hinten gekämmt, sondern als modischen Kurzhaarschnitt. Die dunklen Augen sahen Lüder interessiert an.

»Polizei? Was kann ich für Sie tun?«

Lüder erklärte, dass er vom Landeskriminalamt sei und am Mordfall Rochus von Meyer mitwirke.

»Klar. Mir ist der Vorgang bekannt.«

»Haben Sie mit jemandem darüber gesprochen?«

Der Arzt schüttelte den Kopf. »Ich habe keinen Kontakt mehr zu meiner Familie. Jeder geht seinen eigenen Weg. Meine Schwestern leben ihr Leben. Felicitas, die Zweitälteste, ist die Einzige, die sich einmal im Jahr meldet. Telefonisch. Das ist alles.«

»Und Ihr Bruder?«

Dr. Gehrke faltete die Hände und legte sie auf den Schreibtisch. »Für Außenstehende ist es schwer zu verstehen. Niemand kann etwas für seine Geburt. Viele werden in sozial schwierige Verhältnisse hineingeboren und können dieser Umgebung nicht entrinnen. Ich kam mit dem sprichwörtlichen goldenen Löffel im Mund zur Welt. Für jeden scheint es ein Traum zu sein, auf einem Schloss groß zu werden, wenn alles im Überfluss vorhanden ist.« Er nahm einen Kugelschreiber zur Hand und spielte damit versonnen. »Nur eines fehlte: die Eltern. Wie sehr habe ich mir eine ganz normale Kindheit gewünscht. Es gab keine Spielkameraden. ›Die da unten‹ im Ort waren nicht standesgemäß. ›Wir da oben im Schloss‹ galten als abgehoben und arrogant. Mir wurde irgendwann bewusst, dass man in einer Art Parallelwelt lebt. So beschloss ich, Medizin zu studieren. Mein Bruder als Erbe und auserkorener künftiger Chef des Hauses hat mich ausgelacht. ›Mal etwas Neues. Ein Medizinstudium aus Langeweile. Normal ist doch Kunstgeschichte.‹ So habe ich in Lübeck und Münster Medizin studiert. Anschließend habe ich an der Universitätsklinik als Chirurg gearbeitet. Mein Chef, Professor Dietl, ist nicht nur ein begnadeter Chirurg, sondern auch ein außergewöhnlicher Lehrer. Ich habe ungemein viel bei ihm gelernt.«

»Warum sind Sie nicht dort geblieben?«

»Meine Vergangenheit. Neid und Missgunst sind unberechenbar. Hinter vorgehaltener Hand wurde unterstellt, ich sei ausschließlich aufgrund meiner Herkunft befördert worden. Gut, aufgrund der Familienstatuten konnte ich studieren, ohne kellnern oder im Supermarkt Regale auffüllen zu müssen. Studentenbude? Kenne ich nur aus Erzählungen. Wir haben kurzerhand die Wohnung gekauft, die ich während des Studiums bewohnte. Als ich meine heutige Frau kennenlernte, kam es zu Auseinandersetzungen, namentlich mit meinem Bruder. ›Hab Spaß mit ihr. Vögel sie. Aber deshalb musst du sie doch nicht heiraten.‹ Da ist das berühmte Fass übergelaufen. Aus Trotz habe ich bei der Hochzeit den Namen meiner Frau angenommen. Und habe die Praxis als Landarzt in Norderstapel übernommen.«

Dr. Gehrke legte die Hände hinter dem Kopf zusammen und reckte sich. »Sie glauben nicht, wie gut es uns geht. Saublöde von den Kollegen, die nicht aufs Land wollen. Hier erleben Sie den Arztberuf pur. Es macht einfach Spaß, nicht nur die Medizin, sondern auch, dass man Teil der Menschen ist. In meinen Ohren klingt es immer noch wie Musik, wenn jemand ›Herr Doktor‹ zu mir sagt. Diese Anrede habe ich mir hart erarbeitet. ›Prinz Alexander‹ – das schwamm schon mit anderen Dingen in meiner Windel herum. So. Das war eine längere Ausführung. Vielleicht verstehen Sie jetzt, weshalb ich einen anderen Namen trage und keinen Kontakt zu meinem Bruder pflege, auch wenn wir nicht im Streit liegen. Wir leben in unterschiedlichen Welten.«

»Sie haben auf Ihr Erbe verzichtet?«

Dr. Gehrke schüttelte den Kopf. »Nein, warum auch? Da ist so viel vorhanden, dass mein kleiner Anteil nicht ins Gewicht fällt. Und selbst der ist so groß, dass ich ohne Mühe ein Leben ohne Arbeit verbringen könnte. Dabei würde ich keinen Mangel leiden. Ist es ein nicht viel größerer Gewinn, wenn mein Sohn mit Gleichaltrigen in der Stapelholmer SG kickt?«

Lüder hatte den Blick durch das Behandlungszimmer schweifen lassen. Auf dem Schreibtisch aus hellem Holz stand ein moderner Computerbildschirm mit kabelloser Tastatur und Maus. Ein mobiles Telefon lag herum. Außer einem Kugelschreiber fand sich nur noch ein Notizwürfel, der mit der Aufschrift eines Pharmaherstellers bedruckt war. Ein Sideboard diente als Ablage für medizinische Fachbücher, Blutdruckmessgerät und ein paar andere Gerätschaften. Die Liege für Untersuchungen und ein paar Bilder an der Wand. Spartanisch. Modern. Effizient.

»Hat es Sie nie gereizt, anstelle Ihres Bruders die Geschicke der Familie fortzuführen?«

Dr. Gehrke spitzte die Lippen. »Sie meinen, ob ich neidisch war, dass mich der Zufall nicht zum Erstgeborenen gemacht hat? Die Geschichte ist ebenso damit angefüllt wie die Literatur. Es beginnt bei Kain und Abel, dann Romulus und Remus, bei Friedrich Schiller sind es ›Die feindlichen Brüder‹, und im Osmanischen Reich war der Brudermord bei Amtsantritt eines neuen Sultans gängige Praxis, um Begehrlichkeiten der Nachgeborenen gar nicht erst aufkommen zu lassen.«

»Und?«

Der Arzt starrte einen Moment auf einen imaginären Punkt an der Wand. »Sicher gab es Augenblicke, in denen der Gedanke hochkochte, wie man selbst die Position wahrgenommen hätte.

Ich habe bei solchen Gelegenheiten gedacht, ob ich das Vermögen auch in der Weise angelegt hätte, wie mein Bruder es macht.«

»Wären Sie ein Wohltäter der Menschheit geworden?«

»Ich? Ein Philanthrop?« Dr. Gehrke schüttelte ein wenig den Kopf. »Kaum. Das können Sie sich in dieser Position nicht erlauben.«

»Was geschieht, wenn die Linie irgendwann unterbrochen wird, weil es keinen männlichen Erben mehr gibt?«

Der Arzt lachte bitter auf. »Diese Regel wurde zu einer Zeit aufgestellt, als es undenkbar war, an so etwas zu denken. Der Chef des Hauses wurde so lange ans Bett gefesselt, im wahrsten Sinne des Wortes, bis die regelkonformen Nachfolger vorhanden waren. Im Zweifelsfall war es egal, von welcher Frau. Der Überlieferung nach waren die Mütter aber alle von Stand, wie man zu sagen pflegt.«

»Und heute?«

Dr. Gehrke breitete die Arme aus. »Das ist unklar.« Er kniff die Augen zusammen. »Sie haben sich informiert, oder? Sie spielen auf meinen Neffen Dankmar an.«

Lüder nickte.

»Ich weiß es nicht. Was passiert, wenn die männliche Linie endet? Mit Dankmar gibt es noch einen Nachfolger. Man könnte ihm einen Sachwalter zur Seite stellen. Das würde nicht gegen die Regeln verstoßen.«

»Sie?«

Jetzt hob der Arzt abwehrend die Hände. »Ich? Nein. Niemals.«

»Könnte Ihr Cousin Louis von Behrendorf dieses Amt übernehmen?«

»Louis? Um Himmels willen.«

»Halten Sie ihn nicht für fähig?«

»Wie definieren Sie ›fähig‹? Klugheit? Sachverstand? Oder ist es auch eine Form von *Fähigkeit*, wenn man seine Ideen mit Brachialgewalt durchsetzt? Gott verhüte, dass Louis auch nur in die Nähe der Schalthebel der Macht gelangt.«

»Wie sieht es mit Ihren Schwestern aus?«

»Die leben ihr eigenes Leben.«

»Bleiben nur Sie?«

»Das ist rein hypothetisch.«

»Man könnte auch einen Manager mit dieser Aufgabe betrauen«, dachte Lüder laut nach. »Zum Beispiel Dr. Ferdinand Tackenberg. Als Wirtschaftsprüfer ist der mit dem Innenleben des Imperiums vertraut.«

»Hm.« Der Arzt begann erneut, den Kugelschreiber zu drehen. »Denkbar, aber unwahrscheinlich.«

Sie wurden durch ein zaghaftes Klopfen unterbrochen, dann steckte die Arzthelferin ihren Kopf durch den Türspalt. »Herr Doktor. Draußen das Wartezimmer – es ist voll. Die Patienten werden ungeduldig. Dauert es noch lange?«

»Wir sind fertig«, erklärte Dr. Gehrke und sah Lüder an. »Oder?«

Mit einem festen Händedruck verabschiedeten sie sich.

Eine merkwürdige Konstellation. War es Verantwortungsbewusstsein gegenüber der Familientradition oder Fatalismus, was die Haltung des Landarztes antrieb?

Oder zog der jüngere Bruder an unsichtbaren Strippen? Als Arzt konnte er die Situation seines Neffen Dankmar von Plön und dessen Chancen, einmal Nachfolger seines Vaters zu werden, sicher treffend beurteilen. Prinz Alexander von Plön, der jetzige Dr. Gehrke, hatte auch zwei Kinder. Ob sein im Dorfverein Fußball kickender Sohn ihm später einmal Vorwürfe machen würde, weil er nicht um einen größeren Anteil am Kuchen gekämpft hatte?

Viele Fragen, auf die Lüder keine Antwort fand.

Von seinem Büro aus versuchte Lüder, Louis von Behrendorf auf einem seiner drei Mobiltelefone zu erreichen. Auf einem Anschluss sprang sofort die Mobilbox an. Es wurde die Rufnummer genannt und der Anrufer aufgefordert, eine Nachricht zu hinterlassen. Lüder nannte seinen Namen sowie seine Telefonnummer und bat um Rückruf. Bei den beiden anderen Anschlüssen ertönte nur das Freizeichen. Es gab keine Mobilbox.

Dann versuchte Lüder es beim Landtagsabgeordneten Roderich Blaczyk. Anschrift und Telefonnummer fand er auf der offiziellen Webseite des Landtags. Das dort abgebildete Foto zeigte ein rundes Gesicht mit Doppelkinn, das auf einen korpulenten Menschen hindeutete.

Es meldete sich eine Frauenstimme und bestätigte auf Rückfrage, die Ehefrau zu sein.

»Mein Mann ist unterwegs. Polizei, sagten Sie? Wie kann er Sie erreichen?«

Lüder nannte seine Durchwahlnummer. Zehn Minuten später rief der Volksvertreter zurück.

»Blaczyk.« Es klang kurzatmig.

»Wir ermitteln im Mordfall Rochus von Meyer«, erklärte Lüder.

»Hab davon gehört.«

»Im Zuge der Ermittlungen sind wir auch auf Hailemariam Mehretu gestoßen. Der Äthiopier ist auf Schloss Plön beschäftigt.«

»Sagt mir nix.«

»Die Ausländerbehörde des Kreises Plön hat uns die Auskunft erteilt, dass Sie sich für eine schnelle Erteilung der Aufenthaltserlaubnis eingesetzt haben.«

»Blödsinn.«

»Dann steht Aussage gegen Aussage.«

»Ich bin ein viel beschäftigter Mann und habe für solche Kinkerlitzchen keine Zeit. Was soll das Ganze überhaupt? Was hat das mit dem Mord zu tun?«

»Das gemeinsame Bindeglied ist das Plöner Schloss.«

»Na und? Ich sehe keinen Zusammenhang.«

»Sie bestreiten also, zugunsten Mehretus bei der Behörde interveniert zu haben? Welche Verbindungen haben Sie zu Louis von Behrendorf?«

»Keine. Und nun entschuldigen Sie mich. Machen Sie Ihre Arbeit. *In der Mordermittlung*«, überbetonte Blaczyk.

»Wir vermuten einen Zusammenhang«, wagte sich Lüder weit aus dem Fenster.

»Inwiefern?«

»Über den Stand der Ermittlungen geben wir keine Auskünfte.«

»Machen Sie Ihren Job. Ich hab damit nix zu tun. War's das?«

»Es besteht der Anfangsverdacht der Nötigung eines Mitarbeiters der Ausländerbehörde, vielleicht sogar der Bestechung.«

Lüder hörte es im Telefonhörer schnaufen.

»Wollen Sie mir etwas unterstellen? Seien Sie vorsichtig. Ich habe weitreichende Verbindungen.«

»Wissen Sie, dass die Judikative unabhängig ist? Die Polizei ist ein Hilfsorgan der Rechtspflege«, erklärte Lüder.

»Machen Sie keinen Fehler«, drohte Blaczyk und legte auf. Seine letzten Worte klangen durchaus nicht mehr so selbstsicher wie zu Beginn des Telefonats. Lüder hatte den Eindruck, dass den Ausführungen des Mitarbeiters der Ausländerbehörde Glauben zu schenken war.

Er nahm noch einmal Kontakt zu Hauptkommissar Vollmers auf.

»Es ist verhext«, beklagte sich der Kieler. »Wir waren heute in Plön und haben in den Büros Briefumschläge beschlagnahmt. Wir haben damit viel Unruhe gestiftet und das Gerücht gestreut, wir würden diese mit demjenigen vergleichen, in dem die Eintrittskarten für die Karl-May-Festspiele versandt wurden.«

»Gut«, lobte Lüder, obwohl es das Gegenstück nicht mehr gab. Bei seinem Besuch in Dersau hatte Christina von Meyer gesagt, dass der Umschlag in den Papierkorb gewandert sei.

»Ich hatte den Eindruck, dass die Vorzimmerhexe des Monarchen –«

»Thormählen«, unterbrach Lüder.

»Mich wundert, dass die nicht Gräfin von und zu Thormählen heißt«, knurrte der Hauptkommissar. »Die war plötzlich ganz schön nervös.«

»Haben Sie inzwischen die Liste mit den Namen der Bewohner und Angestellten?«

»Nein«, gestand Vollmers. »Aber wir haben Druck gemacht. Morgen!«

Lüder wünschte Vollmers einen schönen Abend und beschloss, nach Hause zu fahren. Seine stille Hoffnung, den BMW vor der Tür zu finden, erfüllte sich nicht.

»Ist Thorolf immer noch mit dem Wagen unterwegs?« waren seine ersten Worte bei der Ankunft.

»Guten Abend, lieber Schatz, heißt es«, belehrte ihn Margit. »Er ist den ganzen Tag über nicht aufgetaucht.«

Lüder griff zum Handy und wählte Thorolfs Nummer. Er landete sofort auf der Mobilbox.

»Na warte!« Mit dieser Drohung startete er in den Feierabend.

VIER

Lüder hatte Kontakt zum Innenministerium aufgenommen, war bis zu einem der persönlichen Referenten durchgedrungen und hatte dort den Wunsch vorgetragen, mit dem Minister selbst zu sprechen. Zehn Minuten später meldete sich der oberste Dienstherr auf Lüders Apparat.

Lüder berichtete grob vom Stand seiner Ermittlungen und vom Verdacht gegen den Mitarbeiter der Plöner Ausländerbehörde. »Ich glaube nicht, dass der Beamte bestochen wurde. Aber man hat Druck auf ihn ausgeübt, sodass er keine unabhängige und sachgerechte Entscheidung getroffen hat.«

»Wer?«, wollte der Minister wissen. Auch die Ausländer- und Integrationsfragen gehörten zu seinem Ressort.

»Ich könnte mir vorstellen, dass der Druck über die politische Schiene erfolgte. Es scheint, als hätte sich der für diesen Wahlbezirk zuständige Abgeordnete Roderich Blaczyk eingeschaltet.«

»Im Prinzip spricht es für die Volksnähe, wenn sich Abgeordnete der Belange aus ihrem Wahlkreis annehmen, auch auf einzelne soziale oder humanitäre Fragen eingehen. Schließlich sind sie Repräsentanten der Bürger und sollten sich um deren Probleme kümmern. Aber nicht auf diese Weise. Ich werde mich sofort darum kümmern. So geht das nicht.«

»Moment«, stoppte Lüder den Minister. »Ich würde es begrüßen, wenn wir noch nicht die große Keule herausholen. Niemandem wäre damit gedient, wenn die Öffentlichkeit etwas erführe. Könnten Sie nicht auf dem kleinen Dienstweg, sozusagen bei einer Tasse Kaffee, mit Blaczyk sprechen?«

»Ich will es versuchen.«

»Das ist ein gewagtes Unterfangen. Wenn der Abgeordnete sich angegriffen fühlt und die Flucht nach vorn antritt, könnte eine große Welle ausgelöst werden.«

»Sie meinen die Überschrift: ›Minister versucht, Abgeordneten zu beeinflussen‹?« Der Minister lachte. »Das ist tägliches Brot. Hier bei uns, aber noch mehr in Berlin, werden die Volksvertreter ständig von irgendjemandem bedrängt. Vom Fraktionsvorstand, von Lobbyisten –«

»… und von Mitgliedern der Regierung«, warf Lüder ein.

Der Minister lachte. »So funktioniert Demokratie. Viele versuchen, Einfluss auf die Entscheidung der Abgeordneten zu nehmen. Das heißt aber nicht, dass man unsachgemäße Verwaltungsentscheidungen erzwingen kann. Aus welchem Grund hat man den Plöner Beamten unter Druck gesetzt?«

»Das würde ich Ihnen gern später im Kontext mit anderen Erkenntnissen erläutern«, wich Lüder aus. Er wollte seinen vagen Verdacht gegen Louis von Behrendorf, den Herzog oder andere Personen aus dem Umfeld noch nicht kundtun.

»Ich kümmere mich darum«, versprach der Minister und beendete das Gespräch.

Lüders anschließender Versuch, Louis von Behrendorf zu erreichen, blieb erfolglos. Die Mobilbox auf dem einen Handy lud ihn ein, eine Nachricht zu hinterlassen. Die anderen Geräte blieben stumm.

»Bedaure, der Graf ist nicht im Hause«, erklärte ihm eine Angestellte der Plöner Schlossverwaltung, nachdem er es dort versucht hatte. Frau Thormählen, die er zu sprechen wünschte, ließ sich verleugnen. Aber Homann war erreichbar.

»Graf von Behrendorf?«, fragte Homann gedehnt. »Den habe ich schon länger nicht mehr gesehen.«

»Wer kann mir sagen, wie ich ihn erreichen kann?«

»Das Sekretariat. Dort plant und organisiert man die Reisen der Herren. Haben Sie es schon auf seinem Mobiltelefon versucht?«

»Ja. Dort meldet sich nur die Mobilbox. Hat er Verwandte? Eine Freundin?«

»Darüber weiß ich nichts«, antwortete Homann.

Lüder war sich nicht sicher, ob es der Wahrheit entsprach.

»Kommt es öfter vor, dass von Behrendorf plötzlich verreist?«

»Ich bin nicht in alle Dinge eingeweiht.«

»Er kann sich doch nicht in Luft aufgelöst haben«, dachte Lüder laut.

Homann räusperte sich. »Was ich Ihnen jetzt sage, ist absolut vertraulich. Der Herzog ist sehr ungehalten. Graf von Behrendorf sollte an einem festlichen Empfang teilnehmen. Eigentlich war es kein Empfang, sondern ein Festbüfett. Es wurde fürstlich aufgetischt. Im wahrsten Sinne des Wortes.«

»Catering?«

Homann lachte. »Nein. So gut wie die eigene Küche kann kein Catering sein. Erlesene Spezialitäten. Der Weinkeller ist für seinen Inhalt berühmt. Wer eingeladen ist, darf sich dazugehörig fühlen.«

»Wozu?«

»Zu einem besonders erlauchten Kreis.«

»Können Sie ein paar Namen nennen?«

»Alle Namen sagen Ihnen etwas. Bedeutende Persönlichkeiten aus dem Wirtschaftsleben, Banker aus Frankfurt, Hamburg und Kiel. Konsuln. Kirchenvertreter, vom Bischof an aufwärts. Und Politiker.«

»Keine Kulturschaffenden?«

»Die gehören nicht zu diesem Kreis.«

»Welche Politiker? Minister?«

»Dieses Mal nicht. Aber Abgeordnete.«

»Roderich Blaczyk?«

»Das bestreite ich jetzt nicht«, antwortete Homann ausweichend.

»Welche Beziehung hat der zum Herzog?«

Homann hüstelte. »Ich glaube, der Abgeordnete wurde auf Wunsch von Graf von Behrendorf eingeladen. Deshalb war der Herzog so ungehalten, weil der Graf dann dem Festessen ferngeblieben ist. Ohne sich abzumelden. Ich hatte den Eindruck, der Herzog betrachtete Blaczyk als deplatziert in dieser Runde.«

»Hat er etwas Derartiges verlauten lassen?«

Die Leitung blieb tot.

»Herr Homann? Sind Sie noch da?«

Erneut vernahm Lüder das Hüsteln. »Wer zum Herzog eingeladen wird, pflegt einen bestimmten gesellschaftlichen Habitus. Der Abgeordnete verfügt nicht über diese Grundhaltung.«

»Er konnte sich nicht benehmen?« Lüder lächelte.

»So würde ich es nicht formulieren, aber Sie haben recht.«

»Hat er sich betrunken?«

»Er hat die seltene Gelegenheit genutzt, von den Schätzen des Weinkellers zu kosten. Besonders aber die Spezialitäten aus der Küche schienen ihm zugesagt zu haben. Es wäre weniger auffällig gewesen, wenn dieser Mensch sich nicht den Teller mit Fleisch überladen hätte.«

Das waren deutliche Worte.

»Wo ist von Behrendorf geblieben?«

»Mein Kenntnisstand ist, dass es offenbar niemand weiß. Er scheint plötzlich und ohne eine Nachricht zu hinterlassen, abgereist zu sein.«

»Wann haben Sie ihn das letzte Mal gesehen?«

»Warten Sie. Das war am Freitagnachmittag. Am Samstag war der Empfang.« Lüder fiel auf, dass Homann vom Samstag und nicht vom Sonnabend sprach.

»Wer könnte ihn noch gesehen haben?«

»Ich weiß es nicht.«

Merkwürdig, überlegte Lüder, dass von Behrendorf am Tag vor von Meyers Ermordung plötzlich abgetaucht ist. »Wissen Sie, ob von Behrendorf ein Gewehr hat?«

»Natürlich.« Es klang fast ein wenig entrüstet. »Die Herren sind alle Jäger. Ausnahmslos. Der Graf geht diesem Vergnügen sogar besonders leidenschaftlich nach. Er ist oft in Afrika. Die Gelegenheit nutzt er auch, um auf Jagd zu gehen.«

»Auf Großwild?«

»Ich denke«, erwiderte Homann ausweichend. »Außerdem betreibt er Skeetschießen.«

»Tontaubenschießen«, übersetzte Lüder in eine heute nicht mehr gebräuchliche Bezeichnung. Das ist ein Präzisionssport, setzte er im Stillen fort. Ob von Behrendorf ein guter Schütze war? Der Segeberger Mörder gehörte sicher in diese Kategorie.

»War Dr. Tackenberg, der Wirtschaftsprüfer, auch zu Gast?«

»Der gehört ebenso dazu wie Graf Nyíregyháza«, beantwortete Homann auch Lüders nächste unausgesprochene Frage.

»Und Herr von Meyer?«

»Ich bitte Sie. Der hat seine gesellschaftliche Stellung durch die äh … nun ja – Geschehnisse eingebüßt.«

»Wann fand das Bankett statt?«

»Ab neunzehn Uhr.«

»Und Sie waren auch dabei?«

Homann bestätigte es. »Das gehört zu meinen Aufgaben.«

Lüder bedankte sich.

Das bedeutete, fast alle Beteiligten in diesem Fall waren auf dem Plöner Schloss gewesen und hatten ein Alibi. Ob sich jemand unentdeckt hatte entfernen können? Ausgenommen von Behrendorf. Von Plön nach Bad Segeberg waren es etwa fünfundvierzig Kilometer. Die waren kaum unter einer halben Stunde zu schaffen. Eher mehr. Der Mörder konnte während der Aufführung im Freilichttheater auch nicht bis an den Kalkberg heranfahren. Das Areal war großflächig abgesperrt.

Also, überschlug Lüder, mussten noch zehn bis fünfzehn Minuten Fußweg hinzugerechnet werden. Die gleiche Zeit wurde für die Rückfahrt benötigt. Das waren schon eineinhalb Stunden. Da der Mörder sich eine Weile vor der Abgabe des tödlichen Schusses schon auf seinem Platz aufgehalten haben musste, hätte er sich zwei Stunden vom Festbankett entfernen müssen. Ob das möglich war? Lüder wollte seine Überlegungen Vollmers vortragen.

»Bei den meisten Tötungsdelikten gibt es Ansatzpunkte im familiären Umfeld des Opfers«, klagte der Hauptkommissar. »Eifersucht, Hass, Geldgier«, zählte er häufige Motive auf. »Aber in diesem Fall? Falls so etwas zutrifft, tritt es nicht offen zutage.«

Lüder berichtete von seinen neuen Erkenntnissen und den sich daraus ergebenden Schlussfolgerungen.

»Das ist für mich noch nicht festgezurrt«, widersprach Vollmers. »War es wirklich unmöglich, sich von diesem Imbiss –«

»Sie meinen das Festbankett?«

»Lassen wir die Wortspielereien. Wer könnte uns schildern, welches Tohuwabohu dort herrschte? Hat man wirklich jeden jederzeit unter Kontrolle? Wie vertrauenswürdig sind die Aussagen des Butlers?«

»Homann ist kein Butler. Ich habe im Augenblick keinen anderen Ansatzpunkt, als dem Mann zu glauben. Warum sollte er uns solche Geschichten auftischen?«

»Was ist, wenn er selbst abwesend war? Haben Sie das verifiziert?«

»Nein«, gestand Lüder. »Wie sollte ich? Welches Motiv hätte er?«

»Nibelungentreue zu seinem Herrn?«

»Ich schätze Homann so ein, dass er zwar abhängig vom Wohlwollen des Herzogs ist, aber andererseits durchaus eine kritische Haltung einnimmt.«

»Welche Vorteile würde es ihm bringen? Er müsste in einem solchen Fall Zusagen von jemandem bekommen haben. Wer könnte das sein?«

Diese Frage konnte Lüder nicht beantworten. »Ich finde es merkwürdig, dass von Behrendorf untergetaucht ist. Können Sie ihm einmal nachspüren? Handy? Kreditkarten? Flugtickets? Autoverleiher? Sein Bewegungsbild?«

»Ich bin begeistert«, zeigte sich Vollmers nicht sehr angetan von Lüders Bitte. »Warum lassen Sie das nicht Ihren Apparat machen?«

»Ich möchte das gern vertraulich behandelt wissen. In meiner Abteilung geschieht nichts, ohne dass Dr. Starke es erfährt.«

»Na und? Der ist schließlich Ihr Vorgesetzter. Halten Sie ihn für illoyal?«

Dafür gab es keine Anhaltspunkte, musste Lüder einräumen.

»Ich werde sehen, was sich machen lässt«, verabschiedete sich ein unzufriedener Hauptkommissar.

Erstaunlich zügig wurde Lüder bei seinem nächsten Anruf mit einem kompetenten Gesprächspartner verbunden.

Schulze-Kölln hieß die Mitarbeiterin des Finanzamts Kiel-Süd.

»Lüders, Landeskriminalamt. Ich ermittele im Tötungsdelikt Rochus von Meyer, gegen den ein Steuerstrafverfahren anhängig war. Sind Sie die zuständige Sachbearbeiterin?«

»Dazu kann ich Ihnen keine Auskunft geben«, erklärte die Finanzbeamtin.

Lüder bat um einen persönlichen Gesprächstermin. Zu seiner Überraschung willigte sie ein.

»In einer halben Stunde.«

Das Finanzamt lag in der Feldstraße nur einen Steinwurf vom Universitätsklinikum entfernt. Er hatte Glück und fand einen Parkplatz fast direkt vor dem Behördengebäude. Er lächelte, als er registrierte, dass vis-à-vis der Finanzverwaltung ein Beerdigungsinstitut seinen Sitz hatte. Mehr als zehn Etagen ragte das Behördengebäude in den Kieler Himmel empor. Auf der kurzen Fahrt hatte ihn noch einmal der Ärger übermannt, dass Thorolf sich immer noch nicht gemeldet hatte.

Das Namensschild an der Tür verriet ihm, dass Frau Schulze-Kölln Steueramtfrau war. Sie sah in dem engen Raum von ihrem Schreibtisch auf, als Lüder eintrat und erklärte, sie hätten miteinander telefoniert. Er schätzte die Beamtin auf Anfang vierzig. Sie trug Jeans und einen Rollkragenpullover, über dem eine Modeschmuckkette auf dem ausladenden Busen Platz fand. Die Brille hatte sie in den brünetten Haaren festgesteckt.

Die Steueramtfrau stand auf, reichte Lüder die Hand und sagte: »Wir wollen das Gespräch bei meinem Sachgebietsleiter fortführen. Ich habe die Ermittlungen gemeinsam mit Regierungsrat Kähler geführt. Der ist allerdings heute verhindert. Kommen Sie bitte mit?«

Oberregierungsrat Semmerling, auch hier waren Namen und Dienststellung am Türschild erkennbar, hatte ein etwas größeres Büro, nur wenige Türen weiter. Er erhob sich, legte die Brille auf den Schreibtisch und kam Lüder entgegen. Nach einem laschen Händedruck zeigte er auf einen kleinen Besprechungstisch.

»Bitte.«

Lüder wiederholte seine Bitte um Informationen zum Verfahren gegen von Meyer.

Semmerling massierte sich das Kinn. »Darf ich Sie zunächst einmal um Ihren Dienstausweis bitten?«, sagte er und studierte ausführlich das Dokument. »Das Steuergeheimnis ist uns heilig. Es ist nicht umsonst ein hohes Rechtsgut.« Dann erkundigte er sich nach Lüders Ansinnen.

»Sind Sie bei einer regulären Betriebsprüfung auf die Unregelmäßigkeiten gestoßen?«, fragte Lüder.

»Unregelmäßigkeiten?« Semmerling klang empört. »Wir sprechen über massive Steuerhinterziehung. Das ist eine Straftat.«

Das Gesicht des Oberregierungsrats war mit Falten durchzogen. Über den tief liegenden Augen saßen dichte graue Brauen. »Es gab einen anonymen Hinweis.«

»Anonym? Wer macht so etwas?«

»Das wissen wir nicht. Wie der Begriff ›anonym‹ schon sagt. Wir ermitteln nicht, wer sich dahinter verbirgt. Wir sind nicht die Polizei. Unsere Prüfungen zielen darauf ab, ob der Verdacht Substanz aufweist oder nur ein Denunziant jemandem einen Schaden zufügen will. Natürlich sind wir verpflichtet, zu prüfen, ob ein steuerrechtlich relevantes Vergehen vorliegt«, erklärte Semmerling.

»Welcher Mittel bedienen Sie sich dabei?«, fragte Lüder.

Der Oberregierungsrat lächelte. »Wir haben unsere Methoden«, erwiderte er ausweichend. »In diesem Fall waren der Anzeige allerdings Belege beigefügt, die sehr aufschlussreich waren. Der Vorgang ist zunächst von der Betriebsprüfung beim Finanzamt Kiel-Nord bearbeitet worden. Als sich die Vorwürfe verdichteten, wurden wir von der Bußgeld- und Strafsachenstelle eingeschaltet.«

»Gegen wen richtete sich der Hinweis?«

»Das war nicht spezifisch. Und wenn, würde ich es Ihnen nicht sagen.«

»Jeder weiß, dass Rochus von Meyer nur ein Bauernopfer ist.«

Semmerling zuckte mit den Schultern.

»Ist das so?«, hakte Lüder nach.

»Wenn es *jeder* weiß, erübrigt sich eine Antwort unsererseits.«

»Es geht um einen Mord. Wollte von Meyer auspacken und etwas über die großen Zusammenhänge erzählen? Darin könnte ein Motiv liegen.«

»Grundsätzlich haben wir es hier mit zwei getrennten Verfahren zu tun«, sagte der Oberregierungsrat. »Ich verstehe, dass Ihnen an der Aufklärung des Mordes gelegen ist. Aber das Steuergeheimnis ist ein hohes Gut. Ich fürchte, wir können Ihnen in diesem Punkt nicht behilflich sein. Sprechen Sie mit der Staatsanwaltschaft, besorgen Sie sich einen richterlichen Beschluss. Ohne den sind uns die Hände gebunden. Ich versichere Ihnen, dass wir Ihnen jederzeit Amtshilfe leisten würden, wenn es uns möglich wäre.«

Oberstaatsanwalt Brechmann. Über den müsste Lüder die Erlaubnis einholen. Brechmann würde sich weigern, wenn er nicht bis ins Detail über die Hintergründe informiert werden würde. Das war nicht möglich. Lüders Einsatz war zwar nicht illegal, aber er war dem Innenminister verpflichtet. Natürlich konnte er den informieren. Aber dem Minister war es nicht möglich, Kontakt zur Judikative aufzunehmen. Im Zusammenhang mit der versuchten Geiselnahme in der Lübecker Justizvollzugsanstalt am Heiligabend war ein Schulterschluss zwischen einem Minister und der Justiz ins Kreuzfeuer der Öffentlichkeit geraten. Niemand würde sich mehr aus dem Fenster lehnen.

»Spielen wir mit offenen Karten«, sagte Lüder. »Von Meyer war der Generalbevollmächtigte. Er hat fremde Gelder verwaltet. Genau genommen das Vermögen des Herzogs von Plön. So müssten sich Ihre Ermittlungen doch auch auf Philipp Emanuel von Plön erstrecken.«

Semmerling wies auf Frau Schulze-Kölln. »Sie haben keine Vorstellung, auf welche abenteuerlichen Konstrukte wir stoßen. Der Handwerker, der Gastronom oder der Rentner mit ein paar Rücklagen … die Methoden kennen die Kollegen von den zuständigen Wohnsitzfinanzämtern. Bei großen Unternehmen ist es ungleich komplizierter. Die Strukturen sind nicht erkennbar. Es gibt internationale Verflechtungen. Ich beuge mich jetzt einmal weit aus dem Fenster. Meine Mitarbeiterin ist in das Dickicht eingedrungen. Ich muss gestehen, dass uns immer noch viel verborgen geblieben ist. Bitte.«

Die Steueramtfrau sah Lüder lange an. »Es gibt das Privatvermögen des Herrn von Plön. Und seine persönlichen Einkünfte. Darüber sprechen wir hier nicht. Die geschäftlichen Aktivitäten sind anders zusammengefasst. Es gibt in Deutschland eine Reihe von GmbHs, aber auch Kommanditgesellschaften. Die sind zum Teil gegenseitig miteinander verflochten. Es gibt Überkreuz- und Kettenbeteiligungen. Die beschränken sich aber nicht auf hier in Deutschland eingetragene Unternehmen. Hinzu kommen Gewinnabführungs- und Beherrschungsverträge. Außerdem bestehen Interessen in den unterschiedlichsten Wirtschaftsfeldern. Nehmen Sie das Beispiel des Wohnungsbesitzes. Sie haben davon gehört, dass zu dem Verbund mehrere hunderttausend Wohnungen gehören sollen. Das ist eine unfassbare Größenordnung. In den Wohnanlagen werden die Dienstleistungen von Serviceunternehmen abgerechnet, beispielsweise der Hausmeister, die Reinigung, die Gartenpflege und vieles mehr. In der Regel berechnen diese Dienstleister überhöhte Kosten für ihre Arbeit. Das stört den Eigentümer nicht, da er diese an die Mieter weiterreicht. Die Serviceunternehmen wiederum gehören über verschlungene Pfade zum Imperium des Herzogs von Plön. Er greift also zwei Mal in das Portemonnaie der Mieter.«

Semmerling räusperte sich. »Frau Schulze-Kölln«, mahnte er. »Wir sollten sachlich bleiben.«

Auf dem Gesicht der Beamtin zeigte sich ein leichter Rotschimmer.

»Entschuldigung«, sagte sie leise. »Ein Großteil des Wohnungsbestandes gehört der Social Real Estate Ltd., einem formell in Irland ansässigen Unternehmen. Chairman war Rochus von Meyer.« Mit einem Seitenblick auf ihren Vorgesetzten fuhr die Frau fort: »Denken Sie einmal über den Zynismus nach, ein Wohnungsunternehmen mit solchen Geschäftspraktiken so zu benennen. Gut. Wir wissen, dass Irland sich sein vermeintliches Wirtschaftswunder durch unfaire günstige Steuersätze erkauft hat. Das war einer der Gründe, dass das Land kollabierte. Doch Irland ist nur eine Durchgangsstation. Wir haben eine Spur über Panama bis Nassau auf den Bahamas verfolgen können, eine andere nach Macau. Amtshilfe erhalten Sie von den Verwaltungen dieser Steueroasen nicht.«

Es folgte ein Stoßseufzer.

»Die Wohnungen sind aber nur ein Standbein. Darüber hinaus gibt es ein großes Engagement im Bereich der pharmazeutischen Industrie. Sie wären erstaunt, wenn ich Ihnen sagte, welcher international bekannte Pharmakonzern sich zu einem Großteil im Besitz der Familie von Plön befindet«, mischte sich Semmerling ein. »Ferner haben wir ein vielfältiges wirtschaftliches Interesse in Afrika aufgedeckt.«

»In Äthiopien?«, riet Lüder.

Die beiden Finanzbeamten wechselten einen raschen Blick.

»Sie sind erstaunt, woher ich das weiß?«, fragte Lüder.

Semmerling sah ihn lange an. »Das kommentiere ich jetzt nicht.« Der Oberregierungsrat wiegte kaum wahrnehmbar den Kopf.

»Gibt es Aussagen Rochus von Meyers, die auf andere Personen verweisen? Haben Sie einen Verdacht gegen den Herzog von Plön?«

»Gegen Herrn von Plön laufen keine Ermittlungen. Wir haben nicht feststellen können, dass er persönlich in die Vorgänge involviert ist«, erklärte Semmerling.

»So eine Konstellation trifft man oft bei Wirtschaftsvergehen. Den Drahtziehern hinter den Kulissen ist nichts nachzuweisen. White-Collar-Kriminalität. Andere werden ins Feuer geschickt. Ist es hier auch so?«

»Das führt jetzt zu weit«, entschied Semmerling.

»Sagt Ihnen der Name Roderich Blaczyk etwas? Wie sieht es mit Dr. Tackenberg aus? Nyíregyháza? Louis von Behrendorf?«

Der Sachgebietsleiter spitzte die Lippen. »Herr Dr. Lüders. Ich glaube, wir haben Ihnen viele Informationen geben können, auch wenn uns die Hände gebunden sind, weitergehend mit Ihnen zusammenzuarbeiten. Ich hoffe, Sie haben Verständnis für unsere Lage.«

»Danke für Ihr konstruktives Mitwirken.«

Lüder verabschiedete sich von den beiden Finanzbeamten mit Handschlag und kehrte zu seinem Toyota zurück. Als er das Auto erblickte, keimte in ihm erneut der Ärger über Thorolf und dessen Abwesenheit mit dem BMW auf.

Für die Rückfahrt ließ er sich Zeit. Noch immer war ihm nicht klar, aus welchem Grund man Rochus von Meyer erschossen hatte. Es war professionelle Arbeit, lange und gut vorbereitet. Der Mann war in eine tödliche Falle gelockt worden. Aber warum?

Susanna Tackenberg-von Behrendorf, die Schwester der Witwe des ermordeten Rochus von Meyer, hatte sich bei Lüders Besuch sehr abweisend gezeigt. Ihr Mann war als Wirtschaftsprüfer in die Geschäfte des herzoglichen Imperiums eingeweiht gewesen. Lüder ging davon aus, dass er auch die steuerlichen Konstruktionen kannte und billigte. Die Finanzverwaltung war aufgrund eines anonymen Hinweises tätig geworden und hatte eine Sonderprüfung auf dem Plöner Schlossberg durchgeführt. Man war fündig geworden, und Rochus von Meyer wurde als Verantwortlicher ans Licht der Öffentlichkeit gezerrt.

Bisher war unbekannt, wer der geheimnisvolle Tippgeber war. Es musste jemand sein, der über Insiderwissen verfügte. Aus welchem Motiv heraus handelte der Anonymus? War es Rache? Neid? Oder Eigennutz? Wem diente es, wenn von Meyer ausgeschaltet wurde? Louis von Behrendorf? Könnte sich Dr. Ferdinand Tackenberg diesen sicher lukrativen Posten erobern wollen? Das wäre auch eine gute Ausgangsposition, um anstelle von Sohn Dankmar von Plön Zugriff auf die Geschäfte zu erhalten.

Es gab ein historisches Vorbild: Berthold Beitz, der als familienfremder Manager von Alfried Krupp an die Spitze des Weltkonzerns geholt wurde und damit an die Schalthebel der wirtschaftspolitischen Macht der jungen Bundesrepublik. Strebte Dr. Tackenberg eine ähnliche Karriere an? Es wäre dem Image Tackenbergs abträglich gewesen, wenn Rochus von Meyer als Beschuldigter vor Gericht ausgesagt hätte. War das Grund genug für einen Mord?

Diesen Überlegungen stand nur eine entgegen: Herzog Philipp Emanuel, der Chef des Hauses, war weder alt noch gebrechlich. Er stand jedem im Wege, der sich den Platz auf dem Olymp erobern wollte. Es gab keine demokratischen Spielregeln, keine Aktionäre oder Gruppierungen, die dem Herzog die Position streitig machen könnten. Entweder spann jemand Intrigen gegen ihn, oder … War Herzog Philipp Emanuel auch in Gefahr?

Nach seiner Rückkehr ins Landeskriminalamt versuchte Lüder, den Herzog zu erreichen. Vergeblich. Frau Thormählen erklärte ihm unmissverständlich, dass es unmöglich sei, ihm einen Gesprächstermin mit »Seiner Hoheit« zu vermitteln.

»Es ist wichtig«, drängte Lüder, ohne von seinem Gedankengebäude zu berichten.

»Sie glauben nicht, wie oft ich das am Tag höre. Jeder meint, er müsse unbedingt mit Seiner Hoheit sprechen, auch wenn er nur Versicherungen verkaufen will.«

»Wollen Sie mich mit einem Vertreter gleichstellen?«

»Die Wertung überlasse ich Ihnen.«

»Ich könnte Ihren Chef formell vorladen.«

»Dann adressieren Sie es an unseren Anwalt. Sie kennen Professor Scherenberg«, erwiderte Frau Thormählen schnippisch.

Es war zwecklos.

Lüder war unzufrieden. Er schien sich im Kreis zu drehen. Die beiden Finanzbeamten hatten ihm von den vielfältigen Aktivitätsfeldern berichtet, auf denen der Herzog engagiert war. Lüder konnte sich vorstellen, dass dabei auch Menschen auf der Strecke blieben, die Existenz oder die Wohnung verloren. Daraus konnten Hass- und Rachegefühle erwachsen. Aber ob die sich gegen von Meyer richteten? Das konnte er ausschließen. Die Betroffenen würden nie einen so aufwendigen Weg beschreiten, um einen scheinbar Verantwortlichen zu ermorden. Solange sie nicht herausfanden, wer die Eintrittskarten versandt hatte, tappten sie im Dunkeln.

Er begann, sich Informationen über Hailemariam Mehretus Heimat zu beschaffen. Herold von der Plöner Ausländerbehörde hatte gesagt, der Äthiopier stamme aus der Provinz Gambela. Diese Verwaltungsprovinz lag im äußersten Westen des Landes in der sudanesischen Tiefebene, auch wenn diese fünfhundert Meter über dem Meeresspiegel lag. Die Hochlandgebiete Äthiopiens lagen bei zweitausend Metern und höher. Da musste man sich in Deutschland schon in die Alpen begeben. Ob Mehretu mit dem Klima am Plöner See besser zurechtkam als mit dem feuchtheißen seiner Heimat? Was hatte Louis von Behrendorf veranlasst, den Afrikaner mit nach Schleswig-Holstein zu bringen? Vielleicht hing es mit den geschäftlichen Aktivitäten des Herzogs in Afrika zusammen. Aber Mehretu schien kein ausgewiesener Experte zu sein, der für diesen Teil des herzoglichen Engagements von Bedeutung sein konnte. Der Äthiopier wurde mit Handlangerdiensten beschäftigt.

Lüder beschloss, den Druck auf die Beteiligten zu erhöhen, und fuhr nach Plön. Als erste Hürde erwies sich der Sicherheitsdienst.

»Ich bedaure«, sagte der Mann in der mausgrauen Uniform, »aber ich habe strikte Anweisung, niemanden hereinzulassen.«

»Ich bin kein Niemand, sondern Polizist.«

Der Mitarbeiter des Sicherheitsdienstes machte ein betrübtes Gesicht. »Ich kann keine Entscheidungen treffen. Ich bin nur ein kleines Licht.«

Lüder musterte den älteren Mann mit dem lichten grauen Haar. »Holen Sie bitte jemanden, der über die entsprechende Kompetenz verfügt«, bat er und wartete, während der Mann am Empfang telefonierte.

Nach einer Weile sagte er: »Kleinen Moment bitte. Da kommt jemand.«

Bald darauf erschien ein bulliger Mann in einem grauen Anzug. Die kurz geschorenen Haare und der Stöpsel im Ohr, von dem ein Spiralkabel abging und unter dem Sakko verschwand, erinnerten Lüder an Leibwächter hochrangiger Persönlichkeiten.

»Ja?«, fragte der Mann mit fränkischem Dialekt und zog eine Augenbraue in die Höhe.

»Auch ja«, erwiderte Lüder und wartete ab.

Der Mann war für einen Moment irritiert.

»Sie wollten mich sprechen?«

Lüder zeigte auf die Tür. »Nicht Sie. Ich möchte mit Louis von Behrendorf reden.«

»Warum?«

»Das werde ich Ihnen nicht erzählen. Wer sind Sie überhaupt?«

»Hochstetter«, stellte er sich vor. »Ich leite den Sicherheitsdienst.«

»Lüders. Ich komme auch von einer professionellen Sicherheitsfirma, einer staatlichen. Landeskriminalamt.«

»Graf von Behrendorf ist nicht im Hause«, bequemte sich Hochstetter zu einer Auskunft. Dann streckte er die Hand vor. »Ausweis. Es könnte jeder behaupten, von der Polizei zu kommen.«

Lüder zeigte ihm seine Legitimation. Im Gegenzug tippte er dem Mann auf die ausgebeulte Achselhöhle. »Entweder haben

Sie einen schlechten Schneider, oder dort verbirgt sich eine Waffe.«

»Ich habe die Berechtigung dazu.«

»Das möchte ich gern prüfen. Ihren Ausweis bitte.«

»Gibt es dafür einen Anlass?«

Lüder nickte und tippte mit dem Zeigefinger auf die Beule.

Hochstetter griff in die Seitentasche seines Sakkos und zog mehrere Dokumente im Scheckkartenformat hervor. Eines war der Personalausweis.

Martin Hochstetter war dreiundvierzig Jahre alt und wohnte in Preetz.

»Sie werden den Kontakt zu jemandem herstellen, der etwas über den Verbleib von Behrendorfs sagen kann«, forderte Lüder. »Sie müssten viele Fragen beantworten, wenn ich auf Zutritt zu den Privaträumen von Behrendorfs bestehen würde.«

»Das dürfen Sie nicht«, antwortete Hochstetter selbstbewusst.

»Ich würde mir einen richterlichen Beschluss besorgen.«

»Den müssten Sie begründen.«

»Kein Problem. Meinen Sie, ich komme her, um mit von Behrendorf Kuchen zu backen?«

Hochstetter nagte an seiner Unterlippe. »Moment.« Er fasste offenbar einen Entschluss. »Ich frage nach.« Immerhin bat er Lüder in den imposanten Gartensaal.

Lüder sah sich um.

Die Stirnwand nahm das Bildnis eines ernst dreinblickenden Mannes ein. Sicher war es einer der Vorfahren des Herzogs. Wäre nicht der Schnauzbart gewesen, überlegte Lüder, könnte man die Gestalt mit den langen Haaren und den weiten Gewändern auch für eine etwas derbere Frau halten.

Ob es mir gefallen könnte, so zu leben?, fragte er sich. Der Adel und der hier in Plön offenkundig gezeigte Standesdünkel erschreckten ihn. Das waren überkommene Attitüden. Lag es an der Kombination aus der Überzeugung, einem immer noch bevorrechtigten Stand anzugehören, und der Gewissheit, nach den Maßstäben der Normalbürger unermesslich reich zu sein?

Lüder war immer wieder erstaunt, wie wenig die Mehrheit der Deutschen von der eigenen Geschichte wusste. Nur wenigen war die Bedeutung der Revolution von 1848 bewusst. Die Bauern, zum Beispiel in Nordbaden, waren unzufrieden mit der eingeforderten doppelten Loyalität gegenüber dem Staat und dem Standesherrn gewesen. Außerdem hatte sich mittlerweile eine bürgerliche Gesellschaft etabliert, die den Privilegien des Adels kritisch gegenüberstand. Mit der so bedeutsamen Revolution verloren die Standesherren ihre Sonderrechte, die quasi nebenstaatlichen Rechte, behielten aber ihren hochadeligen Status.

Er gab sich einen Ruck. Geschichtsunterricht war nicht nutzlos. Heute halfen ihm diese Kenntnisse, das Verhalten des Herzogs besser einschätzen zu können. Dort kam der Standesdünkel – anders wollte Lüder es nicht nennen – mit der Arroganz des Großkapitals zusammen. Er hielt einen Moment inne. War es objektiv, was er dachte? Sicher nicht.

Trotzdem sträubte sich etwas in ihm, Menschen mit Titeln anzureden, die Geschichte waren. Im Unterschied zu Österreich, wo man den Adel in jeder Erscheinungsform rigoros abgeschafft hatte, waren ehemalige Titel wie »Prinz« Bestandteil des Familiennamens geworden.

Lüder lächelte. Er erinnerte sich an den Hausmeister seines Gymnasiums. Herr König. Wie passte der in diese Reihe? Jedenfalls war der Titel »Fürst« in Deutschland entfallen, da alle Träger, denen die Führung des Titels auch nach 1919 noch gestattet war, inzwischen verstorben waren.

Herzöge waren germanische Heerführer, die von den freien Männern eines Stamms für die Dauer eines Kriegszuges gewählt wurden. Ob der Herzog sich bewusst war, dass im Ursprung bei den Germanen alle Menschen gleich waren?

Arminius und Widukind waren solche Führer. Erst später festigte sich ihre Macht dadurch, dass ihnen Lehen des Königs übertragen wurden oder sie schlicht durch Gewaltanwendung und Unterdrückung Territorialherzogtümer schufen. Irgendjemand hatte einmal gespottet, die Blaublütigen hießen nur deshalb so, weil ihre Vorfahren stets betrunken gewesen seien.

Offenbar war es der Familie der Herzöge zu Plön gelungen, sich das Eigentum an großen Teilen der ursprünglichen Besitztümer bis heute zu bewahren. Zum Immobilienbesitz gehörte ein riesiger Bestand an Mietwohnungen. Immer wieder geriet das Geschäftsgebaren der herzoglichen Verwaltung ins Kreuzfeuer der öffentlichen Kritik.

Man ließ die Substanz verkommen und fand Möglichkeiten, über Miete und überhöhte Nebenkosten – und ohne Rücksicht auf die Bewohner, die zum Teil jahrzehntelang in den Wohnungen lebten – die Rendite aus dem Besitz zu steigern. Es war geschickt, dass in diesem Zusammenhang fast nie die Person von Herzog Philipp Emanuel auftauchte. Wie bei dem derzeit laufenden Steuerprozess, dachte Lüder. Der Chef des Hauses galt als graue Eminenz im Hintergrund, zumindest was seine Erscheinung in der Öffentlichkeit betraf. Dafür, so vermutete Lüder, war seine Macht hinter den Kulissen größer, als man es sich in den kühnsten Träumen vorstellen konnte.

Schließlich kehrte Hochstetter zurück.

»Bedaure, aber Graf von Behrendorf ist nicht da. Wie ich bereits sagte«, fügte er etwas leiser an.

Lüder machte Anstalten, sich an ihm vorbeizuzwängen, aber Hochstetter machte einen Sidestep und verbaute ihm den Weg.

»Ich dachte, wir hätten es geklärt«, sagte Lüder.

»Sie kommen hier nicht herein.«

Lüder atmete tief aus. »Gut. Dann müssen wir den aufwendigen Weg beschreiten.«

Hochstetter zögerte einen Moment.

»Warten Sie.« Er legte seine Stirn in Falten. »Wir wollen unseren guten Willen unter Beweis stellen.«

Plötzlich zeigte sich Hochstetter kooperativ. Damit hatte Lüder gerechnet. Der Securitymann hatte irgendwo nachgefragt, ob man Lüder Einlass gewähren könne, wollte aber zunächst noch einmal versuchen, ihn abzuwimmeln. Nachdem das nicht gelungen war, wollte man keine weitere Konfrontation.

»Kommen Sie«, forderte er Lüder auf und führte ihn durchs Schloss.

Sie benutzten den modernen gläsernen Fahrstuhl, der so elegant in das alte Gemäuer eingepasst war, dass er kaum auffiel. Die Etage über dem Büro des Herzogs im rechten Seitenflügel kannte

Lüder noch nicht. Auch hier war die Einrichtung gediegen und den Erwartungen an ein Schloss angepasst.

»Warten Sie hier bitte«, sagte Hochstetter und verschwand durch eine hohe Tür, die durch einen Fingerabdruckscanner gesichert war.

Kurz darauf erschien eine Frau mit rotblondem Pagenschnitt. Lüder schätzte sie auf einen Meter sechzig. Sommersprossen verzierten das runde Gesicht, die leicht stämmige Figur war vielleicht nicht bikinigeeignet, Jeans und eine bunte Baumwollbluse rückten aber die weiblichen Reize der Frau ins rechte Licht. Sie gab Lüder die Hand.

»Rebecca Ehrlich«, stellte sie sich vor. »Sie hatten ein paar persönliche Fragen zur Familie?«

Lüder nickte. »Sie sind die …?« Er zögerte. »Privatsekretärin?«, riet er.

Sie lächelte. Dabei zeigten sich zwei reizvolle Grübchen auf ihren Wangen. »Nein.« Sie beließ es bei dieser Antwort.

»Ich möchte mit Louis von Behrendorf sprechen.«

»Oh. Das tut mir leid. Der ist nicht da.«

»Wissen Sie, wie ich ihn erreichen kann?«

Sie wiegte sich leicht in den Hüften. »Das kann ich Ihnen nicht sagen. Er hat nicht hinterlassen, wohin er gefahren ist.«

»Macht er das öfter, dass er ohne Nachricht verschwindet?«

Jetzt legte Frau Ehrlich den Kopf schief. »Das kommt darauf an. Wenn er im Auftrag des Hauses unterwegs ist, weiß das Büro natürlich Bescheid. Aber Herr von Behrendorf hat auch ein Privatleben.« Wieder lächelte sie. »Das wird bei Ihnen nicht anders sein. Jetzt, wo Sie hier in Plön sind, wird Ihre Sekretärin wissen, wo Sie sich aufhalten. Das dürfte aber nicht zutreffen, wenn Sie mit Ihrer Famil…« Sie suchte nach einem Ring an seiner Hand. »Wenn Sie im Urlaub sind, dürfte Ihre Dienststelle kaum wissen, wo Sie stecken.«

Lüder fiel auf, dass Rebecca Ehrlich schnörkellos sprach und sich nicht der gedrechselten Ausdrucksweise anderer Leute bediente, die er hier auf dem Schloss angetroffen hatte.

»Sind Sie persönlich näher mit Herrn von Behrendorf bekannt?«

Wieder zeigten sich die Grübchen. »Sie meinen, ob ich mit ihm befreundet bin?«

Lüder nickte.

Sie schüttelte den Kopf und wirkte dabei ein wenig belustigt. »I wo.« Sie streckte den Zeigefinger in Lüders Richtung. »Ein spaßiger Gedanke.« Dann stemmte sie die Hände in ihre Hüften. »Also. Herr von Behrendorf ist nicht hier. Niemand weiß, wo er sich aufhält.«

»Ist das nicht merkwürdig?«

»Schon«, stimmte sie Lüder zu. »Also – Urlaub hat er nicht, zumindest hat er niemandem etwas davon erzählt. Philipp –« Sie erschrak und wendete den Blick ruckartig von Lüder ab. »Herr von Plön ist auch ein wenig irritiert. Die Herren sprechen sich in geschäftlichen Dingen eigentlich immer ab.«

Noch niemand in diesem Haus hatte den Herzog mit Vornamen benannt, fiel Lüder auf. Wer war Rebecca Ehrlich? Herzogin Sofia von Trinci, die Frau des Herzogs, lebte auf einem Weingut in der Toskana, hatte Homann erzählt.

»Louis von Behrendorf wurde zuletzt am Tag vor dem festlichen Empfang gesehen?«

Frau Ehrlich sah ihn irritiert an. »Jaaa«, sagte sie gedehnt.

Lüder registrierte, dass sie die Frage »Woher wissen Sie das?« nur mühsam unterdrücken konnte.

»Sie scheinen einen guten Draht zum persönlichen Bereich der Familie zu haben«, wagte Lüder einen Vorstoß.

Frau Ehrlich ging nicht darauf ein.

»Der Herzog hatte sich nicht erfreut gezeigt, als Herr von Behrendorf dieser Veranstaltung ferngeblieben ist.«

Sie nickte geistesabwesend.

»Das heißt, Herr von Plön ist auch nicht über die Abwesenheit informiert?«

»Das hatte ich schon gesagt.«

»Könnten wir einen Blick in die Privaträume Herrn von Behrendorfs werfen?«

Rebecca Ehrlich zog die Stirn kraus, als müsse sie überlegen.

»Doch«, sagte sie. »Das wäre machbar.« Sie bat Lüder um ein wenig Geduld und kehrte nach zwanzig Minuten mit leicht glühenden Wangen zurück. »Sorry, es hat ein wenig länger gedauert, aber die Schlüssel zu den Privaträumen liegen nicht frei herum.«

Sie legte ihren Finger auf den Scanner, eine grüne Leuchtdiode blitzte auf, und sie öffnete die Tür. Lüder sah sich interessiert um. Ein dicker Teppich lag aus. Es ähnelte dem Flur eines Luxushotels, von dem die einzelnen Zimmer abgingen. Frau Ehrlich blieb vor einer Tür stehen, probierte die Schlüssel, und beim zweiten Versuch hatte sie den richtigen erwischt. Auch hier gab es einen Fingerabdruckscanner. Dass sie einen Schlüssel besorgen musste, unterstrich ihre Behauptung, sie habe keine persönliche Beziehung zu Louis von Behrendorf.

Hinter der Tür verbarg sich eine Luxussuite. Ein kleiner Flur, ein Wohnraum, ein Schlafzimmer und ein komfortables Bad. Die Einrichtung war sachlich und modern, fast minimalistisch. Weißes Leder, Chrom und Glas. Lüder fand es zu nüchtern. Aber die Geschmäcker waren unterschiedlich.

Die Unterhaltungselektronik war vom Feinsten, dafür vermisste Lüder ein Bücherregal. Ein Vitrinenschrank mit schweren Gläsern, eine gut sortierte Bar, ein Kühlschrank, ein gläserner Esstisch sowie ein Schreibtisch – das war neben einem Glasblock mit einer Schieferplatte die Einrichtung. An den Wänden hingen Bilder, die durch kräftige Farben bestachen, für Lüder aber keine weiteren Aussagen enthielten. Überrascht war er, dass mitten im Raum ein Bügelbrett stand.

»Das verstehe ich nicht. Er wird doch nicht selbst gebügelt haben?«

Frau Ehrlich sah ebenfalls überrascht aus. »Selbstverständlich gibt es ein Housekeeping. Das kümmert sich um die Reinigung der Räume, Bettwäsche, die Kleidung – eben um alles.«

»Wie im Hotel«, stellte Lüder fest.

»Umfassender.«

»Und was soll das Bügelbrett mitten im Wohnzimmer?«

Er konnte keine Bügelwäsche entdecken, erhielt aber auch keine Antwort, ging zum Schreibtisch und staunte, dass dort das Topmodell der Marke mit dem angebissenen Apfel stand, daneben zwei Tablets des gleichen Herstellers. Zwei Handys lagen daneben. Lüder zog seines hervor und versuchte, die anderen beiden Nummern von Behrendorfs anzuwählen. Erfolglos. Seine stille Hoffnung, dass es in den Räumen klingeln könnte, erwies sich als vergeblich.

»Warum hat Herr von Behrendorf das hier liegen lassen?«, fragte er mehr zu sich selbst gewandt.

Rebecca Ehrlich war ebenfalls an den Schreibtisch herangetreten.

»Das wundert mich auch. Louis, äh – Herr von Behrendorf ist nie ohne das da«, sie zeigte dabei auf die Geräte, »unterwegs gewesen. Moment mal.« Sie ging ins Schlafzimmer und öffnete die Schränke. Bei der dritten Tür des Spiegeltürschranks stutzte sie. »Das verstehe ich nicht. Hier, ohne diesen Alzer Koffer von Louis Vuitton ist er nie zu einem geschäftlichen Termin unterwegs gewesen.«

»Wissen Sie, ob Kleidung fehlt?«, wollte Lüder wissen.

»Da bin ich überfragt.« Sie wirkte ratlos. »Darüber habe ich keinen Überblick.

Lüder besah sich den Inhalt der Schränke. Vermutlich hat von Behrendorf selbst keinen Überblick über seinen Bestand an Kleidung, dachte er. Auch im Bad war nicht erkennbar, ob jemand Herrenartikel mit auf Reisen genommen hatte.

Lüder suchte nach persönlichen Gegenständen wie Portemonnaie, Ausweis oder Pass. Vergeblich.

»Trägt von Behrendorf Schmuck?«

Rebecca Ehrlich nickte. »Ja. Die Uhr, einen Ring mit dem Wappen seiner Familie, man sagt, er trage auch eine Kette unter dem Hemd.«

»Man sagt?«

Sie zuckte mit den Schultern. »So nahe bin ich ihm nie gekommen, um das bestätigen zu können.«

»Das würde dem Herzog nicht gefallen, ich meine, wenn Sie intime Details über Louis von Behrendorf wüssten«, wagte Lüder einen weiteren Vorstoß.

Die Frau verharrte in der Bewegung. Erschrecken überzog ihr Gesicht.

»Das ist ein Missverständnis«, stammelte sie. Lüder merkte,

dass ihre Abwehr ein vergeblicher Versuch war. »Ich betreue Dankmar.«

Erneut registrierte Lüder, dass sie auf das »Prinz« verzichtete. Er glaubte jetzt, die Zusammenhänge erkannt zu haben. Rebecca Ehrlich hatte die Pflege des behinderten Sohnes übernommen. Sie kümmerte sich um das Kind und – um den Vater. Lüder widerstand der Versuchung, anzumerken, dass die Frau anscheinend die abwesende Mutter vertrat. In jeder Hinsicht.

»Was glauben Sie?«, versuchte Frau Ehrlich abzulenken und zeigte auf den Schreibtisch. »Was hat das zu besagen?«

»Das kann ich Ihnen nicht beantworten.« Lüder sah sich um. »Ich habe keinen Terminplaner entdecken können.«

»Das erfolgt heute alles elektronisch«, merkte die Frau an.

»Darf ich die Geräte mitnehmen?«, fragte Lüder. »Vielleicht finden unsere Experten irgendwelche Hinweise.«

»Ausgeschlossen.« Lüder war überrascht, dass Rebecca Ehrlich ihn am Ärmel zog und in Richtung Tür bugsierte. »Ich glaube, wir sollten gehen.«

»Hat Herr von Behrendorf eine eigene Sekretärin? Irgendjemand muss ihn vom Büro aus unterstützen.«

»Frau Thormählen«, erwiderte Rebecca Ehrlich.

Lüder seufzte. Von der würde er keine Auskunft erhalten. Sie würde ihm nicht einmal die Frage beantworten, ob sie von einer bevorstehenden Reise etwas gewusst habe. Ganz sicher nicht, überlegte Lüder, wenn selbst der Herzog über das Fernbleiben von Behrendorfs erstaunt war. Merkwürdig.

»Ist es möglich, mit Herrn von Plön zu sprechen?«, fragte er.

»Das sollten Sie mit Frau Thormählen abstimmen.« Sie sah auf die Uhr. »So!« Es klang entschieden. »Ich muss mich jetzt um Dankmar kümmern.«

An der Tür zu den privaten Räumen empfing ihn Hochstetter und wollte Lüder hinausgeleiten.

»Ich würde gern noch mit Herrn Homann sprechen«, erklärte Lüder.

»Der ist nicht da«, erklärte der Securitymann und führte ihn zum Ausgang.

Lüder schlenderte langsam zum Toyota zurück. Noch einmal fesselte ihn der Blick über den Großen Plöner See. Weshalb war von Behrendorf so überhastet abgereist, ohne selbst seinen engsten Vertrauten eine Nachricht zu hinterlassen? Oder wurde hier ein Theaterstück mit grandiosen Schauspielern aufgeführt? War der Herzog eingeweiht oder gar Veranlasser der Aktion?

Diese Leute waren überdurchschnittlich intelligent und vermochten strategisch zu denken und zu planen. Wurde hier über Bande gespielt, und man wollte die Polizei verwirren? Nachdem die Suche nach dem Versender der Eintrittskarten sich sehr schnell auf das Plöner Schloss konzentriert hatte, waren die Verantwortlichen gezwungen, weitere Maßnahmen zu ergreifen. Sie ahnten, dass es keine konkreten Verdachtsmomente gegen von Behrendorf gab, die Ermittlungsbehörden aber sehr schnell in Erwägung zogen, dass der Mord an Rochus von Meyer in Verbindung mit dem gegen ihn laufenden Steuerprozess stehen könnte.

War von Behrendorf darin verwickelt, und sollte er aus der Schusslinie genommen werden? Oder hatte man ihm suggeriert, er solle den Hasen wie beim Windhundrennen spielen und die jagende Meute einfach auf eine falsche Fährte locken? Für einen Manager seines Kalibers war es zudem ungewöhnlich, Teile seiner elektronischen Ausstattung zurückzulassen und sich offenbar wenig geordnet zurückzuziehen. War das auch Teil eines besonders ausgeklügelten Kalküls?

Vom Auto aus nahm Lüder Kontakt zu seiner Dienststelle auf und bat darum, Informationen über Martin Hochstetter zusammenzutragen und ihm durchzugeben. Kurz entschlossen stieg er wieder aus und ging die wenigen Schritte in das Plöner Zentrum hinab.

Er fand einen freien Platz im Marktcafé mit Blick auf die Nikolaikirche und die beiden Pavillons auf dem Marktplatz. Einer beherbergte einen Imbiss, der zweite bot die Möglichkeit der Entsorgung. Lüder bestellte den fast schon obligatorischen Cappuccino.

Er hatte seine Tasse noch nicht leer getrunken, als sein Handy vibrierte.

»Es war einfach, die Daten zusammenzutragen«, begann

Oberkommissar Kellermeyer aus seiner Abteilung. In diesen einführenden Worten klang unausgesprochen mit, dass Lüder die Informationen selbst hätte ermitteln können.

»Martin Hochstetter ist dreiundvierzig, stammt aus Weiden in der Oberpfalz. Der Vater heißt –«

»Mich interessieren die wesentlichen Fakten«, unterbrach Lüder den Kieler Oberkommissar.

»Hochstetter hat sich nach dem Abitur für zwölf Jahre bei der Bundeswehr verpflichtet und ist dort als Hauptmann ausgeschieden. Er hat ein Studium der Elektrotechnik begonnen, aber nicht abgeschlossen, sondern sich stattdessen in der Sicherheitsbranche engagiert. Seit sieben Jahren ist er Chef eines eigenen schnell wachsenden Unternehmens, der Safe and Secure, mit Sitz in Preetz. Der Betrieb hat über vierzig Mitarbeiter und soll einen guten Ruf haben. Namentlich die Prominenz bedient sich des Angebots. Gegen Hochstetter selbst liegt nichts vor. Er ist strafrechtlich noch nicht in Erscheinung getreten.«

»Also ein unbeschriebenes Blatt«, murmelte Lüder.

»Wenn Sie es so sehen. Weshalb wollten Sie das wissen?«, erkundigte sich Kellermeyer.

»Wie heißt unsere Abteilung?«, antwortete Lüder mit einer Gegenfrage.

»Polizeilicher Staatsschutz«, antwortete der Oberkommissar und hob ein wenig die Stimme, ein Zeichen dafür, dass er die Frage nicht verstanden hatte.

»Sehen Sie. Da werden Staatsgeheimnisse bewahrt.«

»Haha«, erlaubte sich Kellermeyer zum Abschied.

Lüder ging zum Parkplatz und beschloss, auf der Rückfahrt einen Schlenker zu machen und sich die Örtlichkeiten anzusehen, an denen die Safe and Secure residierte. Sicher war es nicht ungewöhnlich, dass ein Anwesen wie das Plöner Schloss von einem externen Sicherheitsunternehmen bewacht wurde. Aber irgendwie bewegte sich Hochstetter zu vertraut durch die Räumlichkeiten, so erschien es Lüder.

Preetz, das beschauliche Landstädtchen, wurde in einem weiten Bogen von der Bundesstraße umfahren. Lüder wählte die südliche Abfahrt, fuhr ein kurzes Stück die Plöner Landstraße entlang, die sich an zahlreichen Seen vorbeischlängelte, und durchquerte Preetz.

Der Böhmkrützweg lag in einem ruhigen Wohngebiet. Einfamilienhäuser mit gewachsenen Gärten prägten das Straßenbild. Grün war die vorherrschende Farbe. Langsam ließ Lüder den Wagen durch die Straße rollen, an einem mit einem hohen Zaun gesicherten Spielplatz vorbei bis zu einem Dreieck.

Kurz darauf fand er die gesuchte Adresse auf der linken Straßenseite, ein unscheinbares Einfamilienhaus, das sich in nichts von seinen Nachbarn unterschied. Nicht der kleinste Hinweis verriet, dass sich hier das Büro des Sicherheitsdienstes befand. War es Understatement, oder handelte es sich um eine Briefkastenadresse, und das Unternehmen hatte seinen Sitz de facto an einem anderen Standort? Vielleicht im Schloss? Achselzuckend setzte Lüder seine Fahrt zum LKA fort.

Im Büro fand Lüder eine Nachricht vor. Der Innenminister hatte sich gemeldet und bat um Rückruf. Lüder wählte die hinterlassene Mobilfunknummer und war überrascht, als sich das Regierungsmitglied selbst meldete.

»Ich gehe davon aus, dass Sie mit dieser Nummer vertraulich umgehen. Sie können mich darüber Tag und Nacht erreichen. Nur wenige Personen haben Zugang zu diesem Anschluss«, eröffnete ihm der Minister. »Ich habe mit dem Abgeordneten Blaczyk gesprochen. Er ist bereit, Sie anzuhören.«

»Wie haben Sie ihn herumgekriegt?«, wollte Lüder wissen.

»Das ist politischer Alltag«, erwiderte der Minister. »Das wollen Sie nicht wissen. Was gibt es Neues in diesem Fall? Ich bin auf dem Laufenden, was die Arbeit der Mordkommission betrifft.«

Lüder schmunzelte. »Mordkommission« war eine volkstümliche Bezeichnung.

»Ich habe ein paar interessante Ansatzpunkte«, erklärte Lüder vage.

»Können Sie mir Einzelheiten berichten?«

»Damit würde ich gern noch ein wenig warten, bis alles in einem größeren Kontext steht.«

»Gut. Ich wünsche Ihnen weiterhin viel Erfolg«, schloss der Minister das Gespräch.

Anschließend wählte Lüder die Nummer des Abgeordneten. Dieses Mal war er selbst am Apparat.

»Lüders, Landeskriminalamt. Sie haben sich zu einem Gespräch bereit erklärt.«

»Dauert das immer so lange, bis die Polizei reagiert?«, blaffte der Abgeordnete los.

»Darf ich Sie daran erinnern, dass Sie unser letztes Telefonat abrupt unterbrochen haben?«

»Das war ein anderer Fall. Sie haben mich mit … mit …«, stammelte Blaczyk kurzatmig.

»Es geht um den Verdacht, dass Druck auf einen Mitarbeiter der Ausländerbehörde ausgeübt wurde. Man könnte es auch Nötigung nennen.«

»Hören Sie mit diesem Quatsch auf. Was soll der Scheiß? Wollen Sie sich unbedingt Ärger einfangen?«

»Ich denke, Sie haben mit dem Innenminister gesprochen und sich bereit erklärt, mit der Polizei zusammenzuarbeiten.«

»Kommen Sie endlich zur Sache. Ich bin ein viel beschäftigter Mann. Ja, ich habe dem Minister gesagt, dass ich bedroht werde.«

»Sie haben – was? Dem Innenminister …?«

»Der ist für die innere Sicherheit zuständig. Sind Sie überhaupt kompetent genug? Sie scheinen nicht zu verstehen.«

»Haben Sie Anzeige erstattet?«

Blaczyk ließ ein lang gezogenes »Tssss« hören. »Kein Wunder, dass unsere Kriminalitätsstatistik ständig ungünstigere Zahlen ausweist, wenn alle Polizisten so sind wie Sie. Noch einmal zum Mitschreiben: *Ich werde bedroht.*«

»Von wem?«

»Das ist Ihr Job, das herauszufinden.«

»Lassen Sie uns miteinander reden.«

»Hat lange gedauert, bis Sie das begriffen haben. Wann können Sie hier sein?«

»Im Landeshaus?«

Blaczyk schnaufte verärgert. »Ich bin kein Beamter, der über jede Menge freier Zeit verfügt. Dort war ich heute Nachmittag.

Aber Sie haben es nicht für nötig befunden, sich zu melden. Jetzt bin ich zu Hause.«

»Das ist wo?«

»Finden Sie es heraus. In einer halben Stunde.« Der Abgeordnete legte ohne ein weiteres Wort auf.

»Arschloch«, formte Lüder lautlos mit den Lippen. Dann suchte er die Adresse heraus. Blaczyk wohnte in Lebrade, einem Sechshundert-Seelen-Dorf nördlich von Plön.

Lüder benötigte für die dreißig Kilometer vierzig Minuten.

Alles wirkte verschlafen. Wer Ruhe suchte, fand sie sicher in Lebrade. Die Kirche im Zentrum bildete den markantesten Punkt. Lüder sah bei seiner Fahrt durch den Ort keinen Laden, keinen Bäcker und nicht einmal eine Dorfkneipe. Die Bushaltestelle und ein im Schatten hoher Bäume liegendes, mit Blumen bepflanztes Dreieck schien der Mittelpunkt zu sein.

»Hier ist die Welt noch in Ordnung«, murmelte Lüder. »Wenn nicht so ein Kotzbrocken die Luft verpesten würde.« Krummeck, Pastertwiet, Kollsack, Redder hießen die Straßen. Blaczyk wohnte in der Dörpstraat.

Er fand einen Parkplatz direkt vor dem Einfamilienhaus.

Blaczyk öffnete selbst die Tür, nachdem Lüder geklingelt hatte. Er sah an Lüder vorbei. »Ist das Ihr Auto? Da können Sie nicht parken.«

»Ich bin die Polizei und verstehe etwas davon.«

Das war die Begrüßung.

Lüder sah auf den einen Kopf kleineren Abgeordneten hinunter. Das runde Gesicht mit dem Doppelkinn kannte er vom Foto. Der Rest war auch nicht vorteilhafter. Der Mann neigte nicht zur Korpulenz, er hatte eine Wampe. Die Hose wurde durch einen Gürtel gehalten, der wie ein Kälberstrick um den Bauch gebunden war. Das karierte Hemd war bis zum obersten Knopf geschlossen und schnürte den dicken Hals ab.

»Hat lange gedauert«, murrte Blaczyk.

Lüder zeigte auf den Absatz vor der Haustür. »Haben Sie zwei Klappstühle?«

»Hä?«

»Das wäre bequemer, statt hier zu stehen. Alternativ könnten Sie mich auch ins Haus bitten.«

Der Abgeordnete öffnete die Tür ganz und trat einen Schritt zur Seite. »Gleich links«, knurrte er.

Die Einrichtung des Flurs wirkte spießig. Eine Nussbaumkommode, auf der Telefonbücher, ein Schlüsselbund und eine Damenhandtasche lagen, eine Garderobenwand mit verschnörkelten Haken, ein Spiegel und eine Hutablage.

Direkt neben dem Eingang befand sich das Büro des Abgeordneten. Ein Holzregal, in dessen Fächern Bücher, Zeitschriften, Ordner und Papierstapel bunt durcheinanderlagen. Das Chaos setzte sich auf dem schmalen Schreibtisch fort. Lüder registrierte erstaunt, dass es noch alte Computerbildschirme gab, die gefühlt einen Meter tief waren. Ein billiger Bürostuhl stand vor dem Schreibtisch. Blaczyk verschwand wortlos. Lüder hörte, wie er mit einer Frau sprach. Kurz darauf kam er mit einem runden Küchenhocker ohne Lehne zurück und stellte ihn neben den Schreibtisch. Dann ließ er sich auf den Bürostuhl fallen.

»Wie wollen Sie vorgehen?«

»Das Beste wäre, Sie würden offen sagen, aus welchem Grund Sie Druck auf den Beamten in Plön ausgeübt haben.«

Ein tiefes Rot überzog das Gesicht Blaczyks.

»Ich rede von den Drohungen, die gegen mich ausgesprochen wurden.«

Lüder streckte die Hand aus. »Zeigen Sie sie mir.«

»Wie? Zeigen? Ich habe doch gesagt, dass ich angerufen wurde.«

»Haben Sie die Nummer notiert?«

»Wo leben Sie? Wenn man jemanden anruft und ihn bedroht, unterdrückt man seine eigene Nummer.«

»Nicht unbedingt. Es könnte auch jemand sein, der Sie in der Hand hat. Was wollte der Anrufer? War das übrigens ein Mann oder eine Frau?«

»Ein Mann natürlich. Ist doch klar.«

»Worum ging es?«

»Ich soll auf meine Gesundheit achtgeben.«

»Konkreter.«

»Mein Leben ist bedroht. Reicht das nicht?«

»Das klingt sehr dramatisch. Hat der Anrufer Näheres verlauten lassen? Sollen Sie entführt und misshandelt werden? Will man Sie erschießen? Vergiften? In die Luft jagen? Köpfen?«

Lüder hatte Mühe, ein schallendes Lachen zu unterdrücken, als er den gequälten Ausdruck auf dem Gesicht seines Gegenübers sah. Beim »Köpfen« fuhr sich Blaczyk mit zwei Fingern zwischen Hemdkragen und Hals entlang. Der Mann schien sich bei jeder von Lüder angesprochenen Methode auszumalen, wie es vor sich gehen würde.

»So konkret war der Anrufer nicht.«

»Wie kommen Sie darauf, dass man Ihnen nach dem Leben trachtet?«

»Das hat der Anrufer gesagt.«

»Was wollte er? Werden Sie erpresst?«

»Ich? Erpresst? Ja – weshalb denn?«

»Das würde ich gern von Ihnen wissen.«

»Das hieße doch, ich hätte etwas getan. Etwas, ja … ähm … Ein krummes Ding.«

»Haben Sie?«

»Ich bin Landtagsabgeordneter. Vergessen Sie das nicht.« Blaczyk streckte Lüder drohend einen Finger entgegen.

»Auch die sind nicht davor gefeit, sich auf Abwege zu begeben. Wenn Sie ein reines Gewissen haben, könnte ein zweites Motiv sein, dass man etwas von Ihnen verlangt. Sollen Sie Ihren politischen Einfluss für eine bestimmte Sache geltend machen? Das wäre dann Lobbyarbeit mit etwas härteren Bandagen.«

»Sie meinen, ich sei käuflich? Niemals.«

Lüder machte Anstalten, aufzustehen. »Schön. Wenn es keinen Grund für die Bedrohung gibt, kann es sich nur um einen üblen Scherz handeln. Dafür ist das Landeskriminalamt nicht zuständig.«

Der Abgeordnete zeigte auf den Küchenhocker. »Bleiben Sie!«, forderte er Lüder auf. »Der Innenminister persönlich hat angeordnet, dass Sie sich der Sache annehmen.«

Das entsprach nicht den Tatsachen.

»Wenn Sie nicht offen reden, kann ich Ihnen nicht helfen. Es gibt keinerlei Anhaltspunkte. Sie müssen sich als Politiker selbst fragen, ob die Vorratsdatenspeicherung nicht doch sinnvoll ist. Wir hätten den Anruf dann zurückverfolgen können. Aber so?«

»Was ist, wenn der Anrufer mich wieder bedroht?«

»Legen Sie einfach auf. Wir können natürlich auch Ihr Telefon überwachen.«

Gedankenverloren senkte sich Blaczyks Hand zwischen seine Schenkel. Die Finger krümmten sich. Als er registrierte, dass Lüders Blick der Hand gefolgt war, riss er sie blitzschnell hoch, führte sie an den Haaransatz und bekämpfte dort einen imaginären Juckreiz.

»Kommt nicht in Frage«, sagte Blaczyk aufgebracht. »Wie soll man mir vertrauen, wenn jeder Anruf von der Polizei registriert wird?«

»So kommen wir nicht weiter. Ich kann mich nicht mit einer Schrotflinte in Ihrem Vorgarten verstecken. Außerdem ist nichts Konkretes vorgefallen. Wo sollen wir suchen? Jeden Menschen, der auffällig wirkt, fragen, ob er Sie bedroht?«

»Sie müssen doch Wege und Möglichkeiten finden, um gegen solche Leute vorzugehen. Es geht um das freie Mandat. Wir Abgeordnete müssen besonders geschützt werden.«

»Wenn Sie mir nicht helfen wollen, muss ich eine komplexe Umfelduntersuchung starten. Wir werden eine Kommission bilden und mit der Befragung aller Leute beginnen, die mit Ihnen in Kontakt stehen. Ihre Mitarbeiter im Landtag, in der Partei, hier im Dorf, Ihre Kontaktpersonen auf Schloss Plön, in der Verwaltung«, zählte Lüder auf. »Sie sollten sich schon einmal eine Presseerklärung zurechtlegen, denn diese umfangreichen Ermittlungen bleiben nicht verborgen. Ein Abgeordneter, der erpresst wird – da fragt sich die Presse, weshalb. Spekulationen werden hochkochen.«

»Ich werde nicht erpresst, nur bedroht«, verteidigte sich Blaczyk. »Das ist doch etwas ganz anderes.«

»Wenn es kein Dummejungenstreich ist, muss es einen Grund geben«, erwiderte Lüder. »Weiß außer mir noch jemand, dass Sie Druck auf die Ausländerbehörde ausgeübt haben?« Lüder ließ es beiläufig klingen.

»Das war doch kein Druck, sondern eine humanitäre Aktion.

Überall spricht man davon, dass wir uns mehr um Menschen kümmern sollen, die in höchster Not zu uns kommen.«

»So einer wie Hailemariam Mehretu. Warum ausgerechnet der?«

»Der Name spielt doch keine Rolle. Ein Mensch ist ein Mensch.«

»Warum hat der Herzog Sie zum Festbankett eingeladen? War es der Dank dafür, dass Sie Mehretu eine Aufenthaltsgenehmigung verschafft haben?«

»Nein!«, erwiderte Blaczyk entschieden, aber sichtlich nervös. »Ich bin eingeladen worden, weil ich der örtliche Abgeordnete bin. Es gehört zu meinen Aufgaben, Kontakt zu Betrieben, Einrichtungen und Institutionen zu pflegen.«

»Sie sind aber viel öfter auf Empfängen zu finden als bei Besuchen in Kindertagesstätten.«

»Das läuft mir jetzt aus dem Ruder«, beschwerte sich Blaczyk.

»Warum hat Sie der Herzog eingeladen?«

»Das war indirekt.«

»Louis von Behrendorf?«, riet Lüder.

Blaczyk nickte müde.

»Der ist oft in Afrika. Von einer seiner Reisen hat er Mehretu mitgebracht. Der musste in aller Eile untergebracht werden. Also hat von Behrendorf Sie angerufen. Und Sie haben Druck bei der Kreisverwaltung gemacht.«

»Druck – Druck. Was heißt das? Ich hab dort nachgefragt. Und da der Afrikaner eine Unterkunft und einen Arbeitsplatz in Aussicht hatte, war es für den Kreis kostenneutral. Da ist doch nicht Schlimmes dran. Das war alles.«

»Und weshalb haben Sie von Behrendorf den Gefallen erwiesen? Waren Sie ihm noch einen schuldig?«

»Nein. Natürlich nicht. Man kennt sich eben.«

Blaczyk hatte nicht mitbekommen, dass er sich dazu bekannt hatte, bei der Kreisverwaltung massiv für Mehretus Aufenthaltserlaubnis zu intervenieren. Auch wenn er es bestritt, glaubte Lüder, dass Blaczyk die Macht seines Mandats in die Waagschale geworfen hatte, um von Behrendorf den Gefallen zu erweisen. Eine Hand wäscht die andere.

»Mehretu ist untergebracht. Warum sollte man Sie noch bedrohen?«

Der Abgeordnete senkte den Kopf. »Ich weiß es doch auch nicht«, sagte er mit jämmerlich klingender Stimme.

»Melden Sie sich, wenn der Anrufer es erneut versucht. Fragen Sie ihn, was er will. Und dann informieren Sie mich. Direkt und ohne Umweg über den Innenminister.«

Lüder fingerte eine Visitenkarte aus der Tasche und warf sie auf den Schreibtisch. Dann stand er auf und ging, ohne sich zu verabschieden.

Warum kümmerte sich von Behrendorf ausgerechnet um den Äthiopier? Gab es ein geheim gehaltenes sexuelles Interesse? Lüder war bisher auf keine Hinweise gestoßen, dass sich von Behrendorf für Frauen interessierte. Der Mann schien überhaupt ein Phantom zu sein. Niemand konnte oder wollte etwas über ihn sagen.

Es war spät geworden. Lüder fuhr nach Hause. Als er in den Hedenholz einbog, staunte er. Sein BMW stand in der Auffahrt vor dem Haus. Lüder parkte den Toyota am Straßenrand und eilte zornig ins Haus. Gleich hinter der Tür stand Thorolf und erwartete ihn. Der Junge hatte die Hand vorgestreckt wie ein Verkehrspolizist, der auf einer sechsspurigen Straße die Autoflut bremsen musste. Dann zog er die andere Hand hinter dem Rücken hervor und hielt Lüder eine Flasche Balvenie Single Malt entgegen.

»War scheiße von mir«, sagte Thorolf und reichte sie ihm. Für jemanden, der auf den Cent sehen musste, war das Getränk eine größere Investition.

Lüder war sprachlos.

Thorolf grinste verlegen, machte einen Schritt auf Lüder zu und nahm ihn den Arm. »Sorry«, flüsterte.

»Ich bin wie Blaczyk«, murmelte Lüder gerührt. »Ich bin bestechlich.«

FÜNF

Lüder war am Morgen direkt zur Bezirkskriminalinspektion gefahren. Vollmers hatte ihn mit einem heißen Kaffee versorgt. Jetzt saß er dem Hauptkommissar gegenüber. Er wusste, dass er dem schlanken Mann mit dem gepflegten grauweißen Bart vertrauen konnte, und weihte ihn in seine bisherigen Ermittlungsergebnisse ein.

»Das ist sehr vage«, zeigte sich Vollmers kritisch. »Wie passt das alles zusammen? Und was hat der Afrikaner mit dem Mord zu tun? Ich sehe den Zusammenhang nicht.«

»Den kann ich Ihnen auch noch nicht aufzeigen. Für mich spielt Louis von Behrendorf eine entscheidende Rolle. Ich würde mich gern mit ihm unterhalten, aber er ist abgetaucht.«

»Wir haben Ihre Bitte erfüllt und Informationen über von Behrendorf gesammelt. Können Sie sich vorstellen, mit welchem Aufwand das verbunden war, zumal wir dazu auch eine Genehmigung einholen mussten?«

Lüder nickte. »Danke«, sagte er.

»Zum Handy konnten wir nichts feststellen. Sie wissen – an die Informationen kommt man nicht heran. Wir haben aber seine Konten gecheckt, die Kreditkarten – Sie hören richtig: Plural – und versucht, ein Bewegungsbild zu erstellen. Abgesehen davon, dass der Mann Summen bewegt, die wir beide nur mit Staunen betrachten, gab es keine Auffälligkeiten. Regelmäßige Barabhebungen, nachvollziehbare Kosten wie Versicherungen et cetera. Aufschlussreicher waren die Kreditkartenabrechnungen. Von Behrendorf ist viel unterwegs. Hotelabrechnungen, Flugtickets und was man sonst auf Reisen ausgibt.« Vollmers nickte. »Auch Restaurants und Nachtclubs. Außerdem scheint er gern einzukaufen. Ach ja. Auch Autoverleiher fanden sich darunter.«

»Können Sie das regional einkreisen?«

»Ja. Die Schwerpunkte seiner Reisen galten Äthiopien, Malaysia, Saudi-Arabien und China. In Malaysia und Saudi-Arabien hat er sich auf die Hauptstädte Kuala Lumpur und Riad beschränkt. In China tauchen neben Peking auch Hongkong und mehrere andere Metropolen auf.«

»Wie sieht es mit Macau aus?« Semmerling von der Steuerfahndung hatte die ehemalige portugiesische Besitzung bei Hongkong als Sammelplatz für undurchsichtige Geldtransaktionen erwähnt.

Vollmers tippte auf das vor ihm liegende Dossier. »Steht hier nicht drin.«

»Panama, Nassau auf den Bahamas?«

Der Hauptkommissar schüttelte den Kopf. »Nein. Auch nicht. Zumindest nicht im letzten halben Jahr. Da ist von Behrendorf immer nur zwischen den genannten Orten gependelt.«

»Afrika – war er nur in Äthiopien?«

»Addis Abeba, als die Hauptstadt, und in …« Vollmers sah über den Rand seiner Halbbrille auf das Papier. »Gambela. Sagt mir nichts.«

»Da kommt Mehretu her, der Dunkelhäutige, der beim Herzog in der Küche arbeitet. Klar, dass es da eine Verbindung gibt. Wir haben nun den Beweis, dass von Behrendorf öfter in der Gegend war und den Mann mitgebracht hat. Er hat seine Verbindung zu Blaczyk spielen lassen. Der Abgeordnete wiederum hat in der Ausländerbehörde Dampf gemacht und den Weg für Mehretus Aufenthaltsgenehmigung geebnet. Nur das Warum haben wir noch nicht klären können. Dazu muss ich von Behrendorf befragen. Warum ist der so plötzlich und überhastet abgetaucht?« Lüder nahm Blickkontakt zum Hauptkommissar auf. »Es wäre interessant, zu wissen, ob der Herzog auch so oft unterwegs war. Und wenn ja – wohin?«

Vollmers bewegte den Zeigefinger. »Nee. Nix da. Diese Daten herauszufriemeln war schon aufwendig genug. Wir sind unterbesetzt.« Er hob die Hand. »Und stehen vor solch einem Berg von Arbeit.«

Lüder musste ihm beipflichten.

»Das gleiche Spiel haben wir mit Rochus von Meyer gemacht. Auch hier: Handy Fehlanzeige. Seine Konten zeigen keine ungewöhnlichen Bewegungen. Es gibt ungleich mehr Posten auf der Ausgabenseite. Alles, was bei einem Haushalt und einer Familie anfällt. Auf der Einnahmenseite ragen die Bezüge heraus, die er als Generalbevollmächtigter des Herzogs erhielt. Das war durchaus generös. Seit das Verfahren gegen von Meyer läuft, hat der Herzog die Gehaltszahlungen aber eingestellt. Wir haben rekonstruiert, dass der Mann seitdem von der Substanz lebte. Wenn er und seine Familie den großzügigen Lebensstil weiter gepflegt hätten, wäre es irgendwann trotz Rücklagen eng geworden.«

Lüder hob die Hand, als würde er sich zu Wort melden wollen. »Das ist eine wichtige Information. Wenn von Meyer von den Fleischtöpfen abgeschnitten war, könnte er versucht gewesen sein, sein Wissen zu verkaufen.«

»Wie meinen Sie das?«, fragte Vollmers.

»Er könnte Geld dafür gefordert zu haben, dass er vor Gericht schweigt.«

»Erpressung?«

»So nennt man das. Menschen sind schon für weniger ermordet worden. Und wenn man – angenommen – auf seine Forderungen eingegangen wäre, hätte man noch mehr Angriffsflächen für weitere Erpressungen geboten.«

»Glauben Sie, dass der Herzog von Meyer ermorden ließ?«

»Nichts ist auszuschließen. War von Meyer oft unterwegs?«

Vollmers nickte und fuhr suchend mit dem Zeigefinger über das zweite Dossier. »Wie man es von einem Manager erwarten kann. London. Madrid. Saint Helier.«

»Das ist Jersey, die größte der Kanalinseln«, unterbrach ihn Lüder.

Der Hauptkommissar nickte. »Außerdem Dublin, Panama, Nassau, Brüssel, Luxemburg und Zürich.«

»Das hat die Steuerfahndung auch herausgefunden. Daraus hat man von Meyer einen Strick gedreht. Er ist dem Schwarzgeld hinterhergeeilt. Das ist die klassische Route. Wie kann man nur so naiv sein?«

»Solche Leute fühlen sich sicher. Sie glauben nicht, dass man ihnen auf die Schliche kommt. Es gibt genug prominente Beispiele.«

Lüder bestätigte es. »Uli Hoeneß, der Vater von Steffi Graf,

Boris Becker und selbst erfahrene Manager wie der ehemalige Postchef Zumwinkel haben nicht geglaubt, dass ihre Steuerhinterziehungen auffliegen. Hören Sie es schon summen?«

Vollmers sah ihn fragend an.

»Wir haben da in ein großes Wespennest gestochen«, sagte Lüder. »Man muss aufpassen, dass die nicht über einen herfallen.«

Der Hauptkommissar nickte Lüder zustimmend hinterher, als der aufbrach.

Auf dem Weg zu seiner Dienststelle beschäftigte sich Lüder mit der Frage, warum von Behrendorf so oft nach Äthiopien gefahren war. Vielleicht konnte ihm Professor Bamberger helfen. Der Politikwissenschaftler war ordentlicher Professor an der Christian-Albrechts-Universität. Sein besonderes Engagement galt dem renommierten Institut für Sicherheitspolitik, das zahlreiche Kontakte zu anderen wissenschaftlichen Institutionen im In- und Ausland pflegte. Bamberger galt als anerkannte Kapazität auf dem Gebiet der Sicherheitspolitik. Er beschäftigte sich ferner mit den wichtigsten Trends und Entwicklungen in den Themenfeldern Terrorismus und asymmetrische Kriegsführung.

Lüder hatte Glück. Die Mitarbeiterin im Vorzimmer des Professors erinnerte sich an ihn und stellte sofort zu Bamberger durch.

»Herr Lüders«, zeigte sich der Wissenschaftler erfreut. »Schön, von Ihnen zu hören. Wie geht es Ihnen?«

Lüder war dem Professor das erste Mal begegnet, als er im Fall des Attentats auf die Münchener Sicherheitskonferenz ermittelte. Zunächst galt auch Bamberger aufgrund seines jüdischen Glaubens als potenzielles Ziel islamistischer Radikaler.

»Ich bitte Sie um Ihren Rat«, schmeichelte Lüder dem Professor. »In einem Fall, an dem ich derzeit arbeite, taucht ein besonderes Interesse an Äthiopien auf. Das Land liegt aber selten im Fokus der Weltöffentlichkeit.«

»Hm.« Professor Bamberger kratzte sich nachdenklich das Kinn. »Wussten Sie, dass Äthiopien flächenmäßig ein riesiges Land ist und fast einhundert Millionen Einwohner hat? Das haben wir hier gar nicht auf der Rechnung. Wenn ich Ihnen sage, dass Kenia, Somalia, der Sudan und der Südsudan direkte Nachbarn sind, es außerdem eine gemeinsame Grenze mit Eritrea gibt, das sich in einem blutigen Bürgerkrieg von Äthiopien abgespalten hat, sagt das schon viel aus. Allen ist gemein, dass dort bittere Armut herrscht.«

»Es gibt dort eine Region, für die ich mich besonders interessiere. Gambela.«

Bamberger stieß einen kleinen, allerdings verunglückten Pfiff aus. »Das liegt an der Grenze zum Südsudan. Eine in jeder Hinsicht heiße Gegend, nicht nur klimatisch. Dort leben zwei im Grunde sehr unterschiedliche Volksgruppen, die Nuer, das sind Rinderzüchter, und die … die …« Bamberger schnippte mit den Fingern.

»Anuak?« Lüder kleidete seinen Einwurf als Frage. Mehretu gehörte dieser Ethnie an.

»Die sind Ackerbauern. Das Ganze wird aber unzureichend bewirtschaftet, sodass die Einheimischen kaum zurechtkommen. Deshalb hängt die Region auch am Tropf der Zentralregierung. Um es volkstümlich auszudrücken: Die ist auch nicht mit Reichtümern gesegnet und will Land an ausländische Investoren verpachten.«

»Bitte?«

Professor Bamberger sah Lüder überrascht an.

»Entschuldigung, aber eben ist mir ein Licht aufgegangen. Mein Fall streift Leute, die sich im großen Stil mit Ländereien und Grundbesitz beschäftigen.«

»Aha.« Der Wissenschaftler zog eine Augenbraue in die Höhe. »Mit Bodenschätzen?«

»Da bin ich mir noch nicht sicher.«

»Der malaysische Konzern Petronas – Ihnen sagen vielleicht die Petronas Towers etwas, diese markanten Zwillingstürme, die einst als höchstes Gebäude der Welt galten – sucht in der Region nach Erdöl. Die Malaysier sind relativ schmerzlos. Überall dort, wo die westlichen Mineralölkonzerne sich aufgrund der unsicheren politischen Lage zurückziehen, stoßen sie vor.«

Lüders Gedanken schweiften kurz ab. Vollmers hatte festgestellt, dass von Behrendorf bei seinen Reisen öfter in Kuala

Lumpur, der Hauptstadt Malaysias, war. Und in Riad, der Metropole von Saudi-Arabien, einem Schwergewicht unter den Ölproduzenten. Ob es Interessen des Herzogs auf diesem Gebiet gab?

»Das ist aber nicht so einfach. Äthiopien ist ein Binnenstaat. Wo wollen Sie das Öl, falls Sie fündig werden, lassen? Mit der Abspaltung von Eritrea hat Äthiopien den Zugang zum Meer verloren.«

Vielen Menschen ist nicht bewusst, wie wichtig funktionierende Häfen sind. Lüder dachte an seinen letzten großen Fall zurück, als es um die Blockade der Elbe ging und eine Flut der Angst drohte.

»Vom Südsudan führt eine Pipeline durch den Sudan. Die können aber jederzeit die Leitung zudrehen. Außerdem wäre Äthiopien hinsichtlich der Transitgebühren vom Wohlwollen der Nachbarn abhängig. So denkt man über eine Straße nach Dschibuti nach, um das Erdöl mit Tanklastern zum dortigen Hafen zu bringen. Eine aberwitzige Idee.«

»Können Sie sich vorstellen, dass sich auch deutsche Investoren dafür interessieren könnten?«

Der Professor lachte laut auf. »Nichts ist unmöglich. Trottel gibt es überall.«

»Oder wagemutige Pioniere.«

»Jemand, der sein Geld durch Geschick oder harte Arbeit verdient hat, wirft es nicht leichtfertig zum Fenster hinaus. Die Erdölexploration – das ist auch für gut situierte Leute ein Vabanquespiel.«

Lüder war enttäuscht. Es klang auf Anhieb nicht so, als wäre die Region für Investitionen des Herzogs besonders interessant. Aber irgendetwas musste von Behrendorf dorthin geführt haben.

»Gibt es dort außer Erdöl noch andere Bodenschätze?«

Professor Bamberger wiegte den Kopf. »Wenn Sie so wollen – das kostbarste Gut des Bodens ist die Fähigkeit, uns Menschen zu ernähren.«

»Ich habe noch nicht gehört, dass Äthiopien ein bedeutender Agrarexporteur wäre. Kaffee – ja.«

»Äthiopien ist das Ursprungsland des Kaffees. Sie sagten,

Gambela?« Der Wissenschaftler zog die Stirn kraus. »Ich bin kein Geograf. Aber die Region ist fruchtbar, und es herrscht dort ausreichend Niederschlag. Das Potenzial für eine landwirtschaftliche Nutzung ist durchaus vorhanden. Trotz dieser Voraussetzungen klingt es wie ein Aberwitz, dass gerade in dieser Region ein Mangel an Nahrungsmitteln herrscht. Um es einfach auszudrücken: Die Menschen hungern. Es findet keine wirtschaftliche Entwicklung statt. Die Zentren sind weit entfernt, es mangelt an der Infrastruktur, Tsetsefliege und Malaria sind weit verbreitet, und die politische Gesamtlage ist undurchsichtig. All das behindert die Entwicklung der Menschen.«

Weder den Herzog noch von Behrendorf konnte er sich in humanitären Diensten vorstellen. Er sprach es aus.

»Tja – Sie hätten recht, wenn es nicht das ›Aber‹ gäbe. In Afrika ticken die Uhren anders. Die Regierung in Addis Abeba arbeitet nicht etwa an einem Programm, um die Situation vor Ort zu verbessern. Man könnte etwas zur Verbesserung der Infrastruktur machen, die Lebensbedingungen optimieren. Oder den dort lebenden Menschen Wissen vermitteln. Man hat sich für einen anderen Ansatz entschieden. Knapp die Hälfte der fruchtbaren Fläche will man an ausländische Investoren verpachten. Man glaubt, die können effizienter dem Land Nahrungsmittel abringen.«

»Ein merkwürdiger Gedanke«, sagte Lüder. »Wie soll das funktionieren? Die Investoren müssen Pacht entrichten. Von der versickert ein Großteil in dunkle Kanäle. Die Geldgeber müssen ihr Investment wieder herausbekommen und wollen auch Profit machen. Die erzeugten Nahrungsmittel sind also teuer. Wovon sollen die Einheimischen das bezahlen? Dort gibt es kaum Möglichkeiten des Broterwerbs.«

»Sehen Sie. Da bahnt sich eine Katastrophe an. Wer nichts zu essen bekommt und hungert, der muss es sich mit Gewalt nehmen. Sie haben mit Ihrem Einwand recht. Die geplante Nahrungsmittelproduktion ist für die einheimische Bevölkerung unerschwinglich. Sie ist auch nicht für sie bestimmt. Nehmen Sie die reichen Ölstaaten. Dort sind Traumstädte entstanden. Ohne

Rücksicht auf die Kosten sprudelt dort das Wasser. Springbrunnen, Plantagen, Obstanbau. Und das alles mitten in der Wüste. Mittlerweile haben auch die Ölscheichs erkannt, dass noch vor dem Ende des Öls die knappen Wasservorräte versiegen. Man hat genügend Geld, um die Produktion von Nahrungsmitteln in andere Länder zu verlagern.«

»Zum Beispiel in die Region Gambela in Äthiopien«, riet Lüder.

»Wer unbedarft ist, könnte vermuten, das sei eine Chance für die dortige Bevölkerung. Sie würden Arbeitsplätze finden. Irrtum. Fünfundsiebzig Prozent!« Professor Bamberger hatte den Finger mahnend in die Höhe gehoben. »So viele Einwohner Gambelas sollen in neue Dörfer umgesiedelt werden. Human Rights Watch berichtet, dass die Umsiedlung zwangsweise erfolgt und die Menschen enteignet werden. Offiziell wird argumentiert, dass es keinen Zusammenhang mit der Landverpachtung gibt, sondern man in den neuen Dörfern eine bessere Infrastruktur zur Verfügung stellt.«

Lüder verwies darauf, dass eine heftige Kontroverse darüber bestehe, ob man Lebensmittel zur Befriedigung des Energiebedarfs nutzen sollte. »Das ist eine ideologische Frage«, schloss er. »Es gibt Für und Wider.«

»Ja«, stimmte Professor Bamberger zu.

»Ebenso gibt es die Auseinandersetzung, ob man auf den Kapitalmärkten mit Lebensmitteln spekulieren darf. Hier sind auch große deutsche Banken ins Visier geraten. Durch Termingeschäfte, das ist schlichte Zockerei, sind Grundnahrungsmittel so enorm im Preis gestiegen, dass die Ärmsten der Armen sie sich nicht mehr leisten können.«

Der Wissenschaftler lehnte sich zurück. »Das trifft alles zu. Aber wir beide können von dieser Stelle aus die Welt nicht verändern. Habe ich Ihnen helfen können?«

»Sehr«, bestätigte Lüder.

»Können Sie mir sagen, inwiefern?«

»Leider nicht. Das sind laufende Ermittlungen. Sie werden erstaunt sein, wenn die Zusammenhänge ans Tageslicht kommen.«

»Ich bin gespannt«, sagte Professor Bamberger und streckte ihm die Hand entgegen.

Vom Büro aus versuchte Lüder erneut, den Herzog von Plön zu erreichen. Vergeblich. Hatte sich der Herzog in das Geschäft eingeschaltet? Lüder zweifelte nicht daran, dass dessen wirtschaftliche Interessen weltumspannend waren. Der Mann verfügte über viele Berater. Da blieben ihm solche Chancen nicht verborgen.

War Louis von Behrendorf derjenige, der vor Ort in Afrika die Fäden spann? Seine Reiseaktivitäten, die Vollmers aufgedeckt hatte, ließen diese Vermutung zu. Und Mehretu? Sein Volk waren Ackerbauern. War er ein Betroffener? Hatte von Behrendorf ihn kurzerhand nach Deutschland geholt, um den Äthiopier, seine Familie oder sogar sein Dorf durch diese Geste zu besänftigen? Vielleicht schickte man auch Geld nach Gambela.

Lüder wollte es noch einmal beim Bruder versuchen, da der Herzog selbst nicht zu sprechen war. Er fuhr nach Norderstapel, ohne sich zuvor anzumelden, wurde von der Arzthelferin wiedererkannt und ins Wartezimmer gebeten. Jetzt saßen hier andere Patienten, aber die Themen waren die gleichen wie bei seinem ersten Besuch. Auch der Unmut der Wartenden wiederholte sich, als er als Nächster in das Behandlungszimmer gebeten wurde.

»Herr Lüders«, begrüßte ihn der Arzt mit einem herzhaften Händedruck. »Gibt es Neuigkeiten?«

»Es gibt zahlreiche Anknüpfungspunkte, die alle in Richtung Plöner Schloss laufen«, begann Lüder. »Da ist eine merkwürdige Sache mit einem Afrikaner.« Im Telegrammstil berichtete er von Mehretu und den eigenartigen Umständen, unter denen der Äthiopier zu einer Aufenthaltsgenehmigung gekommen war.

»Der Landtagsabgeordnete hat sich dafür eingesetzt?«

Lüder bestätigte es durch Kopfnicken.

»Ich will niemanden verdächtigen. Aber ist es nicht üblich, dass es Sponsoren gibt, die den Wahlkampf bestimmter Kandidaten unterstützen? Das erfolgt ganz legal über Geldspenden, nie zu hoch. Es gibt aber noch andere Möglichkeiten. Man kann Sachmittel zur Verfügung stellen. Autos, Personal zum Plakatekleben, Porto, Telefone – die Liste ist beliebig fortsetzbar.«

»Und wenn der Kandidat dank dieser Hilfe das Mandat gewinnt, zeigt er sich dankbar.«

»Durch kleine Gefälligkeiten. Man kennt sich. Der Kandidat kommt ja nicht aus dem Nichts, sondern war zuvor schon auf kommunaler Ebene politisch tätig. In der Gemeinde, im Kreistag. In diversen Ausschüssen und Verbänden. So entsteht ein Netzwerk. Haben Sie den Abgeordneten an der Angel, steht Ihnen auch der Zugriff auf das Netzwerk offen.«

»Das ist aber ganz natürlich«, sagte Lüder.

»Ich rede auch nicht von Korruption. Aber wo fängt die an? Es müssen nicht die Riesengeldbeträge sein. Jeder politisch Interessierte weiß, was man in Bayern unter den Amigos versteht oder dem Kölner Klüngel.« Dr. Gehrke lehnte sich zurück. »Mich erstaunt immer wieder, wie man sich hier aufregte, als Honecker und Genossen mit fast einhundert Prozent gewählt wurden. Wenn bei uns ein Parteivorsitzender mit siebenundneunzig Prozent gewählt wird, berichten die Medien, dass das Ergebnis schlechter war als bei der vorhergehenden Wahl. Wehe, wenn es einen Gegenkandidaten gibt. Dann heißt es, die Partei sei zerrüttet. Es herrsche keine Einigkeit. Wie ist es mit sachkundigen Quereinsteigern in der Politik? Die sind alle gescheitert, weil sie keine Parteibasis hatten. Nein, Herr Lüders. Das ist alles normal bei uns.«

»Wissen Sie Konkretes?«

»Nein. Ich hatte schon bei Ihrem letzten Besuch gesagt, dass ich mich ausgeklinkt habe.«

Lüder fragte, ob Dr. Gehrke etwas über das afrikanische Engagement seines Bruders wisse. »Es scheint, als hätte Louis von Behrendorf dieses Feld beackert.«

»Ja, der Louis«, sagte der Arzt versonnen. »Ein ganz Durchtriebener. Dem würde ich keinen Gebrauchtwagen abkaufen, um eine abgedroschene Phrase zu benutzen.« Nein, versicherte Dr. Gehrke, von Afrika wisse er nichts. Davon höre er zum ersten Mal.

Lüder berichtete von den möglichen Interessen anderer Nationen an den äthiopischen Ländereien, um dort Lebensmittel für die eigene Bevölkerung zu produzieren.

»Das ist grauenhaft«, zeigte sich der Arzt entsetzt. »Moralisch verwerflich. Ich distanziere mich entschieden von solchen Machenschaften. Das ist genauso schlimm wie jene Spekulanten, die auf steigende Preise für Lebensmittel setzen und damit Grundnahrungsmittel durch ihre Zockerei so verteuern, dass sich die Bedürftigen sie nicht mehr leisten können und hungern. Ja – man darf sein Geld klug anlegen und versuchen, es zu vermehren. Aber nicht auf diese Weise.«

»Sie haben davon wirklich nichts gewusst?«

»Nein – bestimmt nicht. Und wenn, hätte ich nichts ausrichten können. Mein Bruder hört nicht auf mich. In seinen Augen bin ich ein Phantast, jemand, der die Welt retten will«, dabei streckte er Lüder die Hände entgegen, »und doch viel zu kleine Greifwerkzeuge hat, um auch nur ein Quäntchen umfassen zu können. Ich finde das Engagement in der Pharmaindustrie schon anstößig. Wussten Sie, dass ein ansehnliches Aktienpaket eines der größten Pharmaunternehmen im Besitz der Familie ist?«

»Der Familie? Sie sind auch daran beteiligt?«

Dr. Gehrke lachte bitter auf. »Familie! Das ist einzig mein Bruder, der Herzog. Der spielt mit seiner wirtschaftlichen Macht. Steckt Geld in Equity-Unternehmen, kontrolliert eine Privatbank und Pharmaunternehmen. Er drängt das Pharmaunternehmen zum Mainstream und zur Aufgabe von Forschung und Produktion von Randprodukten. Lukrativer ist die Lizenzproduktion von Massenwaren. Die Eigenentwicklung, die teure Forschung sollen aufgegeben werden. Das ist unwirtschaftlich. ›Was soll das humanitäre Geschwafel von der Verantwortung? Gibt es nicht auch eine Verantwortung gegenüber dem Kapitalgeber? Sollen doch das Rote Kreuz oder die Gewerkschaften die Produktionsstätten betreiben. Was hat die Gewerkschaft alles zunichtegemacht? Die Neue Heimat? Banken? Versicherungen? Einkaufsgenossenschaften? Und jetzt das Gerede.‹ So hat er argumentiert, als wir einmal darüber diskutiert haben. Diskutiert? Es war ein Monolog. Und das letzte Mal, dass wir unsere höchst unterschiedlichen Meinungen ausgetauscht haben.«

»Für mich klingt das alles sehr fremd«, stellte Lüder fest. »Können Brüder so verschieden sein?«

Der Arzt nickte versonnen. »Ja – sie können.« Er legte seine Hände auf die Schreibtischplatte. »Ich möchte nicht mit meinem Bruder tauschen. Glauben Sie, dass Geld glücklich macht? Sie dürfen niemanden fragen, ob er wirklich bedürftig ist. Ich habe mein Auskommen und muss nicht jede Nacht schweißgebadet aufwachen, um mich zu fragen, ob ich durch eine Fehlentscheidung ein paar Millionen verloren habe. Ich muss mich nicht mit den Familien der Discounterbesitzer vergleichen und bangen, ob ein Aufsteiger in der Forbes-Liste der Reichen an mir vorbeigezogen ist.«

»Es ist nicht nur das Geld. Auch die Macht ist verlockend«, sagte Lüder.

»Das sieht nur so aus. Natürlich hat jemand wie mein Bruder Einfluss, kann Dinge bewegen, an Strippen ziehen und willfährige Marionetten tanzen lassen.« Dr. Gehrke klopfte sich mit der Faust gegen die Brust. »Und keiner darf wissen, wie sehr es in Ihnen kocht, wenn Sie an der Durchsetzung Ihres Willens scheitern, wenn Sie nicht das erreichen, was Sie sich vorgenommen haben. Da gibt es tausend Nadelstiche. Es wird ein Gesetz verabschiedet, das Sie trotz intensiver Lobbyarbeit anders haben wollten, Sie dürfen nicht dort bauen, wo Sie es möchten, die Eurobanker in Frankfurt entscheiden nach Ihrer Auffassung falsch, und Ihr Investment in einem Krisenstaat ist perdu. Futschikato. Das ärgert meinen Bruder mehr als die Oma mit der Grundsicherung im Alter, die ihren letzten Zehner verliert.«

»Sie haben eine komplett andere Lebenseinstellung als Ihr Bruder?«

»Ja.«

Lüder wartete auf eine weitergehende Erklärung, aber der Arzt schwieg.

»Neiden Sie ihm manchmal seine Möglichkeiten?«

»Nein! Ganz bestimmt nicht.« Dr. Gehrke wich Lüders Blick aus und starrte auf die Schreibunterlage auf seinem Tisch. Der Arzt hatte zu schnell, zu spontan geantwortet. Und er hatte bemerkt, dass es Lüder nicht verborgen geblieben war.

»Haben Sie jemandem einen Tipp gegeben, dass es Ungereimtheiten in der Steuererklärung Ihres Bruders gibt? Ist Rochus von Meyer nur ein Bauernopfer?«

»Von alldem weiß ich nichts«, versicherte Dr. Gehrke hastig. »Ich muss mich jetzt wieder um meine Patienten kümmern. Tut mir leid, dass ich Ihnen nicht weiterhelfen kann.«

Lüder hatte den Eindruck, als würde ihn der Arzt schnell verabschieden wollen. Hatte Dr. Gehrke doch etwas zu verbergen? Überkam ihn trotz aller gegenteiligen Beteuerungen doch manchmal der Neid, wenn er sah, las oder hörte, wie es seinem Bruder erging? Erneut fragte sich Lüder, wer bei den für Fremde undurchsichtigen Familienstatuten in die Fußstapfen des Herzogs treten würde, wenn dieser – aus welchem Grund auch immer – ausfallen würde oder ohne Nachfolger bliebe.

»Wir sind im einundzwanzigsten Jahrhundert und nicht mehr im Mittelalter«, führte Lüder auf der Rückfahrt nach Kiel ein Selbstgespräch. Heute herrschte die Macht des Geldes, nicht die der Herkunft. Es war fast hundert Jahre her, dass der Adel die erbliche Landstandschaft innehatte und qua Geburt einen Anspruch auf einen Sitz in der ersten Kammer der Landesparlamente hatte. Damals hätte man einen Herzog von Plön nicht vor Gericht gezerrt, auch wenn dies stellvertretend Rochus von Meyer getroffen hatte. Damals herrschte Steuerfreiheit für den Adel, der auch einer Sonderjustiz unterlag. Die Adeligen behielten auf ihrem Gebiet richterliche und exekutive Befugnisse, ernannten Pfarrer und Lehrer, die Forst- und Jagdpolizei und hatten ein Kontrollrecht in den Fragen der politischen Gemeinden. Wer wusste heute noch, dass diese Rechte bei der Revolution 1848 verloren gegangen waren?

Wenn man es sehr weit fasste, versuchte der Herzog daran anzuknüpfen. Er schien sich vor den Pflichten zur ordnungsgemäßen Steuerzahlung geflüchtet zu haben. Und bei den Versuchen, Einfluss auf Abgeordnete zu nehmen, zeichnete sich ab, dass auch die demokratische Willensbildung gebeugt werden sollte.

Wer spielte hier falsch?

Lüder fuhr zum Finanzamt Kiel-Süd und suchte Frau Schulze-Kölln auf. Die verschaffte ihnen einen sofortigen Termin beim Sachgebietsleiter.

»Ah, Herr Dr. Lüders«, begrüßte ihn Oberregierungsrat Semmerling und bot ihm Platz an. »Gibt es neue Erkenntnisse?«

»Ja. Rochus von Meyer wurde ins Minenfeld geschickt. Wir beide glauben nicht, dass die Steuerstraftaten auf seinem Mist gewachsen sind, zumal er nur zu einem winzigen Anteil davon profitiert hätte.«

»Das kann für uns kein Maßstab sein. Wer gegen Gesetze verstößt, muss von Rechts wegen verfolgt werden.«

»Von Meyer ist tot. Ermordet. Wollen Sie die Ermittlungen jetzt einstellen?«

»Wir müssen zwei Dinge trennen«, erklärte Semmerling. »Das eine ist die strafrechtliche Verfolgung der Steuerhinterziehung, das andere das Bestreben, die hinterzogenen Steuern zu erheben.«

»Sind Sie an diesem Punkt weitergekommen? Sie sollten sich nicht hinter dem Steuergeheimnis verstecken. Ich verweise auf Paragraf 30 Absatz 4 der Abgabenordnung.«

Semmerling sah Lüder eine Weile an. »Die Abgabenordnung – das Grundgesetz unseres Steuerrechts«, sagte er versonnen. »Das Steuergeheimnis gilt nicht, wenn Verbrechen und vorsätzlich schwere Vergehen gegen Leib und Leben verfolgt werden sollen.«

»Das habe ich glaubhaft gemacht«, sagte Lüder.

Der Oberregierungsrat stimmte ihm zu. »Gut. Wir sind zusammen mit der Betriebsprüfung am Ball. Das ganze Konstrukt ist geschickt verschachtelt und getarnt. Gelder werden hin und her geschoben, und zwar so, dass wir die Spur inzwischen verloren haben. Amtshilfe ist von den Steueroasen nicht zu erwarten. Länder wie Panama, die Bahamas, die Caymans oder die Jungferninseln leben von den Offshore-Geldern. In Europa ist es gelungen, die Steueroasen politisch auszutrocknen. Schweiz. Liechtenstein. Luxemburg. Seitdem Peer Steinbrück gedroht hat, mit der Kavallerie einzurücken, sind diese Länder für uns zugänglicher geworden. Aber in Übersee … da versagen unsere Druckmittel. Wie sollen wir damit umgehen, wenn hier realisierte Gewinne als angebliche Lizenzgebühr an eine Company in Panama abgeführt werden? Wenn wir nachweisen können, dass eine verdeckte Gewinnausschüttung vorliegt, haben wir gewonnen. Doch davor stehen hohe Hürden. Es ist nicht nur eine Armada international erfahrener Steueranwälte, die die Gegenseite beschäftigt, sondern auch politischer Druck, der auf uns ausgeübt wird.«

»Der kleine Handwerksmeister mit fünf Beschäftigten geht in die Insolvenz, wenn wir ihn verfolgen«, mischte sich Frau Schulze-Kölln ein. »Je größer das Unternehmen ist, desto vorsichtiger müssen wir agieren. Es sind nicht nur die Anwälte der Gegenseite, sondern es ist auch die Politik, die unser Handeln kritisch begleitet. Denken Sie an das Verfahren gegen einen prominenten Kieler Arzt. Das können Sie dem Bürger nicht mehr vermitteln.«

»Immerhin scheinen Sie in ein Wespennest gestochen zu haben. Die Gegenseite, wie Sie es nennen, ist so aufgeschreckt, dass sie auch vor einem Mord nicht zurückscheut. Wir würden weiterkommen, wenn Sie mir Namen nennen würden, auf die Sie im Laufe Ihrer Ermittlungen gestoßen sind.«

Semmerling griff einen Bleistift und drehte ihn in seinen Händen. Lüder sah noch einmal hin. Tatsächlich. Ein Bleistift! Es wirkte wie ein Symbol für ihn. Traute sich keiner, konkret gegen den Herzog vorzugehen? Durfte nichts mit Tinte dokumentenecht festgeschrieben werden?

»Ich sagte schon, es ist schwierig, durch dieses Labyrinth durchzusteigen.«

»Wer hat die anonyme Anzeige aufgegeben?«

»Das wissen wir nicht. Da beginnen die ersten Rätsel.«

Der Sachgebietsleiter nickte Frau Schulze-Kölln zu, die den Raum verließ und kurz darauf mit einem blassgrünen Aktendeckel zurückkehrte. Sie überreichte ihn Lüder.

»Der ganze Vorgang füllt inzwischen mehrere Akten«, erklärte sie. »Das hier ist die anonyme Anzeige.«

»Das Original?«, fragte Lüder.

»Eine Kopie. Das Original befindet sich in der großen Akte.«

Semmerling räusperte sich. »Ich glaube, wir haben es inzwischen an die Staatsanwaltschaft weitergegeben. Ist das wichtig?«

Lüder seufzte. »Wir hätten es auf Fingerabdrücke oder andere Spuren untersuchen können. Haben Sie noch den Briefumschlag?«

»Der ist dem Vorgang beigeheftet«, sagte Frau Schulze-Kölln. »An Möglichkeiten wie Fingerabdrücke haben wir nicht gedacht.« Es klang wie eine Entschuldigung. »Mit solchen Sachen arbeiten wir nicht. Und an den, ähm …« Sie druckste herum. »Mord … Das konnte keiner ahnen. Ich erinnere mich aber, dass der Brief im Briefzentrum 23 aufgegeben wurde.«

»Das ist der Großraum Lübeck«, sagte Lüder. »Das führt uns auch nicht weiter.« Lüder schlug den Aktendeckel auf. »Kein Anschreiben?«

»Nein, leider nicht. Nur das hier.«

Lüder fand einen Arbeitsbogen der Betriebsprüfer vom Finanzamt Kiel-Nord, bei denen die Anzeige zunächst eingegangen war.

»Der Herzog hat seinen Sitz in Plön. Dort gibt es doch auch ein Finanzamt.«

»Das ist richtig«, erklärte Semmerling. »Die Prüfungen von Unternehmen ab einer bestimmten Größenordnung werden aber zentral in Kiel-Nord durchgeführt.«

»Dorthin ist die Anzeige geschickt worden?«

»Ja«, bestätigte Frau Schulze-Kölln.

»Dann ist der Absender jemand, der sich auskennt.«

Die Finanzbeamten wechselten einen schnellen Blick. »Daran haben wir noch nicht gedacht«, gestand Semmerling ein.

Auf dem Arbeitsbogen waren Umrechnungen eingetragen. Dollar gegen Euro. Es handelte sich um sechs- bis siebenstellige Werte je Position. Dahinter lagen Kontoauszüge von Banken mit fremdländisch klingenden Phantasienamen. Lüder verglich drei Auszüge. Dublin. Panama. Hanoi.

»Bitte?«, fragte er und zeigte auf den Auszug aus Vietnams Hauptstadt.

Semmerling hob die Schultern in die Höhe. »Das war auch für uns neu, obwohl wir einiges zu sehen bekommen. Ohne diese Unterlagen wäre für uns in Dublin Schluss gewesen. Hier hat jemand, zumindest in drei Fällen, stets den gleichen Betrag von

Dublin bis nach Vietnam transferiert.« Er zeigte auf den Aktendeckel. »Dahinter finden Sie ein Beispiel, da war Honduras das Empfängerland. Allen Transaktionen ist eigen, dass sich die Spur dort verliert. Entweder kennt der anonyme Anzeigende nicht den weiteren Verlauf, oder er hatte Gründe, ihn uns zu verschweigen.«

»Das ist doch dumm, den gleichen Betrag weiterzuschicken. Das macht die Sache offensichtlich«, sagte Lüder.

»Es kann sein, dass sich jemand sicher war, unentdeckt zu bleiben«, meinte Semmerling.

»War das von Meyer?«

»Wir vermuten es«, bestätigte der Oberregierungsrat.

»Ob er deshalb hat sterben müssen?«, überlegte Lüder laut.

Die Frage konnten ihm die Finanzbeamten nicht beantworten.

»Wir haben eine Durchsuchung in Plön vorgenommen, allerdings nichts gefunden. Es gab nicht einen einzigen Hinweis auf Steuerhinterziehung.«

»Aber die Verträge, von denen Sie sprachen.«

»Richtig. Aber daraus konnten wir noch keinen Straftatbestand ableiten. Noch nicht«, betonte der Oberregierungsrat.

»Und worauf gründete sich das Strafverfahren gegen von Meyer?«

»Tja.« Gedankenverloren strich sich Semmerling über den Nasenrücken. »Wir sind zufällig auf einen Eintrag in der Handelskammer in Panama gestoßen. Dort gibt es eine ›Oversea Value Estate Company‹, die Empfängerin der Transferzahlungen war. Und als Präsident war Rochus von Meyer registriert. Ebenso als Chairman in Dublin. Vereinfacht ausgedrückt: Von Meyer hat sich das Geld selbst um die Welt geschickt.«

»Nimmt man dafür nicht Strohmänner?«, fragte Lüder.

»Manchmal fragen wir uns auch, warum Leute, die Steuern hinterziehen, oft wegen kleiner Nichtigkeiten auffallen. Möglicherweise traute von Meyer keinem anderen und hat sich selbst eingesetzt. Immerhin jonglierte er mit fremden Geldern.«

»Das klingt wie ein Treppenwitz. Rochus von Meyer macht sich strafbar, versucht dabei aber, alles in ordnungsgemäßen Bahnen, zumindest organisatorisch, ablaufen zu lassen. Das sind jene Fälle, bei denen jemand eine Wohnung ausraubt, alle Spuren sorgfältig verwischt und dabei übersieht, dass er seinen Personalausweis verloren hat.«

Die Finanzbeamten sicherten Lüder zu, sich bei ihm zu melden, sobald es neue Erkenntnisse gäbe.

In seinem Büro fand Lüder eine Nachricht von Vollmers vor. Der Hauptkommissar bat um Rückruf.

»Haben Sie schon gehört?«, wollte er von Lüder wissen.

Lüder verneinte.

»Hailemariam Mehretu liegt im Kreiskrankenhaus in Preetz.«

»Wieso Preetz?«

»Plön hat keins. Er ist offenbar ausgeflippt, hat einen Kollegen mit einem Messer bedroht und wollte damit zum Herzog. Dank des Sicherheitssystems ist er aber nicht einmal in dessen Nähe gekommen und wurde von der Security zuvor überwältigt. Dabei kam es zu einem Handgemenge, bei dem Mehretu verletzt wurde. Jetzt liegt er im Krankenhaus.«

»Schwere Verletzungen?«

»Keine Ahnung. Mehr weiß ich auch nicht. Der Vorfall wurde von den Kollegen der Polizeizentralstation Plön aufgenommen.«

»Und der Kollege in der Küche?«

»Der war nur erschrocken, ist aber unverletzt.«

Anschließend versuchte Lüder, die Plöner Polizei zu erreichen. Dort meldete sich nur ein Anrufbeantworter und informierte lapidar, dass die Dienststelle zurzeit nicht besetzt sei. Im Notfall sei die Polizei über den Notruf 110 oder 112 zu erreichen.

Ob der Innenminister und die verantwortlichen Politiker sich eigentlich bewusst waren, welche Wirkung es auf das Sicherheitsempfinden der Bevölkerung hatte, dass sich die Polizei aus der Fläche zurückzog, die Anfahrtswege zu den Einsatzorten immer länger wurden und subjektiv das Gefühl entstand, es gäbe keine Polizeipräsenz mehr? Die Boulevardmedien griffen das Thema sporadisch auf und verknüpften es genussvoll mit Nachrichten über stetig sinkende Aufklärungsquoten bei Einbruchs- und Diebstahlsdelikten.

Wie viele Kilometer bin ich heute schon gefahren?, überlegte Lüder, als er sich auf den Weg nach Preetz machte.

Das kleine Kreiskrankenhaus lag am Ende einer schmalen Straße, die gegenüber dem Kloster Preetz eine Anhöhe hinaufführte. Vor dem Gebäudekomplex gab es eine Handvoll Parkplätze. Lüder musste eine Weile warten, bis ein Besucher eine der raren Abstellmöglichkeiten räumte. Der Platzmangel schien allgegenwärtig zu sein. Das Fahrzeug eines Paketdienstes versperrte den Zugang zum Haupteingang; vom Raucherpavillon wurde er mit neugierigen Blicken auf seinem Weg in das unscheinbare Gebäude verfolgt.

Die Klinik Preetz war mit knapp einhundertsiebzig Betten ein kleineres Krankenhaus. Lüder wurde zur Unfallchirurgie geschickt und traf dort Dr. Nguyễn Văn, einen freundlich lächelnden Mann. Lüder erinnerte sich, dass in Vietnam der Familienname zuerst genannt wurde. Fast vierzig Prozent der Vietnamesen hießen Nguyễn. Da die Vornamen nicht eindeutig das Geschlecht erkennen ließen, trug die Mehrheit einen Zwischennamen. »Văn« stand für »männlich«.

Der Arzt ließ sich Lüders Dienstausweis zeigen.

»Viel kann ich Ihnen nicht sagen«, begann er und bestätigte, dass es keine lebensgefährlichen Verletzungen waren. »Knochenbrüche, Gehirnerschütterung, Prellungen. Ich weiß nicht, was da vorgefallen ist. Aber da hat jemand den Patienten ordentlich verprügelt.«

»Kann ich mit ihm sprechen?«, fragte Lüder.

»Das wird nicht möglich sein. Wir haben ihm ein Beruhigungsmittel in Kombination mit einem Schmerzmittel gegeben.«

»Ihn in ein künstliches Koma versetzt?«

Dr. Nguyễn Văn ließ ein herzhaftes Lachen hören. »Nein, um Himmels willen. Er schläft nur tief und fest. Kommen Sie.« Der Arzt ging voran und führte Lüder in ein Krankenzimmer.

Mehretus dunkles Gesicht stach aus dem Weiß der Bettwäsche hervor. Er hatte die Augen geschlossen und den Mund geöffnet. Das Gesicht war gezeichnet wie das eines Boxers nach zwölf Runden. Der rechte Arm war in einem Verband verpackt.

»Morgen werden wir den Arm operieren«, erklärte Dr. Nguyễn Văn.

»Müssen wir den Schwatten die ganze Nacht ertragen?«, brummte ein Mann in einem gestreiften Pyjama, der eine Frauenzeitschrift in Händen hielt. »So wie der sägt, wundert es mich nicht, dass in Afrika keine Bäume mehr stehen.«

Lüder und der Arzt gingen nicht darauf ein. Lüder gab Dr. Nguyễn Văn seine Karte und bat um eine Nachricht, falls es Änderungen im Gesundheitszustand Mehretus gab.

Wenn die Schutzpolizei nicht erreichbar ist, dachte er, kann ich jetzt auch ohne schlechtes Gewissen nach Hause fahren. Er stieg in seinen BMW und streichelte sanft das Lenkrad. Er verstand, weshalb Margit keine Sympathie für den Toyota entwickeln konnte.

SECHS

Der Tag begann für Lüder wie viele andere. Nach dem häuslichen Zeremoniell, das mit der gewohnten Hektik abgewickelt wurde, kamen die Fahrt zum LKA und der morgendliche Klönschnack mit Edith Beyer, der Abteilungssekretärin. Er ließ es sich nicht nehmen, zum Becher dampfenden Kaffees die Zeitungen durchzublättern.

Der Mord von Bad Segeberg war aus den Schlagzeilen verschwunden. Im Inneren fand sich eine kleine Notiz: »Polizei tappt immer noch im Dunkeln.« Die Boulevardzeitung widmete sich wichtigeren Themen. »Essen Deutsche zu viel Pizza?«, stand in Riesenlettern auf der ersten Seite. Das war nur bedingt ungesund, lernte Lüder in dem Artikel. Italienische Forscher hatten – angeblich – festgestellt, dass Tomaten vor Krebs schützen. Welchem? Das stand dort nicht. Aus Tomaten wird Ketchup hergestellt. Und dieser landet auf der Pizza. Also schützt übermäßiger Pizzagenuss vor Krebs. Gut, so hatte es die Zeitung nicht formuliert. Aber man konnte es herauslesen.

Er legte die Zeitungen zusammen, trank den Rest Kaffee aus und rief in Preetz an. Die Bemühungen waren vergeblich. Dr. Nguyễn Văn war auf der Station unterwegs – oder im OP. Genau wusste es die weibliche Stimme nicht, mit der er verbunden worden war. Hailemariam Mehretu? Die Frau wollte sich nicht einmal dazu äußern, ob es einen Patienten mit diesem Namen gab.

Die Rückfrage bei der Polizei in Plön war auch nicht ergiebig.

»Genaues weiß ich nicht«, erzählte Polizeihauptmeister Wohllebe. »Die Kollegen von gestern haben frei. Da ist wohl ein Afrikaner mit einem Messer durchgeknallt und hat andere bedroht. Soll in der Küche passiert sein. Der Mann ist mit dem Messer los und wollte zur Chefetage. Hat aber nicht geklappt, von wegen Sicherheitssystemen und so. Irgendeiner hat die Hundertzehn gewählt. Daraufhin sind die Kollegen sofort hin. Als sie eintrafen, war schon alles erledigt. Die haben da eine Wach- und Schließgesellschaft im Haus. Die haben das gelöst.

Gab wohl ’n kleines Handgemenge, bis der Afrikaner das Messer aus der Hand gelegt hat. Jedenfalls – als die Streife eintraf, war die Situation bereinigt. Die Leute vom Schloss hatten auch die Rettung alarmiert. Das ist alles. Sonst noch was?«

»Wissen Sie etwas über das Motiv? Hat der Angreifer sich in irgendeiner Weise dazu geäußert?«

»Nö. Keine Ahnung. Davon weiß ich nichts. Woll’n Sie eine Kopie vom Bericht?«

Lüder bat darum.

»Gut. Sag ich den Kollegen, wenn sie wieder da sind. Kriegen Sie. Kann aber ein bisschen dauern.«

Lüder musste selbst nach Plön fahren, um sich vor Ort zu erkundigen. Warum hatte Mehretu so reagiert? Vielleicht hatte von Behrendorf eine Erklärung dafür, falls er wieder zurück war.

Am Eingang wiederholte sich das bekannte Ritual. Lüder musste auf den Leiter des Sicherheitsdienstes warten. Hochstetter erschien nach fünf Minuten, verzichtete auf lange Vorreden und bat Lüder in ein kleines Büro, das in einer Abseite eingerichtet war.

»Sie kommen wegen gestern?«

Lüder bejahte es.

»Das ist alles bereinigt. Niemand hat Anzeige erstattet. Weshalb interessiert es Sie?«

»Mehretu liegt im Krankenhaus. Er ist übel zugerichtet. Wer war das?«

»Wir haben Schlimmeres verhütet.«

»Das wird Gegenstand einer Ermittlung sein. Haben Sie Mehretu zusammengeschlagen?«

»Wir haben ihn überwältigt, nicht *zusammengeschlagen*«, protestierte Hochstetter.

»Darüber wird der Richter zu befinden haben. Es sieht jedenfalls so aus, als hätte bei der Gefahrenabwehr eine Überreaktion stattgefunden. Also. Waren Sie das?«

»Zwei Mitarbeiter von mir.«

»Sind die im Haus?«

Hochstetter schien zu überlegen, was er antworten sollte. »Ja«, presste er zwischen den Lippen hervor.

Nachdem Lüder ihn aufgefordert hatte, die beiden herzubestellen, griff Hochstetter zum Handy und bat jemanden, in sein Büro zu kommen. Er vermied es, einen Namen zu nennen. »Bringen Sie Ihren Partner mit«, ergänzte er.

Sie verbrachten die Zeit schweigend, bis es kurz klopfte und zwei kräftig gebaute Männer in mausgrauen Anzügen eintraten. Auf der Tasche für das Einstecktuch war jeweils ein goldfarbenes Schild befestigt. Unter dem Schriftzug »Safe and Secure GmbH« waren die Namen eingeprägt. Dragan Stojanović hatte kurz geschorene Haare. Die dunklen Augen in dem kantigen Gesicht musterten Lüder durchdringend. Er hatte eine ebenso durchtrainierte Figur wie Harald Nagel. Dessen weiche Gesichtszüge passten nicht zu seinem Bodybuilder-Aussehen und dem kahl geschorenen Schädel. Er sah Lüder an, und als der den Blick erwiderte, wich Nagel aus.

»Herr Dr. Lüders ist von der Polizei und möchte wissen, was sich gestern ereignet hat«, erklärte Hochstetter, ohne seine Mitarbeiter vorzustellen.

Der Securitychef nickte andeutungsweise in Nagels Richtung, nachdem beide Männer eisern schwiegen.

»Wir haben unseren Job gemacht.« Er tippte auf das Messingschild an seiner Brust. »Personenschutz. Es galt, Schlimmeres zu verhüten.«

Lüder fragte, was vorgefallen sei.

»Der Schwarze aus der Küche –«

»Mehretu heißt der Mann«, unterbrach Lüder.

»Der hat in der Küche Fleisch zerlegt. Das ist sein Job. Das macht er immer. Da hat sich keiner was bei gedacht. Alles war ganz normal. Plötzlich ist er ausgerastet, hat das Messer, so ein langes dünnes Ding –«

»Ausbeinmesser«, warf Lüder ein.

»Kann sein. Mit dem Ding hat er herumgefuchtelt. ›Lass den Scheiß‹, hat der eine Koch, Müller heißt er, gesagt. Der Schwarze hat ihm darauf das Messer an die Kehle gehalten und irgendwas geschrien.«

»Was hat er gesagt?«

»Das versteht doch keine Sau. Irgendwas in Negersprache.

Müller ist zurückgewichen, und so eine andere Küchentante hat Alarm ausgelöst.«

Hochstetter hob die Hand. »Im ganzen Haus verteilt gibt es Alarmknöpfe. Das geht in die Zentrale. Dort sitzen meine Männer. Außerdem läuft der Alarm im Empfang auf.«

»Wir sind dann los. Er«, dabei zeigte Nagel auf Stojanović, »und ich. Der Schwarze kam uns schon entgegen, fletschte die Zähne und schwang das Messer wie eine Machete. ›Lass das Ding fallen‹, habe ich gerufen. Aber nix da. Ich habe ihn kaum verstanden. Der gurgelt so komisch, wenn er Deutsch spricht. Was 'nen Wunder. Ist unser Job, ich meine, der Personenschutz. Wenn der zum Herzog wollte, meine Fresse. Er«, dabei nickte Nagel in Stojanovićs Richtung, »hat sich vor dem Schwarzen aufgebaut. ›Lass das. Gib das Messer her‹, hat er gesagt. Aber der hat nicht gehört und machte 'nen Schritt auf Stojanović zu. Ich hab gedacht, der sticht ihn ab. Darum bin ich von hinten an ihn ran und hab ihn aus dem Verkehr gezogen.«

»Wie haben Sie das gemacht?«

»Na, so wie wir das beim Personenschutz gelernt haben.«

»Dass der Arm gebrochen ist?«

»So ein spitzes Messer. Einmal zustechen und – da bist du hin. ›Kein Risiko‹ ist die Devise.«

»Sie haben ihm das Messer aus der Hand geschlagen. Mit welcher Waffe?«

»Was – Waffe?« Nagel hob seinen rechten Arm an. »Hiermit.«

»Sie kamen von hinten. Wenn Mehretu die Hand mit dem Messer vor sich hielt, mussten Sie um ihn herumlangen, um auf den Arm schlagen zu können. Wie macht man das?«

Nagel sah ihn irritiert an. Dann wanderte sein Bick hilfesuchend zu Hochstetter. »Ich musste ihn erst mal aus der Gefahrenzone bringen.«

»Sie haben ihn von hinten angefallen und niedergeschlagen?«

»Das ging alles so schnell«, behauptete Nagel.

»Sie sind Profi.«

Nagel nickte.

»Sie sind ausgebildet im Personenschutz und beherrschen Nahkampftechniken.«

Erneutes Nicken.

»Sie haben Mehretu niedergestreckt.«

Jetzt hob der Sicherungsmann den Arm. »Nee. So war das nicht.«

»Als Mehretu auf dem Boden lag, haben Sie auf den Arm getreten, der dann brach.«

»Mensch, ich hatte Schwung drauf. Bin vorwärtsgestolpert. Kann sein, dass ich dabei aus Versehen seinen Arm berührt habe.«

Lüder hatte geraten und war überrascht, dass Nagel seine Vermutung bestätigte.

»Und wenn der Nagel auf den Kopf trifft, wächst da kein Gras mehr«, sagte Lüder.

»So nicht«, mischte sich Hochstetter ein. »Es ist die Aufgabe meiner Männer, solche Dinge zu verhindern. Wenn jemand plötzlich Amok läuft, müssen sie eingreifen. Das ist auf überlegte und angemessene Weise geschehen. Was wäre passiert, wenn die beiden den Ausgerasteten nicht gestoppt hätten? Schließlich gilt es zu berücksichtigen, dass meine Mitarbeiter auch bedroht waren und ihr Leben, zumindest aber ihre Gesundheit, riskiert haben.«

Nagel atmete erleichtert auf. »Genau«, pflichtete er seinem Chef bei.

»Sie werden nicht um ein Ermittlungsverfahren herumkommen.«

»Das ist eine Kacke. Da verhindert man Schlimmeres, und nun das.«

»Sie sind Partner?«, wandte sich Lüder an Stojanović.

»Die beiden Herren arbeiten oft zusammen«, antwortete Hochstetter anstelle seines Mitarbeiters. »In meinem Betrieb gib es unterschiedliche Aufgabenbereiche. Wir arbeiten analytisch, erstellen Sicherheitskonzepte, planen Alarmanlagen, sind im Objekt- und Personenschutz tätig.«

»Im Letzteren beschäftigen Sie solche Hau-drauf-Brüder wie diese zwei«, stellte Lüder fest.

»Gegen diese Unterstellung muss ich mich strengstens verwahren«, protestierte Hochstetter.

Lüder registrierte, wie Stojanović die Kiefer zusammenpresste und mit den Zähnen mahlte. Aus seinen dunklen Augen funkelte es böse.

»Ich schicke ein paar Kollegen vorbei, die Ihre Aussage zu Protokoll nehmen«, schloss Lüder und zog sein Handy hervor. Ehe jemand reagieren konnte, hatte er Fotos von Nagel und Stojanović gemacht.

»Eh, was soll das?«, regte sich Nagel auf.

Stojanović machte einen Schritt auf Lüder zu. »Ich will das nicht«, sagte er mit dunkler Stimme. »Löschen Sie das.«

»Ich brauche es für die Beweissicherung«, erwiderte Lüder. »Es ist ein Entgegenkommen Ihnen gegenüber. Ich muss dokumentieren, mit wem ich gesprochen habe. Ich könnte natürlich auch Ihre Ausweise kontrollieren. Haben Sie die dabei?«

Beide verneinten.

»Aber Herr Hochstetter weiß doch, wer wir sind. Alle hier wissen das«, erklärte Nagel.

»Wir haben unsere eigenen Vorschriften«, sagte Lüder ausweichend. »Also: Ausweis oder Bild.«

Resigniert zuckte Nagel mit den Schultern, während Stojanović erneut begann, mit dem Kiefer zu mahlen.

»Sie hören von uns.«

Zum Abschied wedelte Lüder mit der Hand. Wortlos trotteten die beiden davon.

»Sie sind nicht objektiv«, hielt ihm Hochstetter vor. »Es war genau so, wie meine Mitarbeiter es beschrieben haben. Meine Männer haben verhindert, dass es zu einem Blutbad gekommen ist.«

»Hätte Mehretu bis zum Herzog vordringen können?«

Hochstetter musste es verneinen. »Unser Sicherheitskonzept verhindert das«, erklärte er. »Aber es geht nicht nur um den Herzog. Wer weiß, was hätte passieren können, wenn Mehretu die Kontrolle über sich verloren hätte. Es bestand auch Gefahr für andere.«

»Wir werden es klären«, versprach Lüder. »Können Sie mich nun in die Küche begleiten? Ich möchte mit Herrn Müller sprechen.«

»Glauben Sie den Herren nicht?«

»Herr Müller, bitte«, erwiderte Lüder und ließ sich in die Küche führen, die sich an den ihm bekannten Speiseraum für das Personal anschloss.

Müller war ein drahtiger Mann Anfang vierzig. Unter der Kochmütze lugten rote Haare hervor, die Lüder an eine robuste Stahlbürste erinnerten. Er kommandierte lautstark zwei Gehilfen herum. Seine Anweisungen begannen aber immer mit »Schneller« oder »Pass doch auf«.

»Der Herr ist von der Polizei. Es geht um den gestrigen Vorfall«, sagte Hochstetter.

»Das ist jetzt ganz schlecht«, erwiderte der Koch, schob Lüder kurzerhand zur Seite und hastete zu einem Herd, um in einem Topf herumzurühren.

»Ihnen fehlt Mehretu?«, riet Lüder.

»Hier fehlt alles«, rief Müller atemlos. »Mensch, Jannis, dir fehlt Talent«, schrie er einen dunklen Lockenkopf an. Als er wieder an Lüder vorbeihastete, sagte er: »Der hat hier Handlangerdienste gemacht.«

»Fleisch geschnitten?«

»Das ist sein Job. War«, korrigierte Müller und sprang wieder durch die Küche. »Es gibt heute ein viergängiges Menü für ausländische Gäste. Da muss alles sitzen«, brüllte er aus einer Ecke. »Haile hat Fleisch geschnitten, Gemüse geputzt und solche Sachen. Ich war ganz erstaunt, als er gestern plötzlich aufsprang. Da, wo Sie jetzt stehen, ein Stück weiter, da hat er gestanden. Plötzlich brullte er los. Wie bei Tarzan im Urwald. Keine Ahnung, was er geschrien hat. Jannis! Mach die Augen auf. Da drüben. Das muss vom Herd, verflucht noch mal.« Müller widmete sich konzentriert dem Abschmecken einer Soße. »Da fehlt noch was«, sagte er laut. Als er sich wieder Lüder näherte, fuhr er fort: »›Bist du von Sinnen?‹, habe ich gerufen. Da hat er das Messer geschwungen. In meine Richtung.«

»Ist er auf Sie zugekommen?«

»Nein. Sonst hätte er die Soßenkelle vor den Latz bekommen. Er ist zur Tür, hat das Messer geschwungen und ›Herzog – Herzog‹ gebrüllt.«

»Sind Sie ihm hinterher?«, wollte Lüder wissen.

»Ich? Mensch. Wie denn? Mir wäre das Trüffelsoufflé zusammengefallen. Nee, das ging nicht.«

»Das war alles?«

»Fast. Jannis hat den Alarmknopf gedrückt, weil Haile mit dem Messer los ist. Mehr weiß ich nicht. Den Rest hat mir später jemand erzählt. Wer war das noch gleich?«

Müller machte einen Hechtsprung zum zweiten Herd, als es dort bedrohlich zu zischen begann.

»Jannis!«, gellte sein markerschütternder Schrei durch die Küche.

»War's das?«, fragte Hochstetter.

Lüder nickte. Vielleicht ist der Beruf des Polizisten doch nicht der schlechteste, dachte er.

»Ich möchte mit Herrn von Plön sprechen«, wandte er sich an Hochstetter.

Der sah ihn ungläubig an. »Mit dem Herzog?«

»Gibt es hier noch mehr Leute, die so heißen?«

»Das ist unmöglich«, erklärte der Sicherheitschef.

»Haben Sie darüber zu befinden?«

»Neeeiiin«, stammelte Hochstetter unendlich gedehnt. Er zog sein Handy hervor und wählte eine Nummer. Dann trug er Lüders Bitte vor. »Das habe ich schon gesagt«, schloss er das Gespräch und sah Lüder an. »Wie ich schon –«

Lüder zeigte auf das Mobiltelefon, das Hochstetter noch in Händen hielt. »War das die Thormählen?«

Sein Gegenüber nickte. »Nur über Frau Thormählen können Termine mit dem Herzog vereinbart werden.«

»Dann möchte ich mit Frau Ehrlich sprechen.«

»Mit Frau Ehr…? Warum das denn?«

»Das muss ich nicht mit Ihnen ausdiskutieren.« Lüder zeigte auf das Handy. »Haben Sie deren Nummer gespeichert? Oder muss ich hier durch die Gänge laufen und mich durchfragen?«

Hochstetter sah ihn irritiert an. »Frau Ehrlich«, murmelte er und griff erneut zum Telefon.

»Sie kommt«, erklärte er daraufhin.

Wenig später erschien die Betreuerin des herzoglichen Sohnes.

»Ah, Herr Dr. …« Sie suchte nach dem Namen. Im Unterschied zu anderen Personen in diesem Haus war das aber keine Geste der Geringschätzung.

Lüder nannte seinen Namen.

»Entschuldigung. Ich kam nicht drauf. Was kann ich für Sie tun?«

»Ich würde gern mit Herrn von Plön sprechen.«

»Aber das geht nicht …«, wagte Hochstetter einzuwenden.

»Danke. Ich kümmere mich um unseren Besuch«, erklärte Rebecca Ehrlich und schickte einen sprachlosen Sicherheitschef davon. Diese Szene bestätigte Lüders frühere Vermutung, dass die Frau nicht nur den Sohn betreute.

»Moment«, bat sie und entfernte sich ein paar Schritte. Lüder konnte nicht verstehen, was sie ins Telefon sprach. Sie drehte ihm den Rücken zu und hielt auch noch die linke Hand vor den Mund. Dann kam sie zu ihm zurück. »Kommen Sie«, erklärte sie und ging voran.

Offenbar verfügte sie über alle Zugangsberechtigungen. Ihr Fingerabdruck überwand an jeder gesicherten Tür den Scanner. Sie klopfte kurz an, als sie das Büro von Frau Thormählen betraten. Die Sekretärin blickte auf und hob den Zeigefinger, aber Rebecca Ehrlich sagte knapp: »Danke. Der Herzog erwartet uns.«

Das »Aber« Thormählens war nur ein schwacher Versuch, Einspruch zu erheben.

Der Herzog saß an seinem Schreibtisch und sah auf, als die Kinderbetreuerin, gefolgt von Lüder, eintrat.

»Herr Lüders hätte Sie gern gesprochen«, erklärte sie, ließ Lüder vorbei und verschwand wieder.

Der Herzog wies auf einen Besucherstuhl an seinem Schreibtisch. Er verzichtete auf eine Begrüßung.

Du mich auch, dachte Lüder, setzte sich und begann: »Ein Mitarbeiter Ihres Hauses hat gestern versucht, ein Attentat auf Sie zu verüben.«

»Ich habe davon gehört. Wir haben das Problem intern gelöst.«

Lüder schüttelte den Kopf. »Irrtum. Ihr Mitarbeiter liegt schwer verletzt im Krankenhaus. Es wird ein förmliches Ermittlungsverfahren gegen Ihre Personenschützer geben.«

Der Herzog lehnte sich zurück und lächelte. Auf Lüder wirkte es arrogant. »Das sind nicht *meine* Sicherheitsleute. Wir haben ein Unternehmen damit beauftragt. Die Auswahl des Personals liegt nicht in unseren Händen.«

»Das ist Ihre Methode. Für irgendwelche Ereignisse sind stets andere verantwortlich. Trifft das auch auf Rochus von Meyer zu?«

»Wollen Sie mit mir eine gesellschaftskritische Debatte führen? Da sind Sie hier fehl am Platz. Als Beamter haben Sie nur rudimentär von der Globalisierung gehört. Das sind Schlagworte, die in der politischen Diskussion geführt werden, ohne zu verstehen, was sich dahinter verbirgt.« Der Herzog sah auf Lüders rechte Hand. »Sie tragen keinen Ring. Wenn Sie verheiratet und sogar Vater wären, würden Sie wissen, dass Ihre Frau Joghurt aus Süddeutschland einkauft. Sie trinken Bier aus der Eifel, essen im Sommer Apfelsinen aus Südafrika und im Winter Weintrauben aus Neuseeland. Ihre Jeans wurde in Bangladesch genäht und Ihr Fisch zum Abendessen kommt aus Vietnam. *Das* ist Globalisierung. Darüber denken Sie aber nicht nach. Deutschland ist zu klein. Wir müssen uns in der Welt umsehen. Diese Denkweise, aber auch der Ideenreichtum und die Tatkraft von Unternehmern haben uns zu der Stellung geführt, die wir heute in der Welt innehaben.« Er klopfte mit den Knöcheln auf den Schreibtisch. »Hier werden Entscheidungen gefällt, die Auswirkungen auf die Existenz von hunderttausend Mitarbeitern und ihren Familien auf der ganzen Welt haben.«

»Auch in Afrika?«

Der Herzog kniff die Augen zusammen. In seinem Blick lag etwas Lauerndes. »Unsere Aktivitäten sind über die ganze Erde verteilt.«

»Konkret auch in Äthiopien? Dort werden Menschen zwangsweise umgesiedelt, weil ihre Ländereien, von denen sie sich ernährt haben, für ausländische Investoren benötigt werden.«

»Ich habe nicht die Zeit, mit Ihnen ins Detail zu gehen. Afrika ist ein großer Kontinent, der drei Mal die Fläche Europas umfasst. Sie erwarten nicht von mir, dass ich jedes unserer Vorhaben kenne?«

»Dafür haben Sie Ihre Mitarbeiter. Rochus von Meyer war für die Finanzen zuständig. Louis von Behrendorf hat für Sie in Afrika die Kastanien aus dem Feuer geholt.«

»Ich muss Mitarbeitern vertrauen.« Er legte die Hand aufs Herz. »Umso mehr enttäuscht es mich, wenn dieses Vertrauen missbraucht wird. Diese Steuergeschichte – ich hatte gehofft, dass es der Finanzverwaltung gelingt, das Ausmaß der Verfehlung aufzudecken und den wahren Schuldigen zu benennen. Der Tod von Baron von Meyer erschwert dieses Vorhaben. Wenn er wirklich mit einem Koffer voller Geld um die Welt gereist ist, dürfte es jetzt schwerfallen, das nachzuvollziehen.«

»Sie vergessen dabei, dass es Ihr Geld war.«

Der Herzog lachte laut auf. »Wenn jemand Ihre Geldbörse stiehlt und davon Rauschgift kauft, ist es auch Ihr Geld.«

»Der Vergleich passt nicht.«

»Lassen wir das«, winkte der Herzog ab. »Für Afrika ist Graf von Behrendorf zuständig. Er nimmt dort unsere Interessen wahr.«

»Ich würde gern mit ihm sprechen. Schließlich hat er nicht nur den Küchenmitarbeiter aus Afrika mitgebracht, sondern auch über den hiesigen Landtagsabgeordneten Druck auf die Kreisverwaltung ausgeübt.«

»Wir sind hier in Deutschland. Da gibt es keine Korruption. Und eine Behörde lässt sich in ihren Entscheidungen nicht beeinflussen.«

»Wohin haben Sie von Behrendorf geschickt? Musste er urplötzlich abreisen, weil Sie etwas zu verbergen haben? Weil Sie fürchten, bei einem Gespräch mit der Polizei könnten noch mehr unangenehme Dinge ans Tageslicht kommen?«

»Sie sind anmaßend«, stellte der Herzog fest. »Ich habe es nicht nötig, mit Ihnen zu sprechen.«

Leider hatte von Plön recht, dachte Lüder. Es würde ihn nicht weiterführen, wenn sein Gegenüber das Gespräch abbrechen würde.

»Sagen Sie mir einfach, wo ich von Behrendorf erreichen kann.«

Der Herzog schloss kurz die Augen. »Das würde ich auch gern

wissen. Graf von Behrendorf hat sich eine nicht abgestimmte Auszeit genommen.«

»Er ist untergetaucht, ohne mit Ihnen gesprochen zu haben? Wollen Sie damit sagen, er sei nicht auf Ihr Geheiß hin verschwunden? Ja – richtig. Sie waren verärgert, weil er nicht am Bankett teilgenommen hat an jenem Sonnabend, als Ihr Generalbevollmächtigter erschossen wurde.«

»Es ist absurd, wenn Sie daraus einen Zusammenhang konstruieren wollen. Glauben Sie, Graf von Behrendorf fährt nach Bad Segeberg, mischt sich bei dieser fragwürdigen Volksbelustigung unter die Komparsen, die als Indianer verkleidet dem Spektakel beiwohnen, und erschießt den Generalbevollmächtigten, der sich nicht rechtskonform verhalten hat?«

»Sie haben das formuliert, was die Polizei durchaus in Erwägung zieht. Von Behrendorf ist Ihr Mann fürs Grobe. Es würde passen. Die ganze Aktion ist logistisch gut vorbereitet gewesen. Dazu benötigt man Leute, die strategisch denken können. Sogar an den Mittäter, der hinter von Meyer saß und dem Schützen das Ziel signalisierte, wurde gedacht. Ein perfekt organisierter Mord. Und das Motiv – darüber haben wir auch gesprochen.«

»Die Vorwürfe der Steuerfahndung gegen Baron von Meyer sind ein Ärgernis. Es lässt sich nicht vermeiden, dass Krethi und Plethi solche Phantasien entwickeln. Neid und Missgunst werden noch durch eine sensationsheischende Berichterstattung der Medien geschürt. Macht es eigentlich Spaß, die Leistungsträger der Gesellschaft ständig zu verteufeln?«

»Das Leistungsfähigkeitsprinzip ist das Fundament unseres Steuersystems. Jeder soll nach seiner ökonomischen Leistungsfähigkeit zur Finanzierung des Staats und der Gemeinschaftsaufgaben beitragen. Schließlich profitieren Sie auch davon. Es gibt ein geordnetes Staatswesen, Schutz- und verlässliche Rechtssysteme, Bildung, eine Infrastruktur.«

»Hören Sie doch auf.« Der Herzog winkte ab. Lüder sah ihn das erste Mal die Contenance verlieren. »Anstatt Rahmenbedingungen zu schaffen, die unser aller Wohlstand mehren würden, gibt sich der sogenannte Wohlfahrtsstaat sozialistischen Träumereien hin. Ich spare mir jetzt, aufzuzählen, an welchen Stellen wir

Milliarden verschleudern, ohne das einzelne Individuum an seine Verantwortung zu erinnern, selbst für seinen Lebensunterhalt Sorge zu tragen. Warum gilt das Leistungsfähigkeitsprinzip nur bei den Steuern, dem Abschöpfen verdienten Geldes, und nicht äquivalent auch auf der anderen Seite? Wer satt werden will, soll etwas dafür tun.«

»Es gibt Menschen, denen das nicht möglich ist.«

»Das sehe ich nicht so. Jeder kann etwas zu seinem Lebensunterhalt beitragen.«

»Manchmal wird Menschen auch die Lebensgrundlage entzogen, zum Beispiel den Anuak, die in der Provinz Gambela lebten und von ihrem fruchtbaren Land vertrieben wurden. Mit Gewalt.«

»Das ist nicht richtig wiedergegeben. Die dortige Zentralregierung versucht, die Lebensbedingungen der Menschen zu verbessern. Es klingt vielleicht idyllisch, in einem Erdloch zu hausen und sich von den Früchten des Waldes zu ernähren. Was ist, wenn dieses Erdloch genau auf der Trasse der neuen Autobahn liegt? Sollen hunderttausend Fahrzeuge im Monat einen Umweg über Feldwege machen, nur weil ein Romantiker nicht weichen möchte?«

»Das ist nicht vergleichbar. Die Anuak sind mit Gewalt vertrieben worden, weil ausländische Investoren sich ihres fruchtbaren Landes bedient haben.«

»Wo soll das sein?« Der Herzog verschränkte die Arme vor der Brust.

»Hat Ihnen das von Behrendorf nicht berichtet?«

Ein spöttisches Lächeln umspielte die Mundwinkel des Unternehmers. Er wedelte mit der Hand in der Luft. »Sie meinen, das seien wir gewesen?«

»Sie machen sich die Hände nicht schmutzig. Auch nicht auf diesem Gebiet. Dafür haben Sie von Behrendorf.«

Der Herzog lachte auf. Es war ein kaltes Lachen. »Graf von Behrendorf muss in Ihren Augen ein wahres Genie sein. Er organisiert in Afrika Massenvertreibungen der Einheimischen, hier den perfekten Mord, genial ausgeklügelt und umgesetzt. Und überall ist er gleichzeitig. Kein Wunder, dass er sich jetzt eine Auszeit gönnt. So ein Leben muss anstrengend sein.«

»Dem Genie fehlt nur das letzte Quäntchen Verstand, sonst würde von Behrendorf erkennen, dass er sich aufreibt, Risiken eingeht und für andere die Kastanien aus dem Feuer holt. Es war schon immer so, dass Menschen losgeschickt wurden, die Tod und Leid billigend in Kauf nehmen, um Gold, Gewürze, Gummi oder andere Dinge aus den gefährlichsten Gegenden der Welt zu beschaffen, um den Reichtum ihrer Könige zu mehren. Und Könige sind Adelige.«

Der Herzog kniff die Augen zu schmalen Schlitzen zusammen. »Sie vergreifen sich im Ton«, presste er zwischen den Lippen hervor.

»Wie kommen Sie auf die Idee, es seien meine Gedanken? Der Vorfall, der sich in Ihrem Haus ereignet hat, galt Ihnen.« Lüder zeigte mit ausgestreckter Hand auf den Herzog. »Ihr Mitarbeiter aus der Küche, der gestern mit dem Messer unterwegs war und zu Ihnen wollte, ist Anuak. Haben Sie sich nicht gefragt, warum der Mann es auf Sie abgesehen hatte?«

»Da sehe ich keine Zusammenhänge.«

»Weshalb hat von Behrendorf den Afrikaner mitgebracht und sich dafür eingesetzt, dass er unter Einsatz von Beziehungen entgegen den üblichen Usancen so schnell eine Aufenthaltsgenehmigung erhielt?«

»Wir sprechen in dieser Familie nicht über gute Taten, die wir vollbringen, seien es Spenden oder Hilfen auf persönlicher Ebene, die einzelnen Menschen zugutekommen. Ich sehe förmlich Ihre krausen Gedanken, dass der Adel sich einen Vorzeigeneger hält. Missverstehen Sie mich nicht falsch. Das ist eine spitze Bemerkung und ausdrücklich keine Diskriminierung. Die Kolonialherren haben sich damals schwarze Boys gehalten. Ich habe den Mann nicht hergeholt und eingestellt. Dennoch dulde ich ihn unter meinem Personal. Ohne jedes Vorurteil.«

»Wer übernimmt Ihre Nachfolge?«

»Die Frage ist derzeit nicht opportun«, wich der Mann aus. »Außerdem regeln diese Dinge unsere Hausgesetze.«

»Ihr Sohn?« Lüder legte eine Pause ein und sah, wie es unter dem linken Auge des Herzogs zuckte. »Wenn der verhindert ist, aus welchem Grund auch immer, kann eine Ihrer Töchter das

Erbe antreten? Nach bürgerlichem Recht ist das keine Frage. Aber für Sie gelten andere Maßstäbe. Sie würden sich für immer aus dem elitären Kreis des Hochadels ausschließen, wären gesellschaftlich geächtet, wenn Sie so verfahren würden. Und Ihr Name, Philipp Emanuel Herzog von Plön und so, wäre für immer mit dem Makel behaftet, die Linie durch Ungeschick beendet zu haben. Sie hätten den Traditionsbewussten die Zukunft genommen. Plagen Sie sich manchmal mit solchen Gedanken?«

Lüder bemerkte am Mienenspiel seines Gegenübers, wie sehr es in dem Mann arbeitete. Natürlich waren das Probleme, mit denen sich von Plön beschäftigte. Menschen, die kurz vor Ultimo Monat für Monat ums Überleben kämpften, konnte man nicht vermitteln, wie schwer die Sorge, das Vermögen nicht mehren zu können oder gar Teile davon zu verlieren, Menschen wie den Herzog belasteten. Ganz abgesehen von Begriffen wie Ehre, Ansehen und Tradition.

»Billigen Sie aber anderen aus Ihrer nächsten Umgebung auch zu, dass sie sehen, was hier gespielt wird. Es gibt nicht nur den Neid der Menschen unten in der Stadt, wie Sie es formulieren würden. Die Geschichte lehrt uns, dass die Mächtigen nicht vom Volk, sondern von Intriganten aus den eigenen Reihen gestürzt wurden. Ist Haile Mehretu, das ist der Afrikaner aus Ihrer Küche, von allein auf die Idee gekommen? Oder hat jemand – wiederum – einen genialen Plan erdacht und von langer Hand vorbereitet?«

»Sie wollen damit nicht sagen, dass Graf von Behrendorf einen Menschen aus Äthiopien mitgebracht hat, um ihn hier einen Mord ausführen zu lassen?« Der Herzog tippte sich zu Lüders Überraschung an die Stirn. Waren es Anzeichen eines Kontrollverlustes? Oder hatte Lüder nur ausgesprochen, was in dem Mann selbst schon als stiller Verdacht keimte? »Säen Sie keine Zwietracht.«

»Ich denke nur laut. Ist es nicht auch die Aufgabe der Polizei, vorbeugend tätig zu werden, Möglichkeiten zu hinterfragen? Haben Sie jemals daran gedacht, dass eine tödliche Intrige gegen Sie gesponnen werden könnte? Jemand geschickt ein Netz spinnt? Da taucht eine anonyme Anzeige bei der Steuerfahndung auf, die überraschend fundierte Angaben aufweist. Sie schweben über den Dingen, bekommen nicht mit, was in Ihrer Küche passiert. Auf der anderen Seite haben Sie Angst.«

»Ich? Wovor sollte ich mich fürchten?«

»Sie investieren viel in einen Sicherheitsdienst.«

»Die Maßnahmen haben sich bewährt. Es bestand zu keiner Zeit Gefahr für Mitglieder der Familie oder das Personal.«

»Ich würde an Ihrer Stelle ein ernsthaftes Wort mit von Behrendorf sprechen. Suchen Sie ihn eigentlich auch so händeringend wie wir?«

»Graf von Behrendorf ist über jeden Verdacht erhaben. Er hat es nicht nötig, zu intrigieren. Und wenn Sie die Familie erwähnen ... Meine Geschwister sind gut versorgt und führen ihr eigenes erfülltes Leben.«

»Ich weiß. Ihr Bruder gibt vor, als Landarzt glücklich zu sein. Wer weiß, was in seinem Innersten vorgeht, wenn er in den Wirtschaftsnachrichten neue Erfolgsmeldungen Ihres Imperiums vernimmt? Wissen Sie, ob er nicht am Wochenende mit seiner Familie unten am See spazieren geht, um auf der Prinzeninsel Kaffee zu trinken, und dabei einen Stich im Herzen verspürt? Regt es nicht die Phantasie an, wenn man von unten zum Schloss hochsieht und sich vorstellt, dass es einem gehören könnte?«

»Was bezwecken Sie mit Ihren unsachlichen Vorträgen?«, wollte der Herzog wissen.

Der Mann war hochintelligent und durchschaute Lüders Absicht, ihn zu verunsichern. Lüder war zufrieden. Die Selbstsicherheit des Herzogs hatte Kratzer bekommen. Der Psychokrieg war im Gange. Von Plön würde Zweifel haben, ob wirklich alles wasserdicht war oder Lüders Andeutungen irgendwo Substanz aufwiesen. Vielleicht würden auch Sorge und Angst aufkeimen, Befürchtungen, etwas falsch gemacht zu haben.

Lüder musste sich auf eine Beobachterposition zurückziehen und warten, ob er jemanden aufgeschreckt hatte und sich nun Aktivitäten entwickelten. Er stand auf und zeigte auf den Herzog.

»Achten Sie auf sich. In jeder Hinsicht. Von Behrendorf als Afrikaexperte könnte Ihnen berichten, dass die Schlange irgendwo im Unterholz auf ihr Opfer wartet. Geduldig. Auf die passende Gelegenheit. Und dann stößt sie blitzschnell zu. Unverhofft. Tödlich.«

Ohne ein weiteres Wort verließ er den Raum. Es kostete ihn Überwindung, sich nicht noch einmal umzudrehen, um im Gesichtsausdruck des Herzogs zu lesen.

Im Vorzimmer tippte er sich an die Stirn und ließ eine sprachlose Frau Thormählen mit einem lockeren »Ciao« zurück.

Er hatte es nicht anders erwartet. Auf dem Flur stand Homann und sah ihn an. Das System auf dem Schloss funktionierte. Man war darauf bedacht, ihn keine Sekunde allein zu lassen.

»Gibt es Neuigkeiten?« Lüder ließ die Frage beiläufig klingen.

Homann bewegte kaum den Kopf. »Nein«, sagte er leise.

»Können Sie mir etwas über den gestrigen Vorfall berichten? Warum ist Mehretu plötzlich so aggressiv geworden? Der Küchenchef wird ihn kaum gereizt haben. Es muss einen anderen Grund geben. Mit wem hat der Afrikaner gesprochen?«

»Ich weiß es nicht. Ich war nicht dabei. Die Küche ist nicht mein Revier.«

Sie schlenderten langsam Richtung Ausgang. Homann war darauf bedacht, während seiner einsilbigen Antworten den Blickkontakt zu Lüder zu vermeiden.

»So ein Vorfall erregt die Aufmerksamkeit des Personals. Was erzählt man sich unter den Mitarbeitern?«

»Es gehört zum Stil des Hauses, diskret zu sein.« Homann klang, als würde er Lüder belehren wollen. »Das wird auch von den Angestellten erwartet. Man tratscht nicht. Weder nach draußen noch untereinander.«

»Das widerspricht jedem menschlichen Naturell.«

»So?«

Lüder musste ein Lachen unterdrücken. Homann hatte ihn kurz angesehen und dabei die Augenbraue gekonnt in die Höhe gezogen. Ein englischer Butler hätte es nicht vollendeter vermocht.

Immerhin verabschiedete sich Homann mit einem steifen »Auf Wiedersehen«, nachdem er Lüder bis zum Empfang begleitet hatte.

Vor der Tür genoss Lüder noch einmal den Blick auf den See, bevor er sich umdrehte und die Fassade des Schlosses in Augenschein nahm. An den Ecken des Hauptflügels thronten zwei Türme. Im rechten befand sich eine Glocke, der linke Turm bot Platz für eine Mobilfunksendeanlage. Er ließ seinen Bick noch einmal über die weiße Fassade gleiten, als sich die linke Tür öffnete und eine junge Frau heraustrat. Im schnellen Schritt eilte sie zur Rampe, die vom Vorplatz abwärtsführte. Lüder folgte ihr bis zum schmiedeeisernen Tor, das sie für ihn aufhielt.

»Sie arbeiten oben auf dem Schloss?«

Erschrocken verzögerte sie ihren Schritt und sah ihn irritiert an.

»Es muss wie im Märchen sein, wenn man bei Seiner Hoheit tätig ist. Sehen Sie ihn manchmal? Wie ist er so?«

»Der ist abgeschirmt. Ich bin jetzt seit drei Jahren dort beschäftigt. In der Zeit habe ich ihn vielleicht zwei Mal von Weitem gesehen.«

»Kommt er nicht durch die Räume, um mit den Angestellten zu sprechen? Zum Beispiel zu Weihnachten. Kennen Sie den Film ›Der kleine Lord‹? Da feiern alle zusammen in der großen Gesindeküche.«

»Die hohen Herren bekommt man nicht zu Gesicht. Graf von Behrendorf habe ich gelegentlich gesehen, wenn er zu einem der Abteilungsleiter gegangen ist. Der ist schon ein bisschen furchteinflößend. Vor dem zittern auch die Vorgesetzten. Der Graf schnauzt herum. Niemand wagt es, ihm zu widersprechen.«

»Aber für eine nette junge Frau wie Sie hat er doch bestimmt ein Lächeln übrig.«

Sie schüttelte den Kopf. »Der sieht glatt durch Sie hindurch.«

»Was erzählt man sich hinter vorgehaltener Hand über ihn?«

Auf dem kopfsteingepflasterten Weg abwärts hatten sie das Rathaus der Stadt erreicht. Vor dem Eingang mit den beiden weißen Säulen stand eine Plastik. Lüder konnte eine Frau erkennen, um deren Füße zwei Gänse herumwuselten.

»Nichts. Man achtet darauf, dass wir untereinander nichts sagen.«

»Wer steckt dahinter?«

»Das weiß ich nicht. Ich habe keinen Kontakt zu den hohen Herren.«

»Sind es die Leute vom Sicherheitsdienst?«

»Darunter gibt es auch welche, die einen finsteren Eindruck machen. Nein. Ich meine Homann. Der schleicht durch die Gänge. Man hört ihn nicht kommen. Ganz plötzlich steht er vor Ihnen. Ich habe mich schon einige Male erschreckt.«

»Was hat der für eine Aufgabe?«

»Ich weiß es nicht.« Es klang ehrlich. Dann hielt sie die Hand vor den Mund. »Eine Kollegin hat mal gesagt, er ist wie ein Gespenst und kann durch Mauern gehen. Aber nicht nur gehen, sondern auch hören und sehen.«

»Sie meinen, er bespitzelt die Angestellten?«

»Darüber möchte ich nichts sagen.« Abrupt blieb sie stehen. »Warum fragen Sie eigentlich?« Erschrocken hielt sie die Hand vor den Mund. »Oh Gott. Sind Sie von der Presse?«

»Nein«, beruhigte Lüder die Frau. »Ich bin Vertreter für Büromaterial, Kopierpapier, Tintenpatronen und so weiter, und versuche, mit dem Schloss ins Geschäft zu kommen.«

»Das wird wohl nichts. Wir haben unsere festen Lieferanten. Ich arbeite im Büro«, erklärte sie.

»In der Buchhaltung?«

»Nein. Die ist hier gar nicht.«

Lüder blieb stehen. »Irgendwo muss doch die Buchhaltung gemacht werden.«

»Nein«, widersprach sie. »Das geht alles zum Steuerberater.«

»Und Sie sind außer von Behrendorf wirklich noch keinem der hohen Herren begegnet?«

»Nein. Nur dem Grafen, aber das habe ich schon gesagt. Auch der ungarische Graf –«

»Nyíregyháza«, warf Lüder ein.

»Ich kann den Namen nicht richtig aussprechen«, gestand die Angestellte. »Der ist auch nie zu sehen.«

»Dann treffen Sie von der Familie nur Frau Ehrlich?«

»Die ist doch nicht von der Familie«, protestierte sie, »aber unheimlich nett. Immer fröhlich. Die wechselt auch mal ein paar freundliche Worte mit einem.«

»Wenn Sie mit Dankmar, dem Sohn, im Schloss unterwegs ist«, sagte Lüder.

»Der ist nie zu sehen. Keine Ahnung, wo der steckt. Man weiß nur, dass es ihn gibt. Ja, Frau Ehrlich betreut ihn. Wir wagen nicht, ans Fenster zu gehen, aber manchmal sieht man die beiden wegfahren. Dann kommt ein Auto mit dunklen Scheiben in den Hof, und blitzschnell steigen die beiden ein, Frau Ehrlich und der Prinz.«

»Wer fährt das Auto?«

»Entweder Frau Ehrlich oder Homann.«

»Und wenn die Herzogin mit den Töchtern da ist, dann ist doch sicher viel Leben auf dem Schloss, oder?«

»Nö. Die ist schon seit Jahren weg. Solange ich hier arbeite, ist die nicht aufgetaucht.«

»Finden Sie das nicht merkwürdig?«

Sie schüttelte den Kopf. »Darüber mache ich mir keine Gedanken. Wir sind ja nicht bei Rosemarie Pilcher«, sagte sie. »So. Ich muss jetzt da rüber. Tschüss«, verabschiedete sie sich.

Rosemarie Pilcher statt Rosamunde. Ein tröstliches Zeichen dafür, dass die junge Frau nicht zu den Stammsehern der Herz-Schmerz-Schmonzetten gehört, dachte Lüder und kehrte zu seinem Auto zurück.

Er fuhr über die schmale Straße zwischen dem Großen und dem Kleinen Plöner See durch das satte Grün der lieblichen Landschaft nach Dersau. Vor dem Walmdachbungalow parkten der Mercedes sowie das BMW-Cabrio. Der VW Touran fehlte.

Es dauerte eine Ewigkeit, bis die Tür geöffnet wurde. Christina von Meyer zu Reichenberg öffnete selbst.

»Ja, bitte?«, fragte sie mechanisch. Dann schien sie Lüder erkannt zu haben. »Polizei, ja?«

Lüder bestätigte es. Erst als er bat, eingelassen zu werden, ging sie voraus in das Zimmer, das er von seinem ersten Besuch kannte. Da sie ihm keinen Platz anbot, suchte er sich selbst eine Sitzgelegenheit. »Ihr Mann hatte auch eine Zulassung als Steuerberater. Er war also mit dem Thema vertraut. Man hätte ihm im Verlauf des Prozesses nicht abgenommen, dass er aus Unkenntnis in irgendetwas hineingestolpert ist.«

»Das sagt sich so einfach.« Sie hatte die Beine unter dem Po verstaut und kauerte sich in den tiefen Sessel, als würde sie sich darin verkriechen wollen. »Man hat Rochus überfordert. Ihm wurden immer mehr Dinge aufgehalst, die er zum Schluss nicht mehr überblicken konnte. Glauben Sie, jemand hat gefragt, wie er die Belastungen erträgt? Er war gesundheitlich angeschlagen. Die Verantwortung, das ständige Unterwegssein, nicht nur um die Ecke, sondern nach Übersee. In der letzten Zeit hat er nicht mehr abschalten können. Sein Tagesrhythmus wurde von Tabletten bestimmt. Abends zur Beruhigung und zum Einschlafen. Die haben oft erst weit nach Mitternacht gewirkt. Im Morgengrauen war er schließlich so erschöpft, dass er endlich eingeschlafen ist. Dann klingelte der Wecker, weil er zu den nächsten Terminen musste. Da zeigten die Medikamente aber noch ihre Wirkung. Also hat er Aufputschmittel zu sich genommen, um wieder klar zu sein und den neuen Tag zu überstehen. So ging es seit Monaten.«

»Er hätte sich eine Auszeit nehmen können. Oder von diesem Amt zurücktreten.«

»Pah.« Sie sah kurz auf und senkte dann wieder den Blick. »Illusorisch. Sie dürfen keine Schwäche zeigen. Burn-out ist etwas für Versager. So wird es Ihnen suggeriert. Kennen Sie einen Manager, der einen Acht-Stunden-Tag hat? Eine Vierzig-Stunden-Woche? Und immer die drückende Last der Verantwortung. Mein Mann hat fremde Gelder verwaltet. Er durfte sich keinen Fehler erlauben. Ganz im Gegenteil. Sein Tun war ja transparent, der von ihm geforderte Erfolg stets abrufbar. Niemand da draußen versteht es, wenn Sie erfolgreich sind. Das wird als Selbstverständlichkeit angenommen. Nun kommt das Unfassbare. Sie müssen das Ergebnis in der kommenden Periode toppen. Dieser Zwang macht krank. Nein! Ich habe große Angst um meinen Mann gehabt. Über kurz oder lang wäre der körperliche Zusammenbruch gekommen.«

»Haben Sie mit ihm darüber gesprochen?«

Christina von Meyer spielte mit ihren Zehen. Lüder sah, wie ihr Adamsapfel sich heftig bewegte. »Ich habe es versucht.«

»Hat er nicht auf Sie gehört?«

»Nein«, hauchte sie. »Das ist wie eine Sucht. Der Betroffene will es nicht wahrhaben. Er fürchtet, man würde es als Schwäche auslegen. Es ist eine Krankheit, habe ich mir sagen lassen. Ein Alkoholabhängiger würde auch leugnen, krank zu sein. Ohne Hilfe kommen Sie da nicht heraus.«

»Und Ihr Mann hat diese Hilfe abgelehnt?«

Sie nickte kaum merklich. »Ich habe in meiner Verzweiflung mit meiner Schwester Susanna gesprochen. Sie haben sie bei Ihrem ersten Besuch kennengelernt.«

»Was hat sie Ihnen empfohlen?«

»Ach, lassen wir das Thema.« Sie wischte sich verstohlen ein paar Tränen aus den Augenwinkeln.

»Ihr Mann trug als Manager die Verantwortung. Das Rechnungswesen hat aber die praktische Arbeit verrichtet. Für ein so großes Imperium benötigt man einen großen Mitarbeiterstab. Wie hat das funktioniert?«

»Interessieren Sie sich jetzt auch für die Steuersache?«

»Nein, aber vielleicht ergibt sich daraus etwas Entlastendes. Oder jemand hat Fehler gemacht, die Ihrem Mann angelastet wurden.«

»Das kann nicht sein«, behauptete Christina von Meyer. »Die wirtschaftlichen Interessen sind breit gestreut. Das ist nicht ein Betrieb, sondern viele. Jeder hat seine eigene Buchhaltung. Natürlich hat Rochus nur die konsolidierten Werte gesehen.« Sie legte die Hände wie zu einem Dach zusammen. »Sie müssen sich das wie eine Pyramide vorstellen. Da gibt es Tochterunternehmen auf der untersten Ebene. Die sind zu einem Unternehmensverbund zusammengeschlossen. Diese wiederum sind auf der nächsten Stufe weiter verdichtet.«

»Und das Ganze funktioniert über Ländergrenzen hinweg«, warf Lüder ein. »So kommt es, dass eine deutsche GmbH, die – sagen wir – in Lübeck den Hausmeisterservice in einer Wohnanlage ausführt, über Umwege einem Unternehmen in Panama gehört.«

Frau von Meyer musterte ihn kritisch. »So genau weiß ich das nicht«, wich sie aus.

Lüder zeigte auf ihre Hände. »Ganz oben, an der Spitze der Pyramide, da sitzt der Herzog?«

»Das ist nicht meine Welt.«

»Wenn auf irgendeiner der Stufen manipuliert wurde, hatte Ihr Mann gar keine Möglichkeit, das zu bemerken. Er muss doch Mitarbeiter gehabt haben, die die praktische Arbeit für ihn erledigt haben.«

»Das ist heute weltumspannend«, erklärte sie. »Die Gehälter in Deutschland sind hoch. Die Belege sind nach Bulgarien geschickt worden und wurden dort erfasst und gebucht.«

»Können die das?« Lüder war erstaunt.

»Oja. Das ist reine Büroarbeit. Nach einer Einweisung werden die Massen an Buchungsvorgängen dort schematisch erledigt. Haben Sie noch nie davon gehört, dass manche Unternehmen ihre Personalabteilung nach Ungarn ausgelagert haben? Dass Callcenter ebenso irgendwo im Osten liegen? Dank Satellitentechnik betreiben ganz viele der Riesenkonzerne ihre Rechenzentren in Indien. Dort gibt es gut ausgebildete Informatiker, die für einen Bruchteil hiesiger Löhne arbeiten.«

»Damit lag die Verantwortung aber immer noch bei Ihrem Mann. Es wurde ihm nicht vorgeworfen, dass sich gelegentlich Buchungsfehler eingeschlichen haben. Die Anklage lautete auf Steuerhinterziehung im großen Stil.«

»Das wäre im Laufe des Prozesses widerlegt worden«, sagte Christina von Meyer leise.

Lüder durchfuhr es siedend heiß. Hatte von Meyer doch etwas in der Hand, das anderen hätte gefährlich werden können? Diesen Verdacht hegte er schon lange.

»Gegen wen richtete sich die Beschuldigung?«

»Das habe ich nicht gesagt. Mein Mann war kein Denunziant. Es ging nur darum, dass die Leute vom Finanzamt Dinge anders beurteilt haben. Leider ist es in Deutschland so, dass die etwas behaupten, und Sie müssen den Gegenbeweis antreten. Es gibt einen Gummiparagrafen. Danach hat der Steuerzahler immer unrecht. Immer«, bekräftigte sie.

In der Tat hatte man in das »Grundgesetz des Steuerrechts«, die Abgabenordnung, einen Passus eingestellt, der dem Finanzamt alle Interpretationsmöglichkeiten einräumte, erinnerte sich Lüder an sein Studium. Nirgendwo sonst stand eindeutiger geschrieben, dass alles verboten war, was nicht ausdrücklich erlaubt war. Man umschrieb es mit »Gestaltungsmissbrauch«. Die Finanzverwaltung konnte einfach auf diesen Paragrafen 42 verweisen, und der Steuerpflichtige hatte das Problem, den Gegenbeweis antreten zu müssen.

»Mein Mann war Steuerberater. Außerdem hat er diese Fragen nicht im stillen Kämmerlein bewegt. Ihm standen hochkarätige Berater zur Seite.«

»Zum Beispiel die Kanzlei Ihres Schwagers«, riet Lüder.

Sie sah ihn überrascht an. »Dr. Tackenberg ist ein renommierter Wirtschaftsprüfer. Seine Kanzlei ist international tätig.«

»Hat Ihr Schwager Ihren Mann beraten? Oder hat er gesagt, er soll die Finger von gewissen Geschäften lassen?«

»Das führt jetzt zu weit.« Frau von Meyer war anzusehen, dass sie dieses Thema nicht vertiefen wollte.

»Sie sind eine geborene von Behrendorf?«, wechselte Lüder das Thema.

Sie nickte.

»Dann kennen Sie auch Louis von Behrendorf?«

Sie nickte erneut.

»Gut?«

»Man verkehrte gesellschaftlich miteinander.«

»Sie sind aber auch verwandt mit ihm?« Homann hatte Lüder davon berichtet.

»Das ist etwas kompliziert. Mein Vater und der meiner Schwester logischerweise und der Vater von Louis von Behrendorf waren Cousins.« Sie untermalte ihre Erklärungen mit lebhaften Handbewegungen. »Das heißt, mein Großvater und Louis' Großvater waren Brüder. Wir haben demnach einen gemeinsamen Urgroßvater.«

»Louis von Behrendorf nennt sich Graf.«

»Das ist richtig. Der Urgroßvater war Graf und hat den Titel an seinen ältesten Sohn vermacht. Das war der Großvater von Louis. Meinem Opa blieb der ›Freiherr‹.«

»Und da Louis von Behrendorf ein Cousin des Herzogs ist, sind Sie auch mit dem Herzog verwandt.«

»Nein«, erklärte Christina von Meyer. »Louis' Mutter und

die des Herzogs waren Schwestern.« Zum ersten Mal zeigte sich ein leises Lächeln auf ihrem Gesicht. »Für Sie mag das alles kompliziert klingen.«

So entstehen Seilschaften, dachte Lüder, unterließ aber, es auszusprechen.

»Ihre Schwester trägt noch ihren Geburtsnamen. Susanna Tackenberg-von Behrendorf. Sie nicht.«

»Es gibt Neureiche, die viel dafür geben würden, sich einen Namen bedeutender Adelshäuser zu kaufen. Manche Familien wissen nicht, was Ehre und Anstand bedeutet, und verkaufen Adoptionen. Mein Mann stammt aus dem Haus von Meyer zu Reichenberg. Ein Freiherr. Ich bin von Geburt eine Baronesse. Das ist ein gleicher Stand, auch wenn das Haus meines Mannes nicht die Historie der von Behrendorfs aufweist. Hätte ich meinen Geburtsnamen dem Familiennamen angefügt, hieße ich Christina von Meyer zu Reichenberg von Behrendorf. Darauf haben wir nach reiflicher Überlegung bei der Hochzeit verzichtet.«

»Wo hatte Ihr Mann eigentlich seinen Arbeitsplatz?«, war Lüders letzte Frage.

»Natürlich im Schloss.«

Sie begleitete ihn zur Haustür und entließ ihn mit einem knappen Kopfnicken.

Bevor Lüder den Motor startete, schwirrten ihm noch einmal die Begriffe durch den Kopf. Herzog, Graf. Baron. Baronesse. Christina von Meyer zu Reichenberg von Behrendorf. Was für ein Name. Er atmete tief durch.

»Danke, Papa«, sagte er zu sich selbst. »Lüders. Zimmermeister aus Kellinghusen in Mittelholstein.«

Vom Auto aus rief er das Kreiskrankenhaus Preetz an und ließ sich mit Dr. Nguyễn Vǎn verbinden.

»Dem Patienten geht es den Umständen entsprechend gut«, berichtete der Arzt. »Er muss noch eine Weile bei uns bleiben. Die Verletzungen bedürfen noch einer klinischen Therapie.«

»Kann ich mit ihm sprechen?«

»Ja, wenn es nicht zu ausgedehnt ist.«

Lüder fuhr nach Preetz.

Erneut begann die Suche nach einer Abstellmöglichkeit für das Auto. Der »Kurzzeitparkplatz« war überfüllt. Er musste sich in Geduld üben, bis ein anderer Besucher das Krankenhaus verließ und sich ihm eine Parkmöglichkeit bot.

Mehretu lag in einem Dreibettzimmer. Seine beiden Zimmergenossen sahen auf, als Lüder eintrat.

»Können wir uns allein unterhalten?«, fragte Lüder die beiden, nachdem er gegrüßt und auf den Afrikaner gezeigt hatte.

»Wo das denn? Dies is 'n Krankenhaus. Meinst, wir liegen nur so hier rum? Nix da. Um was geht's denn?« Der direkte Nachbar sah Lüder grimmig entgegen.

Lüder reagierte nicht darauf, sondern trat an Mehretus Bett.

»Erkennen Sie mich wieder? Wir sind uns in der Kantine an Ihrem Arbeitsplatz begegnet.«

»Der Schwatte versteht doch nix. Der hat noch kein Wort gesagt. Aus welch'm Busch kommt der denn?«

»Und Sie? In welchem Erdloch hausen Sie?«, fragte Lüder.

»Das ist man doch die Höhe«, prustete der Mann mit dem runden Schädel. »Hast das gehört? Das gibt's doch nich. Also. So was.«

»Herr Mehretu. Verstehen Sie mich?«

Lüder unterließ es, sich als Polizist zu erkennen zu geben. Das hätte die beiden Mitpatienten noch neugieriger werden lassen. Und Mehretu hätte geschwiegen, weil er der Meinung gewesen wäre, die Ermittlungen würden sich gegen ihn richten.

Der Afrikaner sah Lüder mit finsterem Blick an, ohne einen Laut von sich zu geben.

»Soll ich einen Dolmetscher besorgen?«, fragte Lüder und überlegte, welches Mehretus Muttersprache war. Sprach man in seiner Heimat Englisch? Französisch? Oder war noch Italienisch aus der Zeit der Besetzung durch die Südeuropäer geläufig? Lüder versuchte es auf Englisch. Vergeblich. Mehretu hatte den Kopf zur Seite gedreht und ignorierte ihn.

»Du musst gurgeln«, sagte der Bettnachbar. »Oder, Heinzi? Das machen die doch da, wo der herkommt.«

»Der Patient versteht Deutsch«, mischte sich die Krankenschwester ein, die Lüder begleitete. »Man kann sich mit ihm verständigen. Zumindest über alles Grundlegende. Für die Kommunikation mit dem Krankenhauspersonal ist es ausreichend.«

Auch Lüder war davon überzeugt, dass Mehretu ihn verstand. In der Schlossküche würde sich niemand der Mühe unterziehen und mit ihm Englisch sprechen. Der Mann zog es vor, zu schweigen. Solange er noch im Krankenhaus lag, würden sie ihn nicht verhören können.

»Würden Sie uns bitte davon in Kenntnis setzen, wenn der Patient entlassen wird? Wir müssen überlegen, wohin er dann gebracht wird.«

Die Krankenschwester nickte. »Selbstverständlich.«

»Eh – soll das heißen, der kriegt auch noch 'ne Kur? Mit Tango und so?«, fragte der Nachbar argwöhnisch.

»Ich wünsche Ihnen Masern auf der Zunge«, sagte Lüder zum Abschied.

»Hä? Gibt's das? Noch nie gehört.«

Lüder amüsierte sich, als der Mann seine Zunge probeweise im Mund hin- und herrollte, um zu prüfen, ob er schon mit Zungenmasern infiziert sei.

Die Fahrt nach Kiel verlief ereignislos. Auf seinem Rechner fand er eine Mail von LSD vor. Leif Stefan Dittert, der Boulevardjournalist, bat um Kontaktaufnahme.

»Get um segbergr Mord hab was für si«, las Luder. LSD hatte den Text vermutlich hastig eingegeben, ohne sich um die Korrektur zu bemühen. Möglicherweise hatte er gleichzeitig telefoniert, geraucht und Kaffee getrunken.

Lüder wählte die Handynummer des Journalisten.

»Lüders, altes Schnüffeltier«, dröhnte es aus dem Hörer.

»Sachte, Dittert. Für Sie immer noch Herr Dr. Lüders.«

»Mensch, nun kennen wir uns schon so lange. Was soll die Förmlichkeit?«

»Seitdem ich aus den Windeln bin, benutze ich Toiletten. Trotzdem habe ich noch mit keiner innige Freundschaft geschlossen.«

Lüder grinste, als es kurz ruhig war in der Leitung. »Mensch, Herr Lüders. Warum so heftig?«

»Winnetou und Old Shatterhand haben Blutsbrüderschaft geschlossen. Sie sind weder der eine noch der andere.«

»Okay. Okay. Gutes Stichwort. Der Mord in Bad Segeberg. Das Thema ist ausgelutscht, wenn wir nicht bald handfeste Hintergrundinformationen liefern können. Etwas Spektakuläres. ›Siouxhäuptling erschießt Steuerbetrüger‹. Haben Sie was in der Pipeline für mich?«

»Wir haben eine großartige Institution im Hause.«

»Halt auf, Herr Lüders. Ich weiß, was jetzt kommt: die Pressestelle. Ich wollte Insidertipps. Was ist?«

»Wissen Sie, was ein Insider ist?«

»Sag es mir.«

»Übersetzen Sie es wörtlich. Jemand, der hineinkriecht.«

»Durch den Hintereingang. Haben alle Insider braune Ohren?«

»Was wissen Sie über die Lobbyisten?«

LSD schnaufte. »Das ist zu weit gefasst. Nennen wir das Kind beim Namen. Der Tote, von Meyer, war doch nur vorgeschoben. Er wurde kaltgestellt, weil er sonst gesungen hätte. Stimmt das?«

Lüder mochte den Journalisten und seine nicht immer korrekte Art, die Dinge in seiner Zeitung darzustellen, nicht. Das hieß aber nicht, dass LSD dumm war. Er konnte sich nicht nur einen Reim auf Zusammenhänge machen, sondern hatte auch Quellen, die ihm Informationen zutrugen.

»Sie wissen, dass ich manche Fragen nicht beantworte. Welche Verbindung sehen Sie zur Politik?«

»Geschickt gefragt«, sagte LSD anerkennend. »Wo soll ich anfangen?« Lüder hörte, wie der Journalist an der Zigarette inhalierte und dann ausatmete. »Blaczyk!«

Zu leugnen, dass es eine Verbindung gab, würde Lüder nicht weiterführen. »Welche Rolle spielt der?«

Es war wie beim Pokern. »Langsam, Herr Lüders. Jetzt habe ich eine Karte aufgedeckt. Nun sind Sie dran.«

»Afrikaner.«

»Gut. Was sage ich jetzt? Ah – ich weiß. Äthiopien und Krankenhaus Preetz.«

»Schön, Dittert. Sie haben Ihre Hausaufgaben gemacht. Es gab einen Vorfall im Plöner Schloss. Der Täter, der auch irgendwie Opfer wurde, kommt aus Äthiopien. Es war überraschend, dass er sehr schnell eine Aufenthaltsgenehmigung erhielt.«

Das kurze Schweigen zeigte Lüder, dass diese Nachricht für LSD neu war.

»Da hat jemand für gesorgt. Aber wer?«, überlegte der Journalist. »Der Monarch steigt nicht in diese Niederungen ein. Er könnte aber ein kurzes Telefonat geführt haben. Mit dem Amt? Nein! Warten Sie.« Erneut war zu hören, wie LSD Nikotin in seine Lungen sog. »Ah. Verstehe. Der Herzog hat sich einen Politiker gekauft. Blaczyk.«

»Unterstellen Sie nicht, dass der Abgeordnete bestechlich ist«, warnte Lüder.

»Natürlich hat er kein Geld dafür kassiert, dass er dem Herzog eine kleine Gefälligkeit erwiesen hat. Leute wie Blaczyk sind Speichellecker. Die verkaufen ihre Seele, wenn sie sich davon einen Vorteil erhoffen. Und wenn es nur ist, dass sie einem Übermenschen wie dem Herzog einen Gefallen erweisen können.«

Wenn du wüsstest, dass Blaczyk Gast beim Bankett des Herzogs war, würde das deine Theorie noch bekräftigen, dachte Lüder. Anscheinend war LSD noch nicht auf die Fährte Louis von Behrendorf gestoßen.

»Liege ich falsch?«, fragte LSD nach.

»Ich kommentiere nicht alles, was die Presse herausgefunden hat«, umschrieb Lüder die Antwort.

»Das ist doch mal was. Blaczyk ist aber nur ein kleines Licht. Das Ding mit dem Kieler Arzt – da ist doch bei dessen Steuersache auch nicht alles koscher gelaufen. Wenn ein kleiner Handwerker seine Steuern nicht zahlt, kommt der Vollstrecker vom Finanzamt und hängt ihn nackend auf. Bei dem, was durch die Presse gelaufen ist, kann man nur staunen. Da werden Millionen nicht vollstreckt. Ich wundere mich, dass da nicht viel mehr hinterfragt wird. Da hat doch jemand Dreck am Stecken, wenn Sie mich fragen.«

»Das ist Ihr großes Problem, Dittert. Sie fragt keiner«, erwiderte Lüder.

»Bahnt sich in dieser Steuersache etwas Ähnliches an?« Die Frage des Journalisten klang hypothetisch.

»Hier geht es um Mord.«

»Was ist schon ein Meyer in diesem Spiel. Wenn alles ans Tageslicht kommt, rollen die Köpfe zuhauf. Dagegen war das Massaker auf dem Grasbrook, als Störtebeker und zweiundsiebzig andere Vitalienbrüder geköpft wurden, ein Fliegenschiss.«

»Sie sollten in der Kieler Ostseehalle auftreten«, stellte Lüder fest.

»Verstehe ich nicht.«

»Als Lautsprecher. Sie tönen zu viel herum.«

»Ich kann rechnen. Zwei und zwei zusammenzählen. Wie gewinnt man eine Wahl? Nicht dadurch, dass man gute und vernünftige Argumente unters Volk streut. Es ist schon von Vorteil, wenn man ein Netzwerk hat. Wenn jemand die Hand ausstreckt, braucht man einen Gegenpol, der sie ergreift. Der Typ vom Schloss – schön und gut, aber seine Macht benötigt ein Fundament. Dumm, dass wir heute eine Demokratie haben. Man muss immer das blöde Volk fragen. Das hat in der Regel keine Ahnung und ist nur Stimmvieh. Es reicht also, wenn Sie die Abgeordneten im Sack haben.«

»Toll, Dittert, wie Sie unsere demokratische Gesellschaftsordnung erklärt haben.«

»Nun, man kann auch andere Worte wählen. Aber wir glauben beide nicht, dass auf dieser Ebene etwas zufällig geschieht. Man lässt uns auch nicht über den Tellerrand blicken, um die Zusammenhänge zu erkennen. Mein Vorschlag: Lassen Sie uns unsere Kräfte bündeln. Vielleicht knacken wir zusammen den Code.«

»Ich muss Ihnen nicht erklären, dass es so nicht funktioniert. Sie haben nicht in allen Punkten unrecht. Ich wünsche Ihnen viel Erfolg. Ohne Futterneid. Ich bin altmodisch und glaube noch an Recht und Gesetz. Und wenn Sie schneller ans Ziel kommen, kann es der Wahrheitsfindung nur dienlich sein.«

»Nun werden Sie nicht prosaisch.« Dittert war enttäuscht. Er hatte sich mehr Informationen erhofft.

»Schonen Sie Ihren Kreislauf«, warf ihm Lüder einen kleinen Brocken hin. »Malen Sie ein Dreieck. Markieren Sie die Ecken mit den Namen Afrikaner, Mordopfer und Blaczyk«, sagte Lüder. »Und ins Dreieck malen Sie eine Krone.«

»Das ist der Herzog. Logisch. Der hängt da voll mit drin. Geht's nicht noch etwas genauer?«

»Malen Sie, Dittert. Dann kommen Sie selbst drauf.«

»Super. Dann: Waidmannsheil.«

»Genau in diesem Punkt unterscheiden wir uns. Ich jage keine Menschen, sondern versuche, Täter dem Gericht zuzuführen.«

»Fröhliches Jagen«, blieb LSD bei seiner Version. »Haben Sie herausgefunden, wer Blaczyks Wahlkampf finanziert hat?«

»Das interessiert mich nicht«, erwiderte Lüder zögernd. An diesem Zaudern erkannte der Journalist, dass Lüder es doch gern gewusst hätte.

»Man vermutet, dass der Herzog dahintersteckt.« LSD genoss seinen Wissensvorsprung. Das war aus seiner Tonlage heraushörbar. Lüder hatte es auch schon vermutet.

»Vermuten heißt nicht wissen«, erwiderte er.

»Darin unterscheidet sich Ihr Berufsstand von meinem.«

»Sie sollten auch nur über die Wahrheit berichten.«

Dittert ließ ein scheppferndes Lachen hören. »Ich mache nichts Unrechtes. Wenn ich etwas vermute, füge ich dem Satz oder der Überschrift ein Fragezeichen an.«

»Der Herzog wird dem Wahlkampfteam von Blaczyk kaum persönlich einen Umschlag mit Barem überreicht haben.«

»Ach, Lüders, Sie Gutmensch aus Kiel. Für die Schmutzarbeit hat er seine Leute. Meyer hat die dreckigen Finanzgeschäfte abgewickelt. Das wäre im Prozess herausgekommen. Davon bin ich überzeugt. Schade, dass man ihn ausgeknipst hat. Ich habe das Ding schon fertig in der Schublade. Da muss ich nur noch einen Namen einsetzen. Zu dumm, dass Meyer es uns nicht mehr sagen kann.«

»Ich danke Gott jeden Tag, dass ich nicht Sie bin«, sagte Lüder.

»Dann hat der alte Herr wenigstens in diesem Punkt weise gehandelt. Glauben Sie, mir würde es Spaß machen, Beamter zu sein und abends fünf Kinder um mich zu haben? Oder waren es sechs?«

»Sieben«, erwiderte Lüder. »Das sind aber nur die, die bei mir wohnen. Die anderen habe ich aus Platzgründen bei den verschiedenen Müttern gelassen.«

»Seid fruchtbar und mehret euch«, verabschiedete sich Dittert.

»Es wäre von Übel, wenn noch mehr von Ihrer Sorte herumlaufen würden«, konterte Lüder und legte auf.

Dittert war anscheinend auf der gleichen Spur, dass von Meyer die unsauberen finanziellen Transaktionen erledigt hatte. Und von Behrendorf kümmerte sich um die praktische Schmutzarbeit. Noch hatte Lüder aber keine Beweise gefunden. Deshalb konnte er den Mann auch nicht zur Fahndung ausschreiben, auch wenn Lüder überzeugt war, dass von Behrendorf überhastet untergetaucht war.

Hauptkommissar Vollmers wirkte genervt, als Lüder ihn anrief. »Wir sammeln eine Unmenge von Fakten. Unsere Hauptspur, die Eintrittskarten, hat uns aber noch nicht weitergeführt. Es ist wie verhext. Irgendwer muss die Dinger von Meyer geschickt haben. Wir haben die Karten selbst inzwischen auch in der Kriminaltechnik gehabt. Nichts. Von Meyer, seine Frau und die Tochter. Eine weitere Spur konnten wir einer Mitarbeiterin der Buchhandlung in Schleswig zuordnen. Das ist nicht verwunderlich. Die muss die Karten in Händen gehalten haben, als sie verkauft wurden. An wen? Offenbar ein körperloses Phantom.«

»Ich jage einen anderen Geist. Von Behrendorf.«

»Hören Sie auf«, beklagte sich Vollmers. »Zu dem führt keine unserer Spuren. Haben Sie sich da irgendwie verrannt? Wenn der schmutzige Finger hat, dann sehe ich im Moment noch keine Verbindung zum Segeberger Mord. Natürlich gehört von Behrendorf zum Dunstkreis des Herzogs. Können Sie mir plausibel erklären, welche Vorteile er aus der Ermordung von Meyers ziehen sollte?«

»Loyalität zum Herzog.«

»Dafür mordet man?«

»Für von Behrendorf hängt viel davon ab, dass der Herzog

unbeschadet bleibt. Er profitiert in hohem Maße vom System, das dort aufgebaut wurde.«

»Lohnt sich dafür ein Mord? Gut. Es sind schon Leute für weniger umgebracht worden«, gab Vollmers selbst die Antwort. »Wir haben den Mann ja auch nicht aus den Augen verloren, nachdem Sie Erkundigungen über ihn angefordert hatten. Im Augenblick ist aber Funkstille. Es ist nicht ganz sauber, dass wir von Behrendorf weiter auf dem Radar haben. Schließlich ist er ein unbescholtener Bürger, gegen den nichts weiter vorliegt. Oder?«

Lüder musste dem Hauptkommissar zustimmen.

»Wir beobachten weiterhin, ob irgendwo eine Spur von ihm auftaucht. Kreditkarte. Bankkonten. Telefon. Reiseaktivitäten. Auto. Nichts. Der muss frisch verliebt sein, dass er untergetaucht ist und von Luft und Liebe lebt.«

»Von Behrendorf ist hochintelligent. Wenn er Gründe hat, sich zu verstecken, weiß er auch, dass wir nach ihm suchen. Er kann sich vorstellen, dass wir alle bekannten Kontakte abklappern, seine Kommunikationswege checken. Deshalb wird er sich vom Schloss und ähnlichen Unterschlupfmöglichkeiten fernhalten. Wir könnten prüfen, ob er Grundbesitz hat. Wohnungen. Freunde. Familienmitglieder. Andere Angehörige. Studienkollegen. Das ist ein Mordsaufwand.«

»Den wir derzeit nicht leisten können. Ich wüsste auch nicht, weshalb. Sie haben mir immer noch keine konkreten Verdachtsmomente gegen von Behrendorf aufgezeigt.«

»Die habe ich auch nicht«, gestand Lüder ein. »Wo würden Sie sich an seiner Stelle verstecken?«

»Ich weiß, wo ich nicht hingehen würde«, antwortete Vollmers. »Das haben Sie aber eben aufgezählt.«

»Also würden Sie zu einer heimlichen Geliebten gehen, die niemand kennt.«

»Ja. Das wäre eine Option.«

»Wir wissen noch nicht einmal etwas von einer offiziellen Gespielin.«

»Vielleicht ist die Freundin ein Mann«, schlug der Hauptkommissar vor. »Nicht jeder freut sich über ein Coming-out.«

»Auch dafür gibt es keine Anzeichen. Es wäre aber genial, sich dort zu verbergen, wo Sie keiner vermutet.«

»Im Schloss«, sagte Vollmers. »An so viel Kaltschnäuzigkeit glaubt nicht einmal die Polizei.«

»Könnten Sie sich vorstellen, zu jemandem zu gehen, zu dem Sie keine Beziehung haben?«

»Das wäre ein kluger Schachzug. Aber wer öffnet die Tür und nimmt Sie freiwillig auf?«

»Jemand, dem Sie einen Gefallen getan haben.«

»Zum Beispiel der Afrikaner.«

»So ähnlich. Ich würde auch an den Abgeordneten Blaczyk denken.«

»Das ist aber sehr abwegig.«

Lüder gab Vollmers recht. »Im Prinzip«, ergänzte er. »Wenn von Behrendorf der Mann fürs Grobe ist, könnte er die Sache mit der Unterstützung des Abgeordneten eingefädelt haben. Wir haben auch gehört, dass die Einladung Blaczyks zum Bankett auf Initiative von Behrendorfs erfolgte. Also gibt es eine Verbindung zwischen den beiden. Irgendwie.«

Vollmers seufzte. »Das klingt nicht sehr wahrscheinlich. Aber auf welche Vokabel stoßen wir oft bei unserer Arbeit: ›irgendwie‹.«

»Dann lassen Sie uns weiter versuchen, das Knäuel zu entwirren. Irgendwie«, stimmte Lüder zum Abschluss zu.

Er sah auf die Uhr und versuchte, Blaczyk zu erreichen. Der Abgeordnete war in seinem Büro im Landeshaus.

»Ich möchte Sie noch einmal sprechen«, erklärte Lüder.

»Ich Sie aber nicht.«

»Es wäre vorteilhafter, wenn zunächst wir miteinander plaudern, bevor Ihnen die Presse hinterherläuft.«

Blaczyk wollte wissen, ob das eine Drohung sei oder Lüder etwas gehört habe.

»Vertrauliche Dinge regele ich nur von Angesicht zu Angesicht.«

»Haben Sie eine Vorstellung, mit wie viel Aufwand die Tätigkeit eines Abgeordneten verbunden ist?«

»Und dann muss er sich auch noch Sorgen machen, weil er bedroht wird«, ergänzte Lüder.

Blaczyk wurde hellhörig. »Gibt es Neues zu diesem Thema?« Er willigte schließlich ein, Lüder zu empfangen. »Aber nur fünf Minuten.«

Lüder fuhr zum Landeshaus. Die Pförtnerei meldete ihn beim Abgeordneten an. Auch heute wurde er von einer Mitarbeiterin am Empfang abgeholt. Sie nutzten den Paternoster, um in das dritte Obergeschoss zu gelangen.

»Leider führt der gläserne Fahrstuhl nur bis zur ersten Etage«, erklärte die Angestellte.

Blaczyk saß allein in seinem Büro. Sein Fraktionskollege, mit dem er das Büro teilte, war nicht anwesend. Über Vorzimmer und persönliche Assistenten verfügten die Abgeordneten nicht. Bei Bedarf bedienten sie sich der Assistenz der Mitarbeiter der Fraktion.

»Ich erfülle Ihre Bitte und mache es kurz«, sagte Lüder, nachdem er Platz genommen hatte. »Es geht um Ihre Verbindungen zu Louis von Behrendorf.«

»Das ist eine Unterstellung, wenn Sie behaupten, dass –«, platzte der Abgeordnete dazwischen.

Lüder hob die Hand. »Es kostet unnütze Zeit, wenn Sie es leugnen wollen. Sie haben einen guten Draht zueinander. Von Behrendorf hat Ihnen den Zugang zum Schloss ermöglicht. An den Herzog wären Sie ohne ihn nicht herangekommen. Glauben Sie im Ernst, dass jemand wie Sie in den erlauchten Kreis gehört, der zu einem Festbankett eingeladen wird?«

»Ich bin der Repräsentant des Volkes, jemand mit Kontakten«, protestierte Blaczyk. Vor Ärger war ihm das Blut in den Kopf gestiegen.

»Das ist genauso ein Irrglaube wie die Behauptung, dass Zitronenfalter Zitronen falten. Von Behrendorf hat Sie unterstützt, weil Sie irgendwann für ihn nützlich werden könnten. Im Fall der Aufenthaltsgenehmigung für den Afrikaner hat das auch geklappt. Jetzt sind Turbulenzen im Anzug Richtung Schloss und dessen Besatzung.«

»Hirngespinste.«

»Ihr Einwand bestätigt, dass ich recht habe. Da ist einiges aus dem Ruder gelaufen. Sie sind nicht eingeweiht. Dazu reicht Ihre Bedeutung nicht aus. Wenn man ein so großes Schiff wie das weltumspannende Imperium des Herzogs steuert, gibt es Untiefen. Das bleibt nicht aus. Die müssen umschifft werden. Das klappt aber nicht immer. Wenn eine Klippe im Weg ist, wird die gesprengt. Das macht aber nicht der Kapitän, dafür hat er seine Spezialisten an Bord. Von Meyer war eher der Typ Lotse, der nach alternativen Wegen gesucht hat. Von Behrendorf ist der Sprengmeister. Dummerweise hat er ein wenig zu viel Dynamit benutzt, um die letzte Klippe aus dem Weg zu räumen. Das hat eine große Beule am Schiff gegeben, wenn nicht gar eine Leckage droht. Nun wollen alle dem Sprengmeister an den Kragen. Der hat Angst und versteckt sich. Ich frage mich, wo? Keiner vermutet, dass er bei dem Mann unterkriecht, der mir gegenübersitzt.«

Der Abgeordnete sah Lüder mit weit aufgerissenen Augen an. Er brauchte Minuten, um Lüders Worte zu verstehen.

»Sie glauben, ich hätte mit irgendwelchen ominösen Dingen zu tun?«

»Sie halten die Steigbügel, ohne zu ahnen, warum.«

»Glauben Sie, ich bin dumm?«

Lüder unterließ es, zu antworten. »Haben Sie geholfen, von Behrendorf zu verbergen?«

»Was trauen Sie mir zu?«

»Ziemlich viel. Schließlich werden Sie auch erpresst und bedroht. Wenn Sie sich mir anvertrauen würden, warum, wären wir ein Stück weiter. So muss ich vermuten, dass Sie Angst haben, dass es ans Tageslicht kommt.«

»Das … ist … absurd«, keuchte der Abgeordnete.

»Ganz konkret: Haben Sie geholfen, dass von Behrendorf untergetaucht ist?«

»Warum sollte ich?«

Lüder stieß mit seinem Zeigefinger in die Richtung des Abgeordneten. »Das finde ich heraus. Letzte Chance: Haben Sie von Behrendorf versteckt? Ich finde heraus, ob Sie neben Ihrem Haus noch weitere Immobilien besitzen. Häuser. Wohnungen. Da werden wir überall Erkundigungen einziehen.«

»Das wagen Sie nicht!«

Lüder lehnte sich zurück und kreuzte die Arme vor der Brust.

»Doch«, sagte er gelassen.

Gedankenverloren steckte Blaczyk den kleinen Finger ins Ohr und bohrte darin herum. Er schien Lüders Gegenwart vergessen zu haben.

»Ja«, sagte er schließlich. »Wir haben eine Ferienwohnung in Dahme. Die vermieten wir an Gäste.«

»Hält sich von Behrendorf dort auf?«

Blaczyk schüttelte den Kopf. »Das macht meine Frau.« Er ließ die Hand über die Papiere auf seinem Schreibtisch schweben. »Sie sehen ja, womit ich mich beschäftige. Im Augenblick wohnt dort ein Ehepaar aus Marl.«

»Ist das Ihr einziger Besitz neben Ihrem Haus?«

Erneut streifte Lüder der skeptische Blick. Der Abgeordnete biss sich auf die Lippen. »Es gibt noch ein zweites Apartment auf Fehmarn. Am Stranddistelweg in Burgtiefe.«

»Das ist aber praktisch. Direkt am Yachthafen. Ist das derzeit belegt?«

»Ich weiß es nicht«, sagte Blaczyk zerknirscht. »Wirklich.«

»Hält sich von Behrendorf dort auf?«

»Nicht dass ich wüsste.«

Es klang ehrlich.

»Hat sich von Behrendorf in der letzten Zeit bei Ihnen gemeldet?«

»Seit Langem nicht mehr. Und so eng, wie Sie unterstellen, war unser Kontakt ohnehin nie.«

»Ich erwarte, dass Sie mich umgehend informieren, wenn es der Fall sein sollte. Es geht auch um Ihre Interessen. Vergessen Sie nicht, dass Sie im Blickfeld der Öffentlichkeit stehen.«

»Ich habe mit alldem nichts zu tun«, versicherte der Abgeordnete. »Ehrlich.«

»In repräsentativen Umfragen traut man Politikern am wenigsten zu, die Wahrheit zu sagen«, erklärte Lüder und ließ sich die Adressen der Ferienwohnungen geben, bevor er ging.

Er würde Hauptkommissar Vollmers bitten, die Überprüfung zu veranlassen. Anschließend rief er Homann an.

»Hat Herr von Behrendorf ein Segelboot?«

»Sicher können die Herren alle segeln und gehen auch regelmäßig diesem Sport nach. Der Herzog hat eine Yacht. Die liegt in … in … Das weiß ich im Augenblick nicht. Mein letzter Wissensstand ist Marbella.«

»Die nutzt auch von Behrendorf?«

»Der ist auch schon mitgesegelt. Und die anderen. Die haben sich oft auf das Schiff zurückgezogen. Herr von Meyer, Herr Tackenberg und ein paar andere. Nur Graf Nyíregyháza nicht. Der wird seekrank.«

»War Herr Blaczyk auch dabei?«

Homanns Antwort klang so, als hätte er plötzlich Nasenpolypen. »Ich glaube nicht, dass der dazu passen würde.«

»Wie heißt das Schiff?«

»›La Reine‹.«

»Sinnig«, murmelte Lüder. »Wenn ich es richtig übersetze, ist es französisch und heißt ›Die Königin‹. Da stapelt jemand hoch.«

Homann enthielt sich einer Antwort.

Wie konnte man in Erfahrung bringen, wo das Schiff lag? Und wer Gast an Bord war? Vollm… Nein!, beschloss Lüder. Er konnte dem Hauptkommissar nicht noch mehr Aufgaben zumuten. Lüder beauftragte Oberkommissar Kellermeyer aus seiner Abteilung damit.

»Und versuchen Sie herauszufinden, ob Louis von Behrendorf eventuell hier an der Ostseeküste ein Boot gechartert hat. Zeitraum: seit letztem Donnerstag.«

»Liegt etwas gegen den Mann vor?«, wollte Kellermeyer wissen.

»Ich wäre ein Stück weiter, wenn ich Ihnen diese Frage beantworten könnte«, entgegnete Lüder.

Die verbleibende Zeit bis zum Feierabend verbrachte er mit Büroarbeit. Zwischendurch erinnerte er sich, dass er noch Erkundigungen über die Mitarbeiter von Hochstetters Sicherheitsunternehmen einholen wollte, die Mehretu zusammengeschlagen hatten.

Dragan Stojanović war seit sieben Jahren deutscher Staatsbürger. Er war zweiundvierzig Jahre alt und stammte aus Niš, der drittgrößten Stadt Serbiens. Die Sicherheitsbehörden hatten ihn durchleuchtet, da der Verdacht bestand, er könne während seiner Militärzeit an Kriegsverbrechen beteiligt gewesen sein. Man hatte aber nichts gefunden. Er hatte zunächst als Taxifahrer gearbeitet, dann war er von Hochstetter eingestellt worden.

Harald Nagel war vier Jahre jünger und wies eine bunte Biografie auf. Schon als Jugendlicher war er auffällig geworden, hatte die Schule verlassen müssen und verschiedene Auflagen und Jugendarrest bekommen. Offenbar hatte er seine Argumente mit den Fäusten durchsetzen wollen. Da seine alleinerziehende Mutter ihm materielle Wünsche nicht erfüllen konnte, hatte er sich erstrebenswerte Dinge auf illegale Weise beschafft. Auch nach seiner Volljährigkeit war er mit dem Gesetz in Konflikt geraten. Diebstahl, Sachbeschädigung, Körperverletzung und Verstöße gegen das Betäubungsmittelgesetz. Die letzten beiden Deliktgruppen hingen auch mit seiner Tätigkeit als Türsteher in Darmstadt und Krefeld zusammen. Von dort aus hatte er sich »hochgearbeitet« und war in gleicher Funktion in Frankfurt tätig gewesen, bis er bei einer Auseinandersetzung den Kürzeren gezogen hatte und erheblich verletzt worden war. Messerstecherei.

Lüder war überrascht. Der Täter gehörte einer Gruppe afrikanischer Drogendealer an, denen Nagel im Auftrag des Clubbesitzers den Zutritt zum Etablissement versagt hatte. »Nigger sind hier unerwünscht«, soll er gesagt und damit den Zorn seines Widersachers hervorgerufen haben. Eine Anklage wegen Volksverhetzung gegen Nagel wurde damals fallen gelassen. Frankfurt war ihm danach zu heiß geworden, und er hatte sich Richtung Norden abgesetzt.

»Eine tolle Truppe kümmert sich um die Sicherheit des Herzogs«, murmelte Lüder halblaut. Dann beschloss er, Feierabend zu machen.

Das Wochenende stand bevor. Von Meyer würde nicht wiederauferstehen und von Behrendorf die freien Tage nicht nutzen, um wieder aufzutauchen.

Lüder wurde nicht enttäuscht. Vor dem Haus fand er das

übliche Chaos vor. Es half nichts, einen Schuldigen zu suchen. Er hätte die ganze Sippe in Haft nehmen müssen.

Margit tauchte aus dem Keller auf, als er ins Haus trat.

»Schön, dass du da bist«, sagte sie und umarmte ihn.

Er küsste sie und gab ihr einen Klaps auf den Po. »Auch schön«, erwiderte er.

Sie klapperte kunstvoll mit den Wimpern. »Was meinst du damit? Mich zu sehen oder den sexistischen Übergriff?«

Er hob die Hände, als würde er sich ergeben. »Ich verweigere die Aussage. Was gibt es zum Abendbrot?«

»Du kommst in Beugehaft, wenn du nicht gestehen willst. Wasser und Brot.«

»Lecker«, antwortete er und wollte ins Obergeschoss, um sich frisch zu machen. »Was ist das für ein Lärm?«, fragte er. »Dieses Wummern.«

Margit verdrehte die Augen. »Irgendein ein Video.«

»Jonas?«

Ein durchdringendes Hämmern erfüllte das Haus. Es waren die Fäuste der neunjährigen Sinje, die gegen die Zimmertür des Bruders trommelten. »Mach das leiser, du Blödmann.«

»Das ist so laut, der hört das nicht«, sagte Lüder.

Margit zeigte auf einen Umschlag aus braunem Natronpapier. »Für dich.«

Lüder nahm den Umschlag von der Garderobe. Er war zugeklebt. »L. Lüders« stand auf der Vorderseite. Der Name war durch ein Prägeband erzeugt worden. Ein Absender fehlte.

»Lag im Briefkasten«, erklärte Margit.

Lüder beugte sich über den Umschlag, ohne ihn zu berühren. »Wer hat ihn alles angefasst?«

Margit lächelte. »Alle. Das darfst du wörtlich nehmen. Jonas schlug vor, ihn über Dampf zu öffnen. Er meinte, da sei ein Geständnis drin.«

Lüder holte sich aus der Abstellkammer ein paar Küchenhandschuhe, streifte sie über und zog sich mit dem Umschlag und einem Küchenmesser ins Wohnzimmer zurück. Er schlitzte den Umschlag auf und zog ein paar Blatt Papier hervor.

»Donnerwetter«, entfuhr es ihm. Dann breitete er die Papiere auf dem Esstisch aus. Es waren Fotokopien. Die Texte waren in Englisch und Spanisch abgefasst.

Lüder konzentrierte sich auf ein Papier, dessen Kopf ein phantasievolles Wappen zierte. »Abogados« stand dort. Julio César Valdés. »Das wird der Name sein«, sagte er zu sich selbst und suchte nach einer Übersetzung für »Abogados«. Seine Vermutung bestätigte sich. Valdés betrieb eine Kanzlei in Colón, der Hafenstadt auf der Atlantikseite des Panamakanals.

Lüder überflog den Text. Es handelte sich um einen Kooperationsvertrag zwischen einer in Panama ansässigen Gesellschaft, die als Partner gemeinsam mit einem Unternehmen aus Saudi-Arabien Flächen in Äthiopien bewirtschaften wollte. Lüder traute seinen Augen nicht. Als »Presidente« der Panamaer entzifferte er mit Mühe die Unterschrift »von Meyer zu Reichenberg«. Er hatte sich schon früher gewundert, dass das Segeberger Mordopfer direkt in Erscheinung trat und man keinen Strohmann oder Treuhänder vorschob. Waren der Herzog und seine Führungsspitze misstrauisch gegenüber jedem Dritten? Waren sie so naiv und glaubten, ihr Tun würde in Panama hinreichend verschleiert sein? Oder war es schlichtweg eine Dummheit von Meyers, der sich in der Rolle als weltumspannender Manager sah und darin sonnte?

Die nächste Seite war ein älterer Auszug aus »The Times«. Es ging um einen Konflikt in der äthiopischen Provinz Gambela. Nachdem Anuak-Milizen – die Ethnie, der auch Mehretu angehörte – Einwanderer in ihrer Region angegriffen hatten, töteten Angehörige anderer Stämme und äthiopische Soldaten im Dezember 2003 über vierhundert Anuak in Gambela. Die Anuak betrachteten es als Völkermord vonseiten des äthiopischen Staates. Professor Bamberger hatte Lüder auf das gewaltige Umsiedlungsprogramm aufmerksam gemacht; auch Herold von der Plöner Ausländerbehörde hatte davon gesprochen. Vor Lüder lag der Beweis, dass der Herzog über eines seiner verschachtelten Unternehmen offenbar an diesem Geschäft partizipierte. Es war eine weitere Bestätigung dafür, dass von Meyer die schmutzigen kaufmännischen Geschäfte abwickelte.

Aber wer kümmerte sich um das Handfeste? Lüder hatte noch

keinen Beweis dafür gefunden, dass es von Behrendorf war. Seine Aufmerksamkeit wurde von einem weiteren Zeitungsartikel angezogen. »Business Day« war eine englischsprachige Zeitung, die in Johannesburg in Südafrika erschien. Der Autor des Beitrags beklagte sich, dass Afrika ausverkauft werde, und belegte das mit dem von der Welt offenbar unbemerkten Beispiel Äthiopien. Ohne Rücksicht auf die einheimische Bevölkerung oder gar mit Blick auf Umwelt und Natur versuchten ausländische Investoren, die Herrschaft über die vermuteten Bodenschätze zu erlangen. In der Provinz Gambela witterte man Erdöl.

Firmennamen wurden hier nicht genannt. Für Lüder war es kein Zufall, dass dieser Zeitungsausschnitt dem Päckchen beigelegt war. Es sollte sich um die Interessensphäre des Herzogs und seines Imperiums handeln.

Wer hatte Lüder diese Informationen zugespielt und wollte anonym bleiben? Es musste jemand sein, der von seinen Ermittlungen wusste, jemand, mit dem er in den letzten Tagen Kontakt gehabt hatte.

Nachdenklich legte er die Papiere zur Seite.

SIEBEN

Lüder hatte das Wochenende mit der Familie zugebracht, ein wenig im Garten gearbeitet und auch noch Zeit für einen Ausflug ins nahe Freilichtmuseum Molfsee gefunden. Nur Sinje hatte sich den Eltern angeschlossen. Die drei Großen hatten lautstark ihren Unmut über solche Exkursionen bekundet.

»Man wird sich daran gewöhnen müssen«, hatte Margit achselzuckend gesagt.

Nun saß er wieder am Schreibtisch.

Hauptkommissar Vollmers hatte sich per Mail gemeldet.

»Wir haben wieder einmal einen Ihrer Sonderwünsche erfüllt«, las Lüder. »Die beiden Ferienwohnungen von Roderich Blaczyk sind vermietet. Seit zwei Wochen. Die Beamten der örtlichen Polizeidienststellen haben in jeder Wohnung ein älteres Ehepaar angetroffen. Die Mieter in Dahme kommen aus Marl, die auf Fehmarn aus Hagen.«

Schade, dachte Lüder, aber man musste jeder noch so abwegig erscheinenden Möglichkeit nachgehen. Immerhin blieb noch, dass sich von Behrendorf auf ein Segelboot zurückgezogen hatte.

Lüder wählte den Sicherheitsdienst auf dem Plöner Schloss an und erfuhr erst nach hartnäckigem Nachfragen, dass Martin Hochstetter heute Morgen nicht im Haus sei.

»Wo erreiche ich ihn?«

Auch darauf erhielt er keine Antwort. Lüder versuchte es im Preetzer Büro der Safe and Secure GmbH. Dort erreichte er den Geschäftsführer.

»Sie haben sich aufregende Leute an Land gezogen. Nagel und Stojanović sind zwei wirklich heiße Typen. Kein Wunder, dass Mehretu gegen die keine Chance hatte.«

»Ich denke, das haben wir ausführlich besprochen. Es war Notwehr.«

»Sie sind sich sicher, dass es ein juristisches Nachspiel geben wird.«

»In diesem Punkt habe ich keine Befürchtungen.«

»Ich hätte von Ihnen gern noch etwas über den Tag mit dem Festbankett gewusst. Den Sonnabend.«

»Sie meinen den Samstag, an dem der Mord in Bad Segeberg geschah.«

Samstag! Hochstetter war kein Norddeutscher.

»Sind Sie noch eine Weile im Büro?«

»Gegen Mittag werde ich außer Haus sein.«

»In Plön?«

»Ich bin ein freier Bürger«, antwortete Hochstetter ausweichend.

»Gut. Dann komme ich bei Ihnen vorbei.«

Die zwanzig Kilometer legte Lüder in weniger als einer halben Stunde zurück. Eine Frau, Lüder vermutete in ihr eine Bürokraft, holte ihn an der Tür ab und brachte ihn in Hochstetters Zimmer. Eine nüchterne Büroeinrichtung, in der die Technik das bestimmende Element war, prägte den Raum. Der Sicherheitschef stand auf und kam ihm mit ausgestrecktem Arm entgegen.

»Herr Dr. Lüders.« Hochstetter sah an ihm vorbei in Richtung der Angestellten. »Sarah. Können Sie uns bitte Kaffee bringen?«, sagte er, ohne Lüder zu fragen. »Nehmen Sie bitte Platz.«

»Sind Sie Fernsehjunkie?« Lüder zeigte auf die vier Bildschirme, hinter denen sich Hochstetter förmlich verschanzte.

Der Sicherheitschef lachte. »Heute spielt sich alles auf elektronischer Basis ab. Aber wem sage ich das. Wir betreuen nicht nur das Plöner Schloss, auch wenn das mit Abstand unser größter und wichtigster Kunde ist. Der Bedarf an Schutz ist größer, als man vermutet. Supermärkte, die sich während der Abendöffnung besser fühlen, wenn jemand von uns im Hause ist. Einfamilienhäuser, mittelständische Unternehmen. Wir sind gut ins Geschäft gekommen. Es gibt keinen Grund zur Klage.«

»Finden Sie genügend Personal?«

»Gute Leute sind schwer zu finden.«

»Darum haben Sie auch Nagel und Stojanović eingestellt.«

Schlagartig verfinsterte sich Hochstetters Miene. Seine gute Laune schien wie weggeblasen. »Was soll das? Reiten Sie nicht ständig auf diesem Vorfall rum. Ich sehe den Ermittlungen der Staatsanwaltschaft gelassen entgegen. Es wäre ein Aberwitz, wenn die Beschützer auch noch zur Rechenschaft gezogen würden, wenn sie Schlimmeres verhindern.«

»Wären Sie der CVJM, wären die beiden nicht eingestellt worden«, sagte Lüder.

»Lassen Sie Ihre Anspielungen. Für mich ist das Thema durch.«

»Bilden sich Ihre Mitarbeiter eigentlich weiter?«

Hochstetter wirkte für einen kurzen Moment ratlos. »Sie kommen in unserer Branche nur mit Qualität weiter. Technik, Rechtskunde, Etikette – all das gehört bei uns zum Schulungsprogramm.«

»Auch Selbstverteidigung?«

»Jaaa«, antwortete Hochstetter gedehnt. »Selbstverständlich. Schließlich müssen die Mitarbeiter, die im Personenschutz eingesetzt sind, wissen, was zu tun ist.«

»Und die beiden gehören zu diesem Kreis?«

»Sicher. Worauf wollen Sie hinaus?«

»Ich möchte wissen, wie scharf die abgerichtet sind. Dabei spiele ich nicht auf den Vorfall mit dem Afrikaner an.«

»Nagel und Stojanović sind ganz vorne, was den direkten Personenschutz anbetrifft. Die werfen sich für den Klienten in den Kugelhagel. Sprichwörtlich.« Hochstetter schüttelte den Kopf. »Nein. Bei Ihnen muss man jedes Wort auf die Goldwaage legen. Nehmen Sie es symbolisch.«

»In einer angenommenen kritischen Situation würden sich die Personenschützer verteidigen. Auch mit Waffen?«

»Ich verstehe Ihre Frage nicht.«

»Haben die beiden eine Waffenbesitzkarte?«

»Ja. Das ist auch erforderlich. Wir führen auch Werttransporte durch.«

»Eine solche Berechtigung und ein tief hängender 45er wie bei John Wayne helfen aber nicht weiter.«

»Ich lege auch in diesem Punkt Wert auf eine gute Ausbildung. Mitarbeiter, die mit solchen Gefahren konfrontiert werden könnten, gehen regelmäßig zum Schießtraining. Um Missverständnissen vorzubeugen: Das ist kein pures Ballern. Viel mehr Zeit wird darauf verwandt, wie man den Gebrauch der Waffe vermeiden kann.«

»Ist das eine Inhouse-Veranstaltung?«

Hochstetter hob abwehrend die Hand. »Personenschützer für hochgradig gefährdete Zielpersonen werden extern von Spezialisten aus- und weitergebildet. Auch in Deutschland ist man vor Attentätern nicht mehr sicher. Oder vor Kriminellen. Die Vergangenheit hat gezeigt, dass Prominente entführt worden sind. Theo Albrecht, Oetker, die Schlecker-Kinder, Reemtsma – um nur ein paar prominente Namen zu nennen. Mit Sicherheit gehören der Prinz von Plön und seine Familie auch zum Kreis der potenziell Gefährdeten.«

»Finden Veranstaltungen wie das Bankett am letzten Sonnabend öfter statt?«

Hochstetter überlegte kurz. »Nicht wöchentlich, aber außergewöhnlich ist so etwas nicht.«

»Wie gehen Sie da vor?«

»Wir prüfen das eingesetzte Servicepersonal. Die zusätzlich angeforderten Kräfte werden von uns im Vorwege durchleuchtet. Außerdem liegt uns die Gästeliste vor. Die meisten hochgestellten Persönlichkeiten sind bekannt. Sie können den amerikanischen Generalkonsul nicht nach seinem Pass fragen.«

»Und wenn weniger Prominente zu den Gästen gehören?«

»Das kommt selten vor.«

»Am Sonnabend war Roderich Blaczyk eingeladen.«

»Ach – Sie meinen den Abgeordneten. Wenn die Mitarbeiter am Empfang den Gast nicht kennen, wird er diskret nach seiner Legitimation gefragt. In aller Regel haben wir aber im Vorhinein Bilder von den Gästen, die wir auf einem Monitor abrufen können. Der Mitarbeiter am Bildschirm ist geübt in diesem Tun und signalisiert den Türstehern, dass es okay ist.«

»Eine ausgefeilte Methode.«

»Wir sind Profis«, sagte Hochstetter stolz.

»Ich nehme an, Nagel und Stojanović haben diese Aufgabe übernommen?«

Hochstetter lächelte. »Das sind harte Jungs, zugegeben. Aber für das Parkett habe ich andere Mitarbeiter. Die beiden haben Außendienst gemacht. Sie konnten sich schlecht mit ihren Waffen und dem technischen Gerät unter die Gäste mischen.«

»Was bedeutet das?«

»Sie haben die Anlage von außen kontrolliert, sind Streife gelaufen. Parkplatz. Die Gegend rund um das Schloss.«

»Gab es an diesem Tag Auffälligkeiten?«, wollte Lüder wissen.

»Keine.«

»Machen Sie Stichproben bei solchen Einsätzen, ob Ihre Leute sich korrekt verhalten?«

»Warum denn? Meinen Sie, der Auftraggeber wirft mit Geldkoffern? Wo gibt es so etwas, dass die Sicherheitsleute ihrerseits überwacht werden?«

Lüder bedankte sich für den Kaffee.

»Ich hoffe, das war's jetzt«, erklärte Hochstetter leicht genervt zum Abschied, nachdem Lüder sich die Adresse der Schießtrainer hatte geben lassen.

Die Anlage befand sich mitten im Wald in der Nähe des Westensees. Als Lüder seinen BMW parkte, hörte er das typische Knallen von Schüssen. Schilder wiesen darauf hin, dass das Betreten der Anlage streng verboten sei und Lebensgefahr bestehe. Zusätzlich hielt ein mannshoher Zaun ungebetene Gäste ab. Der Eingang wurde durch eine schwere Drahtglastür gesichert. Lüder betätigte den Klingelknopf.

Ein kräftig gebauter blonder Mann in Bermudas öffnete die Tür. Um den Hals trug er einen Gehörschutz.

»Hi. Ich bin der Jörg«, sagte er unbefangen. Er musterte Lüder vom Scheitel bis zur Sohle. »Manager?«, fragte er unvermittelt. »Du interessierst dich für den Schießsport? Als Ausgleich?«

Lüder lachte. Der Mann wirkte unkompliziert.

»Ich bin Profi«, erwiderte Lüder, ohne auf das Duzen einzugehen.

»Soso.« Jörg lächelte. »In welcher Disziplin?«

»Schießen. Ich mache das beruflich.«

Ein zweiter Scan-Vorgang folgte. »Du suchst einen Job? Als Schießtrainer?«

»Ich habe einen Job auf Lebenszeit. Polizei«, löste Lüder das Geheimnis.

»Auch die können bei uns noch was lernen. Komm erst mal rein.«

Das kleine Büro, in das Jörg ihn führte, sah chaotisch aus. Es war nicht nur eng. Überall lagen Papiere herum. Der junge Mann räumte einen Stapel von der Sitzfläche des Besucherstuhls, sah sich suchend um, zog die Achseln in die Höhe und platzierte die Papiere auf einem anderen Stapel.

»Setz dich«, sagte er zu Lüder. »Sind wir zu laut? Hier wohnt keiner. Oder haben sich die Naturschützer beschwert?«

»Weder noch«, antwortete Lüder. »Ich benötige ein paar Auskünfte. Die Safe and Secure GmbH schickt ihre Mitarbeiter zur Ausbildung zu Ihnen.«

Jörg nickte lange. »Genau. Wir sind einfach gut. Das spricht sich herum.«

»Darunter sind auch die Mitarbeiter Nagel und Stojanović.«

»Kommen mir irgendwie bekannt vor. Wie heißen die mit Vornamen? Wir duzen uns hier alle.«

»Harald Nagel und Dragan Stojanović.«

»Klar. Die sind öfter hier. Was ist mit denen?«

»Sind die gut im Schießen?«

»Das ist relativ. Zu uns kommen die unterschiedlichsten Leute. Manche wollen nur mal ballern. Die mag ich nicht. Schießen ist Disziplin. Konzentration. Energie. Wildwest – dafür habe ich kein Verständnis. Man muss wie in jedem anderen Sport auch üben. Fix was üben.«

»Treten die beiden als Cowboys auf?«

»Dann müssten sie sich einen anderen Schießstand suchen. Nicht bei uns. Wie andere Mitarbeiter auch kommen die beiden regelmäßig. Der Harald ist richtig gut.«

»Womit schießen die?«

»Pistole, Gewehr auf unterschiedliche Distanzen. Mannscheibensilhouette, Klappscheibe.«

»Mit welchem Gewehr?«

»Wir haben verschiedene Waffen. Flinten. Das ist mehr Fun. Jagdgewehre.«

»Auch Präzisionswaffen?«

»Logisch. Wir haben das G22 im Einsatz. Ein echtes Scharfschützengewehr, das auch die Bundeswehr benutzt. Dreihundert Meter machen die Leute mit Erfahrung mit dem Ding lässig. Das Gewehr gehört zum besten Material, das man kriegen kann. Um damit umgehen zu können, muss man aber die Technik beherrschen. Man braucht Erfahrung, denn auf der Dreihundert-Meter-Distanz verliert das Geschoss eine Höhe von fünfundsiebzig Zentimetern.«

»Und Nagel und Stojanović haben das drauf?«

»Perfekt. Denen muss man nichts mehr erklären. Die können alles. Wollen nur in Übung bleiben. Das muss man auch. Wie oft geht ihr zum Schießen?«

Lüder ging nicht auf die Frage ein. »Haben die das hier gelernt?«

Jörg grinste. »Ehrlich. Wir sind hier richtig gut. Aber die haben schon früher Erfahrung mit dem Schießen gehabt.«

»Haben Sie auch ein G82?«

»Wie?« Jörg prustete vor Vergnügen. »Hast du eine Ahnung, wie teuer so ein Schießstand ist? Mit dem G82 kannst du Panzer abschießen.« Als er Lüders skeptischen Blick gewahrte, relativierte er seine Aussage. »Das Gewehr ist mit Hartkernmunition zur Bekämpfung technischer Ziele auf großer Distanz ausgelegt.«

»Wie sieht es mit Weichkernmunition aus?«

Jörg zog die Stirn kraus. »Klar. Die kannst du verschießen. Es macht aber einen Unterschied. Laien vergessen immer, dass ein Geschoss etwas wiegt. Dank Newton fällt das Ding nach unten. Ein Hartkerngeschoss kommt bei etwa sechshundert Metern rund neun Zentimeter niedriger ins Ziel als das Weichkerngeschoss. Das muss man wissen. Aber – warum willst du das wissen?«

»Mich interessiert, wie gut die Safe and Secure GmbH ihre Leute ausbildet.«

Jörg schürzte die Lippen. »Nee. Die tun was für ihre Jungs. Alles, was recht ist.«

»Danke. Jetzt bin ich im Bilde.«

»Willst du mal schießen? Auf lau. Vielleicht kommen wir mit der Polizei ins Geschäft. Von wo kommst du denn?«

»Kiel.«

»›Blume‹?«

»Landeskriminalamt.«

»Heißa. Ganz was Vornehmes.« Dann begleitete Jörg Lüder zur Tür. »Denk mal drüber nach. Unser Training ist wirklich super. Schnupperkurs gibt es umsonst«, rief er Lüder hinterher.

Lüder kehrte zu seinem BMW zurück, lehnte sich ins Polster zurück und legte die Hände aufs Lenkrad. War es wirklich so abwegig, zu glauben, dass Nagel und Stojanović von Meyer ermordet hatten? Er hatte schon einmal die Überlegung angestellt, ob man unbemerkt während des Banketts nach Bad Segeberg fahren, von Meyer erschießen und wieder zurückkehren konnte. Insgesamt benötigte man dafür, so hatte Lüder überschlagen, eineinhalb Stunden. So lange konnte sich kaum einer der Teilnehmer unbemerkt entfernen. Hochstetter hatte ihm bestätigt, dass die beiden Außendienst hatten. Es wäre niemandem aufgefallen, wenn sie sich für eine gewisse Zeit entfernt hätten. Fünfundvierzig Kilometer betrug die Entfernung. Das war eine halbe Stunde. Und das Areal war abgesperrt. Man kam nicht mit dem Auto heran.

Doch? Doch!

Lüder rief Hochstetter an. »Ihre Leute, zum Beispiel Nagel und Stojanović, fahren die mit ihrem Privatwagen zum Kunden?«

»Das wäre nicht gut für das Firmenimage«, antwortete der Sicherheitschef. »Die Fahrzeuge sind – nun …«, druckste er ein wenig herum, »sehr individuell. Mancher fährt ein älteres Modell und so. Deshalb haben wir Firmenwagen.«

»Mit dem waren Nagel und sein Kollege auch unterwegs?«

»Ja. Ein weißer VW Tiguan mit der Aufschrift unseres Unternehmens. Das ist rollende Werbung und schreckt hoffentlich auch lichtscheues Gesindel ab, wenn wir damit durch Wohngebiete Streife fahren.«

»Sind alle Wagen so stark motorisiert?«

»Nur wenige. Für den Abend anlässlich des Banketts haben wir den Tiguan bereitgestellt, damit wir im schlimmsten Fall beweglich sind.«

»Kontrollieren Sie eigentlich die Kilometerstände? Oder führen Sie gar ein Fahrtenbuch?«

»Wir leisten uns keinen großen bürokratischen Wasserkopf. Das machen wir nicht. Es würde nur unnütze Arbeit bedeuten.«

Demnach wären die neunzig Zusatzkilometer von Plön nach Bad Segeberg und zurück nicht aufgefallen, überlegte Lüder. Und das Fahrzeug eines Sicherheitsdienstes konnte auch durch die Absperrung während der Veranstaltung hindurchfahren und sich näher am Kalkberg positionieren. Damit würde sich die Zeitspanne, während der die beiden in Plön abwesend waren, verkürzen.

Lüder startete den Motor und fuhr nach Bad Segeberg. Er steuerte die Rückseite des Kalkbergs an. Dank Navigationsgerät fand er sich im Gewirr der kleinen Straßen zurecht, die östlich des Stadtzentrums rund um den markantesten Punkt der Stadt lagen.

Für Durchreisende schien Segeberg ohnehin nur aus dem in ganz Norddeutschland bekannten Möbelkaufhaus zu bestehen, wenn man vom Freilichttheater am Kalkberg absah, in dem nicht nur die Karl-May-Festspiele, sondern auch andere Veranstaltungen die Besucher anlockten. Bad Segeberg stand aber auch für das Fledermauszentrum, die Kalkberghöhlen und das größte Herzzentrum Norddeutschlands.

Auf der Rückseite des Theaters schmiegte sich eine kleine Straße fast an den Berg. Ältere kleine Rotklinkerhäuser lagen an der Oberbergstraße, die am Platz vor »Noctalis – Welt der Fledermause« endete.

Lüder atmete tief durch, als er sich dem ersten der Siedlungshäuschen näherte und klingelte. Eine ältere Frau öffnete ihm.

»Lüders ist mein Name. Ich komme von der Polizei. Wir versuchen noch einmal, die näheren Umstände des Vorfalls vom vergangenen Sonnabend zu beleuchten, und suchen dazu weitere Zeugen. Es soll sich hier ein Sicherheitsdienst aufgehalten haben. Ein weißer Geländewagen. Haben Sie etwas bemerkt?«

Die weißhaarige Frau schüttelte den Kopf. »Wenn da drüben«, dabei zeigte sie Richtung Kalkberg, »Aufführungen sind, dann ist hier immer die Hölle los. Das ist ein Lärm, das glauben Sie nicht. Mein Mann und ich – wir verbarrikadieren uns. Ist eigentlich schade, wenn es ein schöner Sommerabend ist und wir nicht auf der Terrasse sitzen können. Alle Türen und Fenster sind dicht.«

Ähnliche Auskünfte erhielt er von anderen Bewohnern. Bei gut der Hälfte der Häuser öffnete ihm niemand. Nachdem er fast resigniert hatte, traf er einen Mann mit langen grauen Koteletten, die bis zum Unterkiefer reichten. Der Hausbesitzer musste drei Mal nachfragen, weil ein kleiner Mischlingshund sie mit seinem giftig klingenden Gebell immer wieder unterbrach.

»Fritzi, halt die Klappe«, schimpfte der Mann, schob das Tier mit der Fußspitze ins Haus und schloss die Tür von außen. Dann angelte er sich eine Zigarette aus der Hosentasche. »Meine Frau mag es nicht, wenn ich drinnen rauche. Deshalb drehe ich abends noch mal eine Runde mit dem Hund.« Er ließ die Hand kreisen. »Sie sehen ja selbst. Wenn die drüben nicht rumballern oder sonst was los ist, ist das hier 'ne ruhige Gegend. Man kennt sich. Typisch Kleinstadt. Darum ist mir auch der weiße Wagen aufgefallen. Stand irgendetwas mit ›Safe‹ an der Seite. Komisch, habe ich noch gedacht. Die habe ich hier noch gar nicht gesehen.«

»Sie sind sich ganz sicher?«

»Klar. War auch nicht von hier. Ich meine das Kennzeichen. War ein Plöner. Ich habe noch zu meiner Frau gesagt, dass ich den Plönern gar nicht zutraue, dass die einen Wachdienst haben.«

Lüder notierte sich den Namen des Mannes und wies ihn darauf hin, dass noch einmal Kollegen zur Aufnahme eines Protokolls vorbeikommen würden.

»Kein Problem«, erwiderte er zwischen zwei Zügen. »Bin immer hier. Nur manchmal mit dem Hund unterwegs.«

Lüder war zufrieden. Man stocherte lange im Nebel herum. Und plötzlich fanden sich ein paar Puzzleteile, die zueinanderpassten. Wenn man erst einmal den Anfang hatte, war es einfacher, weitere Elemente anzufügen.

Gut gelaunt machte er sich auf den Weg nach Pinneberg. Lüder gab die Adresse des Zeugen Grützmacher ins Navi ein. Das Gerät führte ihn zu einer Hochhaussiedlung direkt am S-Bahnhof Thesdorf.

Die Familie Grützmacher wohnte in der fünften Etage eines der himmelblauen Wohnungetüme. Lüder wartete eine gefühlte Ewigkeit, bis der klappernde Fahrstuhl erschien. Die ruckelige Fahrt in der zerkratzen Kabine war auch eine kleine Abenteuerreise.

Als er den Fahrstuhl verließ, erwartete ihn eine Frau mit blonden Haaren. Der mit einem Gummiband gehaltene Pferdeschwanz wippte im Nacken.

»Frau Grützmacher?«

Sie nickte.

»Ich hätte gern Ihren Mann gesprochen.«

»Meinen Mann? Wer sind Sie überhaupt?«

»Ich komme von der Polizei und habe noch ein paar Fragen an ihn. Er war am letzten Sonnabend Zeuge bei dem Vorfall in Bad Segeberg.«

Sie führte die Hand an den Mund. »Oh mein Gott. Das war ein Ding. So was. Da waren noch die beiden Jungs. Was wäre, wenn der vorbeigeschossen hätte? Ich darf gar nicht dran denken. Haben Sie den schon gekriegt, ich mein, den, der geschossen hat?«

»Die Ermittlungen sind gut vorangekommen.«

»Hoffentlich haben Sie den bald. Der gehört hinter Schloss und Riegel. Wo gibt es so was? Gönnt man sich mal was Besonderes wie das in Segeberg. Und dann? Nicht mal mehr da ist man sicher. Ich hab gleich gesagt, das ist nix für mich und die Lütte. Da ballern die zu viel rum. Aber dass da gleich einer erschossen wird? Mein Mann – also: Der ist nicht da. Der ist auf Arbeit.«

»Kann ich ihn telefonisch erreichen?«

»Das wird nix. Er ist Maler. Da hat er schietige Hände. Wegen Farbe und so. Da geht er nicht ran. Hat das nicht Zeit? Er kann Sie ja anrufen, wenn er Pause macht.«

»Ich müsste ihn persönlich sprechen.«

»Oh.« Die Hand fuhr zum Kopf. Sie kratzte ihren Pony. »Versuchen Sie es am besten bei seiner Arbeit. Malermeister Murat Aikem. Ist ein Türke, aber prima. Der Betrieb ist in der Haderslebener Straße. Nummer kenn ich nicht. Müssen Sie mal gucken.«

Lüder bedankte sich.
»Kriegen Sie den«, rief ihm Frau Grützmacher hinterher.

Es war nur ein kurzer Weg bis zur Autobahn. Lüder fuhr Richtung Norden und verließ die A 23 in Pinneberg-Nord. Direkt von der Abfahrt zweigte die Haderslebener Straße ab. Er ließ den BMW langsam durch das lebhafte Gewerbegebiet rollen. Ihn irritierte auch nicht der Lkw, der drohend an seiner Stoßstange klebte und zwischendurch sein durchdringendes Signalhorn ertönen ließ. Dem Trucker war Lüders Schleichfahrt entschieden zu bedächtig. Fast wäre der Sattelschlepper ihm ins Heck gefahren, als Lüder bremste und auf das Firmengelände abbog.

Im Büro saß eine dunkelhaarige Frau.

»Frau Aikem?«, riet er.

Sie nickte.

»Ich hätte gern Herrn Grützmacher gesprochen. Polizei. Ich habe noch ein paar Fragen wegen des Vorfalls in Bad Segeberg.«

Sie unterbrach ihre Arbeit am Computer. »Sicher. Klar. Das verstehe ich. Der ist beim Kunden.«

Lüder bat um die Adresse.

»Er ist in der Elmshorner Bücherstube.«

»Wie lange?«

»Da ist er den ganzen Tag«, bestätigte sie.

Lüder fuhr zur Autobahn zurück und ließ sich durch das Navi zur Adresse leiten. Das Ziel lag in einem Wohngebiet. Vor der Tür des Klinkerhauses stand der Firmenwagen des Malerbetriebs. Die Bücherstube war in einem Einfamilienhaus untergebracht. Besucher wurden durch eine fröhliche Dekoration vor dem Eingang empfangen. Die Chefin öffnete ihm die Tür.

»Der Maler? Ja. Der ist hier. Gleich rechts«, beantwortete sie seine Bitte.

Es roch nach Farbe. Durch die offene Tür hörte Lüder jemanden den »River-Kwai-Marsch« pfeifen. Lüder war auch nicht musikalisch begabt. Aber so falsche Töne … Das war schon fast wieder Kunst, auch wenn Sir Alec Guinness sich im Grabe umdrehen würde, könnte er das hören.

Lüder blieb im Türrahmen stehen. Ein Mann im weißen

Arbeitsanzug, der mit Farbklecksen übersät war, hielt mitten in der Bewegung inne.

»Herr Grützmacher?«

»Ja.«

»Ich komme vom Landeskriminalamt.«

»Wegen Segeberg?«, riet der Maler.

»Ich will Sie auch nicht lange aufhalten.« Lüder holte sein Smartphone hervor. »Erkennen Sie jemanden wieder?«

Lüder zeigte Grützmacher ein paar Bilder.

»Nee, weiter«, sagte der Maler mehrfach, bis er plötzlich stockte. »Klar. Das ist der. Der hat hinter uns gesessen. So ein Arschloch. Der hat die Klappe aufgerissen. Sich mit allen angelegt. Blöder Hund. War ein Ausländer.« Grützmacher hob die Hand. »Nicht dass Sie jetzt glauben, ich hätt was gegen die. Mein Chef ist super. Und bei uns im Haus wohnen auch viele. Mein Sohn ist mit einigen befreundet. Aber der hier …« Lüder konnte sein Smartphone gerade noch rechtzeitig wegziehen, bevor Grützmacher mit seinen Farbfingern drauffasste, »das war der hinter uns. Ganz bestimmt.«

»Das würden Sie auch vor Gericht bezeugen?«

»Klaro. Aber warum fragen Sie? Hat der was mit dem Mord zu tun? Geht doch nicht. Der hat doch nicht geschossen. Aber wenn man den wegen seiner blöden Sprüche zu fassen kriegt … Da bin ich dabei.«

»Ich würde Sie bitten, Ihre Aussage bei der Polizei zu unterschreiben. Ich lasse alles vorbereiten.«

»Selbstverfreilich. Nur im Moment geht es nicht.« Er hob den Pinsel in die Höhe. »Muss erst das hier fertig machen. Aber sonst – 'türlich.«

Lüder ließ sich die Telefonnummer geben. »Die Pinneberger Kollegen werden sich mit Ihnen in Verbindung setzen. Vielen Dank.«

»Da nicht für«, griente Grützmacher.

Lüder entschuldigte sich bei der Buchhändlerin und fuhr zufrieden zurück nach Kiel.

Dort verfasste er ein Protokoll und rief die Pinneberger Kripo an.

»Ich schicke Ihnen ein Protokoll und bitte Sie, den Zeugen Grützmacher zum Unterzeichnen zu sich zu bestellen. Er weiß Bescheid und hat sein Kommen zugesichert. Nach der Unterschrift wäre ich Ihnen für eine sofortige Rückmeldung dankbar.«

Das sei kein Problem, versicherte der Pinneberger Beamte.

Das war ein erfolgreicher Tag. Lüder war überzeugt, die Mörder von Meyers gefunden zu haben. Grützmacher hatte Stojanović identifiziert, der hinter ihm gesessen und dem Todesschützen das genaue Ziel signalisiert hatte. Nagel, das hatte der Schießinstrukteur bestätigt, war ein außergewöhnlich guter Schütze. Der hatte sich mit dem Gewehr auf den Kalkberg geschlichen und das Kampfgetümmel während der Vorstellung für den Mord ausgenutzt.

Lüder traute aber beiden Männern nicht zu, dass sie diesen Plan selbst erdacht hatten. Dahinter steckte ein Konzept. Außerdem hatte jemand die Logistik übernommen und alles vorbereitet inklusive der Karten für die Vorführung. Vermutlich war es auch der Auftraggeber. Ob Martin Hochstetter solche Aufträge übernahm? Der Mann war strafrechtlich bisher nicht in Erscheinung getreten. Auch wenn er bekundete, die Geschäfte würden gut laufen, war das Plöner Objekt bedeutsam für sein Sicherheitsunternehmen. Wie würde sich jemand verhalten, wenn ihm mit dem Entzug des Auftrags gedroht würde? Noch war der Fall nicht gelöst.

Lüder versuchte, Informationen über Hochstetter zusammenzutragen. Der Mann war ein unbeschriebenes Blatt. Lüder zapfte eine seiner »Quellen« an und erfuhr, dass die Safe and Secure GmbH Fremdmittel in Anspruch nahm. Es gab keine Unregelmäßigkeiten, aber Hochstetter stand persönlich für die Verbindlichkeiten der GmbH ein. Die Kreditsumme, mit der die Investitionen in Technik und Infrastruktur finanziert worden waren, erreichte eine erstaunliche Größenordnung. Hochstetter wäre ruiniert, wenn sein größter Auftraggeber wegbrechen würde. Das wussten sicher auch der Herzog und seine Leute.

Lüders Versuch, zu erfahren, ob in der letzten Zeit außerplanmäßige Transaktionen auf dem Firmenkonto oder Hochstetters Privatkonto stattgefunden hatten, war allerdings nicht erfolgreich.

Er setzte sich mit dem Abteilungsleiter in Verbindung und bat Dr. Starke, sich für die Genehmigung für Kontenabfragen einzusetzen.

»Das müssen Sie mir ausführlicher erläutern«, forderte der Kriminaldirektor. »Kommen Sie bitte zu mir.«

Es kostete Lüder eine halbe Stunde, bis er seinen Vorgesetzten überzeugt hatte und in sein Büro zurückkehren konnte.

Es klopfte am Rahmen der stets offenen Tür, Oberkommissar Kellermeyer trat ein und stützte sich auf der Schreibtischplatte ab.

»Ihre Anfrage in Sachen von Behrendorf. Es ist unmöglich, in der kurzen Zeit mit vertretbarem Aufwand alle Marinas oder Bootsverleiher abzufragen. Ich habe eine repräsentative Auswahl getroffen. Dabei hat mir ein Freund aus Hamburg geholfen. Skipper-Günni kennt die Szene seit über dreißig Jahren. Leider war alles fruchtlos. Der segelnde Graf ist nirgendwo aufgetaucht. An der anderen Sache, der Yacht im Mittelmeer, bin ich noch am Ball. Das ist gar nicht so einfach, herauszufinden, wo der Kahn steckt. Ich melde mich, wenn ich etwas in Erfahrung gebracht habe.«

»Gute Arbeit«, rief Lüder dem Oberkommissar hinterher, der schon wieder auf dem Weg nach draußen war.

Hauptkommissar Vollmers hingegen war für Schmeicheleien nicht empfänglich.

»Wir sind keine Abteilung des LKA«, knurrte er ungehalten, als Lüder sich meldete und bevor er seine Bitte vortragen konnte.

»Wir sind in der Frage, wer die Karten für von Meyer und seine Kinder besorgt hat, nicht weitergekommen«, sagte Lüder.

»Diese Spur haben wir erst einmal zurückgestellt. Ich sehe auch keinen Grund, sie wieder aufzunehmen.«

»Ich stimme Ihnen zu. Es gibt aber noch einen weiteren Ansatz. Zwei Reihen hinter von Meyer und seinen Kindern saß der Komplize des Todesschützen, der signalisiert hat, wo das Opfer zu finden ist. Der Platz muss auch im Vorhinein bestellt worden sein. Da er aber nicht zusammen mit von Meyers Karten reserviert wurde, könnten wir es noch einmal über den Weg versuchen. Selbst wenn die Karte an einer anderen Vorverkaufsstelle erstanden wurde, musste der Käufer genau diesen Platz haben. Es gibt folglich einen Zusammenhang.«

Es herrschte ein längeres Schweigen in der Leitung. »Manchmal sieht man den Wald vor lauter Bäumen nicht«, meldete sich Vollmers schließlich kleinlaut.

»Das geht nicht auf Ihr Konto. Wir haben alle nicht daran gedacht. Ich reihe mich da ein«, tröstete ihn Lüder.

»Wir kümmern uns darum«, versprach der Hauptkommissar.

Zwei Stunden später brachte ein Bote den richterlichen Beschluss, dass sie Auskünfte über Kontenbewegungen einholen durften.

Lüder suchte die in Frage kommenden Geldinstitute auf und präsentierte das Papier. Die Mission war allerdings nicht erfolgreich. Weder auf Hochstetters Firmenkonto noch auf seinen Privatkonten gab es außergewöhnliche Bewegungen. Das galt auch für die Konten von Stojanović und Nagel. Letzterer hatte sein Konto bis zum Limit überzogen.

»Wenn es einen Eingang gegeben hätte«, hatte der Sparkassenmitarbeiter erklärt, »hätten wir das Geld zunächst für die Abdeckung der ungenehmigten Überziehung verwandt.«

Zufrieden fuhr Lüder nach Hause. Das war ein erfolgreicher Tag gewesen.

ACHT

Hauptkommissar Vollmers meldete sich, kaum dass Lüder am nächsten Morgen an seinem Schreibtisch Platz genommen hatte.

»Wir haben eine heiße Spur.« Es klang euphorisch. »Der Platz im Kalkbergtheater, zwei Reihen hinter dem Mordopfer, wurde im Internet gebucht.«

»Dann muss es eine Adresse geben, an die die Karte versandt wurde. Außerdem eine Bankverbindung oder eine Kreditkartennummer.«

»Bingo. Haben wir beides geprüft. Adresse und Bankverbindung gehören Sven Uhlmann, wohnhaft in Eutin.«

»Nun müssen wir herausfinden, ob es eine Verbindung zu –«

»Darf ich ausreden?«, unterbrach ihn Vollmers pikiert. »Uhlmann ist Angestellter der Schlossverwaltung in Plön. Über ihn gibt es aber keinen Eintrag in unserer Kundendatei.«

»Großartig«, sagte Lüder. »Ich glaube, das ist ein weiterer Meilenstein.«

Vollmers wollte wissen, wie es weitergehe. Lüder erklärte, dass er mit Uhlmann sprechen werde.

Der ältere Mitarbeiter am Empfang im Schloss erkannte ihn wieder. »Sie wollen mit Herrn Hochstetter sprechen?«, fragte er.

»Mit Herrn Uhlmann.«

»Kleinen Augenblick«, bat der Mann und griff zum Telefonhörer. Statt Uhlmann erschien der Sicherheitschef.

»Sie schon wieder«, sagte er gereizt.

»Ich komme so lange, bis der Fall geklärt ist.«

»Soll das eine Drohung sein?«

»Sie dürfen es frei interpretieren.«

»Was wollen Sie von Herrn Uhlmann?« Immerhin leugnete Hochstetter nicht, ihn zu kennen.

»Das werde ich nicht mit Ihnen besprechen.«

Widerwillig führte ihn Hochstetter durch den Bürotrakt. In

einem der Räume saßen drei Mitarbeiter. Sie sahen auf, als die beiden Männer eintraten.

»Herr Uhlmann, würden Sie bitte kurz mitkommen?«, sagte Hochstetter bestimmt.

»Ich?« Ein junger Mann mit sehr dünnem Haupthaar sah überrascht auf.

Hochstetter bestätigte es.

Uhlmann folgte ihnen unsicher auf den Flur.

Hochstetter erklärte, dass Lüder von der Polizei sei.

»Danke«, wandte sich Lüder an den Sicherheitschef. »Ich würde gern allein mit Herrn Uhlmann sprechen.«

»Das geht nicht. Ich bin hier für alles verantwortlich.«

»Wenn Sie Ihren Laden besser im Griff gehabt hätten, wäre weniger passiert«, fertigte Lüder ihn ab.

Hochstetter öffnete den Mund, als wolle er etwas entgegnen, zog sich dann aber doch zurück.

»Sie wissen, weshalb ich hier bin?«

Der junge Mann, Lüder schätzte ihn auf Ende zwanzig, murmelte leise: »Nein«, wich aber Lüders Blick aus.

»Sie haben Eintrittskarten für die Karl-May-Festspiele besorgt.«

»Nein«, stammelte Uhlmann und trat unsicher von einem Bein aufs andere. Seine Hände wischte er sich an den Nähten seiner Jeans ab.

»Es bringt nichts, wenn Sie leugnen. Wir haben hinreichend Beweise. Ihnen ist offensichtlich gar nicht bewusst, dass Sie möglicherweise Mittäter bei einem Mord sind.«

Die Augen des Mannes flackerten unruhig. Die Kaumuskeln bewegten sich knirschend. Die Hände verkrampften sich ineinander.

»Ich gehe davon aus, dass Sie nicht wussten, was Sie dort anrichteten.«

»Ja«, hauchte Uhlmann. »Woher auch. Ich sollte nur Karten besorgen. Drei Stück an einer Stelle und eine einzelne an einer anderen Vorverkaufsstelle. Es musste an einem weit entfernten Ort sein, hat man mir aufgetragen. Das habe ich gemacht.«

»Wurde Ihnen aufgetragen, wo Sie die Karten erstehen sollten?«

»Nein«, wisperte er. »Ich bin nach Schleswig und habe dort in einer Buchhandlung drei Karten gekauft. Weisungsgemäß habe ich sie bar bezahlt.«

»Und die einzelne Karte?«

»Zunächst hatte man mir gesagt, die soll ich nach dem gleichen Muster woanders kaufen. Direkt dahinter. Bevor ich losfuhr, wurde ich noch einmal korrigiert. Es sollte eine Reihe dazwischen frei bleiben.«

Lüder erinnerte sich an die Worte des Schießinstrukteurs. Jörg hatte gesagt, das G82 habe eine solche Durchschlagskraft, dass man damit auf große Distanz leichte Panzerungen durchschlagen würde. Die Täter hatten in Kenntnis dieses Sachverhalts befürchtet, dass das Geschoss möglicherweise das Opfer durchdringen und die dahintersitzende Person mit treffen könnte. Deshalb hatte man den Plan noch einmal geändert und Stojanović zwei Reihen dahinter platziert. Man hatte dabei kaltblütig in Kauf genommen, einen unbekannten Dritten mit zu schädigen.

»Sie haben die zweite Karte aber im Internet beschafft.«

Uhlmann nickt kaum merklich. »Ich hatte nicht geahnt, wie zeitaufwendig das ist. An dem Tag, als ich unterwegs war, hatte der Vater meiner Freundin Geburtstag. Wir waren abends zum Griechen eingeladen. Ich wollte den Termin nicht versäumen. Also habe ich die Karte im Internet bestellt und später behauptet, ich hätte sie bar erworben.«

»Wollte man keinen Beleg sehen?«

»Nö.« Uhlmann schüttelte den Kopf.

»Haben Sie Ihre Auslagen ersetzt bekommen?«

»Auf den Cent genau den Betrag, der auf den Karten aufgedruckt ist. Und fünf Euro für die Fahrkosten. Den Aufschlag für die Theaterkasse und den Mehrpreis für die Internetbestellung musste ich selbst zahlen.«

»Haben Sie sich nichts bei diesem Auftrag gedacht?«

»Zunächst nicht. Es hieß, das Ganze sollte eine Überraschung für Familienangehörige werden. Ich habe geglaubt, Seine Hoheit, Prinz Dankmar und Frau Ehrlich wollten nach Bad Segeberg und der hintere Platz sei für den Leibwächter.«

»Und weshalb der Aufwand mit zwei verschiedenen Vorverkaufsstellen?«

»Da habe ich mir keine Gedanken zu gemacht. Erst als der Mord geschah, bin ich unsicher geworden. Ich habe das alles nicht verstanden. Das muss ein Zufall gewesen sein. So etwas macht doch keiner von den Herren. Das sind alles Ehrenmänner.«

»Wer hat Ihnen den Auftrag erteilt?«

»Ich war überrascht, dass er mich angesprochen hat. Ich bin doch nur ein ganz kleines Licht hier im Haus.«

»Louis von Behrendorf?«, riet Lüder.

Uhlmann nickte kaum merklich. »Der Graf selbst, ja. Ganz bestimmt«, bekräftigte er.

Lüder verpflichtete Uhlmann, Stillschweigen zu wahren. »Gegenüber jedermann«, ergänzte Lüder und sah den Flur entlang zu Hochstetter, der ein paar Meter entfernt wartete und sie argwöhnisch beäugte. »Haben Sie das verstanden? Es ist ganz wichtig. Lassen Sie sich nicht unter Druck setzen. Das könnte man Ihnen sonst als Mithilfe auslegen.«

»Ja«, versicherte Uhlmann heiser.

»Sie können gehen«, entließ ihn Lüder.

Anschließend rief er erneut Vollmers an.

»Herr Dr. Lüders. So geht es nicht«, fand der Hauptkommissar deutliche Worte. »Wir können Ihnen nicht immer zu Diensten sein. Das Kieler K1 ist kein Hilfsorgan des LKA. Setzen Sie Ihre eigenen Leute ein.«

»Ich betätige mich nur als verlängerter Arm Ihrer Ermittlungen«, entgegnete Lüder. »Außerdem haben Sie das Monopol. Sie beobachten die Konten von Louis von Behrendorf.«

»Da ist immer noch nichts. Still ruht der See.«

»Wenn Sie zurückblättern. Sagen wir, dreißig Tage. Gibt es da Auffälligkeiten?«

»Welcher Art?«, fragte Vollmers, um kurz darauf fortzufahren: »Ja, hier. Vor zwei Wochen. Da gab es eine Barabhebung in Höhe von zwanzigtausend Euro. Das ist ungewöhnlich, da sonst nur bargeldlose Transaktionen auftauchen.« Vollmers sprach langsam. Lüder war sich sicher, dass der Hauptkommissar die Kontenbewegungen rückwärts verfolgte. »Nein. Das war einmalig. Es scheint, als würde von Behrendorf seine Ausgaben sonst über Kreditkarte tätigen. Da finden sich jeden Monat stolze Abbuchungen gleich mehrerer Kartenherausgeber.«

War das das Blutgeld für die Mörder?, überlegte Lüder. Es lagen jetzt genug Anhaltspunkte vor, um Louis von Behrendorf offiziell zur Fahndung auszuschreiben. Mit Vergnügen würde Lüder sich ans Werk machen.

Er wurde durch das Klingeln seines Telefons unterbrochen.

»Droste, Pinneberg«, meldete sich eine Bassstimme. »Nun sparen Sie sich den Scherz, den ich immer wieder höre. Ich bin kein Landvogt, und mir gehört auch nicht die Drostei in Pinneberg«, erklärte der Beamte ungefragt. »Hier war ein Grützmacher und hat ein Protokoll unterschrieben. Ist das von Ihnen?«

Lüder bestätigte es.

»Der Zeuge hat noch einmal mächtig Dampf abgelassen und geflucht wie ein Rohrspatz. Nicht gegen Sie oder uns, nee, gegen den, der auf ihn geschossen hat.«

»Er war nicht das Ziel. Der Mörder hat das vorgesehene Opfer getroffen. Aber es hätte auch Unbeteiligte erwischen können.«

»Na ja, dem Grützmacher stand immer noch der Schreck ins Gesicht geschrieben. Versteh ich ja«, erklärte Droste. »Wir haben die Zeugenaussage eingescannt und Ihnen zugeschickt. Das Original kommt auf dem Postweg«, versicherte der Pinneberger. »Bis es da ist, können Sie sich wieder hinlegen im LKA«, fügte er hinzu. »Tschüss.«

Hochstetter kam langsam näher. »Ich würde gern weiter meiner Tätigkeit nachgehen«, sagte er. »Das kann ich aber nicht, wenn wir hier auf dem Flur stehen.«

»Dann rufen Sie Herrn Homann«, bat Lüder. »Dem möchte ich auch noch ein paar Fragen stellen.«

Sichtbar widerwillig erfüllte Hochstetter die Bitte.

Homann hatte berichtet, dass der Herzog sehr ungehalten gewesen war, als von Behrendorf ohne jede Vorankündigung verschwunden und dem Bankett ferngeblieben war.

»Für den Empfang war der Rittersaal bestuhlt worden«, erklärte Homann. »Der wird nur bei besonderen Anlässen genutzt.«

Homann hatte ihm schon früher aufgezählt, welche illustren Gäste eingeladen waren.

»Hat Hailemariam Mehretu auch mitgearbeitet?«

Der Schlossbedienstete lachte bitter auf. »Haile arbeitet als Hilfskraft in der Küche. Diesen Bereich darf er nicht verlassen. Hier hat jeder seinen Platz. Das weiß man.«

»Ich habe Mehretu in der Mitarbeiterkantine gesehen, als er dort putzte.«

»Das gehört zu seinen Aufgaben.«

»Hat er auch in den Privatgemächern der Familie sauber gemacht?«

»Der Afrikaner? Nein. Niemals. Sein Reich ist die Küche. Und da wird er auch nur mit Nebenarbeiten betraut. Der Koch würde ihn nie an die Töpfe oder Pfannen lassen.«

»Kommt manchmal ein Familienmitglied in die Küche?«

»Bestimmt nicht.«

»Die Menüvorschläge stimmt der Herzog mit dem Küchenchef ab?«

»Nein.« Homann warf sich in die Brust. »Seine Hoheit teilt mir die Wünsche mit. Ich bespreche sie mit Müller.«

»Dann üben Sie eine wichtige Funktion aus«, stellte Lüder fest.

»Das scheint nur so«, relativierte Homann. »Es gibt immer etwas zu kritisieren. Den Unmut lassen die Herrschaften üblicherweise an mir aus.«

»Gab es beim Bankett Unstimmigkeiten?«

Homann nickte versonnen. »Ja«, sagte er leise. »Man machte mir Vorwürfe, dass Graf von Behrendorf nicht anwesend war. Außerdem ließ Seine Hoheit durchblicken, dass es mein Missgeschick sei, wenn der Pöbel – das sagte er wörtlich – wie der Abgeordnete Blaczyk unter den Gästen sei. In der Tat hat sich der Mann nicht sehr vorteilhaft verhalten. Er hat sich über das Büfett hergemacht, als stünde der Hungertod kurz bevor.«

Lüder bat darum, noch einmal mit dem Koch sprechen zu dürfen.

Homann führte ihn in die Küche. Dieses Mal herrschte weniger Hektik zwischen den Herdplatten.

»Hailemariam Mehretu? Der macht Handlangerdienste. So richtig gebrauchen können wir den eigentlich gar nicht«, erklärte Müller, nachdem Lüder ihn auf den Afrikaner angesprochen hatte. »Ob der da ist oder nicht – das macht keinen Unterschied.«

»Wer übernimmt jetzt seine Aufgaben?«, wollte Lüder wissen.

Müller schwenkte den Arm. »Irgendein anderer. Mit links.«

»Hat Mehretu am Freitag und am Sonnabend auch gearbeitet?«

»Weiß nicht. Da war hier Action angesagt. Doch – ja«, fiel dem Koch ein. »Er hat Gemüse geputzt. Und Zwiebeln geschält. Miese Arbeit. Das musste ein anderer nacharbeiten. Das Einzige, was er kann, ist Fleisch zerlegen. Rind, Geflügel, Schaf und Ziege. Schwein weniger gut. Das hat er in seiner Heimat wohl auch gemacht.«

»Weshalb haben Sie ihn überhaupt beschäftigt?«

»Hatte ich eine Alternative? Graf von Behrendorf wollte es. Wenn einer von denen da oben«, dabei zeigte der Finger des Kochs gegen die Decke, »pfeift, tanzen alle. Nicht wahr, Homann?«

Der Angesprochene zog es vor, zu schweigen.

»Letzte Woche, ich mochte es kaum glauben, tauchte der Graf hier unten auf. Der musste sich verlaufen haben. Ich habe ihn noch nie in unseren Gefilden gesehen. Ich wollte zu ihm, aber er winkte ab. ›Lassen Sie, äh …‹ Er kannte nicht einmal meinen Namen, obwohl er hier eingestickt ist.« Müller zeigte auf den Schriftzug auf der Brusttasche seiner Kochjacke. »Dann hat er Haile entdeckt und ist direkt zu ihm hin.«

»Was geschah dann?«

Der Koch zuckte mit den Schultern. »Keine Ahnung. Darauf habe ich nicht geachtet.«

»Wann ist von Behrendorf wieder gegangen?«

»Weiß nicht. Ich habe etwas anderes zu tun. Das war am Freitag, als wir mittendrin waren, die Vorbereitungen für das Bankett zu machen.«

»Und Mehretu?«

»Den habe ich auch längere Zeit nicht mehr gesehen, aber auch nicht darauf geachtet. Der musste sein Pensum schaffen.«

Müller deutete einen Berg an. »Wir hatten so viel Fleisch. Das musste vorbereitet werden.«

»Was gab es denn?«

»Das zähle ich jetzt nicht auf. Lauter Spezialitäten aus Feld, Wald und Flur. Und Wasser«, schob Müller hinterher. Dann grinste er. »Ich hab mich aber gewundert, dass die Leute oben im Rittersaal wie die Blöden unsere tunesischen Hackbällchen vernascht haben. Wer sich sonst mit Hummer, Kaviar und Edelfischterrinen den Bauch vollstopft, genießt es offensichtlich, wenn er ungestraft Rustikales zu sich nehmen darf. Ich mache das schon länger, dass ich aufs Büfett etwas Regionales oder Bürgerliches mische. Sie hätten sehen sollen, wie sich die Leute einmal über den asiatischen Grünkohlsalat hergemacht haben. Oder Matjes mit Roter Bete. Diesmal waren es die tunesischen Hackfleischbällchen mit Couscous-Minze-Tunke.«

»Haben Sie mittlerweile eine Erklärung dafür, weshalb Mehretu später ausgerastet ist?«

Müller schüttelte den Kopf. »Keine Ahnung. Das kam ganz plötzlich, dass er mit dem Messer in der Hand zum Herzog wollte.«

»Haben Sie an Mehretu nach dem Gespräch mit von Behrendorf eine Veränderung bemerkt?«

»Ich sagte schon, dass ich nicht darauf geachtet habe.«

Schade, dachte Lüder. Man hätte daraus Rückschlüsse ziehen können, ob von Behrendorf den Afrikaner aufgewiegelt hatte. Lüder schätzte Louis von Behrendorf als intrigant ein. Konnte er Mehretu erzählt haben, dass der Herzog für viele Dinge verantwortlich war? Homann begleitete Lüder anschließend zum Ausgang.

Harald Nagel war in Plön gemeldet. Lüder bog auf Höhe der Polizeistation auf die Bundesstraße ab und folgte ihr über die Ortsumgehung. Wie mochte das früher gewesen sein, dachte er, als sich der gesamte Verkehr noch durch die enge Innenstadt quälen musste? Er war überrascht über den regen Verkehr, der hier herrschte. In beiden Richtungen bewegten sich endlose Autoschlangen Stoßstange an Stoßstange. Ein freundlicher Autofahrer ermöglichte ihm das Abbiegen nach links. Er fand sich in einem Wohngebiet mit Mehrfamilienhäusern wieder.

Bei der Wahl der Straßennamen hatten die Stadträte ihren Blick gen Osten gerichtet. Danziger Straße, Stettiner Straße, Memeler Straße. Sein Ziel war die Breslauer Straße. Ein kleiner Supermarkt, die Sparkassenfiliale, Litfaßsäule, Telefonzelle, Briefkasten. Das waren die ersten Eindrücke, die er gewann.

Nagel wohnte im mittleren Teil eines lang gestreckten Komplexes. Lüder parkte auf dem Streifen gegenüber und besah sich das Gebäude. Die Wohnungen gingen von einem offenen Laubengang ab, der über die ganze Breite des Hauses führte. Von der Unterseite der Gänge platzte die Farbe ab. Es sah aus, als hätten die Eigentümer schon eine ganze Weile nichts mehr in die Anlage investiert. Die kleine Grünfläche vor dem Haus war niedergetrampelt.

Lüder stieg aus und näherte sich dem Hauseingang, der wie ein kleiner vorgebauter Wintergarten aussah und sich in einen Winkel des Hauses drängte. Hinter einer bepflanzten Palisadenwand verbargen sich die Müllcontainer. Er hatte seinen Blick auf die Abfallbehälter gerichtet und stolperte über eine Rampe, die neben der Treppe zum Absatz vor der Haustür führte.

Als er den Eingang erreichte, wurde dieser von innen geöffnet, und eine junge Frau stemmte sich dagegen, um die Kinderkarre hindurchzubugsieren. Lüder sprang hinzu und hielt die Tür auf.

»Danke«, sagte die sehr jung wirkende Mutter.

»Ich wollte zu Nagel«, erklärte Lüder, als sie ihn fragend ansah.

»Der ist nicht da«, erwiderte sie und zeigte auf einen unbestimmten Platz auf der Parkfläche. »Ich hab vorhin gesehen, dass er weg ist. Mit seinem Neuen.«

»Freund?« Lüder spielte den Ahnungslosen.

Sie grinste und zeigte dabei einen glitzernden Stein auf ihren Schneidezähnen. »Nö. Er hat eine neue Kiste.«

»Tatsächlich?« Lüder blieb bei seiner Rolle. »Was für eine denn?«

»So 'n richtig heißer Schlitten. Fällt auf in dieser Gegend. Ein roter BMW. Mit Zierstreifen. Tiefergelegt. Sieht echt geil aus.«

»Und der ist neu?«

Sie nickte. »Hatte vorher einen alten Japaner. Ziemlich rostig. Nicht dass Sie denken, ich häng nur am Fenster rum. Nee. Aber ist mir aufgefallen, weil er gestern damit angekommen ist. Hat ordentlich Gas gegeben. Super Sound. Musste allen den neuen Flitzer zeigen. Dieser Potenzbrocken.«

»Sie mögen ihn nicht?«

Sie wich Lüders Blick aus. »Ist das eine Frage für eine alleinerziehende Mutter?«

»Hat Nagel oft Freunde zu Besuch?«

»So genau weiß ich das nicht. Krieg ich auch nicht mit.« Sie zeigte auf die Hausfassade. »Die Zimmer gehen nach hinten raus. Auf dieser Seite sind nur die Hauseingänge, Küche und Klo.« Dann beugte sie sich über die Karre, weil das Kind zu quengeln begann. »Ist gut, mein Häschen, wir gehen.« Sie winkte Lüder kurz zu. »Ich muss dann. Tschüss«, sagte sie, rangierte die Karre über die Rampe und bog nach rechts auf den Fußweg ab.

Lüder zog sich ins Auto zurück und rief auf seiner Dienststelle an. Oberkommissar Kellermeyer benötigte zehn Minuten, bis er die gewünschte Auskunft beschafft hatte.

»Harald Nagel, wohnhaft in der Breslauer Straße in Plön. Auf den ist seit gestern ein BMW 325i zugelassen. Das amtliche Kennzeichen ist ›PLÖ –‹«

»Danke«, unterbrach ihn Lüder. »Wissen Sie, wo er das Auto gekauft hat?«

»Das erfährt man nicht aus der Zulassung. Ich habe aber beim Kreis in Plön angerufen. Zufallstreffer. Die Sachbearbeiterin konnte sich an den ›Spinner‹, wie sie anmerkte, erinnern. Verkäufer ist ein Gebrauchtwagenhändler aus Eutin. Ümit Ürtegün.«

Lüder lobte den Kollegen in Kiel und machte sich auf den Weg in den Nachbarkreis. In Eutins Lübecker Landstraße schienen sich alle Autohäuser der Kreisstadt versammelt zu haben. Neben vielen schicken Präsentationen ragte eines heraus. Eine blau-silberne Wimpelreihe markierte den Verkaufsplatz, in dessen Hintergrund eine halb zerfallene Holzhütte stand. Vom Schild »Ürtegün Automobile« platzte die Farbe ab.

Lüder stellte seinen BMW auf dem Gehweg vor dem Firmengelände ab. Er war noch auf dem Weg zur Bürohütte, als ihm ein Mann mit dunklen Haaren entgegenkam, an ihm vorbeisah und mit ausgestrecktem Arm auf den BMW zeigte.

»Eh, Mann. Willst du ihn verkaufen?«

»Ich will was anderes«, erwiderte Lüder.

»Was denn?« Der Autoverkäufer war näher gekommen und blieb vor Lüder stehen.

»Eine Auskunft.«

»Gibt's nicht. Willst du nur wissen, was deine Karre wert ist?« Der Mann kniff die Augen zusammen und peilte über den Daumen den BMW an. »'nen Tausender. In bar und ohne Fragen«, schlug er vor.

»Ohne das Auto näher angesehen, den Kilometerstand geprüft oder einen Blick in den Motorraum geworfen zu haben?«

»Bin Experte. Ein Blick reicht«, antwortete der Autohändler.

»Ich bin auch Fachmann«, erwiderte Lüder. »Sie sind Ümit Ürtegün, der Chef?«

Sein Gegenüber antwortete mit einem nichtssagenden Achselzucken.

»Ich bin ein großer Experte«, erklärte Lüder. »Von Berufs wegen. Und von Amts wegen.« Er zog seinen Dienstausweis hervor und hielt ihn dem Mann vor die Nase. »Landeskriminalamt.«

Der Autohändler wich erschrocken einen Schritt zurück und hob abwehrend die Hände. »Eh, Mann. Bei mir ist alles sauber.«

»Sind Sie Herr Ürtegün?«

»Logo. Seit meiner Geburt.«

»Sie haben vor Kurzem einen BMW 325i verkauft?«

»Mit dem ist alles okay. Hundertpro. Schwör ich beim Leben meiner Mutter.«

»Die dürfte kaum etwas mit dem Gebrauchtwagenhandel zu tun haben.«

»Hab den Wagen von einem Typen gekauft.« Ürtegün zeigte mit dem Daumen über die Schulter Richtung Bürobaracke. »Papiere sind da drin. War auf Kommission. Deshalb ist auch keine Mehrwertsteuer angefallen.«

»Hat der Käufer Mehrwertsteuer gezahlt?«

»Bei Kommission? Natürlich nicht.«

»Sicher?«

Ürtegün wich Lüders Blick aus. »Mann, da muss ich nachsehen. Ich kann doch nicht jeden Deal im Kopf haben. Dafür ist der Laden zu groß.«

»Gut«, sagte Lüder und machte einen Schritt vorwärts in Richtung Büro. »Das sehe ich ein. Dann wollen wir uns auf die Papiere stürzen und uns die Verkäufe des letzten halben Jahres ansehen.«

»Das ist viel zu viel«, behauptete Ürtegün.

»Macht nichts«, sagte Lüder. »Ich bin Beamter. Ich habe jede Menge Zeit. Oder soll ich die Kollegen anfordern, und wir nehmen alle Akten, Verträge und die Buchhaltung mit?«

Der Autohändler zupfte ihn am Ärmel. »Was willst du wissen, Mann? Vielleicht erinnere ich mich an den Fall?«

»Wer hat den BMW gekauft?«

»Den 325er? War ein Superschnäppchen. Richtig aufgemotzt. Hat einer aus der Szene aus Lübeck verschrubbt. Wenn er was Neues kriegt, verkaufe ich seinen Alten.«

»Ist der Wagen in Ordnung gewesen?«

»Super.« Ürtegün führte Daumen und Zeigefinger zum Mund, spitzte die Lippen und küsste die Finger. »Bis auf den kleinen Unfall. Haben wir aber erstklassig wiederhergerichtet. Wie neu. Siehst du gar nicht.«

»Hat der Käufer es bemerkt?«

»Weiß nicht. Muss aber. War so ein Klugscheißer. Kam an, zeigte auf den BMW und tönte: ›Den will ich.‹ Mann«, Ürtegün klopfte sich gegen die Brust, »ich bin ein friedliebender Mensch und will keinen Ärger. Was soll ich machen? Hab ihm den Wagen verkauft.«

»Für wie viel?«

»Muss ich das sagen?«

Lüder nickte.

»Fünf.«

»Ich will die Wahrheit hören«, forderte Lüder.

»Na gut. Eigentlich sollte die Kiste fünfzehn kosten. Der Typ hatte aber nur zehn dabei. Hab ein gutes Herz. Deal, habe ich gesagt. Dafür hat er mir seine alte Schrottkiste hiergelassen.« Er zeigte auf einen heruntergekommenen Suzuki Swift.

Lüder wollte auf den Wagen zugehen, aber Ürtegün hielt ihn am Ärmel fest.

»Warum denn?«

Lüder löste sich aus seinem Griff und sah auf das handgemalte Preisschild im Fenster.

»Zweieinhalbtausend. Stolzer Preis für einen Haufen Schrott«, stellte er fest.

»Mann, in Deutschland ist alles teuer«, sagte Ürtegün mit klagender Stimme. »Davon bleibt nichts übrig. Das frisst alles die Steuer.«

»Ich möchte den Kaufvertrag sehen«, forderte Lüder.

Ürtegün gab den Widerstand auf.

»Ich hol ihn«, sagte er und verschwand in seinem Büro. Kurz darauf kehrte er mit einem einzelnen Blatt wieder.

Lüder warf einen kurzen Blick darauf. Harald Nagel hatte den BMW für zehntausend Euro in bar gekauft. Ürtegün hatte auch Mehrwertsteuer in Rechnung gestellt.

»Die Steuer, also die muss der Typ noch vorbeibringen«, erklärte der Händler. »Sonst gibt's Ärger.«

Das sollten die beiden unter sich ausmachen. Lüder unterließt es, den Autohändler darüber zu informieren, dass Nagel dazu kaum in der Lage sein würde. Zumindest nicht in den nächsten fünfzehn Jahren.

»Tschüss«, sagte Lüder und drehte sich um.

»Eh«, rief ihm Ürtegün hinterher. »Was ist nun mit deinem BMW? Ich geb dir fünfhundert mehr.«

Lüder kehrte zu seinem BMW zurück und zeigte dem Autohändler den ausgestreckten Mittelfinger über die Schulter.

In seinem Büro veranlasste Lüder die Fahndung nach Louis von Behrendorf. Außerdem besorgte er sich Haftbefehle für Harald Nagel und Dragan Stojanović. Nachdem diese vorlagen, nahm er Kontakt mit dem Dezernat 52 des Landeskriminalamts auf und forderte eine taktische Gruppe zur Festnahme der beiden mutmaßlichen Gewaltverbrecher an.

»Wissen Sie, wo die sich aufhalten?«, wollte Hauptkommissar Johannsen wissen.

»Ich bin am Ball«, erklärte Lüder. »Ich bitte Sie und Ihre Leute, sich bereitzuhalten.«

Lüder wählte Hochstetters Handy an. Der Sicherheitschef meldete sich sofort. »Ich würde gern noch einmal mit Ihren beiden Mitarbeitern sprechen.«

»Nagel und Stojanović?«

»Ich habe noch ein paar Fragen zum Vorfall mit dem Afrikaner.«

»Das verstehe ich nicht«, erwiderte Hochstetter. »Ich hatte Ihnen unmissverständlich erklärt, dass ich diese Sache für erledigt betrachte. Meine Mitarbeiter haben korrekt gehandelt.«

»Überlassen Sie das uns. Wir bereiten den Sachverhalt auf. Entschieden wird darüber vor einem Gericht. Dem können wir beide nicht vorgreifen.«

»Ihr Engagement scheint sich gegen meine Angestellten zu richten. Das akzeptiere ich nicht.«

»Möchten Sie, dass wir unsere Ermittlungen auf Sie ausdehnen?«

Hochstetter ließ ein trockenes Lachen hören. »Sparen Sie sich solche Worte. Das verfängt bei mir nicht.«

»Ich könnte jetzt mit zwei uniformierten Beamten zum Schloss fahren und nach den beiden fragen. Alternativ könnte ich sie auch zu einer Zeugenbefragung nach Kiel bitten. Morgen zum Beispiel. Dann fallen Ihnen gleich zwei Mitarbeiter aus.«

»Auf die muss ich heute ohnehin verzichten«, beklagte sich Hochstetter. »Stojanović hat Urlaub, und Nagel hat sich krankgemeldet.«

»Eigenartig, dass gleich das ganze Team ausfällt«, stellte Lüder fest.

»Das sind meine Aufgaben hinter den Kulissen, auch in solchen Situationen eine Lösung zu finden, ohne dass es Auswirkungen auf den normalen Ablauf hat.«

»Haben Sie oft außerordentliche Probleme aus der Welt zu schaffen?«

»Ich entnehme Ihrer Anmerkung Zwischentöne, die mir nicht gefallen«, antwortete Hochstetter.

Lüder beendete das Gespräch. Er glaubte, eine Kurzatmigkeit herausgehört zu haben. Die resultierte oft aus einer besonderen

Anspannung. Ahnte Hochstetter, dass die Polizei ihm und seinen Mitarbeitern auf der Spur war? Noch gab es keine Beweise für die Mittäterschaft des Sicherheitschefs. Die Vermutungen – mehr waren es noch nicht – wiesen auf von Behrendorf hin, der zwanzigtausend Euro in bar abgehoben und sie den beiden Tätern ausgehändigt hatte. Sicher würde Louis von Behrendorf es leugnen. Das Geld, so würde er behaupten, habe er für andere Zwecke verwandt.

»Verdammt«, fluchte Lüder. Wo war des Herzogs Mann fürs Grobe untergetaucht? Er konnte sich nicht in Luft aufgelöst haben. Irgendjemand musste ihm dabei behilflich gewesen sein.

Bei der Suche nach Nagel und Stojanović hatte sich eine neue Situation ergeben. Die beiden mussten observiert werden. Lüder rief Hauptkommissar Johannsen sowie den Leiter einer taktischen Gruppe des Dezernats 51, des Mobilen Einsatzkommandos, an.

»In einer Viertelstunde im Besprechungsraum«, bat er.

Hauptkommissar Streh hatte zwei Beamte seiner MEK-Gruppe mitgebracht, Johannsen war allein gekommen.

Lüder projizierte Bilder von Nagel und Stojanović auf den großen Bildschirm, dazu den Lebenslauf und die Vorstrafen. »Beide werden verdächtigt, den Mord an Rochus von Meyer im Segeberger Kalkbergtheater verübt zu haben. Nagel«, Lüder wechselte noch einmal auf dessen Bild, »gilt als Waffennarr und außergewöhnlich guter Schütze. Beide Verdächtigen sind mit äußerster Vorsicht zu genießen. Sie sind gut ausgebildete Sicherheitsleute und gewalttätig.« Lüder erwähnte den Übergriff auf Mehretu. »Sie dürften vor nichts zurückschrecken.«

»Sind die Zielpersonen bewaffnet?«, wollte Streh wissen.

»Davon ist auszugehen.« Lüder berichtete noch von Nagels neuem »Spielzeug«, dem BMW 325i.

Es gab keine weiteren Fragen. Lüder wusste, dass die Aufgaben bei den Beamten des MEK und des SEK in bewährten Händen lagen.

»Ich werde Kollegen zum Observieren zu den Wohnungen der Täter schicken«, versprach Hauptkommissar Streh.

Es begann eine Zeit des Wartens. Nichts empfand Lüder schlimmer als das untätige Herumsitzen, das Harren auf das nächste Ereignis. Er beschäftigte sich mit Büroarbeiten, las noch einmal Protokolle, schrieb auf ein Blatt Papier die Namen der Beteiligten und versuchte, durch verbindende Striche die Beziehungen zueinander herzustellen. Sein größtes Problem war, schlüssige Beweise zu erbringen. Zu viel basierte auf Mutmaßungen und logischen Zusammenhängen, aber die würden die Juristen nicht gelten lassen. Wer wusste das besser als er – der Jurist. Er besorgte sich den dritten Kaffee, und Edith Beyer sah ihn lange an.

»Alles in Ordnung?«, fragte sie.

»Nichts ist schlimmer als Warten«, erwiderte er und kehrte an seinen Arbeitsplatz zurück.

Fast hektisch griff er zum Telefonhörer, als sich ein externes Gespräch ankündigte.

»Blaczyk.« Der Abgeordnete klang abgehetzt. Er sprach leise, als fürchtete er, dass jemand mithören könnte.

»Wollen Sie mir endlich erzählen, wovor Sie sich fürchten?«

»Es gibt Staatsgeheimnisse«, stapelte Blaczyk hoch.

Lüder unterdrückte ein Schmunzeln. Möglicherweise war der Abgeordnete in Vorgänge eingeweiht, die dem Bürger verborgen blieben. Mit Sicherheit handelte es sich aber nicht um »Staatsgeheimnisse«. Im Landtag war Blaczyk ein unbedeutender Hinterbänkler. Lüder konnte sich vorstellen, dass Louis von Behrendorf ihn als nützlichen Idioten titulieren würde.

»Es geht um mein Leben«, fuhr der Abgeordnete fort. »Der Erpresser hat sich wieder gemeldet. Der mit dem ausländischen Dialekt.«

»Ein Erpresser? Was wollte er von Ihnen?«

»Ich soll mich aus allem heraushalten und genau das tun, was man von mir verlangt.«

»Sie sind weder in der Fraktionsspitze noch in der Regierung. Ich bezweifle, dass Sie überhaupt an irgendeiner Stelle etwas bewirken können.«

»Sehen Sie sich die Konstellation im Landtag an. Bei den Mehrheiten zählt jede Stimme.«

»Sind Sie käuflich?«

Blaczyk lachte bitter auf. »Das wäre einfach. Weil ich unbeugsam bin, bedroht man mich. Es ist ein viel größeres Rad, das dort gedreht wird, als Sie es sich vorstellen können.«

»Dann vertrauen Sie sich mir endlich an. Wenn ich die Hintergründe nicht kenne, sind mir die Hände gebunden.«

»Warum verstehen Sie nicht den Ernst der Lage? Unsere Demokratie ist in Gefahr, wenn das Parlament nicht mehr dem Gewissen folgen kann.«

»Sie hätten eher auf Ihr Gewissen achten und sich nicht von Louis von Behrendorf bestechen lassen sollen.«

»Das war keine Bestechung, sondern eine ganz legitime Wahlkampfunterstützung«, behauptete Blaczyk.

»Dann kann Ihnen niemand etwas anhaben. Weshalb die Aufregung?«

»Man bedroht mich physisch.«

»Ich gebe Ihnen eine letzte Chance«, sagte Lüder. »Sind Sie im Landeshaus?«

»In meinem Büro.«

»Wenn Sie mich wieder anschweigen oder belügen, wird Ihnen niemand mehr zuhören, schon gar nicht, wenn Sie wieder behaupten, in Gefahr zu sein.«

»Kommen Sie schnell«, beendete der Abgeordnete das Gespräch.

Lüder war unentschlossen. Er wartete auf … Auf was? Die Observationsteams hatten sich gemeldet. Sie warteten vor den Wohnungen von Nagel und Stojanović. Die Untätigkeit am Schreibtisch machte ihn nervös. Er sicherte seinen Rechner und stand auf. An der Tür zögerte er, drehte noch einmal um und entnahm dem Schrank die Waffe. Im Gehen schnallte er das Holster um.

»Was hast du vor?«, fragte Friedjof erstaunt, als er ihm auf dem Flur begegnete.

»Ich will meinen Kindern zu Hause zeigen, wer das Sagen hat.«

»Mit dem Revolver?«

»Sie sind noch nicht so verdorben. Da reicht der Colt. Bei dir müsste ich eine MPi nehmen«, antwortete Lüder im Vorbeigehen. »Erkläre ich dir alles später. Oder sieh heute Abend die ›Tagesschau‹.«

»Donnerwetter«, hörte Lüder in seinem Rücken Friedjofs Ausruf.

Lüder war das Tragen von Waffen nicht gewohnt. Er fühlte sich eingeengt. Es störte ihn auch beim Fahren. Es war nur ein kurzes Stück, einmal quer durch den Teil westlich der Förde. Den Wagen parkte er im Parkhaus auf der gegenüberliegenden Seite.

Am Empfang wurde Lüder nach dem Grund seines Besuches gefragt.

»Ich möchte zu Herrn Blaczyk.«

Der Mitarbeiter des Hausdienstes rief beim Abgeordneten an und öffnete daraufhin die beiden automatischen Türen.

»Wir haben eine Ausstellung«, erklärte er ungefragt. »Deshalb sind eine Reihe Besucher im Hause. Zweite Etage. Am besten mit dem Paternoster. Dann halten Sie sich halb rechts. Dort werden Sie abgeholt.«

Lüder nahm den Fahrstuhl, von dessen Bauart es nur noch zwei Anlagen in Kiel gab. Unermüdlich baggerten die knallbunten Kabinen die Menschen auf- oder abwärts. Lüder erinnerte sich an seine Kindheit und die seltenen Gelegenheiten, bei denen er sich fest an die Hand seines Vaters klammerte und mit wohligem Grausen die Tour durch die Keller- oder Bodenwende unternahm.

Am Paternoster erwartete ihn ein junger Mann. »Zu Herrn Blaczyk?«

Als Lüder nickte, bat der Mann, ihm zu folgen. Er hielt seine Codekarte gegen ein Lesegerät, öffnete die Tür und ging voran.

Der Abgeordnete teilte sein Büro mit einem anderen Parlamentarier. Der Blick aus dem Fenster ging auf den Innenhof des u-förmigen Finanzministeriums.

Blaczyk sah blass aus. »Bitte, nehmen Sie Platz«, sagte er mit zaudernder Stimme.

»Ich habe nicht viel Zeit«, versuchte Lüder Druck aufzubauen.

Der Abgeordnete spielte nervös mit einem Brieföffner.

»Um gewählt zu werden, brauchen Sie Kontakte. Im Wahlkreis. An der Parteibasis. Es ist ein mühsamer Weg, bis Sie es zum Kandidaten Ihrer Partei geschafft haben. Dann gilt es noch, die meisten Stimmen zu gewinnen. Ich bin kein Protegé. So war ich erstaunt, als mich Graf von Behrendorf ansprach und meinte, man werde seitens des Schlosses meine Bewerbung unterstützen. Innerparteilich gab es Vorbehalte gegen mich. So war mir jede Hilfe recht. Es schmeichelte mir, dass man mich beglückwünschte, mir erklärte, ich sei genau der Richtige für die Interessen unserer Region, die bisher von der Kieler Politik benachteiligt werde.«

»Wer war Ihre Kontaktperson?«

»Graf von Behrendorf.«

»Sonst noch jemand?«

Blaczyk schüttelte den Kopf. »Nur er.«

»Hatten Sie jemals mit Rochus von Meyer zu tun?«

»Nein. Nie.«

»Und der Herzog?«

»Dem bin ich nur einmal begegnet. Auf dem Bankett. Er hat allerdings kein Wort mit mir gewechselt, mich nicht einmal begrüßt. Überhaupt waren da lauter komische Leute. Ich kannte niemanden. Es war unmöglich, ein Gespräch zu beginnen. Ich kam mir wie ein Aussätziger vor. Um die Zeit zu überbrücken, habe ich mich am Büfett aufgehalten. Sehen Sie, Herr Dr. Lüders, im Grunde bin ich ein Mann des Volkes. Dieser Schickimickikram ist nicht mein Ding. Allein das komische Futter, das dort angerichtet war. Mogen Sie so 'n glibberiges Zeug wie rohe Austern? Brr.« Blaczyk schüttelte sich bei der Erinnerung. »Ich habe mich über Frikadellen hergemacht. Die waren höllisch scharf.«

»Es geht um mehr als lose Kontakte zwischen Wirtschaft und Politik.«

Der Abgeordnete nickte nachdenklich. »Das habe ich auch bald gemerkt. Ich sagte schon, dass man mir suggerierte, Plön werde in der Landespolitik nicht wahrgenommen. Man streicht zwar liebend gern die Steuern ein, die das herzogliche Haus aufbringt. Aber für die Arbeit der Unternehmensgruppe interessiert sich niemand. Das war für mich ein Ansatzpunkt.«

»Es gibt keine Einwände, wenn ein Parlamentarier sich für seinen Wahlkreis engagiert.«

»Schon«, erwiderte Blaczyk. »Aber hier kommt nichts an, ich meine, in Plön. Das Imperium ist so undurchsichtig verschachtelt, dass kaum jemand durchblickt. Mir ist ein ganzer Kronleuchter aufgegangen, als das Steuervergehen öffentlich wurde und man von Meyer den Prozess machte. Von Behrendorf hat mit mir darüber gesprochen. Zunächst hat er es auf die seichte Tour versucht, dann wurden seine Forderungen immer massiver. Ich sollte über den politischen Weg Druck auf die Behörden ausüben.«

»So wie auf die Kreisverwaltung in Sachen der Aufenthaltsgenehmigung für Mehretu?«

Der Abgeordnete nickte. »In diesem Fall habe ich noch das Humanitäre gesehen. Heute glaube ich, dass es nur ein Probelauf war, wie weit ich mich vor den Karren spannen lasse.«

»In welcher Weise hat man Druck auf Sie ausgeübt?«

Blaczyk stieß die Luft aus. Es schien, als würde er den letzten Rest aus den Lungen herauspressen wollen.

»Von Behrendorf hat gesagt, man könne den Firmensitz auch verlegen. An anderen Stellen würde man viel unternehmen, um den Herzog und seine Unternehmungen für sich zu gewinnen.«

»Wurden Orte genannt?«

»Nicht direkt. In solchen Fällen umschreibt man es. Man sprach von anderen Bundesländern, in denen man mehr Entgegenkommen zeigt, in denen sich die Politik – so sagte man – auch menschlich dem Unternehmer verbunden fühlt.«

»Amigos?«, hinterfragte Lüder.

»Dieser Begriff ist nicht direkt gefallen. Aber auch das Ausland wurde erwähnt.« Blaczyk faltete die Hände. »Ich war in einem Zwiespalt. Natürlich geht so etwas nicht. Auf der anderen Seite sind Politiker einem ungeheuren Druck ausgesetzt. Sehr schnell wird kolportiert, dass sie die Interessen ihres Wahlkreises vernachlässigen. Es gibt berühmte Beispiele: Einige Verkehrsminister haben ihre Position dazu missbraucht, in ihrem Wahlkreis Straßenbauprojekte zu realisieren. Nehmen Sie einen bayerischen Amtsinhaber. Die marode Rader Hochbrücke kümmerte ihn wenig, dafür gab es eine Ortsumgehung in seiner Heimat, von der selbst der dortige Bürgermeister sagte: ›Nett, aber nicht unbedingt notwendig.‹ Ich habe mit meinem Fraktionsvorsitzenden gesprochen. Der wiederum hat unseren Bundestagsabgeordneten einbezogen. Über diesen Weg kam schließlich der Obmann unserer Partei im Ausschuss für Wirtschaft und Energie des Bundestages ins Spiel, der gleichzeitig stellvertretendes Mitglied im Unterausschuss Regionale Wirtschaftspolitik und ERP-Wirtschaftspläne ist. Der behauptete, die Zusammenhänge zwischen den globalen Interessen der Bundesrepublik und den Wünschen nach gefestigten Strukturen in wirtschaftlich benachteiligten Regionen wie unserer zu kennen.«

»Mit anderen Worten: Man soll froh sein, wenn der Herzog und sein Imperium von Plön aus fundamentale deutsche Wirtschaftsinteressen rund um den Globus verfolgen.«

Blaczyk nickte versonnen. »Besser hätte ich es nicht ausdrücken können.«

»Kennen sich dieses Bundestagsmitglied und von Behrendorf?«

»Davon gehe ich aus. Es gibt Netzwerke, die wir nicht hinterblicken. Die sind auch mir verschlossen«, redete der Abgeordnete seine Rolle klein.

»Ich verstehe nicht, weshalb man auf Sie Druck ausübt, wenn es ganz andere Verbindungen gibt«, überlegte Lüder laut.

»Mein Fraktionsvorsitzender, vor allem aber der Bundestagsabgeordnete haben sich mich vorgeknöpft. Nicht nur von Behrendorf. ›Sie wollen doch wieder als Kandidat aufgestellt werden?‹ Was antworten Sie darauf? Ich habe mir die Freiheit genommen, nicht mitzuspielen. Von Behrendorf hat mich noch einmal zu einem Gespräch auf das Schloss zitiert. Ja – so muss man das sagen. Zu meiner großen Überraschung erhielt ich dann die Einladung zu diesem Bankett, auf dem der Graf aber nicht anwesend war. Ich hätte die Chance, wichtige Leute kennenzulernen, die für meine politische Karriere von eminenter Bedeutung seien, hatte von Behrendorf gesagt. Pustekuchen. Lassen Sie mich nach der Art eines echten Holsteiners sagen: Das waren alles nur blasierte Arschlöcher.«

Lüder lachte. »In diesem Punkt können wir von unseren

weltmännischen Nachbarn aus Hamburg lernen. Siegfried Lenz hat einmal gesagt, das Hanseatische sei die Kunst, die Welt am Lieferanteneingang zu empfangen und ihr das Gefühl zu geben, dies sei die größte Auszeichnung.«

»Ja«, bekräftigte Blaczyk. »Genau so und nicht anders.«

»Und was wollte der Mann mit der fremdländischen Stimme, der Sie bedroht hat?«

»Ich bin zornig geworden bei dem letzten Gespräch mit von Behrendorf und habe gesagt, ich würde mit meinem Wissen an die Öffentlichkeit gehen. Das würde einen großen Skandal geben.«

»Mit welchem Wissen?« Lüder war hellhörig geworden.

»Es waren immer nur Bruchstücke, die ich mitbekommen habe. Es ging um Beteiligungen an Ländereien in Afrika, genau genommen in Äthiopien. Dort wurde die einheimische Bevölkerung vertrieben. Offenbar stecken die Investoren und dortige Politiker unter einer Decke. Polizei und Militär wurden eingesetzt. Das hinterfragt aber niemand. Es wäre ja gegen unsere wirtschaftlichen Interessen gerichtet.« Den letzten Satz ließ Blaczyk höhnisch klingen. Es wirkte, als würde er jeden einzelnen Buchstaben aus dem Mund tropfen lassen. »Das ist eine vergessene Ecke der Welt. Niemand interessiert sich wirklich für die Einheimischen. ›Was ist, wenn wir die Nöte dieser Leute ins Bewusstsein der Europäer rücken?‹, habe ich gefragt. Seitdem haben die Drohungen massiv zugenommen.«

»Hat der Anrufer deutsch gesprochen?«

»Ja, aber mit einem deutlichen Akzent.«

»Wie ein Italiener? Oder wie ein Franzose?«, nannte Lüder absichtlich unverdächtige Nationalitäten.

»Nein«, widersprach Blaczyk. »Es hat mich, jetzt lachen Sie bitte nicht, entfernt an einen Kellner in einem Balkanrestaurant erinnert.«

Der Abgeordnete sah Lüder irritiert an, als der begeistert in die Hände klatschte. Das konnte nur Dragan Stojanović gewesen sein. Er würde Blaczyk eine Stimmprobe des Serben präsentieren. Mit ein wenig Glück würde der Abgeordnete den Anrufer wiedererkennen.

»Haben Sie jemals Hinweise dafür gefunden, dass der Herzog selbst involviert war?«

Der Abgeordnete schüttelte heftig den Kopf. »Nie! Es scheint so, als existiere er gar nicht.«

»Ich kann Ihnen keine Ratschläge erteilen, wie Sie sich politisch aus der Affäre herauswinden können. Mir scheint nicht jeder Ihrer Parteigenossen ein vertrauenswürdiger Gesprächspartner zu sein. Ich hätte höchstens einen ganz privaten Tipp.«

»Und?« Blaczyk hatte sich interessiert vorgebeugt.

»Sprechen Sie mit unserem Innenminister. Ich bin mir sicher, der ist integer. Ich halte ihn für absolut vertrauenswürdig.«

Lüder unterließ es, zu erwähnen, dass er auf Wunsch des Ministers in dieser Sache ermittelte. Dafür verstand er die politischen Zusammenhänge. Es ging um Pfründe, Macht und Geld. Unendlich viel Geld. Da zählten Menschenleben nicht. In Afrika noch weniger als hier in Schleswig-Holstein. Allmählich lichtete sich das Dickicht. Von Behrendorf zog die Strippen. Die Drecksarbeit ließ er andere verrichten. Für das ganz Grobe waren Nagel und Stojanović zuständig. Bekamen die ihre Anweisungen direkt vom »blutigen Grafen«, wie Lüder von Behrendorf insgeheim nannte, oder gab es noch eine Zwischenebene? Dafür kam nur Hochstetter in Frage. Und der Innenminister ahnte etwas von den Hintergründen. Aber wohl kaum, wie sumpfig und verseucht das Gelände war, dachte Lüder.

Von Behrendorf musste gemerkt haben, dass sich der Strick um seinen Hals immer mehr zuzog. Deshalb war er abgetaucht. Mit seinen Mitteln sollte es möglich sein, sich irgendwo auf der Welt ein neues Leben aufzubauen. Korrupte Politiker gab es rund um den Globus zuhauf. Unwillkürlich fiel sein Blick auf sein Gegenüber. War Blaczyk auch bestechlich? Nein, entschied Lüder. Der Mann aus dem kleinen Dorf Lebrade hatte am großen Kuchen gerochen, dann aber selbst festgestellt, dass für ihn nur Krümel übrig bleiben würden. Vielleicht hatte Blaczyk schon seinen Fuß auf der Schwelle ins Reich der Korruption gehabt. Den letzten Schritt hatte der Mann aber nicht vollzogen.

Eine ganze Weile hatte Schweigen zwischen ihnen geherrscht.

»Danke«, sagte Blaczyk. »Sie haben mit sehr geholfen.«

»Sie hätten sich mir früher anvertrauen sollen.«

»Ich weiß«, antwortete der Abgeordnete mit einem Stoßseufzer. Beide horchten auf, als es knallte. »Was war das?«

Lüder sprang auf, dass der Stuhl umfiel. »Bleiben Sie sitzen. Verschanzen Sie sich«, schrie er. »Schnell, geben Sie mir Ihre Codekarte.«

»Ja, aber …«, protestierte Blaczyk.

»Los. Sonst kann ich mich nicht im Haus bewegen.«

Der Abgeordnete gab ihm die Karte. Lüder riss sie ihm aus der Hand und hastete zur Tür hinaus.

»Was ist das …?«, rief Blaczyk hinter ihm her.

Lüder hatte keine Zeit, zu erklären, dass Schüsse gefallen waren.

Unterwegs rief er Leuten, die ihm begegneten und ihn mit großen Augen ansahen, zu: »Gehen Sie in Ihre Büros. Schließen Sie die Türen. Schnell!« Im Laufen hatte er seine Pistole aus dem Holster geholt und den Verschluss zurückgezogen. Sie war jetzt schussbereit.

Er nahm die Nebentreppe im südlichen Flügel und versuchte, mehrere Stufen gleichzeitig zu überbrücken. Im Erdgeschoss lief er nach links, kam in der Kurve des Ganges ins Straucheln und ruderte mit den Armen, um das Gleichgewicht zu halten. Im Sprung hörte er erneut zwei Schüsse. Dann erschallten Rufe. Lüder verstand sie nicht. Sie kamen aus dem Foyer. Er sah hinter einer der Säulen einen Polizisten, der seine Pistole im Anschlag hatte und vorsichtig in Richtung Plenarsaal lugte.

Lüder öffnete die Tür und rief, als der Beamte sich erschrocken umdrehte: »Achtung! Nicht schießen. Ich bin auch Polizist. LKA.«

Der uniformierte Beamte zögerte einen Moment. Es war eine brenzlige Situation.

»Sind Sie allein?«, fragte Lüder.

»Verstärkung ist unterwegs«, erwiderte der Polizist kurzatmig.

»Wie viele sind es?«

»Zwei.« Der Uniformierte schien Lüder zu vertrauen und wandte sich wieder in Richtung Plenarsaal.

»Wie sind sie bewaffnet?«

»Ich bin mir nicht sicher. Vermutlich Pistolen.«

»Gewehre?« Lüder dachte an das durchschlagskräftige Gewehr G82. Dann wären sie machtlos.

»Ich glaube nicht. Das wäre zu auffällig gewesen. Damit wären die Täter nicht ins Haus gekommen.«

Lüder unterließ es, nach weiteren Waffen zu fragen. Handgranaten? Sprengstoff?

»Sind Sie zufällig hier?«, wollte er von dem Polizisten wissen.

»Nein. Einer von uns ist immer hier. Wer ahnt denn, dass so etwas passiert.« Der Beamte konzentrierte sich auf das Geschehen vor ihm. »Die Täter sind in den Plenarsaal geflüchtet«, erklärte er.

»Ist der offen?«

»Normalerweise nicht. Heute arbeiten dort zwei Klimatechniker einer externen Firma.«

»Das heißt, die Täter haben Geiseln?«

»Vermutlich«, antwortete der Beamte einsilbig und streckte vorsichtig den Kopf hinter der Säule hervor. Prompt knallte es, und zwei Geschosse sirrten durch das Foyer.

»Einer von ihnen steht hinter der Wand vor der Lobby«, erklärte der Beamte und warf einen Blick über die Schulter. »Wo bleibt die Verstärkung?«

Lüder überlegte, ob er sich von Säule zu Säule vorarbeiten könnte, unterließ es aber. Die Gegner hatten sich hinter der Zwischenwand mit den drei Durchbrüchen zur Lobby verborgen. Er wäre ohne Deckung gewesen. Stattdessen gab er einen Zischlaut ab, und als der Beamte ihn ansah, zeigte Lüder in den Flur, aus dem er gekommen war, und beschrieb mit seiner Pistole einen Bogen. Der Streifenpolizist nickte. Er hatte Lüders Absicht verstanden.

Lüder lief den Gang zurück, durchquerte den südlichen Seitenflügel, der parallel zum Foyer lag, umrundete so den Innenhof und näherte sich durch den hinteren Gang seitlich der Position, wo einer der Schützen sich verschanzt hatte.

Vorsichtig öffnete er die Glastür und fand sich am Zugang zur Cafeteria vor dem Plenarsaal, die heute leer war. Er huschte durch einen Mauerdurchbruch und schlich Richtung Lobby.

Dies war ein gefährlicher Moment. Sollte einer der Täter seine Schritte bemerken und in die Cafeteria stürmen, stand Lüder ihm ohne Deckung gegenüber. Wenn der Angreifer skrupellos schießen würde, hätte er kaum eine Chance. Er wusste, dass er nicht als Erster abdrücken durfte.

Sein Herz schlug heftig gegen die Rippen. Er meinte, der Täter müsse das wilde Pochen ebenso hören wie Lüders Schritte auf den Fliesen, obwohl er sich bemühte, die Füße zentimeterweise vorzuschieben. Er arbeitete sich bis zu einem Mauervorsprung vor, kauerte sich dahinter zusammen und holte tief Luft. Seine SIG Sauer P6 lag schwer in seinen Händen. Er hatte noch keine Walther P99. Die Umstellung erfolgte sukzessive, und er gehörte nicht zu den ersten Beamten, die mit der neuen Waffe ausgerüstet wurden.

Lüder hielt die Luft an, als er ein leises Scharren vernahm. Der Täter musste sich bewegt haben. Hatte er etwas bemerkt und versuchte, die Cafeteria zu erreichen? Vor sich sah Lüder zur Rechten die Glasfront, die den Plenarsaal abschloss. Vor dem mittleren Eingang stand ein Fahnenständer mit der Europa- und der Deutschlandflagge sowie der blau-weiß-roten Flagge Schleswig-Holsteins.

Lüder holte noch einmal tief Luft, kontrollierte die Lobby und versuchte, einen Blick in den Landtagssaal zu werfen, dann schob er sich vor. Er hielt die Luft an und plierte um die Ecke. Hinter der Mauer hockte Harald Nagel mit einer Pistole in der Hand und konzentrierte sich auf das Geschehen im Foyer. Lüders Vorteil war, dass Nagel nicht mit einem Angriff von der Seite rechnete.

Stojanović war nirgends zu sehen. Wo mochte der zweite Täter sein? Wenn Lüder seine Deckung verließ, konnte Nagel auf ihn schießen, oder sein Kumpan lauerte irgendwo im Hintergrund. Die beiden Klimatechniker, die sich hier aufhalten sollten, waren ebenfalls nicht zu sehen. Es war mit einem hohen Risiko verbunden, aber Lüder hatte jetzt die Chance, einen der Täter auszuschalten. Noch einmal holte er tief Luft und pumpte so viel Sauerstoff in die Lungen, dass er das Gefühl hatte, sie würden platzen. Dann schob er vorsichtig seinen Kopf und die vorgestreckten Hände mit der Waffe um die Ecke.

»Hände hoch. Nagel. Sie sind umstellt. Geben Sie auf. Jeder Widerstand ist zwecklos«, brüllte er, so laut er konnte.

Nagel fuhr erschrocken herum. An der Heftigkeit der Bewegung erkannte Lüder, dass er nicht mit einem seitlichen Gegner gerechnet hatte. Bevor Nagel die Pistole hochreißen konnte, feuerte Lüder zwei Mal auf den Mann und zielte knapp an dessen Kopf vorbei. Es mochte ein halber Meter sein. Reflexartig zog Nagel den Kopf zwischen die Schultern und riss die Hände samt seiner Pistole schützend in die Höhe.

»Waffe runter«, schrie Lüder. »Der nächste Schuss trifft.«

Nagel sah ihn aus weit aufgerissenen Augen an. Er hatte die Arme wie ein Boxer hochgenommen und starrte zwischen den Unterarmen hindurch auf Lüder, der immer noch in seiner Deckung blieb.

»Los. Lassen Sie die Pistole fallen.« Lüder sah, wie Nagels Blick von Lüders Augen zur Mündung der Dienstwaffe wanderte. Die Polizeipistole war genau auf den Kopf des Täters gerichtet.

Wie gut, dass Nagel nicht das Vibrieren von Lüders Nerven spürte, die Anspannung, die ihn beherrschte. Es war eine Drohgebärde. Lüder wusste, dass er nicht abdrücken würde, wenn Nagel auf ihn schießen sollte. Die Waffe auf einen Menschen, auch wenn er ein Mörder war, zu richten und ein Leben auszulöschen, würde Lüder nicht fertigbringen. Es war ein unüberwindbares Hemmnis, aus dieser Distanz in dieser Situation zu töten.

Lüder bewegte ein ganz klein wenig den Lauf seiner Pistole, sodass es Nagel als Kreisen auffassen musste. Auf den Mann wirkte es, als würde Lüder nach einer idealen Stelle für den Einschuss suchen. Wie hypnotisiert starrte Nagel in den Pistolenlauf. Er war zur Salzsäule erstarrt und rührte sich nicht.

Aus dem Foyer hörte Lüder Schritte. Es knallte, als die Schuhe des Polizisten über die Fliesen flogen.

»Ich hab ihn«, rief Lüder dem uniformierten Kollegen zu. »Einen der Täter. Vorsicht.«

Kurz darauf tauchte das Gesicht des Beamten von der Foyerseite auf. Der Mann handelte überlegt und blieb in Deckung.

»Hände oben behalten«, befahl Lüder. Dann vollführte er mit der Pistole eine Bewegung, die Nagel anwies, mit erhobenen

Händen durch den Zugang in Richtung Foyer zu gehen. In Zeitlupe befolgte der Mann die Anweisung. Er hatte aufgegeben.

»Stehen bleiben«, befahl Lüder, als Nagel mitten im Durchgang stand.

Die Hand des Polizisten tauchte hinter dem Vorsprung auf und nahm Nagel die Waffe ab. Es schepperte kurz, als die Pistole auf dem Fußboden landete und vermutlich mit dem Fuß außer Reichweite geschoben wurde.

Nagel rührte sich immer noch nicht. Dann tauchte die Hand erneut auf und zog Nagel mit einem heftigen Ruck zur Seite. Für einen Moment sah Lüder nichts, hörte nur das Keuchen des Beamten. Es folgte ein Geräusch, als wäre ein Kartoffelsack umgefallen.

Dann sagte der Beamte mit atemloser Stimme: »Ich hab ihn. Der ist sicher.«

Sie wurden abgelenkt. Vom Eingangsbereich ertönten aus mehreren Kehlen laute Rufe: »Polizei! Polizei! Polizei!«

»Vorsicht«, antwortete der Beamte, der Lüder bei der Festnahme Nagels unterstützt hatte, und wies die hereinstürmenden Kollegen ein. Lüder hockte immer noch in seiner Deckung. »Das ist das SEK«, rief ihm der Polizist zu und fuhr, zu den Männern des Spezialeinsatzkommandos gewandt, fort: »Rechts hinter der Ecke steht ein Kollege vom LKA.«

Von Stojanović und den beiden Geiseln war nichts zu hören oder zu sehen. Wo mochte sich der zweite Mann verschanzt haben?

Hinter der Mauer tauchten zwei vermummte Gestalten auf. Die Beamten des SEK sahen martialisch aus. Der Gefechtshelm, die Schutzbrille und die Sturmhaube ließen die Identität der Beamten nur erahnen. Trotz der schweren ballistischen Schutzweste bewegten sie sich erstaunlich behände. Beide hielten Maschinenpistolen im Anschlag.

»Ach, siehe da«, kam es gedämpft aus dem Mund des ersten Polizisten. »Unser Kollege Lüders versucht, das Nest im Alleingang auszuheben.«

Lüder hatte Hauptkommissar Johannsen erkannt.

»Wir wissen nicht, wo der zweite Täter ist. Möglicherweise

hat er zwei Geiseln«, erklärte Lüder und zeigte in Richtung des Plenarsaals.

Johannsen hob den linken Arm und winkte seine Männer heran. Wie Schatten huschten sie an Lüder vorbei und gingen hinter den beiden geschlossenen Kabinen für Medienvertreter in Deckung. Zwei Beamte liefen zur Treppe, die zur Besuchertribüne hinaufführte.

Vorsichtig arbeiteten sich die Männer vorwärts. Lüder lugte um die Ecke und konnte jetzt in den lichtdurchfluteten Sitzungssaal hineinsehen. Er war als Glaswürfel hinter dem alten Gebäude angefügt und von drei Seiten durch eine Fensterfront nach allen Seiten offen. Das helle Holz unterstrich die Leichtigkeit des Raumes. In der linken Ecke war auf einem Podium der Platz des Landtagspräsidiums untergebracht, in dessen Rücken eine im gleichen Holz gehaltene Wand die Umrisse des Landes aufnahm. Rechts oben prangte das Landeswappen. Vor dem Präsidiumstisch stand das Rednerpult. Vier Tischreihen, davon die letzte durch das verkleinerte Parlament nicht mehr genutzt, nahmen die Parlamentarier auf; jeder hatte ein eigenes Pult. Zwischen den Blöcken gab es Lücken.

Lüder wusste, dass diese die Fraktionen voneinander trennte. Lüder sah sich um. Wo mochte Blaczyk sitzen? Ganz bestimmt in der hintersten Reihe. Aus Lüders Perspektive lag links neben dem Platz des Landtagspräsidiums die Regierungsbank. In drei wie im Theater ansteigenden Reihen fanden der Ministerpräsident und seine sieben Minister ebenso Platz wie die Staatssekretäre, der Regierungssprecher und der Chef der Staatskanzlei.

Alles wirkte ruhig und friedlich. Plötzlich drang ein Ruf von der Zuschauertribüne. Einer der SEK-Beamten hatte offenbar etwas entdeckt.

»Täter verbirgt sich am Platz des Landtagspräsidenten«, rief er.

»Polizei«, brüllte Hauptkommissar Johannsen. »Hände hoch. Ich will die Hände sehen.«

Nichts rührte sich. Gebückt huschten die Beamten von beiden Seiten durch die Bankreihen, bis sie den Präsidiumssitz eingekesselt hatten. Alles spielte sich in Sekundenschnelle ab.

Lüder bewunderte die SEK-Leute. Wenn Stojanović das Feuer eröffnete hätte, würde das dünne Holz des Mobiliars keinen wirksamen Schutz abgeben.

Johannsen wiederholte mehrfach seine Aufforderung. Ganz langsam tauchte eine Hand mit einer Pistole hinter dem Pult auf. Dann erschien über dem Rand des Tisches der Haaransatz, schließlich der Kopf, bis Stojanović insgesamt dort oben stand und die Hände in die Höhe streckte. Im Nu war er von den SEK-Beamten umzingelt, entwaffnet und niedergerungen. Kommandos erschallten.

Weitere Beamten hetzten durch die Stuhlreihen und suchten nach den beiden Geiseln, bis ein Streifenpolizist in der Türöffnung erschien und sagte: »Entwarnung. Wir haben die beiden Männer gefunden. Sie waren in der Kantine und haben Kaffee getrunken.«

Lüder atmete tief durch. Der Überfall war glimpflich abgelaufen. Es gab keine Verletzten. Was mochte die beiden Männer bewogen haben, so dilettantisch vorzugehen? Sie mussten gewusst haben, dass das Landeshaus gut gesichert war. Zumindest hatten alle Schutzmaßnahmen gegriffen. Hätte der Landtag nicht für die Besucher der Ausstellung offen gestanden, wären die beiden gar nicht ins Haus gelangt.

Das Abführen der Täter übernahm das SEK. Es würde das weitere Prozedere folgen: Die Spurensicherung würde erscheinen, andere Beamte würden die Landtagsmitarbeiter verhören. Es lag viel Arbeit vor den Polizisten.

Der Verhörraum war nüchtern eingerichtet und wies keinerlei Ähnlichkeit mit den phantasievollen Einrichtungen in Fernsehkrimis auf. Lüder hatte Dragan Stojanović als Ersten vorführen lassen. Der Serbe flegelte sich auf den Stuhl gegenüber, schob sich ein Stück vom Tisch zurück und schlug die Beine übereinander.

Lüder erledigte die Formalitäten und fragte Stojanović, ob er zu einer Aussage bereit sei und anwaltlichen Rat in Anspruch nehmen wolle. Der Mann sah Lüder aus zusammengekniffenen Augen an. Ein zynisches Lächeln umspielte seine Lippen. Dann verschränkte er die Arme vor der Brust und grinste breit.

»Ich gehe davon aus, dass Sie keine Verständigungsprobleme haben«, erklärte Lüder. Es folgten die Vorwürfe der Mittäterschaft an der Ermordung Rochus von Meyers, des bewaffneten Überfalls auf das Landeshaus und der Erpressung und Bedrohung des Abgeordneten Blaczyk.

Stojanović verzog keine Miene. Unablässig feixte er sich eins. Er wich auch Lüders Blick nicht aus. Es würde schwer werden, ihm ein Geständnis zu entlocken, dessen war sich Lüder sicher. Zum Glück hatten sie stichhaltige Beweise: die Zeugenaussagen aus Bad Segeberg und die Verhaftung auf frischer Tat in Kiel. Lüder war davon überzeugt, auch von Behrendorf zum Reden bringen zu können. Der Graf würde sein Schweigen brechen, wenn die Position des Herzogs in Gefahr geriet.

Lüder erklärte Stojanović die Ausweglosigkeit seiner Situation. Den Angriff auf das Landeshaus konnte er nicht leugnen. Hoffte der Serbe, man könne ihm die Beteiligung am Mord in Bad Segeberg nicht nachweisen? Stojanović dürfte kaum über hinreichend juristischen Sachverstand verfügen, um abwägen zu können, ob das Gericht ihn härter bestrafen würde, wenn er kein Geständnis ablegte. Oder hielt sich Stojanović aus Loyalität gegenüber seinem Auftraggeber zurück? Reichte dessen Macht so weit, dass der Serbe auch eine längere Gefängnisstrafe in Kauf nahm?

Lüder versuchte mehrfach, den Mann zum Reden zu bewegen. Vergeblich. Schließlich grinste er Stojanović auch an, schaltete die Aufzeichnungstechnik ab und sagte: »Serben mögen die Muslime im Knast besonders gern. Die albanischen Zuhälter werden begeistert sein, wenn sie durch den Flurfunk hören, dass ein serbischer Söldner unter ihnen weilt. Da wird jedes Duschen zu einem Abenteuer.«

Schlagartig verfinsterte sich Stojanovićs Miene. Er presste die Zähne zusammen. Ein todbringender Blick streifte Lüder. Aber der Mann blieb bei seinem eisernen Schweigen.

Lüder ließ Stojanović in die Zelle zurückbringen und Nagel vorführen.

Der ließ sich auf den noch weitab stehenden Stuhl fallen, lehnte sich zurück, spreizte die Beine und ließ seine rechte

Hand zwischen die Oberschenkel gleiten, um ausgiebig seine Männlichkeit zu kratzen. Lüder ließ diese provozierende Geste unbeeindruckt. Nach Aufzählung der Formalitäten nannte er die gegen Nagel erhobenen Vorwürfe. Bei der Erwähnung des Mordes flatterten die Augenlider des Mannes. Als Lüder von den Erkenntnissen der Spurensicherung und Kriminaltechnik sprach, von den Ermittlungsergebnissen in Sachen Schießtraining, dem Kauf des BMW 325i und daraus den Zusammenhang zum »Geldabheben des Auftraggebers« ableitete, bebten Nagels Nasenflügel. Der Schweiß stand ihm in dicken Tropfen auf der Stirn.

»Das ist erstunken und erlogen«, behauptete er.

»Ihr Komplize hat einen höheren Intelligenzquotienten als Sie«, erwiderte Lüder und registrierte, wie es in Nagel arbeitete.

»Sie meinen, er hat was erzählt?«

»Stojanović hat das getan, was für ihn gut ist«, sagte Lüder.

»Was heißt das? Hat er gestanden?«

Lüder zog nichtssagend die Schultern in die Höhe.

Nagel fasste unter die Sitzfläche, erhob sich ein wenig und rückte mit dem Stuhl an den Tisch heran. »Das ist nicht wahr. Ein Trick, oder?«

Lüder reagierte nicht auf die Frage. Er klappte sein Netbook auf und begann, etwas hineinzutippen. Zwischendurch sah er immer wieder über den Rand des Bildschirms zu Nagel hinüber und schüttelte dabei unmerklich den Kopf.

»Schlimm«, murmelte er, oder: »Das ist böse.« Mit Belustigung stellte er fest, wie Nagel immer unruhiger wurde.

»Was soll das?« Die Nervosität Nagels sprang Lüder aus jedem Wort entgegen.

Lüder beschäftigte sich weiter mit seinem Netbook. »Das ist selbst für erfahrene Profis spektakulär. Aber man lässt immer die Dummen büßen. Nur die gehen zu dicht ans Feuer und verbrennen sich.« Lüder tat, als hätte er Nagel vergessen.

»Was ist nun? Ich sitze hier wie ein Blöder.« Nagel beugte sich vor, griff über den Tisch und klappte Lüders Netbook zu.

»Ah, Herr Nagel.« Lüder ließ es überrascht klingen. »Wollen Sie mir etwas sagen?«

»Das ist doch alles Quakikram, was Sie hier erzählen.«

»Keineswegs. Ich habe Ihnen doch aufgezählt, dass Sie überführt sind und wir viele Beweise und Zeugen haben.«

»Stojanović hat nix gesagt. Der nicht. Das ist mein Kumpel.«

»Selbst Ehepaare, die sich ›gemeinsam und untrennbar bis zum Tod‹ geschworen haben, sind an diesem Platz«, dabei zeigte Lüder auf Nagel, »ihrem Eid untreu geworden. Wir mussten mehrere Polizeikräfte einsetzen, um Schlimmeres zu verhindern, als die sich wieder begegneten.«

»Dragan sagt nichts. Nie.« Es klang wie eine Selbstbeschwörung. »Oder?«

»Sie erfahren es spätestens, wenn Ihr Fall vor Gericht verhandelt wird und Sie erstaunt sein werden, wer als Belastungszeuge gegen Sie auftritt.« Lüder kratzte sich hinterm Ohr. »Andere sind klüger als Sie. Gibt es eigentlich irgendetwas, das Sie besser können?«

»Als Dragan?«

»Zum Beispiel.«

Nagel öffnete den Mund, als wolle er sprechen, überlegte es sich aber im letzten Moment noch einmal.

»Dachte ich mir. Er ist Ihnen in allen Dingen überlegen. Selbst im Schießen. Hat Jörg vom Schießstand behauptet.«

»Das stimmt nicht. Ich bin gut. Verdammt gut.«

»Ehrlich?«

»Aber klar doch.« Nagel kniff ein Auge zusammen, legte den Kopf leicht schief, streckte beide Arme vor und simulierte das Anlegen eines Gewehrs. Nach dem Ausatmen sagte er: »Bumm.«

»Sauberer Schuss«, bestätigte Lüder. »Das macht Ihnen keiner nach. Aus der Entfernung und dann den Richtigen treffen. Absolut sicher.«

»Ja«, bestätigte Nagel und wirkte eine Spur zufriedener.

»Das macht die Präzision des G82«, relativierte Lüder.

»Nix da. Mit so einem Schießprügel muss man umgehen können. Nicht jeder Dorftrottel ist so gut wie Sebastian Vettel, bloß weil er einen Ferrari unterm Hintern hat.«

»Schießen und Treffen aus großer Distanz ist Ihr Spezialgebiet?«

Nagel nickte. »Das kann man sagen.«

»Also haben Sie in Bad Segeberg Rochus von Meyer erschossen.«

»Ich? Nei–« Nagel brach mitten im Wort ab. Dann trommelte er auf die Tischplatte. »Oh verdammte Scheiße«, schrie er.

»Wer hat Ihnen den Auftrag erteilt? Wollen Sie behaupten, Sie hätten ein Verhältnis mit von Meyers Frau gehabt und wollten deshalb den Ehemann aus dem Weg räumen?«

»Das ist doch Senf, was Sie da sagen. Ich kenne die Frau nicht.«

»Und von Meyer?«

»Das arrogante Arschloch. Der hat unsereinen doch gar nicht angesehen.«

»Louis von Behrendorf ist der Einzige, der mit Ihnen gesprochen hat?«

»Auch nur, wenn er was wollte.«

»Zum Beispiel einen Mordauftrag erteilen?«

»Das war doch kein Mordauftrag.«

»Wollten Sie von Meyer nur mit Platzpatronen erschrecken? Oder als Statist bei den Karl-May-Festspielen mitwirken?«

Nagel biss sich auf die Lippe, dass sie zu bluten begann.

»Wer hat Sie beauftragt? Von Behrendorf oder ein anderer?« Lüder unterließ es, den Namen des Sicherheitschefs zu erwähnen. Er wollte Nagel nichts suggerieren.

»Ich sag nix mehr.«

»Ja, ja«, stellte Lüder fest. »Jetzt kommt der Klassiker. Sie wollen Ihren Anwalt sprechen.«

Nagel nickte heftig. »Genau.« Dann hielt er sich wie ein kleines Kind die Ohren zu.

Sicher hingen alle Taten irgendwie zusammen. Von Behrendorf war der Auftraggeber für den Mord an von Meyer. Hatte er die beiden Mörder selbst gedungen, oder war der Auftrag über Hochstetter gelaufen? Es war nur eine Vermutung, dass von Behrendorfs Barabhebung in Höhe von zwanzigtausend Euro das Blutgeld war.

»Sie waren der Verlierer«, sagte Lüder. »Sie haben geschossen und bekommen trotzdem nicht mehr als Stojanović.«

»Der war genauso daran beteiligt. Er hat gezeigt, wo das Opfer sitzt. Ohne Dragan hätte ich es nie unter den vielen Zuschauern gefunden. Außerdem hat er alles organisiert. Er hat aufgepasst, dass wir aus Plön wegkonnten, ohne dass es aufgefallen ist. Dragan ist auch gefahren. Das war ein todsicherer Plan. Wir haben ein hundertprozentiges Alibi. Das kann auch Herr Hochstetter bestätigen.«

»Hat er das gesagt?«

»Das ist doch selbstredend. Ein hundertprozentiges Alibi«, wiederholte Nagel in einer Endlosschleife, als Lüder ihn abführen ließ.

Martin Hochstetter zeigte sich ungehalten, als Lüder ihn auf dem Mobiltelefon anrief.

»Es reicht«, knurrte der Sicherheitschef. »Sie können nicht beliebig über meine Zeit verfügen. Ihre Vorgehensweise mutet befremdlich an. Ich werde Ihren Wünschen nicht mehr nachkommen.«

»Doch«, erwiderte Lüder ungerührt. »In einer halben Stunde.«

»Nein!«

»Dann werde ich Sie von den uniformierten Kollegen abholen lassen. Sie können Ihren Mitarbeitern Stojanović und Nagel Gesellschaft leisten. Beide befinden sich in polizeilichem Gewahrsam. Gegen sie liegt ein Haftbefehl vor.«

»Bitte?« Das Erstaunen war nicht zu überhören.

Lüder berichtete von den Tatvorwürfen wegen Mordes, Erpressung, Nötigung und »manchem anderen, unter anderem wegen eines bewaffneten Überfalls auf unser Parlament«.

Es blieb stumm in der Leitung.

»Herr Hochstetter?«

»Sie wollen nicht sagen, dass die Männer, die heute Vormittag den Landtag angegriffen haben, Nagel und Stojanović waren?«

»Doch. Möchten Sie auch noch wissen, ob die beiden Täter in der Uniform Ihres Unternehmens aufgetreten sind?«

»Mein Gott«, kam es stoßweise aus der Leitung.

»Ich kann Ihnen nicht ersparen, dass Sie als Verdächtiger gehört werden.«

»Das ist alles nicht wahr.« Lüder hörte, wie Hochstetter nach Luft rang. »Ein böser Traum.«

»Böse ja, aber Realität.« Lüder sah auf seine Armbanduhr. »Es vereinfacht die Sache, wenn Sie sich freiwillig stellen. Sonst müsste ich Sie zur Fahndung ausschreiben.«

Hochstetter fragte nach der Adresse und erschien eine Dreiviertelstunde später auf dem Landeskriminalamt. Er war kreidebleich, als er von einem Beamten in Lüders Büro geführt wurde. Schwer atmend ließ er sich auf einen Besucherstuhl fallen.

»Sie wollen mich nur einschüchtern«, begann Hochstetter unaufgefordert.

»Sie wissen, dass Ihre Bemerkung reine Rhetorik ist. Das wären nicht die Methoden der deutschen Polizei. Leider entsprechen die Vorwürfe der traurigen Wahrheit. Die Beweislage ist erdrückend.« In groben Zügen erläuterte Lüder die bisherigen Ermittlungsergebnisse. »Die ausgefeilte Logistik hinter dem Mord an von Meyer konnte nicht von Nagel oder Stojanović erbracht werden. Oder?«

Hochstetter fuhr sich mit der Zungenspitze über die Lippen. »Nagel wäre dazu nicht in der Lage«, erwiderte er.

»Haben Sie die Fähigkeiten Stojanovićs unterschätzt?«

»Wer denkt an solchen Wahnsinn«, antwortete Hochstetter ausweichend.

»Die Erfahrung zeigt uns, dass die Täter irgendwann die Namen ihrer Auftraggeber ausplaudern. Für mich steckt jemand dahinter, der über entsprechende organisatorische Fähigkeiten verfügt. Können Sie Schach spielen?«

Hochstetter sah Lüder irritiert an. »Ich verstehe nicht …«, stotterte er.

»Um ein guter Schachspieler zu sein, reicht es nicht, das Formale der Figurenbewegung zu kennen. Man sollte möglichst viele Spielzüge vorausdenken können, nicht nur die eigenen, sondern auch die des Gegners. Wer das Spiel beherrscht, achtet auf den Gesamterfolg, nicht auf Nebensächlichkeiten. Betrachten wir einmal die Bauern im Spiel.« Lüder griff eine Handvoll Büroklammern, schüttete sie vor sich hin, sortierte und ordnete sie nebeneinander an. Dann schob er eine der Büroklammern mit dem Zeigefinger um eine Länge nach vorne. »Die Bauern können nur in eine Richtung marschieren. Vorwärts. Sie sind die schwächsten Figuren. Das hindert sie aber nicht daran, aus einer passenden Konstellation heraus Offiziere zu schlagen. Im Allgemeinen werden sie aber nur taktisch eingesetzt und auch geopfert, wenn es gilt, übergeordnete Ziele zu erreichen. Können Sie mir so weit folgen?«

Hochstetter war gebannt Lüders Vortrag gefolgt. »Nagel und Stojanović.«

Lüder nickte und tippte auf die beiden Büroklammern. »Die wurden ins Spiel gebracht, um einen Stellungsvorteil zu erzielen. Dafür wurde auch eine andere Figur geopfert, sagen wir: ein Läufer.«

Der Sicherheitschef hatte sich über den Schreibtisch gebeugt. »Baron von Meyer?«

»So könnte man meinen. Von Meyer war kein Turm. Ich glaube auch nicht, dass er sich wie ein Springer bewegen konnte. Er war für lange, aber nur in eine Richtung führende Aktionen einsetzbar.«

»Sie haben eine eigentümliche Art«, sagte Hochstetter staunend.

Lüder spitzte die Lippen. »Wenn es der Sache dienlich ist …«

»Und welche Rolle nehme ich Ihrer Ansicht nach ein?«

»Das möchte ich gern von Ihnen hören. Auch wenn die Bauern untergeordnet sind, gibt ihnen ein guter Spieler Deckung. Sind Sie eine der Figuren, die zur Absicherung der Bauern eingesetzt werden?«

»Ich …« Hochstetter verschluckte sich und hustete. »Ich bin an diesem Spiel nicht beteiligt«, setzte er erneut an.

»Sinn des Spiels ist es, den König zu schlagen«, fuhr Lüder fort. »Ich möchte Ihre Position nicht schmälern, aber der König sind Sie nicht.«

»Klar. Das ist der Herzog«, behauptete Lüders Gegenüber.

»So könnte man vermuten. Wer hat eine noch stärkere Position als der König?«

»Keine Figur. Äh – doch. Die Dame. Die agiert nach Belieben.«

»Genau. Wenn wir unterstellen, dass von Behrendorf die Dame im Spiel ist, die kreuz und quer über die Felder hüpft, immer auf der Suche, Vorteile zu erzielen und dabei den König zu schützen, kann es auch vorkommen, dass in höchster Not selbst die Dame geopfert wird.«

»Graf von Behrendorf, nach dem Sie fieberhaft suchen.«

Lüder hob zustimmend die Hand. »Wenn es aber ein Spiel auf Leben und Tod ist, wäre ein außergewöhnlich kluger Schachspieler vielleicht sogar bereit, die Regeln zu durchbrechen und klammheimlich Dame und König auszutauschen.«

Am ratlosen Blick Hochstetters erkannte Lüder, dass der Mann ihm nicht mehr folgen konnte.

»Es ist ärgerlich, wenn Sie die Dame opfern. Fällt dann der König, glauben alle, Sie hätten das Spiel verloren. Dabei liegt der wahre Machthaber unbeachtet in Gestalt der Dame neben dem Schlachtfeld.«

Hochstetter verstand ihn nicht mehr. Lüder war es recht. Der Sicherheitschef hatte sich nie vorstellen können, dass jemand anders als der Herzog an der Spitze des Imperiums saß.

»Unsere Betrachtung lässt sich nur noch in einem Punkt steigern. Wer hat noch mehr Macht als König oder Dame?«

»Niemand«, behauptete Hochstetter.

»Doch«, erwiderte Lüder. »Der Schachspieler, der die Figuren setzt. Und der hat einen Gegner.«

Der Sicherheitschef fuhr sich mit dem Ärmel über die Stirn. »Sie werden mir unheimlich. Der Gegner sind Sie.«

»Richtig.«

»Und wer setzt die Figuren auf der anderen Seite?«

»Sagen Sie es mir«, forderte Lüder den Mann auf.

Hochstetter sackte im Stuhl zusammen. »Ich weiß es nicht.« Es klang wie ein Geständnis.

»Wer hat Sie beauftragt, für Nagel und Stojanović die Tatausführung zu planen und zu organisieren?«

»Ich schwöre, dass ich daran nicht beteiligt bin. Es sind manche Dinge passiert, die mir merkwürdig vorkamen. Auf vieles konnte ich mir keinen Reim machen. Es erscheint alles so einfach. Man gründet ein Unternehmen, wie ich zum Beispiel in der

Sicherheitsbranche. Dann ist man ein gemachter Mann und verdient das große Geld. Sehen Sie sich doch einmal um unter den Gestrandeten der Gesellschaft. Da finden Sie zuhauf Menschen, die nie wieder im Leben auf die Beine kommen, weil sie in ihrer Selbstständigkeit gescheitert sind. Es gibt immer wieder gute Ratschläge von Gründungsberatern. Man sollte diversifizieren. Sie sind aber froh, wenn Sie zunächst einen großen Auftraggeber haben.«

»Für Sie ist es das Schloss Plön.«

Hochstetter nickte. »Richtig. Das hat Graf von Behrendorf auch erkannt. Er hat mich vor einiger Zeit angesprochen und mir eine stille Beteiligung angeboten.«

»Mit welchem Ziel?«

»Konkrete Forderungen hat er noch nicht formuliert. Seitdem bin ich in einer misslichen Situation. Gehe ich auf sein Angebot ein, nimmt er Einfluss auf meine geschäftlichen Aktivitäten. Ich hatte immer die Vermutung, dass von Behrendorf in Dinge involviert ist, die nicht sauber sind.«

»Haben Sie konkrete Anhaltspunkte?«, fragte Lüder.

»Nein. Einer wie von Behrendorf ist immer misstrauisch. Gegenüber jedermann. Er hätte sofort Verdacht geschöpft.«

»Sie haben sich geweigert, mit ihm zusammenzuarbeiten?«

»Nein«, sagte Hochstetter kleinlaut. »Ich fechte seitdem einen inneren Kampf aus. Bei einem Ja begebe ich mich auf ein Feld, das ich nicht beackern möchte. Ein Nein bedeutet aber das Ende des Auftrags für das Plöner Schloss. Das wäre eine Zäsur für mein Unternehmen, die nur schwer zu überstehen wäre. Sie sind von Behrendorf nie persönlich begegnet? Aus purer Boshaftigkeit würde er auch nicht davor zurückschrecken, das Gerücht zu streuen, mein Sicherheitsunternehmen sei unzuverlässig.« Hochstetter hob die Hände, drehte die Handflächen nach oben und hielt sie Lüder hin. »Wie ich mich auch entscheide – es ist falsch.«

»Es sei denn, Sie stellen Ihre vermeintliche Loyalität unter Beweis und führen Aufträge aus, die jenseits aller Rechtsnormen sind.«

Hochstetter schlug die Hände vors Gesicht. »Ich bin erledigt«, sagte er hechelnd.

»Zumindest stehen Sie nicht mehr im unmittelbaren Verdacht, der Organisator des Mordes an Rochus von Meyer zu sein«, sagte Lüder beiläufig.

Sein Gegenüber sah ihn durch die gespreizten Finger an.

»Sie hätten mir kaum von Ihrer ausweglos erscheinenden Lage berichtet, wenn Sie sich daraus zu befreien versucht hätten, indem Sie den Mordauftrag übernommen hätten.«

»Ich wünschte, von Behrendorf wäre an von Meyers Stelle gewesen. Sie glauben nicht, wie skrupellos dieser Mann ist.«

»Das wäre natürlich auch eine Lösung«, sagte Lüder. »Von Behrendorf plant und führt allerlei Teuflisches aus. Zu guter Letzt wird er selbst beiseitegeschafft. Haben Sie so gehandelt?«

»Ich habe niemanden ermorden lassen. Oder gar selbst getötet. Zu keiner Zeit«, versicherte Hochstetter.

Lüder schien, ein gebrochener Mann verließ sein Büro, als der Sicherheitschef ging.

Louis von Behrendorf hatte zahlreiche Kontakte. Nicht nur in Schleswig-Holstein, sondern vermutlich überall auf der Welt. Dank seiner Verbindungen sollte es möglich sein, unterzuschlüpfen. Und mit Geld, an dem es ihm nicht mangelte, konnte man sich auch vieles beschaffen. Dennoch war es merkwürdig, dass der Graf wie vom Erdboden verschluckt schien. Nirgendwo hatte die Polizei eine Spur entdecken können. Lüder bat Kellermeyer zu sich und trug ihm eine Bitte vor.

»Wird erledigt«, sagte der Oberkommissar und verschwand wieder auf dem Flur.

Es war spät geworden. Zeit, Feierabend zu machen.

NEUN

Es war eine unruhige Nacht gewesen. Immer wieder war er wach geworden und hatte sich hin und her gewälzt. Margit war es nicht verborgen geblieben.

»Was ist mit dir?«, hatte sie gefragt.

»Der Fall«, hatte er geantwortet. »Ich weiß, dass ich kurz vor der Aufklärung stehe. Es fehlt noch das letzte Puzzleteil.«

»In der Zeitung las ich, dass vor einiger Zeit im Husumer Jugendtreff ein Riesenpuzzle zusammengesetzt wurde. Daran haben eine Menge Leute mitgewirkt. Schließlich stellte man fest, dass insgesamt ein paar Teile fehlten. Die waren nicht mitgeliefert worden. Der Hersteller hat sie unkonventionell nachgeliefert.«

»Leider gibt es bei uns keine derartigen Helfer«, hatte Lüder geantwortet und es zugelassen, dass Margit sich bei ihm eingekuschelt hatte. Kurz darauf hatten ihre gleichmäßigen Atemzüge angezeigt, dass sie wieder in den Schlaf gefunden hatte.

Jetzt saß er müde am Schreibtisch, trank die Neige aus dem Kaffeebecher und begab sich in den Verhörraum. Zwei Minuten nach ihm wurde Nagel gebracht. Der Mörder musste eine ebenso schlaflose Nacht hinter sich gebracht haben. Er war blass. Die Augen lagen tief in den Höhlen und wurden von einem dunklen Schatten umrahmt.

Nagel hatte sich weder gewaschen noch rasiert. Er roch unangenehm.

»Wer ist Ihr Auftraggeber?«, fragte Lüder. »Hören Sie auf, den Unbeugsamen zu spielen. Aus dieser Nummer kommen Sie nicht mehr heraus. Sie sind ein viel zu kleines Licht, um die ganze Last allein tragen zu können.«

»Dragan«, sagte Nagel kaum hörbar.

»Stojanović ist Ihr Boss?«

»Dragan ist mein Freund, nicht der Boss.«

»Sie haben aus Freundschaft gemordet?«

»Dragan hat die Kontakte. Ich weiß nicht, zu wem. Ehrlich, Mann. Er hat es mir nicht verraten. ›Ist besser für dich‹, hat er gesagt. ›Alles sauber. Das merkt keiner. Das ist so perfekt, da kommen die Bullen nicht in tausend Jahren drauf. Und – wir haben ein hundertprozentiges Alibi.‹ Scheiße!«

»Wann haben Sie den Auftrag erhalten, den Überfall auf das Landeshaus auszuführen?« Zu der Zeit war Louis von Behrendorf schon längere Zeit abgetaucht. Gab es einen anderen Auftraggeber? Oder hatte von Behrendorf eine Möglichkeit gefunden, sich bei Stojanović zu melden?

»Das war alter Senf. Dragan hat gesagt, wir sollen diesen Politikfuzzi –«

»Den Landtagsabgeordneten Blaczyk«, warf Lüder ein.

»Den sollten wir erschrecken.«

»Ermorden?«

»Quatsch. Nur ein bisschen rumballern. Nicht gleich umlegen. Wer ahnt, dass da ein Bulle in der Hütte rumhockt und sofort losknallt. Ist doch Mist, so was. Nee. Das war alles große Scheiße. Alles.«

Dem war nichts hinzuzufügen.

Dragan Stojanović, den Lüder anschließend zum Verhör holen ließ, blieb bei seiner Linie. Er schwieg. Lüder konfrontierte ihn damit, dass die Behörden herausgefunden hätten, dass er ein Mitinitiator des Mordes war und als treibende Kraft des Mörderduos anzusehen sei. Auch dazu äußerte sich Stojanović nicht.

Ergebnislos ließ Lüder ihn wieder abführen.

Anschließend kündigte er seinen Besuch bei von Meyers Witwe in Dersau an.

»Das geht nicht«, wehrte die Frau ab. »Morgen ist die Beerdigung. Vielleicht nächste Woche. Oder gar nicht. Das wäre das Beste.«

Lüder ließ sich nicht darauf ein und fuhr in das Dorf am Großen Plöner See. Er parkte seinen BMW neben dem Cabrio des gleichen Herstellers. Auch der VW Touran mit dem Ostholsteiner Kennzeichen stand vor dem Walmdachbungalow. Er hatte den Hauseingang noch nicht erreicht, als die Tür aufgerissen wurde und Susanna Tackenberg-von Behrendorf im Türrahmen auftauchte.

Die Schwägerin von Meyers hatte die Hände in die Hüften gestemmt und schrie Lüder entgegen: »Sie sind ein unverschämter Kerl. Trauen Sie sich wirklich hierher? Meine Schwester hat Ihnen erklärt, dass morgen die Beisetzung stattfindet. Es ist überaus pietätlos, die Familie mit Ihren Fragen zu behelligen. Scheren Sie sich sonst wohin. Wir werden unsere Beziehungen nutzen, um Ihren üblen Machenschaften ein für alle Mal ein Ende zu bereiten.«

»Moin, Frau Tackenberg«, ließ sich Lüder von diesem überraschenden Empfang nicht beeindrucken. »Die Suche nach den Verantwortlichen für den Mord an Ihrem Schwager duldet keinen Aufschub, zumal wir die Täter verhaftet haben.«

Die Frau öffnete den Mund wie ein Fisch auf dem Trockenen. »Sie haben – was?«

Lüder war inzwischen auf dem Eingangspodest angekommen und zeigte auf die Tür. »Ich würde jetzt gern mit Frau von Meyer sprechen.«

Die Schwester unterließ jede Gegenmaßnahme, als Lüder die Tür ganz öffnete, an Frau Tackenberg vorbeiging und im Vorübergehen fragte: »Im Salon?«

Er steuerte das großzügige Wohnzimmer an und fand die Witwe des Mordopfers in fast schon gewohnter Pose zusammengekauert auf dem Sofa.

»Moin. Haben Sie es eben gehört? Wir haben die Mörder Ihres Mannes gestern festgenommen.«

Im Unterschied zu ihrer Schwester reagierte Christina von Meyer fast apathisch. »Schön«, sagte sie leise. Sonst zeigte sie keine weitere Reaktion.

Lüder war überrascht. Üblicherweise drängten die Angehörigen beim Übermitteln einer solchen Nachricht auf Einzelheiten. Wer? Wie? Warum? Die Frau sah Lüder aus müden Augen teilnahmslos an. Frau Tackenberg hatte sich schräg hinter Lüder aufgebaut.

»Wer sind die Täter?« Sie hatte ihre Forschheit zurückgewonnen.

»Die Namen sagen Ihnen nichts. Es handelt sich um zwei Mitarbeiter des Sicherheitsdienstes.«

»Das wird immer schöner«, fauchte Susanna Tackenberg. »Wem kann man heute noch vertrauen, wenn sogar die Leute, denen man die eigene Sicherheit in die Hände legt, zu Mördern werden?« Sie umrundete Lüder und baute sich vor ihm auf. »Welches Motiv hatten diese Leute? Raubmord?«

»Kaum.«

Lüder erkannte an der Mimik der Frau, dass sie ihren Fehler selbst bemerkt hatte. Es musste der sonst so couragiert erscheinenden Schwester unter Stress entgangen sein, dass der Verweis auf »Raubmord« ein untrüglicher Versuch war, abzulenken. Wenn jemand aus einer großen Distanz erschossen wurde, konnte es sich nicht um Raubmord handeln.

»Die Täter sind ermittelt. Sie haben aber im Auftrag gehandelt.«

»Undenkbar«, ereiferte sich Frau Tackenberg. »Wer sollte auf die Idee kommen, meinen Schwager zu töten?«

»Es gibt viele Motive. So kommen auch zahlreiche Auftraggeber in Frage.«

»Hirngespinste.«

Lüder stand immer noch mitten im Raum. »Wer hat dem Finanzamt die anonymen Hinweise zugespielt? Das muss jemand gewesen sein, der mit den Details vertraut war. Haben Sie die Frage mit Ihrem Mann erörtert?«, wandte sich Lüder an Frau von Meyer.

»Lassen Sie meine Schwester zufrieden«, mischte sich Susanna Tackenberg ein.

»Ich weiß, dass es für die Hinterbliebenen schmerzhaft ist, wenn die Polizei Fragen stellt«, sagte Lüder. »Dennoch ist es unerlässlich. Ich kann es Ihnen nicht ersparen.«

»Ihnen fehlt jedes Augenmaß für Menschlichkeit«, begann Frau Tackenberg mit der nächsten Tirade.

Zu Lüders und auch ihrer Schwester Überraschung hatte sich Christina von Meyer ein wenig aufgerichtet. »Lass, Susanna«, sagte sie mit leiser Stimme. »Ich kann nicht mehr. Gerade heute, am Vortag von Rochus' Beerdigung, ist die Belastung übermächtig.«

Frau Tackenberg eilte zu ihr, legte ihr den Arm um die Schulter und sagte: »Liebes. Sei leise. Du stehst unter einer enormen nervlichen Belastung. Sag nichts, was du morgen bereuen würdest. Verstehst du mich?« Dabei schüttelte sie sanft den Oberkörper ihrer Schwester.

»Ich muss mich davon befreien«, antwortete die Witwe. Sie sah ihre Schwester an. »Ich halte das nicht länger aus.«

»Nichts ist geschehen«, versuchte Frau Tackenberg ihr zu versichern.

»Du sagst ›nichts‹! Susanna! Rochus ist tot.« Christina von Meyer streckte den Arm aus und zeigte auf einen allein stehenden Sessel. »Das war sein Platz. Ich sehe ihn noch immer dort sitzen. In meiner Phantasie ist er allgegenwärtig. Er war nicht nur mein Mann. Ich sehe ihn auch, wenn ich unsere Kinder ansehe. Sie haben ihren Vater verloren. Daran sind wir schuld. Wir beide.«

»Du solltest eine Tablette nehmen. Das ist alles zu viel für dich«, versuchte Frau Tackenberg zu beschwichtigen. Dabei krallten sich ihre Finger in die Schulter der Witwe.

Christina von Meyer befreite sich aus der Umklammerung. »Es reicht«, sagte sie mit überraschend fester Stimme und sah Lüder mit tränenverschleiertem Blick an. »Ich habe meinen Mann geliebt. Wirklich.« Sie streifte mit einem Seitenblick ihre Schwester. »Das ist in unseren sogenannten Kreisen durchaus keine Selbstverständlichkeit. Der Ehepartner verkommt dort oft zur gesellschaftlichen Staffage. Jeder ahnt es, ach was – weiß es. Aber niemand spricht es aus. Das war bei uns anders. Rochus war ein guter Mann. Einer mit Herz. Er war klug und gebildet. Und tüchtig. Er war kein Protegé, sondern hat sich die Position, die er innehatte, hart erarbeitet.«

»Sie meinen, als Generalbevollmächtigter des Herzogs«, warf Lüder ein.

»Dazu hat ihn die Presse hochstilisiert. Rochus war für die kaufmännischen Belange zuständig. Natürlich haben Sie in dieser Position eine gewisse Gestaltungsmöglichkeit. Und auch Macht. Aber ohne den Herzog geht nichts. Der Mann an dessen Seite ist Graf Nyíregyháza, der engste Vertraute des Herzogs.«

»Und Louis von Behrendorf?«

»Louis? Das ist der Macher.« Sie zwang sich zum Anflug eines Lächelns. »Wir nennen ihn in der Familie den Schneepflug. Er räumt alles aus dem Weg, was den Zug aufhalten könnte.«

»Welche Rolle spielte Ihr Mann?«

»Der hat sich zu Tode gearbeitet.« Sie erschrak, als sie sich ihrer Worte bewusst wurde. »Rochus kannte nur noch seinen Job. Er fand keine Ruhe mehr, konnte nicht schlafen, hielt sich nur noch mit Hilfe von Aufputsch- und Beruhigungsmitteln am Funktionieren. Ich hatte Angst um ihn. So ging es nicht weiter. Er wäre mir zusammengebrochen. Manager. Im Unterschied zum Unternehmer verwalten Sie fremde Gelder. Man erwartet, dass Sie gut sind. Selbstverständlich. Und wenn Sie Erfolge erzielen, nimmt man es zur Kenntnis. Eventuell hören Sie ein ›Gut gemacht‹. Im nächsten Jahr müssen Sie das Ergebnis verbessern. Das wird vorausgesetzt. Das ist eine Spirale, aus der Sie nicht wieder herauskommen. Auch Rochus war in diesen Strudel geraten. Kreativität ist gefragt. Wie wir jetzt wissen, waren Rochus' Ideen fehlgeleitet. Ich hatte große Angst um meinen Mann. Aber er war für mich nicht mehr erreichbar. Da habe ich mich meiner Schwester anvertraut.« Sie drehte den Kopf und sah Frau Tackenberg an. Die nickte ihr kaum merklich zu.

»Sind Sie fachlich mit der Materie vertraut?«, wollte Lüder wissen.

Susanna Tackenberg nickte. »Christina«, dabei fuhr sie mit der Hand über den Kopf ihrer Schwester, »hat Kunstgeschichte studiert. Ich hingegen Betriebswirtschaft in Kiel und Mannheim. Dabei habe ich auch meinen Mann kennengelernt. Ich sah, dass ich ihr helfen musste. Rochus rieb sich auf. In jeder Hinsicht. Ich habe das Thema vorsichtig mit Ferdinand angeschnitten.«

»Ihr Ehemann ist der Wirtschaftsprüfer des Herzogs«, warf Lüder ein.

»Dort wird auch die Buchhaltung erledigt.«

Das hatte man Lüder auch auf dem Plöner Schloss berichtet.

»Dr. Ferdinand Tackenberg war also in die Steuerhinterziehungen eingeweiht?«

»Details kenne ich nicht«, schwächte Susanna Tackenberg ab.

»Das Gespräch mit meinem Mann war allerdings unergiebig. Er wollte nicht mit mir sprechen. Verständlich. In zweierlei Hinsicht. Zum einen muss er die Interessen seiner Mandanten wahren. Zum anderen ist unsere Ehe nicht mehr so, äh – wie soll ich sagen? –, vollkommen. Routine. Sie hat sich im Alltag abgenutzt. Anders als bei Christina und Rochus.«

»Heißt das, Sie leben getrennt?«, wollte Lüder wissen.

»Was hat das mit dieser Sache zu tun?« Es klang ein wenig aggressiv. »Wenn Sie es genau wissen wollen: Nein. Auch wenn wir in mancherlei Hinsicht eigene Wege gehen. Zwischen meinem Mann und mir besteht Einvernehmen, dass wir uns bestimmte Dinge außerhalb der Ehe suchen. Trotzdem gehen wir noch sehr vertraut miteinander um. Deshalb war ich sehr verwundert, als mein Mann mir unverblümt mit Konsequenzen drohte, wenn ich das Thema nicht fallen lassen würde.«

»Welche?«

»Darüber hat er sich nicht ausgelassen. Passiert ist aber nichts.«

»Wer hat die anonyme Anzeige bei der Steuerfahndung aufgegeben?«, fragte Lüder.

Susanna von Tackenberg räusperte sich.

»Ich«, kam es heiser über ihre Lippen. »Lieber ein Ende mit Schrecken als ein Schrecken ohne Ende. Ich musste meiner Schwester helfen. Und Rochus. Ich habe mir Zugang zu den Unterlagen meines Mannes verschafft, bin in die Kanzlei gefahren und habe mir die Buchhaltung angesehen. Nicht nur die offizielle, auch andere Schriftstücke. Auszüge daraus habe ich als Beweismittel der anonymen Anzeige beigefügt.«

»Warum über diesen Weg?«, fragte Lüder, obwohl er die Antwort kannte.

»Wenn herausgekommen wäre, dass die Frau des Wirtschaftsprüfers und Schwägerin des Beschuldigten hinter dieser Aktion steckt, wäre die Welt nicht mehr so, wie sie vorher aussah. Stellen Sie sich vor, dass ein Steuerberater und Wirtschaftsprüfer seinen eigenen Mandanten ans Messer liefert. Damit wären gleich mehrere Existenzen vernichtet gewesen. Meine eingeschlossen.«

»Wusste Ihr Mann von den steuerlichen Eskapaden seines Schwagers?«

»Davon ist auszugehen«, bestätigte Susanna von Tackenberg. »Wenn ich die Unterlagen richtig interpretieren konnte, vermochte er es erst recht.«

»Was geschah, als die Steuerfahndung auftauchte?«

»Davon wurden alle überrascht. Keiner glaubte, dass so etwas geschehen könnte. Natürlich hatte mein Mann Sorge um seinen guten Ruf. Ich betone ausdrücklich, dass ich hier nicht als betrogene Ehefrau erscheine. Das bin ich nicht. Darauf lege ich Wert. Meine Schwester und ich haben das Ganze auch nicht überblickt und sind von der Entwicklung überrollt worden. Nicht wahr, Christina?«

Frau von Meyer nickte schwach.

»Ich vermute, Rochus ist nicht allein auf die Idee gekommen. Die Strategien werden stets vom Herzog und seinem Vasallen, Graf Nyíregyháza, konzipiert und durchgespielt. Ich kann es nicht beweisen, aber glaube, mitbekommen zu haben, dass nach dem Auftauchen der Steuerfahnder ein Krisengipfel im Schloss stattfand. Man war in großer Sorge. Der Herzog musste auf jeden Fall im Hintergrund bleiben. Graf Nyíregyháza und mein Mann kümmerten sich um die wirtschaftliche Absicherung.«

»Sie versuchten, möglichst viel zu verschleiern«, mutmaßte Lüder.

»Hätten Sie anders gehandelt?«, antwortete Susanna Tackenberg mit einer Gegenfrage.

»Hat Louis von Behrendorf an diesem Krisengipfel teilgenommen?«

Frau Tackenberg schüttelte den Kopf. »Nein. Louis gehört nicht zur obersten Führungsspitze. Er hat Aufträge erhalten, bisweilen auch dubiose, und sie nach eigenem Ermessen ausgeführt.«

»Und Ihr Schwager?«

Die Frau lachte bitter auf. »Soll das ein Scherz sein? Man richtete in dieser Runde über ihn. Seine Vernichtung wurde beschlossen. Ich kann mir vorstellen, dass eine gewisse Panik herrschte und die Strategie lautete, Rochus von Meyer als alleinigen Sündenbock bloßzustellen. Graf Nyíregyháza und mein Mann nutzten ihre Kontakte und Verbindungen, wirtschaftlich, gesellschaftlich und auch politisch, um den Verdacht auf Rochus zu konzentrieren. Der sah sich in einer ausweglosen Situation.« Sie sah Lüder lange und fest in die Augen. »Glauben Sie mir, das habe ich nicht gewollt. In meinen kühnsten Träumen hätte ich mir nicht vorstellen können, dass man einen Menschen so gründlich vernichtet. Ich erinnere mich, dass mein Mann eines Tages von einer Krisensitzung nach Hause kam und am Telefon erklärte: ›Von Meyer muss weg. Unbedingt.‹«

»Mit wem hat er gesprochen?«

Sie zuckte die Schultern. »Das weiß ich nicht.«

Lüder überlegte, dass am Krisenmanagement der Herzog, Graf Nyíregyháza und Dr. Tackenberg beteiligt waren. Vielleicht gehörte auch der Anwalt, Professor Scherenberg, dazu. Nach Aussage Susanna Tackenbergs war Louis von Behrendorf nicht Mitglied dieses Spitzenzirkels. Da man die Zahl der Eingeweihten klein halten musste, konnte der Gesprächspartner eigentlich nur von Behrendorf gewesen sein.

War das der Mordauftrag, den der Wirtschaftsprüfer weitergegeben hatte? Man könnte diese Formulierung auch anders interpretieren. Lüder sah sich am Limit der Rechtsordnung. Beweisen könnte man den Beteiligten nichts.

»Würden Sie diese Aussage vor Gericht wiederholen?«, fragte er Susanna Tackenberg.

Sie sah ihn trotzig an. »Welche Aussage? Ich habe nichts gesagt.«

Es blieb eine einzige Chance, von Behrendorf zu fassen, zu verhören und ihm die Wahrheit zu entlocken. Der durchtriebene Graf war der Schlüssel zu allem.

Lüder wünschte den beiden Frauen Kraft für den folgenden Tag.

»Schöpfen Sie diese auch daraus, dass Sie sich von einer enormen seelischen Last befreit haben. Sie sollten gemeinsam überlegen, ob Sie das, was Sie mir heute anvertraut haben, nicht noch einmal vor einem Richter wiederholen möchten.«

Frau Tackenberg schob den Unterkiefer nach vorn. »Niemals im Leben«, sagte sie verbissen und führte Lüder zur Haustür.

Lüder kehrte nach Kiel zurück. Es wäre gut gewesen, wenn er sich jetzt mit jemandem hätte besprechen, seine Gedanken hätte diskutieren können. Einzig Jochen Nathusius, der stellvertretende Leiter des LKA, fiel ihm ein. Er versuchte es, musste aber erfahren, dass Nathusius in dieser Woche nicht in Kiel war.

Die Schlüsselfrage lautete: Wo war Louis von Behrendorf? War man so skrupellos und hatte auch ihn aus dem Weg geräumt? Der Einsatz war so groß, dass auch ein Mann wie von Behrendorf geopfert werden könnte. Konnte man sicher sein, dass der Graf in einem Verhör schweigen würde? Oder würde er dem Druck der Vernehmungen doch irgendwann nachgeben und unter der Last der gegen ihn vorliegenden Beweise zusammenbrechen?

Wenn Lüder diesen Gedanken fortsetzte, ergab sich die Frage, wer die Tat durchgeführt hatte. Nagel und Stojanović waren kaltblütige Killer. Sie hatten das Landeshaus überfallen, angeblich um dem Abgeordneten Blaczyk einen Denkzettel zu verpassen. Nagel hatte erklärt, dass dieser Auftrag schon ein paar Tage älter war, also vor der Ermordung von Meyers erteilt wurde. Lüder war überzeugt, dass von Behrendorf der Auftraggeber war. Wenn die beiden auch den Grafen ermordet hatten, würden sie nicht ein paar Tage später einen Auftrag von ihm ausführen. So merkwürdig es auch klang, aber der Überfall auf den Landtag entlastete die beiden Mörder.

Gab es noch einen Profikiller? So viele Leute liefen nicht herum, die bereitwillig für Geld einen Menschen töteten. Wenn von Behrendorf tot war, war es vielleicht nicht die Tat eines kaltblütigen Mörders, auch wenn sich sehr viele Leute über das Ableben von Behrendorfs begeistert zeigen würden.

Lüder verließ sein Büro und suchte Frau Dr. Braun auf.

»Ich habe mich schon bei Herrn Dr. Starke beschwert«, klagte die Wissenschaftlerin. »Fast«, ergänzte sie. »Aber ich werde es noch tun. Sie können nicht mit irgendwelchen Dingen ankommen und verlangen: Hoppla. Alles bleibt stehen und liegen. Jetzt kommt Dr. Lüders. Wir haben unendlich viel zu tun. Und das Personal wird immer weiter reduziert.«

»Sie haben in allen Punkten recht«, sagte Lüder einschmeichelnd. »Ich werde es meinem Freund, dem Innenminister, berichten.«

Frau Dr. Braun erstarrte. »Der Herr Minister ist Ihr Freund?«

Lüder nickte ernsthaft. »Bei unserem letzten Gespräch hat er auch Sie und Ihre Mitarbeiter erwähnt. Er berichtete, dass bei Treffen mit seinen Amtskollegen aus Bund und den anderen Ländern stets darüber gesprochen worden sei, dass kein Landeskriminalamt über eine so effiziente Kriminaltechnik verfügt wie Kiel. Das ist Ihr Verdienst.«

»Sie flunkern, nur um mich umzustimmen«, sagte Frau Dr. Braun. Sie konnte aber nicht verbergen, dass sie das Kompliment wie ein trockener Schwamm aufgesogen hatte.

»Trotzdem«, beharrte sie.

»Wissen Sie, wer ›trotzdem‹ gesagt hat?«, wollte Lüder wissen.

Sie verneinte es.

»Das war Götz von Berlichingen, als er bei einem Staatsbesuch Erich Honecker vorgestellt wurde und der den Ritter als berühmte, auch in der DDR verehrte historische Figur würdigte.«

»Honecker und Götz von Berlichingen? Die konnten sich doch nie begegnet sein.«

»Das ist der Unterschied zwischen einem ermittelnden Kriminalrat und einer erlauchten Wissenschaftlerin wie Ihnen. Bei Ihnen gibt es nur Wahrheiten.«

Sie winkte ihm linkisch zu. »Warum falle ich immer wieder auf Sie herein? Nun zum Ergebnis unserer Auswertungen.« Sie erklärte es Lüder.

»Das haben wir auch noch nicht gehabt.« Darin waren sich beide einig, bevor Lüder ging.

Auf dem Weg nach Lübeck schweiften Lüders Gedanken zur Verkehrssituation im Norden ab. Die beiden größten Städte des Landes wurden durch eine sich durch die hügelige Landschaft windende Bundesstraße verbunden.

»Solange bayerische Verkehrsminister das Zepter in der Hand halten«, knurrte er missgelaunt, als er einem träge vor ihm dahinschleichenden Lastzug folgte, »werden wir mit einem maroden und unterentwickelten Verkehrsnetz leben müssen.«

Erst die Abfahrt nach Preetz erlöste ihn vom Hinterherfahren. Der heruntergekommene osteuropäische Lkw kroch weiter Richtung Lübeck. Aus den Augenwinkeln sah Lüder, dass er eine sich endlos erstreckende Schlange weiterer Fahrzeuge hinter sich herzog.

Von der Hauptstraße bog er Richtung Krankenhaus ab, umrundete auf der Suche nach einem Parkplatz mehrfach vergeblich das Rondell mit den Kurzzeitparkplätzen und stellte den BMW schließlich auf einer Fläche neben dem rechten Neubauflügel ab. Um sicherzugehen, dass man ihn nicht wegen unerlaubten Parkens zur Rechenschaft zog, platzierte er das mobile Blaulicht sichtbar auf dem Armaturenbrett.

Von der Frontseite ähnelte das Kreiskrankenhaus eher einer Jugendherberge oder Schule. Der linke Flügel war ein zweigeschossiger Ziegelbau, während die andere Seite von einem Neubau begrenzt wurde. Beide Flügel verband der eher funktional wirkende Haupteingang.

Lüder suchte die Chirurgie auf und bat darum, Dr. Nguyễn Vẫn sprechen zu können.

Wenig später streckte ihm der Arzt freundlich lächelnd die Hand entgegen.

»Sie kommen wegen Herrn Mehretu«, sagte Dr. Nguyễn Vẫn. »Dem geht es relativ gut. Wenn wir wüssten, dass sich jemand um ihn kümmert, könnten wir ihn bald entlassen.«

Lüder bat, mit dem Patienten sprechen zu dürfen.

»Selbstverständlich.« Der Arzt ging voran und führte Lüder in das Krankenzimmer. Mehretu sah ihnen entgegen, als sie das Dreibettzimmer betraten.

»Ach, der schon wieder«, stellte der Bettnachbar mit dem runden Schädel fest, als er Lüder bemerkte.

»Ich würde gern allein mit Herrn Mehretu sprechen«, wandte sich Lüder an Dr. Nguyễn Vẫn.

»Kommt nich inne Tüte«, protestierte der Bettnachbar. »Was, Heinzi?« Er drehte sich zum dritten Patienten um. »Is 'n Ding. Dies is 'n deutsches Krankenhaus.«

Als ihm bewusst wurde, was er gesagt hatte, zeigte er auf den Arzt. »Sie war'n nich gemeint, Herr Doktor. Aber ich in mein'

Alter – bin nicht zum Spaß hier. Mensch, Sie wissen doch. Die hab'n mir die Hämorrhoiden am Hintern weggesäbelt. Da kann man nich ständig durch die Gegend wackeln. Das brennt da wie Hölle.«

»Sie müssen sich bewegen«, erklärte der Arzt. »Das ist wichtig für den Kreislauf. Und es beugt Embolien vor.«

»Dafür krieg ich doch die Spritze. Jeden Abend in 'n Oberschenkel. Brennt ganz schön, das Zeug.«

Erst als Dr. Nguyễn Văn ihn noch einmal nachdrücklich aufforderte, erhob sich der Patient, ließ sich vom Arzt den Bademantel reichen und blieb vor Lüder stehen.

»Was gibt's so Geheimnisvolles?«, wollte er wissen.

»Wir planen gerade die nächste Weltrevolution«, erwiderte Lüder.

Der Mann sah ihn mit offenem Mund an. Nach einem verständnislosen »Aha« schlurfte er schließlich davon. »Heinzi« folgte ihm wortlos.

»Herr Mehretu. Mein Name ist Lüders. Ich komme vom Landeskriminalamt. Können Sie mir folgen? Oder soll ich einen Dolmetscher kommen lassen?«

Mehretu sah Lüder unentwegt an, ohne eine Miene zu verziehen.

»Sie verstehen genug Deutsch, um mir folgen zu können«, beschloss Lüder. »Warum wollten Sie mit dem Messer zum Herzog?«

Mehretu verzog das Gesicht zu einer Grimasse. »King Philipp ist Mörder«, sagte er.

»Mit ›King Philipp‹ meinen Sie Herzog Philipp Emanuel von Plön«, übersetzte Lüder Mehretus Umschreibung. »Wen hat der Herzog ermordet?«

»Meine Leute in Gambela. Soldaten kommen. Vertreiben Familie. Freunde. Nachbarn. Wir sagen Nein. Soldaten machen Gewalt. Wir wehren. Soldaten dann schießen. Viele tot oder verletzt. Auch Kinder und Frauen.«

»Das waren äthiopische Regierungstruppen, sofern das aus unserer Sicht überhaupt zu beurteilen ist«, erwiderte Lüder.

»Du wie alle«, antwortete der Afrikaner. »Herzog und andere

Europäer geben Regierung Geld. Alle korrupt. Verjagen Einheimische, um Land an Fremde zu geben.«

Stockend berichtete Mehretu das, was Lüder schon an anderer Stelle erfahren hatte. Aus dem Mund eines Betroffenen klang es aber anders, berührender. Er, Hailemariam Mehretu, sei einer der führenden Männer des kleinen Dorfes gewesen. Dann tauchte Louis von Behrendorf auf und versuchte, die Einwohner zu beruhigen.

Sehr schnell erkannten die aber, dass es von Behrendorf nur darum ging, die Unruhen in Grenzen zu halten. Es lag, so interpretierte es Lüder, nicht im Interesse des Deutschen, dass die Geschehnisse in Gambela ans Licht der Weltöffentlichkeit gerieten. Von Behrendorf machte Versprechungen. Die Menschen sollten nicht nur ein besseres Leben führen können, sondern auch Arbeit auf den künftigen Plantagen der neuen Grundbesitzer finden.

Einige der sich besonders aktiv zur Wehr setzenden Männer, so erzählte Mehretu, wurden mit besonderen Versprechungen geködert. Er selbst, so hatte ihn von Behrendorf gelockt, sollte in Deutschland in allen modernen Technologien ausgebildet werden.

Deutschland! Das war auch den Menschen in jenem abgelegenen Teil der Welt bekannt, war ein Hochtechnologiestandort. Der Name dieses Landes war gleichbedeutend mit zwei Begriffen, die jeder kannte: »Made in Germany« und »Bayern München«.

Von Behrendorf hatte Mehretu mit nach Deutschland genommen. Schon der Flug war eine Zumutung gewesen. Von Behrendorf hatte in einem anderen Bereich des Flugzeugs gesessen, während Mehretu, so betonte er, zwischen einem geschwätzigen dicken Engländer und einem betrunkenen Holländer eingequetscht, dort oben »im Himmel« durchgeschaukelt wurde. Dann kam er ins Plöner Schloss, dort, wo »King Philipp« wohnte.

Statt einer Ausbildung wurde er in die Küche verbannt und musste dort Frauenarbeit verrichten. Spülen. Putzen. Essen vorbereiten.

»Koch Müller guter Mann. Streng. Aber gerecht. Brüllt alle. Besonders Jannis, den Griechen.«

Ein leichtes Lächeln zeigte sich um Mehretus Mundwinkel. Dann erzählte er, dass er immer wieder nachgefragt hatte, wann seine Ausbildung beginnen werde, er die Schule besuchen könne, um die Dinge zu lernen, die er für die Entwicklung seines Landes lernen musste.

Niemand, den er fragte, wusste etwas davon. Keiner konnte ihm weiterhelfen. Viele versicherten ihm, er solle froh sein, dass er dem Chaos des schwarzen Kontinents entflohen war. Millionen würden alles dafür geben, wenn sie mit ihm tauschen könnten.

Mehretu war enttäuscht. Er war ein stolzer Anuak und kein Lakai. Man hatte ihn mit falschen Versprechungen hierhergelockt.

»Ich immer fragte nach Louis Graf. Der aber keine Zeit für mich.« So vergingen die Monate, und Mehretu wurde immer ungeduldiger. Er sprach alle ihm zugänglichen Leute an. »Auch Koch Müller und den komischen Homann«, ergänzte der Afrikaner.

Nachdem er nicht gehört worden war, drohte er damit, zum Gouverneur zu gehen. Erst nach mehrmaligem Nachfragen erfuhr Lüder, dass der Afrikaner damit Herold, den Sachbearbeiter der Ausländerbehörde, meinte. Schließlich tauchte irgendwann Louis von Behrendorf in der Küche auf.

Mehretu brachte seine Forderungen vor, aber der Graf lachte ihn aus. Der Schwarze, so sagte er, solle dankbar sein, dass er hier leben dürfe. Nirgendwo auf der Welt würde es ihm so gut gehen wie in Plön.

»Aber meine Heimat? Ich habe Louis Graf danach gefragt.«

Mehretus Heimat? Die gebe es nicht mehr. Man habe die Leute vertrieben. Die würden jetzt woanders leben, hatte von Behrendorf geantwortet. Es sei doch gleich, wo das ist. Die Schwarzen bekämen ohnehin nichts auf die Reihe.

»Ich zuerst nicht verstehen, was er meint«, entrüstete sich Mehretu. »Dann aber klar.« Er tippte sich an die Stirn. »Ich nicht dumm. Ohne mich es einfacher für King Philipp und Soldaten, Leute wegzujagen. Darum ich entführt nach Plön.«

Er hatte es Louis von Behrendorf vorgeworfen. Der hatte

ihn ausgelacht. »›Haile‹, so er sagt zu mir, ›du wirst mir küssen die Füße.‹ Das war zu viel. Ich bin stolzer Mann. Ich nicht küsse Füße von Louis Graf.« Offenbar war dieses sprachliche Missverständnis der berühmte Tropfen gewesen, der das Fass zum Überlaufen brachte.

Mehretu hatte sich im Kissen aufgerichtet.

»Ich von Koch Müller beauftragt, zu schneiden Fleisch für große Feier von King Philipp und andere große Leute. Habe großes Messer.« Der Afrikaner breitete die Arme aus, um anzudeuten, dass das Messer *mindestens* einen Meter fünfzig lang gewesen sei. Lüder nahm es als symbolischen Akt. Dann schnellte Mehretus Arm plötzlich vor. Im selben Moment stöhnte er schmerzhaft auf. Bei Nachvollziehen des Angriffs auf von Behrendorf hatte er seine Verletzungen vergessen.

»Louis Graf war tot. Umgefallen. Mich angeguckt aus große Augen. Lag auf Fußboden wie totes Schwein.« Es klang emotionslos, ein sachlicher Bericht.

»Hat er sich nicht gewehrt?«, wollte Lüder wissen.

Mehretu schüttelte den Kopf, dieses Mal aber vorsichtiger. »Keine Chance. Ich war zu schnell.«

Lüder ließ ein wenig Zeit vergehen, bevor er fragte: »Was haben Sie mit der Leiche gemacht?«

Der Afrikaner grinste. »Ich sagte doch, ich bin schlau. Keiner hat gemerkt. Ich habe Louis Graf gemacht wie mit totes Tier zu Hause oder in Küche.«

Lüder fuhr ein kalter Schauder über den Rücken.

»Ich habe auseinandergenommen.«

»Sie haben den Toten zerlegt?«

Mehretu nickte bestätigend, als wäre er nach dem Wetter gefragt worden.

»Wo haben Sie die Leichenteile gelassen?«

»Überall.« Er führte mit seinem gesunden Arm einen großen Bogen in der Luft durch. »Hier ein bisschen, da ein bisschen. War harte Arbeit. Keiner durfte merken.«

»Können Sie uns die Stellen noch zeigen?«

»Nicht alle. Bin durch die Stadt und habe in viele Mülltonnen verteilt. Auch in See ein wenig geworfen.«

»Wo dort?«

Mehretu lächelte. »Nicht verraten. Niemand soll finden etwas von Louis Graf. Hier viele schlechte Menschen. Ich weiß, dass Leute traurig, wenn es gibt keine Beerdigung. Niemand wird etwas finden von schreckliche Mann.«

Louis von Behrendorf war ganz sicher ein skrupelloser Mensch gewesen. Dennoch hatte er Anspruch auf die Würde des Menschen, auch im Tod.

»Sie sind ein Mensch mit einem Gewissen«, sagte Lüder eindringlich. »Sagen Sie mir, wo Sie die sterblichen Überreste gelassen haben.«

Mehretu hielt sich die gesunde Hand vor den Mund, als wolle er ihn damit verschließen. »Nie. Nie. Nie«, sagte er bestimmt.

»Die Spurensicherung hat die Suche nach Louis von Behrendorf aufgenommen«, erklärte Lüder. »Wir sind fündig geworden und haben menschliche DNA gefunden. Wissen Sie, was eine DNA ist?«

Der Afrikaner schüttelte den Kopf. »Nein. Du mir sagen.«

Es war grauenvoll, was Frau Dr. Braun Lüder erklärt hatte. »Sie haben von Behrendorf nicht komplett entsorgt.«

»Du wissen?« Mehretu sah Lüder erstaunt an.

»Sie haben sich auf besonders abscheuliche Weise gerächt, indem Sie das menschliche Fleisch unter jenes gemischt haben, das auf dem Festbankett serviert wurde.«

Mehretu freute sich diebisch wie ein kleines Kind. »Gut, was? Gute Idee von mir.«

»Von den tunesischen Hackbällchen ist trotz großem Andrang am Büfett einiges übrig geblieben. Das hat der Herr Müller einfrieren lassen. Unsere Spurensicherung hat es beschlagnahmt und analysiert.«

»Ich deine Worte nicht alle verstehen«, sagte Mehretu. »Aber du haben recht. Koch Müller mich anmachen, weil er glauben, ich mache zu viel Hack für großes Fest. Koch nicht kann wissen, dass ich mische Fleisch gekauft und von Louis Graf.«

»Sie haben es kaltblütig zugelassen, dass die Leute auf dem Empfang Menschenfleisch gegessen haben?«

»Na und? Die auch nicht interessiert, dass ich muss sitzen in Schloss in Küche.« Jetzt verstärkte sich Mehretus Grinsen zu einem dumpfen Lachen. »Ist doch gar nicht so schlimm. Wenn Familie von Louis Graf wollen Trauerfeier, sie einfach müssen legen Hackfleischbällchen in Sarg.«

Lüder ersparte sich eine Antwort. Es brachte auch nichts, Mehretu vorzuhalten, welch entsetzliches Verbrechen er begangen hatte. Mochte von Behrendorf noch so viel Schuld auf sich geladen haben, hier war jede ethische Grenze überschritten.

Es war fast eine Ironie des Schicksals, dass von Behrendorfs Ende am Tag vor der Beerdigung seines Opfers Rochus von Meyer aufgeklärt wurde. Viele Dinge konnten bewiesen werden, aber Herzog Philipp Emanuel, Graf Nyíregyháza und Dr. Ferdinand Tackenberg würden ungeschoren davonkommen. Mit rechtlichen Mitteln war ihnen nichts nachzuweisen.

Lüder kehrte nach Kiel zurück, rief den Abgeordneten Blaczyk an und berichtete, dass der Fall aufgeklärt und alle Täter überführt seien.

»Das ist das Mindeste, was man von der Polizei erwarten kann«, bellte der Mann. »Es hat schließlich lange genug gedauert.«

Kein Wort der Anerkennung, kein Dankeschön.

»Als Parlamentarier sollten Sie darüber nachdenken, ob es sinnvoll ist, immer weitergehender an unserer Sicherheit zu sparen und bei der Polizei Stellen zu kürzen.«

»Davon verstehen Sie nichts. Überlassen Sie das ruhig uns, den sachkundigen Politikern. Wir tragen schließlich die Verantwortung für das Wohlergehen des Landes.«

»Wollen Sie gar nicht wissen, wer der Mann hinter den Kulissen war?«, fragte Lüder.

»Doch.«

»Ihr Freund Louis von Behrendorf war der Drahtzieher.«

»Das ist nicht mein Freund. Der war mir von Anfang an suspekt«, behauptete Blaczyk. »Ist er verhaftet? Hat er gestanden? Was hat er gesagt? Was mich betrifft, lügt er.«

»Keine Sorge«, antwortete Lüder. »Von Behrendorf ist tot.«

Lüder hörte, wie am anderen Ende der Leitung befreit durchgeatmet wurde.

»Den soll der Teufel fressen«, fluchte der Abgeordnete.

Wenn du wüsstest, dachte Lüder, dass du selbst der Teufel warst und dich auf dem Bankett an den tunesischen Hackbällchen gütlich getan hast.

Dichtung und Wahrheit

Friedrich Karl von Schleswig-Holstein-Plön war der letzte Herzog des Herzogtums Schleswig-Holstein-Plön. Da er ohne legitimen männlichen Nachkommen starb, fiel das Herzogtum 1761 nach seinem Tode zurück an das dänische Königshaus. Die Familie des »Herzogs von Plön zu Boesendorff und Wagrien« ist ebenso von mir erfunden wie alle anderen Figuren und die Handlung des Romans. Es bestehen keine realen Vorbilder. Das gilt auch für den Verdacht der Bestechlichkeit von Abgeordneten oder Beamten. Alle Schilderungen in meinem Roman zum Schloss, zu dessen Bewohnern oder Beschäftigten sind ebenfalls frei erfunden

Das Plöner Schloss, Wahrzeichen der Stadt, ist eines der größten Schlösser des Landes. Es wurde während des Dreißigjährigen Krieges erbaut, diente zunächst als Residenz der Herzöge und ging dann an das dänische Königshaus, das es als Sommerresidenz nutzte. Nach dem Deutsch-Dänischen Krieg fiel es an Preußen, wurde zur Kadettenanstalt umfunktioniert und später als Internat genutzt. Nachdem es immer mehr verfiel, sah sich das Land Schleswig-Holstein außerstande, es zu renovieren. Es wurde von der Stiftung eines deutschen Unternehmers, der sich in vielfältiger Weise gesellschaftlich und kulturell engagiert, übernommen und renoviert und dient heute als Akademie für Fach- und Führungskräfte des Optikerhandwerks.

Mein Dank gilt der Meisterschülerin Lisa Westermann für ihre sachkundige Führung durch das Plöner Schloss.

Das gilt auch für den Blick hinter die Kulissen unseres Landeshauses. Es war beeindruckend, nicht nur den Plenarsaal und dessen Einrichtungen besichtigen zu dürfen, sondern auch die Abläufe im Landtag kennenzulernen. Ich danke dem Pressesprecher des Landtags, Tobias Rischer, und Vivien Albers für die Führung und die Erklärungen.

Bei den Erläuterungen der komplizierten steuerlichen Sachverhalte waren mir Finanzpräsident a. D. Bruno Dißars, Steueroberamtsrat Erik Pedersen aus Rendsburg sowie das Finanzministerium Schleswig-Holstein behilflich. Vielen Dank. Aus Gründen der Allgemeinverständlichkeit habe ich manches ein wenig gekürzt.

In polizeilichen Fragen war mir Hauptkommissar Uwe Keller vom Landeskriminalamt Schleswig-Holstein ein sachkundiger Ratgeber. Aus verständlichen taktischen Erwägungen sind der Einsatz von technischen Mitteln und der Ablauf der Polizeiaktion jedoch frei von mir erfunden.

Ich danke auch allen hier nicht Genannten, die sich für den Erfolg des Buches eingesetzt haben, sei es bei der Recherche, dem Lektorat oder hinter den Kulissen im Verlag, in der Druckerei oder im Handel.

Hannes Nygaard
TOD IN DER MARSCH
Broschur, 240 Seiten
ISBN 978-3-89705-353-3

»Ein tolles Ermittlerteam, bei dem man auf eine Fortsetzung hofft.«
Der Nordschleswiger

»Bis der Täter feststeht, rollt Hannes Nygaard in seinem atmosphärischen Krimi viele unterschiedliche Spiel-Stränge auf, verknüpft sie sehr unterhaltsam, lässt uns teilhaben an friesischer Landschaft und knochenharter Ermittlungsarbeit.« Rheinische Post

www.emons-verlag.de

Hannes Nygaard
VOM HIMMEL HOCH
Broschur, 240 Seiten
ISBN 978-3-89705-379-3
eBook 978-3-86358-049-0

»Nygaard gelingt es, den typisch nordfriesischen Charakter herauszustellen und seinem Buch dadurch ein hohes Maß an Authentizität zu verleihen.« Husumer Nachrichten

»Hannes Nygaards Krimi bleibt Ermittlern und Verdächtigen stets dicht auf den Fersen, führt Figuren vor, die plastisch und plausibel sind, sodass aus der klar strukturierten Handlung Spannung entsteht.« Westfälische Nachrichten

www.emons-verlag.de

Hannes Nygaard
MORDLICHT
Broschur, 240 Seiten
ISBN 978-3-89705-418-9

»Wer skurrile Typen, eine raue, aber dennoch pittoreske Landschaft und dazu noch einen kniffligen Fall mag, der wird an ›Mordlicht‹ seinen Spaß haben.« NDR

»Ohne den kriminalistischen Handlungsstrang aus den Augen zu verlieren, beweist Autor Hannes Nygaard bei den meist liebevollen, teilweise aber auch kritischen Schilderungen hiesiger Verhältnisse wieder einmal großen Kenntnisreichtum, Sensibilität und eine starke Beobachtungsgabe.« Kieler Nachrichten

www.emons-verlag.de

Hannes Nygaard
TOD AN DER FÖRDE
Broschur, 256 Seiten
ISBN 978-3-89705-468-4

»Dass die Spannung bis zum letzten Augenblick bewahrt wird, garantieren nicht zuletzt die Sachkenntnis des Autors und die verblüffenden Wendungen der intelligenten Handlung.« Friesenanzeiger

»Ein weiterer scharfsinniger Thriller von Hannes Nygaard.«
Förde Kurier

Charles Brauer liest
TOD AN DER FÖRDE
4 CDs
ISBN 978-3-89705-645-9

www.emons-verlag.de

Hannes Nygaard
TODESHAUS AM DEICH
Broschur, 240 Seiten
ISBN 978-3-89705-485-1

»Ein ruhiger Krimi, wenn man so möchte, der aber mit seinen plastischen Charakteren und seiner authentischen Atmosphäre überaus sympathisch ist.« www.büchertreff.de

»Dieser Roman, mit viel liebevollem Lokalkolorit ausgestattet, überzeugt mit seinem fesselnden Plot und der gut erzählten Geschichte.« Wir Insulaner – Das Föhrer Blatt

Hannes Nygaard
KÜSTENFILZ
Broschur, 272 Seiten
ISBN 978-3-89705-509-4

»Mit ›Küstenfilz‹ hat Nygaard der Schleiregion ein Denkmal in Buchform gesetzt.« Schleswiger Nachrichten

www.emons-verlag.de

Hannes Nygaard
TODESKÜSTE
Broschur, 288 Seiten
ISBN 978-3-89705-560-5

»Seit fünf Jahren erobern die Hinterm Deich Krimis von Hannes Nygaard den norddeutschen Raum.« Palette Nordfriesland

»Der Autor Hannes Nygaard hat mit ›Todesküste‹ den siebten seiner Krimis ›hinterm Deich‹ vorgelegt – und gewiss einen seiner besten.«
Westfälische Nachrichten

Hannes Nygaard
TOD AM KANAL
Broschur, 256 Seiten
ISBN 978-3-89705-585-8

»Spannung und jede Menge Lokalkolorit.« Süd-/Nord-Anzeiger

»Der beste Roman der Serie.« Flensborg Avis

www.emons-verlag.de

Hannes Nygaard
DER TOTE VOM KLIFF
Broschur, 272 Seiten
ISBN 978-3-89705-623-7

»Mit seinem neuen Roman hat Nygaard einen spannenden wie humorigen Krimi abgeliefert.« Lübecker Nachrichten

»Ein spannender und die Stimmung hervorragend einfangender Roman.« Oldenburger Kurier

Hannes Nygaard
DER INSELKÖNIG
Broschur, 256 Seiten
ISBN 978-3-89705-672-5

»Die Leser sind immer mitten im Geschehen, und wenn man erst einmal mit dem Buch angefangen hat, dann ist es nicht leicht, es wieder aus der Hand zu legen.« Radio ZuSa

www.emons-verlag.de

Hannes Nygaard
STURMTIEF
Broschur, 256 Seiten
ISBN 978-3-89705-720-3

»Ein fesselnder Roman, brillant recherchiert und spannend!«
www.musenblaetter.de

Hannes Nygaard
SCHWELBRAND
Broschur, 272 Seiten
ISBN 978-3-89705-795-1

»Sehr zu empfehlen.« Forum Magazin

»Spannend bis zur letzten Seite.« Der Nordschleswiger

www.emons-verlag.de

Hannes Nygaard
TOD IM KOOG
Broschur, 240 Seiten
ISBN 978-3-89705-855-2

»Ein gelungener Roman, der gerade durch sein scheinbar einfaches Ende einen realistischen Blick auf die oft banalen Gründe für sexuell motivierte Verbrechen erlaubt.« Radio ZuSa

Hannes Nygaard
SCHWERE WETTER
Broschur, 256 Seiten
ISBN 978-3-89705-920-7

»Wie es die Art von Hannes Nygaard ist, hat er die Tatorte genauestens unter die Lupe genommen. Wenn es um die Schilderungen der Örtlichkeiten geht, ist Nygaard in seinem Element.«
Schleswig-Holsteinische Landeszeitung

»Ein Krimi mit einem faszinierenden Thema, packend aufbereitet und mit unverkennbar schleswig-holsteinischem Lokalkolorit ausgestattet.« www.nordfriesen.info

www.emons-verlag.de

Hannes Nygaard
NEBELFRONT
Broschur, 256 Seiten
ISBN 978-3-95451-026-9

»Nie tropft Blut aus seinen Büchern, immer bleibt Platz für die Fantasie des Lesers.« BILD Hamburg

Hannes Nygaard
FAHRT ZUR HÖLLE
Broschur, 272 Seiten
ISBN 978-3-95451-096-2

»Ein Meister der Recherche.« NDR 90,3

www.emons-verlag.de

Hannes Nygaard
DAS DORF IN DER MARSCH
Broschur, 272 Seiten
ISBN 978-3-95451-175-4

»Dieser Autor killt die Langeweile – Hannes Nygaard ist einfach immer gleich gut.« NDR 90,3

Hannes Nygaard
SCHATTENBOMBE
Broschur, 256 Seiten
ISBN 978-3-95451-289-8

»Hannes Nygaards ›Hinterm Deich‹-Krimis gehören inzwischen zu den Klassikern der norddeutschen Krimilandschaft.«
Holsteinischer Courier

www.emons-verlag.de

Hannes Nygaard
MORD AN DER LEINE
Broschur, 256 Seiten
ISBN 978-3-89705-625-1

»›Mord an der Leine‹ bringt neben Lokalkolorit aus der niedersächsischen Landeshauptstadt auch eine sympathische Heldin ins Spiel, die man noch häufiger erleben möchte.« NDR 1

Hannes Nygaard
NIEDERSACHSEN MAFIA
Broschur, 256 Seiten
ISBN 978-3-89705-751-7

»Einmal mehr erzählt Hannes Nygaard spannend, humorvoll und kenntnisreich vom organisierten Verbrechen.« NDR

www.emons-verlag.de

Hannes Nygaard
DAS FINALE
Broschur, 240 Seiten
ISBN 978-3-89705-860-6

»Eine spannende Verbrecherjagd!« Hannoversche Allgemeine Zeitung

Hannes Nygaard
AUF HERZ UND NIEREN
Broschur, 256 Seiten
ISBN 978-3-95451-176-1

»Der Autor präsentiert mit ›Auf Herz und Nieren‹ einen spannend konstruierten und nachvollziehbaren Kriminalroman über das organisierte Verbrechen, der auch durch seine gut gezeichneten und beschriebenen Figuren und Protagonisten punkten kann.«
Zauberspiegel

www.emons-verlag.de

Hannes Nygaard
FLUT DER ANGST
Broschur, 288 Seiten
ISBN 978-3-95451-378-9

»Nygaard ist Norden. Seine ›Hinterm Deich Krimis‹ erzielen seit zehn Jahren Spitzenauflagen. Nun setzt er seinem kriminellen Schaffen die Krone auf und veröffentlicht mit ›Flut der Angst‹ den fulminanten Jubiläumsband.« Kultur-Artour

Hannes Nygaard
EINE PRISE ANGST
Broschur, 240 Seiten
ISBN 978-3-89705-921-4

Hannes Nygaard nimmt seine Leser mit auf eine kriminelle Reise von Nord nach Süd. Große und kleine Verbrecher begehen geschickt getarnte Morde, geraten unfreiwillig in dunkle Machenschaften oder erliegen dem Fluch von Hass, Gier oder Leidenschaft. Außergewöhnliche Mordmethoden und manch skurrile Beteiligte garantieren ein kurzweiliges und schwarzes Lesevergnügen.

www.emons-verlag.de

Hannes Nygaard
BIIKEBRENNEN
Broschur, 256 Seiten
ISBN 978-3-95451-486-1

»Herrlich, norddeutsch!« lebensart Magazin

www.emons-verlag.de